장들의 순서

47	56	43	38	45	54	61	64
42	39	46	55	60	63	36	53
57	48	41	44	37	34	31	62
40	27	50	59	32	29	52	35
49	58	25	28	51	22	33	30
26	9	12	15	24	5	18	21
11	14	7	2	19	16	23	4
8	1	10	13	6	3	20	17

징글들의 순서

47	56	43	38	45	54	61	64
42	39	46	55	60	63	36	53
57	48	41	44	37	34	31	62
40	27	50	59	32	29	52	35
49	58	25	28	51	22	33	30
26	9	12	15	24	5	18	21
11	14	7	2	19	16	23	4
8	1	10	13	6	3	20	17

베고니아 요양원 1층 도면

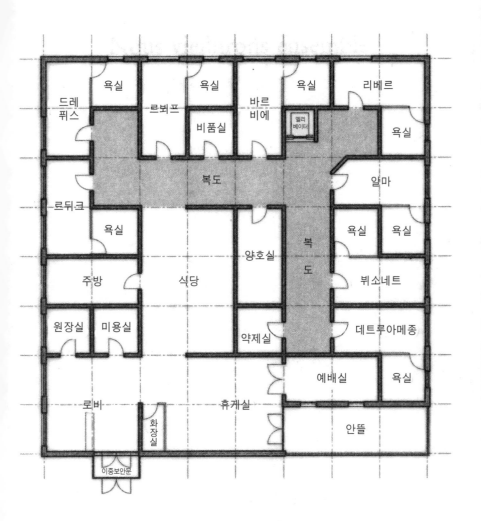

욕실 욕실 욕실 리베르

드레 퓌스 르뵈프 바르 비에 엘리 베이터 욕실

비품실

복도 알마

로뒤크 욕실 욕실

욕실 양호실 복 도 뷔소네트

주방 식당

원장실 미용실 약제실 데트루아메종

로비 휴게실 예배실 욕실

화장실 안뜰

이중보안문

우리는 함께
늙어갈 것이다

NOUS VIEILLIRONS ENSEMBLE
by Camille de Peretti

Copyright ⓒ Editions Stock, 2008
Korean Translation Copyright ⓒ MUNHAKDONGNE Publishing Corp., 2009
All rights reserved.

This Korean edition is published by arrangement with
Editions Stock through Bestun Korea Agency, Seoul.

이 책의 한국어판 저작권은 베스툰 코리아 에이전시를 통해
Editions Stock 사와 독점 계약한 (주)문학동네에 있습니다.
저작권법에 의해 한국 내에서 보호를 받는 저작물이므로
무단 전재와 무단 복제를 금합니다.

이 도서의 국립중앙도서관 출판시도서목록(CIP)은
e-CIP 홈페이지(http://www.nl.go.kr/cip.php)에서 이용하실 수 있습니다.
(CIP제어번호: CIP2009003300)

우리는 함께 늙어갈 것이다

Nous vieillirons ensemble

카미유 드 페레티 장편소설

윤미연 옮김

문학동네

바바에게

사실 나는 완전히 자유로워지기 위해
나 자신에게 규칙을 부여한다

조르주 페렉

차례

1부
•
011

2부
•
131

3부
•
217

4부
•
291

작업노트
•
361

감사의 말
•
380

옮긴이의 말
•
381

:: 일러두기

이 책의 38장과 61장에 나오는 인용문들은 아래에서 발췌한 것이다.

〈행복하기 위해 뭘 기다려? Qu'est-qu'on attend pour être heureux?〉. 앙드레 오 르네즈 작사, 폴 미스라키 작곡. ⓒ Warner Chappell Music France, 1937

『이솝우화』 중 「늑대가 나타났다고 외친 아이」. 마거릿 클라크 외 지음. 마리 생디 지에 각색. 프랑스어 번역판. ⓒ Éditions Gallimard, 1999

1부

우리는 어떤 형태의 세계에도 언제나 잘 들어맞는 질료이다

로베르트 무질, 『특성 없는 남자』

그렇다, 이 이야기는 여기, 로비 현관문 앞에 놓인 신발털개 위에서 이렇게 시작될 수도 있을 것이다. 그는 짙은 초록색 스웨터 안에 와인색 체크무늬 셔츠를 받쳐 입고 있는데, 풀을 먹여 빳빳하게 다림질한 셔츠 깃이 스웨터 밖으로 단정하게 나와 있다. 줄무늬 벨벳 바지, 가운데 가르마, 흐릿한 눈. 결혼생활 삼십 년 끝에 그녀는 남편을 완벽한 베르사유 사람*으로 만들어놓았다. 그들이 이곳에 오게 된 것도 바로 그녀 때문이다. 그녀가 원했다. 고집 센 여자. 하지만 어차피 달리 방법도 없었다. 함께 사는 건 이제 정말로 불가능해졌다. 그는 자기가 이렇게 그녀의 고집에 져줬는데 그녀가 이제 조금이라도 다정하게 굴어주면 안 되나 싶다. 가령 그의

---

* 프롤레타리아 계층에 반대되는 보수적인 부르주아 계층을 의미한다.

손을 잡아주면서 자기들 부부가 한마음 한뜻이라는 걸 확인시켜준다든가. 그녀는 그가 달아나지나 않을까 겁을 낸다. 그녀는 마호가니 무늬목을 입힌 안내 데스크 너머의 무표정한 젊은 여자에게 어느새 말을 건넨다. "안녕하세요, 저, 드루엥 씨와 아홉시에 만나기로 약속이 되어 있는데요." 재키 케네디 같은 분위기를 내려고 몸에 착 달라붙는 앙상블에 꽉 죄는 스트레치 진을 받쳐 입은 그녀가 큰 소리로 말한다. 머리띠, 진주 목걸이, 핸드백, 모든 게 완벽하게 갖추어져 있다. 그녀는 생각한다. 당신, 이번엔 절대로 도망칠 생각 하지 마, 내가 하는 말 명심하라고. 그녀는 속으로 생각하고 있던 말을 아주 큰 소리로 내뱉는다. 누구라도 그녀가 하는 말을 들을 수 있을 것 같다. 그는 창피하다. 팔을 어디다 둬야 할지 알 수가 없다. 그는 핸드폰 벨이 울려주기를 간절히 바란다. 그러면 그 핑계로 밖으로 나가 담배라도 한 대 피울 텐데. 하지만 그는 육 개월 전에 담배를 끊었다. 그리고 일요일에 그에게 전화를 걸 사람은 아무도 없다. 그의 어머니를 제외하고는. 하지만 그의 어머니는 이제 전화기 버튼의 숫자가 보이지 않아 전화를 걸지 못한다. 그녀는 이미 이 년 전에 시력을 거의 잃어 장님이나 다름없었다. 하지만 눈만 그럴 뿐, 건강에는 별 문제가 없었다. 그는 어머니에게 엄청나게 커다란 버튼이 달린 전화기를 사드리려고 프랑스 텔레콤까지 찾아갔다. '노인을 위해 특별히 제작된' 전화기. 그는 꼭 필요한 몇 개의 전화번호들을 단축 버튼으로 저장해놓았다. 소방서에 연락하려면 1번, 주치의 카디외를 부르려면 2번, 사랑스런 아들인 그와 통화하려면 3번을 누르기만 하면 된다고 노모에게 설명하는 건 말

14

할 수 없이 힘든 일이었다. 게다가 자신을 1번으로 입력해놓는 게 더 나았을 것이다. 정신을 놓기 시작한 어머니가 어느 날 하루에 세 번씩이나 소방서에 전화를 걸었기 때문이다. 오른쪽 안구 안쪽에 생긴 종양이 왼쪽 안구로 옮아 가고 있었다. 그녀는 툭하면 여기저기 부딪혔다. 그런데도 그녀는 계속 요리를 했고, 전혀 익지 않았거나 새카맣게 탄 것을 먹었다. 어머니의 요리 솜씨가 좋았던 적은 이제껏 한번도 없었다. 하지만 일요일에 그들이 찾아가면, 어머니는 평소보다도 더 형편없는 음식을 내놓았다. 멍청한 아들은 한 입 먹을 때마다 "정말 감동적인 맛이야"라고 말하면서 웃음을 터뜨렸고, 알린의 얼굴에는 비웃음이 떠올랐다. 그는 이러나저러나 전혀 개의치 않았다. 게다가 그 음식은 그가 평소에 먹는 것들보다 나았다.

"자리에 앉아 잠시만 기다리세요, 오 분 후에 드루앵 씨를 만나실 수 있습니다."

알린은 그가 있는 쪽으로 다가간다. 알린이 미소를 짓는다. 너그러운 미소. 가식적이다. 그녀는 남편과 함께 이곳에 온 게 몹시 기쁘다. 결국 자기가 이겼다. 그녀는 그의 손을 잡아끈다. 그는 이제 아무런 의욕이 없다. 그는 하늘색 가죽 소파 쪽으로 허수아비처럼 끌려간다. 그녀가 오른쪽에 있는 방 안을 힐끗 쳐다본다. "이 방, 정말 예쁘다." 하지만 반응이 없다.

"장 프랑수아, 당신 졸고 있는 거야?"

"아니, 아냐, 멀쩡해."

"이 노란 레몬색, 정말 따뜻한 느낌이 들어, 안 그래?"

"아니."

아차, 너무 성급하게 대답했다. 아내의 손이 그의 손에서 미끄러지듯 빠져나간다. 그녀의 뾰족한 구두 뒷굽이 회색 얼룩무늬가 있는 회갈색 리놀륨 바닥에 내리꽂힌다. "이제 와서 딴소리 하지 마. 달리 방법이 없다고 말한 건 당신이야." 그녀가 이 사이로 아주 낮게 말을 뱉어냈다. 그는 난처하다. 그는 결정을 쉽게 내리지 못한다. 집에서 그는 늘 어정쩡한 태도를 보이면서 매사에 이럴까 저럴까 망설인다. 하지만 직장에서는 완전히 딴 사람, 아주 적극적이고 결단력 있는 남자로 변한다. 그는 항상 그런 식이었다. 그래서 심지어 그의 어머니까지도 그런 태도를 나무라곤 했다.

도대체 이런 물러 터진 얼간이를 누가 나에게 떠넘긴 거야? 알린은 벌컥 화가 치민다. 그녀가 이러는 건 다 그를 위해서다. 간단히 말해서, 그녀의 시어머니는 한번도 그녀를 예뻐한 적이 없다. 그러니 그녀도 그런 시어머니를 돌볼 필요가 없다. 그 할망구의 성에 차는 며느릿감은 이 세상천지 어디에도 없었다. 제아무리 예쁘고 똑똑한 여자라도 폴리테크니크*출신인 자랑스러운 자기 아들에게는 당치도 않아 보였다. 그래서 물론, 베레코의 젊고 똑똑한 임원인 그가 여비서와 결혼했을 때, 그 노친네는 그 사실을 결코

---

* 에콜 폴리테크니크. 세계 10대 대학 중 하나로 뽑히는 명문 이공대학. 고급 국가공무원, 전문 경영인이나 엔지니어를 목표로 하는 프랑스 학생들이 선망하는 최고의 학교 중 하나이다.

받아들이려 하지 않았다. 그러니 이건 다 그 심술궂은 할망구가 자초한 거다. 자업자득. 알린의 어머니, 그러니까 그녀의 친정어머니는 다행히 아직도 건강하다. 그녀는 일흔다섯 살처럼 보이지도 않을 뿐만 아니라 그 나이의 여자처럼 굴지도 않는다. 그녀는 혼자서 독립적으로 잘살아가고 있으며, 하루에 서른 번씩 그들 부부에게 전화질을 하지도 않는다. 장 프랑수아는 알린에게 늘 이렇게 말한다. "장모님이었다면 당신이 이러지 않았을 거야." 불쌍한 남자, 그는 아무것도 모른다. 눈뜬장님이나 다름없다. 마침내 그 노친네가 넘어져 엉덩이뼈가 부러진 이후로, 그는 보행기를 사용하게 하느냐 마느냐를 가지고 더는 고집을 피울 수 없다는 걸 시인할 수밖에 없었다. 그 심술궂은 노친네, 아직은 정신이 온전하지만 어쨌든 그녀는 늙어가고 있다. 하지만 알린은 절대로 시어머니를 불쌍히여기지 않을 것이다. 크리스마스 때마다 며느리에게 선물이랍시고 매번 그딴 향수를 주다니, 그 할망구가 자기 손으로 자기 무덤을 판 거다. 그리고 툭하면 손자들의 성적표를 검사해야겠다면서 알린을 심술궂은 눈으로 쳐다보지 않았던가. "어디 보자, 정말 한심하군. 알린, 아이들 숙제 봐줄 시간도 없는 거니?" 그 말에는 너는 직장에 다니지 않는다, 너는 내 아들이 벌어다주는 돈으로 편안하게 살고 있다, 그런데도 아이들 성적 관리 하나 제대로 못하다니, 너는 어미 자격도 없는 여편네다, 라는 뜻이 담겨 있다. 니콜라가 유급했을 때, 그녀는 심지어 알린의 가방끈이 짧아서 그런 일이 일어난 거라고 넌지시 돌려 말하기까지 했다. 마음 같아선, 니콜라가 공부를 못하는 건 머리가 나쁜 지 에미의 유전자를 물려받았기 때문이라고 대놓고 쏘아붙이고 싶었을 테지. 하지만 그럴 때마다 알린은 잠자코 있었을 뿐만 아니라, 어떤 때는 어머님 말씀이 지당하다고 맞장구를 치기까지 했다. 제발 남편이 알아서 다 해줬으면! 원한다면 그가 매일같이 자기 엄마 집으로 출퇴근이라도 해줬으면. 가장 고약한 건, 알린이 언제나 그 고약한 시어머니의 생일을 기억하고 있었고, 그래서 그 할망구에게 자기들과 함께 바캉스를 가자고 간청까지 했다는 사실이다. 그래도 결혼 초기에는 시간이 흐르면 언젠가는 시어머니가 자기를 받아들여줄 거라고 믿었다. 하지만 어느 날, 알린은 그걸 완전히 포기했다. 알린이 결혼한 이후로 해마다 크리스마스만 되면 시어머니는 며느리에게 늘 똑같은 향수를 선물했고 알린은 그걸 매번 자기 집 화장실 탈취제로 썼다. 그리고 또다시 똑같은 향수병을 선물 받은 어느 해 크리스마스, 여느 때와 다름없는 평범한 그 크리스마스 날, 그녀의 시어머니는 마침내 도를 넘어서고 말았다. 알린은 부엌에서 시어머니와 남편 사이에서 오가는 대화를 듣고 경악했다. "그 애는 왜 그 사람과 나를 나란히 앉혀놓는 거니? 그 여자와 난 절대로 가까워질 수 없는 사이잖아, 안 그래?" 물론, 사돈지간인 그 두 여자는 같은 계층의 사람들이 아니었다. 하지만 바로 그날, 알린은 그들 사이에 뛰어넘을 수 없는 장벽이 가로놓여 있다는 걸 깨달았다. 시어머니가 아주 독실한 가톨릭 신자이긴 하지만, 사랑이나 가족, 그리스도 탄생일 같은 것으로도 그 벽을 결코 무너뜨릴 수 없다는 것을. 아무리 그래도 시어머니가 알린의 어머니를 건드려서는 안 되는 거였다. 알린의 친정어머니는 선량하고 유머도 풍부할 뿐만 아니라, 사람들이 말하듯이 '꾸밈없고 소탈한' 사람이다. 자기를 두고 글도 모르면서 비서 노릇을 하는 사기꾼 취급을 한 건 그렇다 치자. 하지만 정신이 오락가락하는 그 할망구가 무슨 권리로 내 어머니를 경멸한단 말인가? 다행히 알린의 두 아들은 쉽게 속아 넘어가는 얼간이들이 아니다. 그 아이들은 니스에 사는 외할머니를 더 좋아한다. 외할머니의 잡초처럼 거칠고 투박한 억양과 북풍처럼 걸걸한 웃음소리를 말이다. 만약 알린의 어머니가 장 프랑수아의 어머니처럼 정신줄을 놓게 된다면 글쎄, 그렇다면 고민을 좀 해보겠지. 그래도 알린은 자기 집, 자기 가족이 살고 있는 집에 친정어머니를 모셔다 같이 살 것이다. 알린은 그녀를 돌볼 것이다. 그는 아내가 자기 어머니에게도 바로 그렇게 해주기를 바랄 것이다. "당신, 오늘은 외출하지 말고 집에 있어, 어머니가 오실지도 모르니까." 그는 아내에게 딱 한 번 그렇게 말했다. 지난주에. "당신 어머니야, 나야? 둘 중 하나를 선택해." 알린이 쏘아붙였다. "난 당신 어머니하고 한 지붕 밑에서 살 수 없어, 당신 엄마와 난 서로 가까워질 수 없단 말이야." 그리고 철썩, 입안이 얼얼할 정도로 세찬 따귀! 그는 텔레비전을 보러 갔다. 그리고 그 이튿날, 그는 파리 근교에 있는 요양원을 알아보러 가자고 말했다.

그래서 그들은 지금 이곳에 와 있다. 사방이 온통 노란색 벽지로 도배되어 있는 베고니아의 로비에. 그리고 그는 자리에 그대로 앉아 있어야 할지 달아나야 할지 결정하지 못하고 있다. 여직원이 안내 데스크 너머로 사라졌다. 그는 그 직원이 원격 조종 장치로 움직이는 작은 생쥐처럼 자판을 두들겨대는 소리를 듣는다. 출입구

맞은편 벽에는 선명한 원색의 커다란 나무판이 붙어 있고, 그 나무판 위에는 뗐다 붙였다 할 수 있는 작은 나무판들이 일주일간의 활동 계획을 알려주고 있다.

10월 1일 일요일   날씨 : 흐림

주간 특별활동 프로그램

15시부터
(사정에 따라 변동될 수 있음)

9월 25일 월	9월 26일 화	9월 27일 수	9월 28일 목
보건위생 만화영화 감상	다함께 대화 나누기	14시 30분부터 미용 관리	영화 감상
간식	간식	간식	간식
공원 산책	다양한 게임	뜨개질	몸과 마음의 긴장을 풀기 위한 목욕

9월 29일 금	9월 30일 토	10월 1일 일
카드 게임	주요 뉴스 소개와 해설	10시 30분부터 머리 손질
간식	간식	간식
공예 활동	기억력 게임	노래 교실

그런데 그는 아버지가 돌아가실 때 어머니에게 약속한 게 있다. 그는 어머니에게 이렇게 말했다. "엄마, 엄마도 집에서 편안하게 돌아가실 거예요, 에펠탑이 보이는 엄마 집에서. 그러니까 아무 걱정 마세요, 엄마." 아마도 에펠탑이 그려진 포스터가 그걸 대신해줄지도 모른다. 사실 어떻게 될지 이제 그도 잘 모른다. 그녀는 자

기가 이제 다시는 샹드마르스*에서 산책을 하지 못하게 되었다는 걸 이해할까? 그는 여러 가지 구체적인 질문 목록을 작성하여 준비해왔다. 그의 경험상, 이런 식으로 목록을 만들면 살아가는 데 실질적으로 큰 도움이 되었다. 이를테면 어떤 심각한 문제에 직면할 때, 그 문제를 작은 해결 방안들로 분류하는 식이다. 입주자가 평소에 아끼던 장식품이나 물건들을 가져올 수 있습니까? 입주자의 방에 개인 전화가 있습니까? 기존의 주치의에게 계속 치료를 받을 수 있습니까? 이 요양원의 시설은 그렇게 나쁘지 않다. 어쨌든 그들이 전날 둘러보았던 곳보다는 낫다. 사실 이 정도 비용이라면 대리석이나 그리스 조각상 같은 것들로 실내장식이 되어 있는 곳을 기대해도 될 법하지만 뭐, 까다롭게 굴 건 없다. 그는 자기 어머니가 자신이 배신당하고 버림받았다는 것조차 모를 정도로, 그런 감정을 못 느낄 정도로 늙지 않았기를 진심으로 바란다. 중요한 건 바로 그거니까. 이곳의 실내장식이 어떻건, 마호가니 무늬목을 썼건 안 썼건, 그는 자기를 세상에 태어나게 해준 여인을 요양원에 맡기려 하고 있다. 그리고 그는 그녀가 그곳에서 혼자 죽게 내버려둘 것이다. 알린이 그걸 원한다면. 아내는 일을 하지 않는다. 하지만 그녀는 정신없이 바쁘다. 게다가 사내 아이 둘을 키우면서 집안 살림까지 도맡아 하는 건 쉬운 일이 아니다. 고등학교 1학년 때와 3학년 때 낙제를 한 니콜라가 갑자기 의대에 가겠다고 한다. 그들 가족에게는 아직도 어려운 고비가 많이 남아 있다. 니콜라가 지금

___

* 파리 서쪽, 에펠탑이 정면으로 보이는 공원.

처럼 공부하다가는 서른두 살이나 되어야 인턴이 될 것이다.

"당신 어머니와 난 절대로 가까워질 수 없는 사이야." 그런데 알린은 왜 그런 말을 했을까?

그녀들은 모두 세 명이다. 각자 자기 소파에 앉아 있다. 알마 부
인, 뷔소네트 부인, 바르비에 부인. 그녀들의 이름을 차례대로 말
하자면, 루이즈, 마르트, 조슬린이다. 하지만 그녀들은 아직도 계
속 남편 성에다 '부인'이라는 호칭을 붙여 부르면서 서로 존댓말
을 한다. 세 명의 쪼그라든 노파들. 아홉시 십오분이다. 열시 오십
오분에 그녀들은 프랑스 2 채널에서 중계방송하는 미사를 보려고
텔레비전을 켤 것이다. 그때까지 어떻게든 시간을 때워야 할 것이
다. 이 방—이곳을 '휴게실'이라고 부르지만, 사실 그건 부적절한
명칭이다. 휴게실에서 일어날 법한 일들은 거의 대부분 식당에서
일어나기 때문이다— 의 벽은 로비의 벽보다 더 밝은 노란색으로,
거의 짚 색깔을 띠고 있다. 거대한 텔레비전 한 대—그것보다 더
큰 건 이 세상에 존재하지 않는다—와 DVD 플레이어 한 대가 유

리와 알루미늄으로 된 가구 위에 놓여 있다. 그것들은 전체적으로 전원풍의 분위기를 연출하는 다른 장식물들과 대조를 이룬다. 그리고 자작나무 무늬목에 담녹색 가죽을 입힌 소파 두 개가 서로 마주 보고 있다.

텔레비전 앞에는 한 세트인 소파 세 개가 나란히 놓여 있고, 또 다른 소파 세 개는 그 방 안 여기저기에 흩어져 있다. 거실 중앙에는 낮은 타원형 테이블이 놓여 있고, 그 위에는 잡지책들과 두 개의 리모컨—하나는 텔레비전 리모컨이고 다른 하나는 DVD 플레이어 리모컨이다—이 아무렇게나 놓여 있다. 하지만 어느 날 텔레비전이 고장 나 소리가 나지 않게 된 이후로 사람들은 그 리모컨들을 사용할 수 없게 되었다. 원장의 친구인 가전제품 수리 기사가 오려면 일주일을 더 기다려야 한다. 올이 촘촘한 펠트 천을 덮어씌운 카드놀이용 정사각형 테이블과 꽃무늬 천을 씌운 의자 네 개가 이 삭막한 실내에 을씨년스러운 분위기를 더해주고 있다. 진짜 흙이 들어 있는 화분 속에 꽂아놓은, 플라스틱으로 만든 가짜 식물 세 개가 로비와 식당 쪽으로 세워놓은 칸막이들의 발치에 놓여 있다. 로비에서 볼 때 오른쪽으로 벽이 움푹 들어간 곳에 공중화장실이 있다. 그리고 크기가 똑같은 두 개의 문이 벽 색깔과 뚜렷하게 대비를 이루며 도드라져 있다. 짙은 색깔의 나무문을 열면 곧바로 예배실이고, 유리문을 열고 나가면 안뜰이 나온다.

루이즈 알마는 격동의 긴 역사를 몸으로 직접 체험한 여자다. 1912년에 태어난 그녀는 남자들이 참호 속에서 서로 죽이고 죽는 동안 몽소 공원에서 첫 걸음마를 떼고 있었다. 그녀는 전쟁이란 전쟁은 거의 다 겪었다. 1차 대전과 2차 대전, 냉전, 인도차이나 전쟁, 알제리 전쟁, 한국 전쟁, 6일 전쟁, 욤키푸르 전쟁, 베트남 전쟁, 레바논 전쟁, 이란-이라크 전쟁, 포클랜드 전쟁, 걸프 전쟁, 유고슬라비아 내전, 르완다 내전, 이라크 전쟁, 체첸 사태. 그녀는 세 개의 프랑스 공화국을 지켜봤고, 인민전선과 비시 정부 같은 먼 옛날의 정부들도 경험했다. 그녀는 아버지와 여동생과 함께 런던으로 건너가 드골 장군을 다시 만났다. 그녀가 남편을 만난 것도 바로 거기서다. 그녀보다 열 살이나 많은 르네는 원래 포도주와 독주를 팔던 주류 도매업자였는데, 폭발물 도매업으로 업종을 바꾸었다. 루이즈와 르네의 아들 피에르는 브릭 레인*에서 태어났다. 그 당시 아주 멀리, 바다 저편에서는 남자들이 스탈린그라드 전선에서 단검에 찔려 죽어가고 있었다. 루이즈가 매일 아침 식탁에서 신문을 펼치면 처칠, 히틀러, 무솔리니, 레닌, 스탈린, 루스벨트, 나세르, 간디, 케네디, 마틴 루터 킹, 마오쩌둥, 마거릿 대처, 야세르 아라파트, 고르바초프, 차우셰스쿠, 헬무트 콜, 빌 클린턴, 사담 후세인, 넬슨 만델라, 또는 슬로보단 밀로셰비치의 사진이 실려 있었다. 프랑스로 돌아온 르네는 주류 사업을 다시 시작했다. 영광의 삼십 년**이 그들에게 미소를 보내고 있었다. 그들의 삶은 순풍에 돛 단 듯 순조롭게 풀려나갔다. 루이즈와 그녀의 가족과 친구들은 퐁피두, 지스카르 데스탱, 미테랑, 시라크가 대통령에 당선되는 것

---

* 런던 동부 지역.
** 1945년~1973년. 프랑스 해방 이후 지속되었던 고속 성장 시기.

을 목격했다. 그녀는 그 모든 혁명, 배신, 온갖 소요와 혼란 들을 기억한다. 월 스트리트의 대폭락, 6월 18일의 호소,* 쇼아,** 히로시마와 나가사키의 공포, 이스라엘의 독립 선포, 수에즈 운하의 위기. 로마 협정***과 유럽경제공동체 설립을 축하하기 위해 루이즈와 그녀의 남편은 가장무도회를 개최했고, 모든 사람들이 머리부터 발끝까지 파란색으로 치장했다. 그러고 나서 여행의 시기가 왔다. 르네가 은퇴한 후, 그들 부부는 독립한 식민지들을 둘러보았다. 그녀는 프라하의 봄의 희망들과 쿠바의 미사일 위기의 불안을 기억한다. 집 안에서 꼼짝도 하지 않고 텔레비전을 지켜보던 그녀는 소련 군함들이 회항하는 광경을 보고는 기쁨의 함성을 질렀다. 1968년 5월, 그녀는 여대생들이 오데옹 극장을 점거하고 열광적으로 토론하는 것을 목격했다. 1976년에는 최악의 가뭄이 유럽을 강타했고, 그후 2차 오일쇼크가 일어난 해에 르네가 병에 걸렸다. 전립선암. 체르노빌 쪽의 구름이 그들을 위협하고 있었다. 그러고 나서 페레스트로이카 시대가 열렸고, 베를린 장벽이 무너지고 천안문 사태가 발생했다.

알마 부인은 그 사건이 일어난 이후, 그러니까 약 십 년 전에 베고니아로 들어왔다. 그녀는 이제 한 달 후면 아흔세 살이 된다. 아마도 그녀의 손녀는 카드 한 장과 함께 꽃을 보낼 것이다. 루이즈

---

* 프랑스가 나치에 항복한 뒤 런던으로 도피한 드골이 BBC 방송을 통해 프랑스 국민에게 대독항쟁을 호소한 연설.
** 히브리어로 '절멸' 또는 '최악의 대재앙'이란 뜻. 나치의 유대인 학살을 지칭한다.
*** 1957년에 유럽경제공동체(EEC) 창설을 목적으로 유럽 국가들이 맺은 조약.

의 아들은 재혼한 아내와 함께 죽었다. 비행기가 공중에서 폭발한 항공 사고. 신문에서는 그 기사에 '항공기 조종사의 실수'라는 제목을 붙였다. 루이즈의 손녀는 지금 가나에 살고 있다. 그녀는 고무 공장을 경영하는 사업가와 결혼한 이후 한 번도 프랑스에 오지 않았다. 그녀 말로는 비행기를 타는 게 겁나서 그런 거란다. 그녀에게 남은 혈육은 루이즈뿐이다. 하지만 루이즈는 손자들에게 목도리를 떠주는 그런 할머니가 아니었기 때문에 그 두 사람은 서로 가까워지지 못했다. 알마 부인이 베고니아에서 살게 된 건 바로 그래서였다. 그녀는 누구에게도 짐이 되고 싶지 않았다. 그 사고 이후, 그녀는 자신의 보석과 사진을 정리해 집을 떠났다. 그녀의 하녀 에디트는 슬피 울었지만 루이즈는 본래 감상적인 여자도 아니었고, 항상 현실을 직시할 줄 알았다. 그녀에게는 하루 스물네 시간 내내 자기를 돌봐줄 사람이 필요했지만, 에디트는 하루에 겨우 세 시간밖에 와 있지 않았다. 아들과 며느리가 등유처럼 완전연소되어 사라진 후, 그녀와 함께 점심을 먹을 사람은 아무도 없었다. 그녀의 친구들은 거의 대부분 죽었거나 노환으로 옴짝달싹도 못하는 처지였다. 그녀는 사람들에게 둘러싸여 지내고 싶었다. 생애 처음으로. 옛날에는 르네 한 사람만으로 충분했건만.

루이즈 알마는 남편을 뜨겁게 사랑했다. 그녀는 그를 위해 평생을 바쳤고, 그는 그런 그녀에게 충분한 보답을 해주었다. 여행과 바닷가재 수프와 레몬 파이로 가득 찬 인생. 그녀는 자기 아들이 훌륭한 교육을 받고 예의 바르고 성실하게 성장할 수 있도록 신경 썼다. 그녀는 아들에게 두세 가지 원칙을 주지시켰다. 하지만 모성애 넘치는 엄마 역할은 그녀의 전문 분야가 아니었다. 그녀는 오히려 연인이나 아름다운 정부 같은 부류의 여자였다. 그녀의 아버지는 이렇게 말하곤 했다. "우리 딸 루이즈, 넌 네 동생만큼 예쁘지는 않지만 기품이 있어." 언제나 아주 우아하고 약간은 자유분방한. 그녀는 남자들로부터 받은 꽃다발로 집 안을 아름답게 장식할 줄도 알았고, 자신의 적들뿐만 아니라 친구들에게도 그들의 나쁜 점을 확실하게 말해줄 줄도 알았다. 어떤 이들은 그런 그녀를 두고 자주적이고 개성이 강한 여자라고 했고, 또 어떤 이들은 이기적이라고 생각했다. 알마 부인은 사람들이 자기 등 뒤에서 어떤 말을 하든 전혀 개의치 않았다. 그녀는 아무것도 후회하지 않는다. 르네는 하늘에 있다. 그들의 아들 역시 하늘에 있다. 그녀는 자기 차례를 기다린다. 차분하고 맑은 정신으로. 그녀는 결코 두려워하지 않았다. 전쟁 때 한 독일인이 그녀의 목에 칼을 들이댔을 때조차도. 그런 점에서 그녀는 자기 아버지를 닮았다. 그녀에게 자동차 운전을 가르쳐준 것도 바로 아버지였다. 뷔소네트 부인에게 자기 아버지 이야기를 들려줄 때, 루이즈는 절대로 '아버지'라고 말하지 않는다. 그녀는 '아빠'라고 말한다. 그녀는 요즈음 아빠를 자주 생각한다. 그녀는 자기가 자전거를 타다 넘어졌던 날을 기억한다. 여기저기 긁히고 멍든 그녀를 겁에 질린 눈으로 바라보던 그를 기억한다. 그녀의 눈에, 이 세상에 두려울 게 아무것도 없어 보이던 그 남자가 그 순간 갑자기 더할 수 없이 약해 보였다. 루이즈는 한 번도 아들 걱정을 해본 적이 없다. 그 사고 이후 그녀가 회한에 사무치게 된 건 아마도 그래서인 듯하다. 물론, 후회해봤자 이미 너무 늦었다. 그래서 커다란 공허가 자리를 잡았다. 그녀는 아들 걱정에 노심초사하며 불안에 떨어본 적이 한 번도 없었다. 그런데 어느새 나이가 들어 늙어버린 그 아이, 그 아이와의 모든 것이 되돌릴 수 없이 어긋나버렸다는 사실을 뒤늦게 깨달은 그녀의 가슴속에 깊은 회한이 아로새겨졌다. 그녀는 뷔소네트 부인에게 그 이야기를 자세히 들려주지 않았다. 자기 아들과 며느리가 사고로 죽었고 자기에게는 통북투*에 손녀가 한 명 살고 있다는 얘기만 털어놓았다. 루이즈 알마에게는 가나나 통북투나 그게 그거였다. 그런 나라에서 사는 건 생각도 할 수 없었다.

뷔소네트 부인은 늘 알마 부인을 찬미했다. 그리고 사실 곰곰이 따져보면, 그녀가 이곳에 들어와 살게 된 것도 바로 알마 부인 때문이다. 그녀는 일흔여덟이라는 나이에도 여전히 혼자 힘으로 잘 살아가고 있었다. 하지만 그런 그녀에게 어느 날 갑자기 벼락을 맞은 것처럼 누군가에게 한눈에 반하는 일이 일어났다. 마르트는 평생 남을 돌보며 살아왔다. 목사 부인이자 다섯 아이의 어머니였던 그녀는 온갖 단체에 소속되어 있었고 온갖 자선 활동에 참여했으며, 그 외에도 도움의 손길을 필요로 하는 곳이라면 어디든 달려갔다. 그녀가 루이즈 알마를 만난 것도 그런 봉사 활동 때문이었다. 그 시절 그녀는 매주 화요일과 토요일이면 양로원이나 요양원을 찾아다니면서 열심히 주님의 말씀을 전했다. 그녀는 베고니아 건

---

* 아프리카 서부 말리 중부에 있는 도시.

물 로비에서 루이즈를 보는 순간 라코스테 폴로셔츠를 입고 상아 목걸이를 한 그 여자에게 즉시 호감을 느꼈다. 마르트는 그녀에게 유쾌한 농담으로 말을 걸었고, 뒤이어 노래하는 듯한 목소리로 이렇게 말했다. "당신을 만나러 내일 다시 올게요." 마르트는 바쁘게 이곳저곳을 돌아다니면서도 늘 외로움을 느끼고 있었다. 그녀에게는 진정한 친구가 없었다. 그다음 날, 마르트는 자신이 갖고 있는 옷 중에서 가장 멋진 투피스와 새 나일론 스타킹으로 한껏 차려입고 잡지책들을 챙겨 그곳으로 다시 갔다. 그리고 그녀의 예상은 적중했다. 루이즈 알마는 스캔들 잡지를 광적으로 좋아했다. 그 두 여자는 번갈아가며 잡지를 낭독하면서 흥분한 어조로 자신들의 생각을 덧붙였다. 그렇게 해서 영국의 찰스 왕세자와 모나코의 스테파니 공주 덕분에 그들은 친구가 되었다. 마르트는 처음에는 일주일에 두 번씩 그곳을 찾아갔지만, 얼마 지나지 않아 매일 출근하다시피 했다. 그렇게 칠 년을 보내는 동안 그녀는 베고니아의 모든 사람들을 알게 되었다.

알마 부인 방 바로 옆방에 살고 있던 튀르코 부인, 우체국에 다니다 은퇴했던 그 벙어리 노파가 세상을 떠났을 때, 마르트는 단숨에 결정을 내렸다. 그녀는 한순간도 고민하지 않고 곧장 원장실로 달려갔다. "드루앵 원장님, 제가 3호실을 쓰게 해주세요." 물론 대기자 명단이 있었다. 하지만 그녀는 대기자들을 물리치고 자기가 그 요양원의 3호실에 입주할 수 있을 거라고 확신했다. 그녀는 현대식으로 지은 아담한 아파트 1층에서 규칙적인 생활을 하며 조용히 살고 있었다. 그녀는 무엇에든 절대로 불평하는 법이 없었다.

그래서 그녀의 자식들은 그녀가 왜 그처럼 갑작스럽게 엉뚱한 결단을 내렸는지 전혀 이해하지 못했다. 마르트가 머릿속에 어떤 생각을 떠올리면 그 무엇도 그녀를 막을 수 없었다. 그녀는 빠르게 머리를 굴려 자신의 방 두 칸짜리 아파트를 처분하는 일을 큰아들에게 맡겼다. 그녀가 매매 계약서에 서명했을 때, 그녀의 짙은 초록색 커튼은 이미 베고니아의 3호실 창문에 드리워져 있었다.

알마 부인은 마르트의 갑작스러운 행동에 좀 놀랐지만 그래도 자신의 감정을 겉으로 드러내지 않으려고 조심했다. 알마 부인의 그런 반응 때문에 마르트는 적잖이 실망했던 듯하다. 대단한 환대를 기대했던 건 아니지만, 자기 친구가 어떤 식으로든 자신의 입주를 기뻐하고 환영해주었다면 그녀는 뜨겁게 감동했을 것이다. 어쨌든, 그때부터 그녀는 베고니아에서 살게 되었고 게다가 아주 잘 지내고 있다. 그 멍청한 바르비에 부인이 그녀들에게 귀찮게 달라붙지만 않는다면 모든 게 완벽할 것이다. 천박하기 이를 데 없는 그 여자는 천사 같은 그녀의 친구에게 뻔뻔스럽게 말을 걸어 결국에는 그녀를 화나게 만든다. 두 번에 한 번꼴로 틀니 끼우는 걸 잊어버리는 뚱뚱하고 못생긴 전직 담배 가게 여주인. 뷔소네트 부인은 그녀에게 '틀니 빠진 바르비에'라는 별명을 붙여주었다. 근본도 없고 조심성도 없는 여자. 그 여자는 멋모르고 말 상대를 해주는 사람이 나타나기라도 하면 그 기회를 놓칠세라 달려들어 끔찍하고 불쾌한 이야기들을 끝없이 늘어놓는다. 그녀는 어렸을 때 자기 삼촌에게 '성적으로 학대'를 당했단다. 설사 그게 사실이라 하더라도, 그런 건 혼자 간직해야 할 얘기다. 알마 부인은 그녀가 끔찍한

고통을 겪으며 살아온 가여운 여자라고 감싸주지만 아무리 그래봤
자 소용없다. 마르트의 눈은 절대로 속일 수 없으니까. 가식적인
여자, 그래, 사람들의 관심을 끌고 싶어 안달하는 여자. 모든 사람
들을 존중해주는 건 좋은 일이지만, 뜨내기 술꾼들이 떠들어대는
이런저런 넋두리에 귀 기울이며 계산대 너머에서 담배를 팔면서
평생을 살아온 여자. 세상에! 아동 성폭행, 자기 엄마를 개 패듯이
두들겨 패는 아버지, 그로 인한 온갖 불행한 일들을 그녀가 주저리
주저리 늘어놓는 건 놀랄 일도 아니다. 그녀에게는 그럴 만한 이유
가 있으니까. 베고니아는 사람들이 수없이 드나드는 곳이다. 그러
므로 이곳에서 담배 가게를 열면 어렵지 않게 큰돈을 벌 수도 있을
것이다. 하지만 교양은 돈으로 살 수 없다.

"춥지 않아요?"

"아뇨, 안 추워요. 고맙지만, 잘 아시다시피 난 추위를 별로 타지
않는답니다."

"음, 알마 부인이 추워하면 내가 카디건을 빌려줄 수도 있는데."

"아! 바르비에 부인, 당신 도움은 전혀 필요 없어요. 알마 부인
이 하나도 춥지 않다고 하시잖아요."

"죄송해요."

바르비에 부인은 죄송하다는 말을 입에 달고 산다. 그녀는 뷔소
네트 부인이 자기를 싫어한다는 걸 잘 알고 있다. 젠체하는 여자,
그 여자가 자기를 싫어한다는 건 누가 봐도 알 수 있다. 바르비에
부인은 나쁜 생각들을 되새김질한다. 알마 부인은 진짜 점잖은 숙
녀다, 그건 확실하다. 하지만 다른 한 명은 아주 조심해야 할 위인

이다. 벌써 일요일이다. 일요일은 아들이 면회를 오는 날이다. 오늘 같은 날 즐거운 기분을 망쳐서는 안 된다. 뷔소네트라는 여자, 그 여자는 틈만 나면 나한테 시비를 건다. 마음 같아서는 아주 따끔하게 쏘아붙여서 두 번 다시 찍소리 못하게 만들어버리고 싶다. 하지만 어쨌든, 알마 부인 앞에서는 안 된다. 알마 부인 앞에서는 점잖게 행동해야 한다. 그녀에게 잘 보이려면.

"이제 각자 자기 방으로 돌아가야겠어요."

"방으로 돌아가면 아무것도 할 게 없을 텐데."

조슬린 바르비에는 담녹색 소파에서 엉덩이를 뗄 생각이 전혀 없는 듯 그대로 버티고 앉아 자신의 적을 관찰한다. 왕년에 아무리 잘나가던 목사 부인이었다 해도, 지금은 심술궂고 못된 여자, 살모사처럼 엉큼하고 독살스러운 뷔소네트일 뿐이다. 앞뒤가 꽉 막힌 사람들, 기독교식의 이웃 사랑, 아무리 그래도 이 조슬린에게 그런 말을 하다니. 그녀는 평생 뼈 빠지게 일만 하며 힘겹게 살아왔다. 그녀는 평생 모욕을 당하며 살아왔다. 그리고 그녀는 쓰러질 때마다 혼자 힘으로 다시 일어났다. 사람들이 그녀에게 와서 불행한 사람들을 구원해주는 신이 있다는 거짓말을 하지 않았는데도 말이다. 그녀가 텔레비전으로 방송되는 미사를 보는 건 단지 알마 부인을 기쁘게 해주기 위해, 그녀 곁에 머물러 있기 위해서다. 물론 그것 말고는 다른 할 일이 아무것도 없기 때문이기도 하지만. 그럴 때마다 그녀는 자신의 담배 가게가 더욱 그리워진다. 아들이 반대만 하지 않았어도 그녀는 죽을 때까지 계산대를 떠나지 않았을 것이다. 하지만 그녀의 아들은 그녀가 거스름돈을 잘못 내줄 때가 잦다면서 계산을 좀더 똑똑히 하라고 대놓고 핀잔을 줬다. 배은망덕한 놈. 조슬린은 그런 걸 생각하고 싶지 않다. 다른 사람들처럼 아들도 그녀가 구질구질한 이야기들을 늘어놓지 못하게 한다. 그녀를 밀어내고 대신 그 자리를 차지하고 들어앉은 건 며느리다. 늘 무도화처럼 끝이 뾰족한 구두를 신고 발끝으로 걸어 다니는 원숭이 같은 년. "어머니가 이 세상 전체를 원망한다 해도 그건 제 탓이 아니에요." 며느리는 어느 날 조슬린에게 그렇게 말했다. 장밋빛 인생과 자기 마음대로 조종할 수 있는 남편을 손아귀에 움켜쥔 채, 자기는 모르는 게 없다는 듯이. 조슬린은 그 모든 걸 가슴속에 꼭꼭 새겨두었다. 너무 많은 나쁜 생각들. 너무 많은 슬픔. 그러다 결국 베고니아까지 오게 되었다. 이곳에 사는 건 그리 나쁘지 않다. 오히려 잘된 일이다. 간호사들은 친절하다. 특히 야간 근무를 하는 작은 이자벨. 이자벨은 조슬린이 나쁜 꿈을 꿀 때면 계속 옆에서 손을 잡아준다. 매일 밤. 요양원에서 주는 알약들은 아무런 효과도 없다. 악몽을 꾸지 않는 약을 발명하는 사람, 그 사람은 분명히 엄청난 부자가 될 거다. 이자벨은 조슬린에게 악마에게서 벗어나야 한다고 말한다. 바르비에 부인은 신을 믿지 않지만 악마가 존재한다는 건 분명히 알고 있다. 그녀는 살면서 악마를 여러 번 만났으니까.

호랑가시나무와 회양목, 쥐똥나무와 측백나무 덤불 들로 빙 둘러쳐져 있는 정원 한쪽 구석에 포석이 깔린 작은 안뜰이 있다. 잔디는 오늘 아침 이른 시간에 깨끗하게 다듬어놓았다. 콘크리트로 포장된 두 개의 작은 오솔길과 세 그루의 자작나무 사이로 상쾌한 가을 냄새가 난다. 노랗고 하얀 작은 꽃들이 피어 있고, 여름에 햇살이 너무 뜨거울 때면 파라솔을 설치하는 월계수들 주변에는 탁자 하나와 초록색 플라스틱 의자들이 놓여 있다. 철로를 가리고 있는 벽은 담쟁이덩굴로 뒤덮여 있고, 벽 옆에는 특색 없는 주목 한 그루가 어정쩡하게 서 있다.

니니는 휠체어에 앉아 기다리고 있다. 어제 저녁 전화로 카미유가 "내일 봐"라고 말했다. 벌써 두 번이나 온다고 해놓고는 오지 않았으니까 오늘은 카미유가 약속을 지킬 확률이 아주 높다. 카미유는 니니가 이제 예측 같은 건 전혀 못할 거라고 생각하지만 그건 엄청난 오산이다. 니니는 사랑하는 카미유가 언제 오고 언제 오지 않을지 정확하게 안다. 니니는 이제 정신도 온전하지 않고 혼자서는 걷지도 못한다. 자기가 원할 때 외에는. 그녀는 휠체어를 타고 요양원 안을 이리저리 돌아다닌다. 하지만 벨을 눌러대도 아무도 오지 않으면, 혼자 힘으로 물을 마시러 간다. 그녀는 비틀거린다. 그러면서도 쓰러지지 않고 용케 앞으로 나아간다.

　니니는 타고난 배우다. 그녀는 횡설수설한다. 그녀는 헛소리를 한다. 그녀는 공장 굴뚝처럼 담배 연기를 뿜어댄다. 그녀는 기침을 한다. 그녀가 쏟아내는 터무니없는 말 중에 어떤 게 진짜고 어떤 게 거짓말인지 도저히 구분할 수가 없다. 니니는 사람을 짜증 나게 만든다. 지긋지긋한 여자다. 철딱서니 없는 어린아이 같은 할망구 니니는 전에도 끊임없이 사람들을 성가시게 했다. 그런데 베고니아에 들어와 살기 시작한 이후로 그녀의 행동은 더 고약해졌다. 그녀는 아무 이유도 없이 벨을 눌러댄다. 걸핏하면 간호사들에게 고함을 질러대고 카미유한테 전부 다 일러바치겠다고 엄포를 놓는다. "내 대녀가 나한테 담배랑 꽃을 가져올 거야." 그녀는 고래고래 소리를 지르며 온 사방에 떠벌리고 다닌다. 그런데 금요일 저녁이나 어떤 때는 심지어 일요일 아침에 카미유가 약속을 취소한다. 그러면 니니는 잠잠해진다. 글을 쓴다는 그 대녀가 왜 오지 않는 거냐고 사람들이 물으면, 니니는 호랑이처럼 발톱을 세우며 이렇게 말한다. "이번 일요일이 아니야, 오기로 한 건 다른 일요일이야!" 니니는 말을 하는 게 아니라 고함을 지른다. 그녀는 시끄럽게 꽥꽥거리며 악을 쓴다. 그녀는 툭하면 욕이나 상스러운 말을 내뱉는다. 웃을 때도 너무 크게 소리를 질러대서 마치 통곡을 하는 것 같다. 그녀가 정말로 울 때, 그녀의 두 눈에서는 악어 눈물처럼 굵은 두 줄기 눈물이 뚝뚝 굴러 떨어진다. 그리고 멈출 줄을 모른다. 니니는 웃거나 우는 걸 아주 좋아한다. 그녀는 남에게 베풀 사랑을 아직도 아주 많이 갖고 있다. 카미유와 니니는 오랫동안 편지를 주고받았지만 그것도 이제는 끊어졌다. 니니는 카미유에게 삐뚤빼뚤한 글자로 편지를 썼다. 사랑의 편지. 요즘 그녀는 손을 너무 심하게 떨어서 만년필을 제대로 쥐지도 못한다. 니니의 글씨는 이제 도저히 알아볼 수가 없다.

베고니아를 방문하는 일은 엄청난 기 싸움이다. 그런데 카미유는 힘이 없다. 니니와의 기 싸움에서 그녀는 뒤로 밀려난다. 그녀는 요양원의 현관문을 통과한다. 숨통을 조이는 냄새가 진동한다. 그녀는 중얼거린다. "딱 한 시간이면 돼. 그러고 나면 젠장, 평범한 파리 여자의 그 시시한 일상으로 되돌아갈 수 있어. 한 시간만 희생하면 이 주일을 편히 지낼 수 있으니까. 튤립이나 수국 한 다발, 담배 한 보루나 슈퍼마켓에서 산 초콜릿 한 상자로 죄책감을 떨쳐버리는 거야." 하지만 카미유는 한 시간도 제대로 채우지 않는다. 그녀는 니니에겐 이제 시간 개념이 없을 거라고 생각한다. 하지만 니니는 가슴속에 사랑의 모래시계를 품고 있다. 그리고 그 시계는 항상 카미유가 자기와 함께 있는 시간이 너무 짧다는 걸 알려준다.

"아, 고맙구나. 난 꽃이 너무 좋아!"

"알아요. 안녕, 니노츠카."

"담배 가져왔니?"

"응."

"그건 나중에 주고, 우선 네 담배부터 한 개비 다오. 마음대로 담배를 피울 수 있는 곳은 여기밖에 없어."

"안녕하세요, 리베르 부인. 하나, 둘, 날씨가 정말 좋아서 돛을 올려도 되겠어요."

"안녕하세요, 선장님. 아시죠, 우리 대녀 카미유. 애는 작가랍니다, 텔레비전에도 나왔어요."

"그렇군요, 하나, 둘, 셋, 넷. 그래요. 난 시간이 없어요, 주방에 지시를 내려야 해요. 마담, 마드무아젤."

줄무늬 해군 티셔츠를 입은 그 노인은 머리에 쓰고 있던 선원 모자를 아주 정중하게 들어올렸다 내리고는 재빨리 돌아선다.

"저분, 대모한테 반한 거야?"

"그래, 요즘 계속 날 쫓아다니면서 짜증 나게 해. 정말 귀찮아 죽겠어."

"니니!"

"제기랄, 내 입으로 내가 하고 싶은 말도 맘대로 못 하니?"

카미유는 드레퓌스 선장을 아주 좋아한다. 그는 언제든 출항할 준비가 되어 있다. 그는 돛을 올리고 좌현으로 뱃머리를 돌리라고 명령했다 이 분 후에 다시 우현으로 돌리라고 명령을 번복하면서 하루를 보낸다. 베고니아의 의사는 드레퓌스 선장에게 전두 측두엽성 치매*라는 진단을 내렸다. 어쨌든 그건 당장 목숨이 위태로운 병은 아니다. 그는 베고니아를 마치 바다 위에 떠 있는 선박인 양 진두지휘한다. 드레퓌스 선장은 한 번도 배를 타본 적이 없다, 센강의 유람선을 제외하고는. 그는 파리 토박이다. 그는 무프타르 가에 있는 자신의 철물점을 평생 떠나본 적이 없다. 사실 그의 이름은 드레퓌스가 아니다. 그의 진짜 이름은 피카르다. 하지만 그는 자기를 피카르라고 부르며 말을 걸어오는 사람들에게는 대답조차 하지 않는다. 심지어 그의 방 문 앞에 붙어 있는 이름표마저 바꿔야 했다. 그는 문에 '드레퓌스 선장'이라는 문패가 붙어 있지 않다고 자기 방에 들어가려 하지 않았다. 베고니아 사람들은 그런 그에게 협조적이다. 하지만 카미유를 가장 놀라게 한 건, 그 누구의 말도 듣지 않고 항상 제 고집대로 하면서 모든 걸 완전히 엉망진창으로 만드는 니니가, 누구보다 앞장서서 피카르 씨를 '선장님'이라고 깍듯이 불러주고 그의 지시에 순순히 복종한다는 사실이다. 도무지 알다가도 모를 일이다. 사실 니니도 아주 약간 정신이 오락가락한다. 하지만 뷔소네트 부인, 알마 부인, 그리고 정신이 온전한 다른 사람들도 똑같이 그 게임에 동참하고 있다. 구름 한 점 없는 8월의 화창한 오후인데도 그곳에 계속 있으면 위험하다는 선장의 말 한마디에 모두들 군말 없이 '갑판'—포석이 깔린 안뜰이라고 이해하시라—을 황급히 떠나는 광경을 직접 봐야만 한다.

그들은 외롭다. 카미유는 벤치에 앉아 있다. 그녀는 옛 생각에 잠겨 있다. 그녀는 어린 시절 자기를 음식점으로 데려가곤 했던 그

---

* 두뇌의 가장 앞쪽과 측면을 구성하는 신경 세포가 퇴행성으로 변하는 질환.

사람의 병을 인정하고 싶지 않다. 그 시절에 니니는 아주 큰 소리로 깔깔거리면서 제 흥에 겨워 테이블을 발작적으로 두드려댔다. 그러면 포크들이 부르르 떨고 재떨이가 뒤집어졌고, 그래서 다른 테이블의 손님들이 대화를 멈추고 그녀의 비정상적인 행동을 구경했다. 그때 그 시절, 카미유는 전혀 창피하지 않았다. 그녀는 미소를 지으며 이렇게 속삭였다. "니노츠카, 그만해! 사람들이 우릴 쳐다봐." 그땐 좋았다. 그건 즐거운 추억이다.

니니가 카미유의 주의를 끌기 위해 꽃잎이 다 떨어진 진달래 가지를 흔든다.

"내 방으로 갈까?"

"여기도 좋은걸. 그리고 대모는 아직 담배도 다 안 피웠잖아."

"목이 마르단 말이야."

"물 갖다줘?"

"아니, 코카콜라 라이트를 마시고 싶어."

"알았어, 여기서 기다려."

"아니, 나도 너랑 같이 갈래. 휠체어 좀 밀어봐! 춥단 말이야."

"그럴 수밖에 없지, 외투도 안 입었잖아."

이제 카미유는 스물다섯 살이 되었다. 그녀는 죄의식을 느낀다. 그녀의 사랑이 필요한 이 착한 요정, 자기한테 그토록 많은 사랑을 베풀어주었던 이 여인을 돌보지 않는 자신을 책망하며 살아온 지 이제 곧 십 년이 된다. 니니를 보면 그녀는 두렵다. 늙는 것과 병드는 것이 두렵다. 사실, 자신의 이기심만 생각하면 오싹하고 소름이 돋을 정도다. 그녀는 핑곗거리들을 찾는다. 일이 있다, 해야 할 것들이 있다, 거리가 너무 멀다, 교통 체증 때문에 길이 막힌다, 차가 고장 나서 정비소에 들어가 있다, 동생을 도와줘야 한다. 뭐든 간에. 니니와 카미유가 둘이서 마지막으로 레스토랑에 갔을 때, 그때는 정말 끔찍했다. 니니가 음식을 너무 추접스럽게 먹는 바람에 카미유는 토할 것 같았다. 이제는 니니의 모든 것들이 카미유를 구역질 나게 한다. 그녀의 턱에 난 털, 길게 자란 누르스름하고 더러운 손톱. 그녀의 무릎 위에 놓여 있는, 침을 뱉고 코를 푼 게 몇 번인지도 모를 정도로 더러운 휴지 조각. 바다 괴물이 이빨 사이로 밥알을 마구 튀기면서 끔찍한 욕지거리를 고래고래 퍼부어대는 광경. 카미유는 후회한다. 그래서 카미유는 공격적인 태도를 보인다. 그녀는 줄곧 니니를 질책한다. "그만 좀 징징거려. 대모한테 속을 사람은 아무도 없어. 내가 말할 때는 내 말에 귀 좀 기울여. 계속 그렇게 딴청을 부리고 쇼를 하면 난 내년까지 대모를 만나러 오지 않을 거야. 담배도 작작 좀 피워. 이 초도 못 참고 계속 줄담배를 피워대고 있잖아." 그러고 나서 카미유는 요양원을 나선다. 상처 입은 마음으로. 이제 모든 게 끝났다고, 니니와 자기 사이에는 이제 공유할 게 아무것도 없다고, 자기가 착하게 굴지 않았다고, 니니 곁에 좀더 오래 있어주지 않았다고 자책하면서. 배은망덕한 년.

"아, 참새들 좀 봐! 요 작고 귀여운 것들, 얘들아, 얘들아, 얘들아."

"그건 참새가 아니라 비둘기야, 니노츠카."

"우리 엄만 다이아몬드가 박힌 제비 모양 브로치를 갖고 있었어. 아버지가 엄마한테 선물한 거지. 엄마는 드골 장군을 만나러 갈 때 그걸 달고 갔었어. 내가 그 사진 너한테 보여줬니?"

"걸어서 가면 어떨까?"

"자판기까지? 싫어, 내 방으로 돌아가고 싶어. 휠체어 좀 밀어줘."

"정말 짜증 나게 만드네. 니니, 내가 여기 온 지 오 분밖에 안 됐어. 그런데 대모는 벌써 날 지치게 해."

"아! 난 너 때문에 진저리가 나. 난 조울증 환자야. 넌 모르는 게 없는 만물박사니까 그게 어떤 건지 알겠지? 담배 한 대만 더 줘봐. 내 담배는 구역질이 나."

그 성미 사나운 여자가 노란 꽃들 사이에 반쯤 타들어간 하얀 담배꽁초를 집어던졌다. 카미유는 한숨을 내쉰다. 기차 소리가 가까이 다가오고 있다.

4
남작부인의 방, 1
09시 45분

주느비에브 데트루아메종은 남작부인이 아니다. 하지만 그런 이름 때문에 그녀에게 그런 별명이 붙을 수밖에 없었다. 그녀는 이 요양원에 입주해 있는 사람들 중에서 가장 젊다. 그녀와 그녀의 남편이 베고니아를 처음 찾아왔을 때, 원장인 드루앵 씨는 그들이 늙고 병든 부모를 맡기러 온 거라고 생각했다. 하지만 그녀의 손과 팔 여기저기에 멍 자국들이 있는 것을 보고 자신의 생각이 틀렸다는 것을 알아차렸다. 주느비에브는 예순 살이라는 나이가 무색할 정도로 무척 아름다웠다. 늘씬하게 큰 키에 금발 머리, 꿈꾸는 듯한 눈. 텅 빈 두 눈. 그녀 곁에 있는 그녀의 남편은 시력이 나쁜 고슴도치 같아 보였다.

"여긴 알츠하이머 환자들을 위한 곳이 아닙니다, 데트루아메종 씨."

"네, 그건 저도 잘 알고 있습니다, 원장님. 하지만 증세가 심해지기 전까지만, 그러니까 더는 어떻게 해볼 도리가 없을 때까지만 이곳에 있게 해주십시오. 저희들은 여기서 두 블록 떨어진 곳에 살고 있습니다. 이해하시겠습니까? 이건 정말로 좋은 조건일 겁니다, 그러니까 제 말은 정말로 편리할 거라는 얘깁니다. 원장님, 제발 부탁드립니다. 이제 더이상 집사람을 집에 그냥 놔둘 수가 없어요. 제 집사람은 저를 때리고 자해까지 합니다. 이러다 정말 큰일을 저지르지나 않을까 겁이 날 정도예요. 제가 그럴까봐 겁이 난다는 게 아니라, 제가 아내를 말릴 수 없을까봐 그렇다는 겁니다. 제 말을 믿으셔도 됩니다. 제 처는 혼자 있을 때 그런 짓을 저지르고는 이내 정신을 잃고 쓰러집니다. 제 처를 이곳에 맡기려는 건 바로 그 때문입니다. 이 멍들을 좀 보십시오, 이걸 보면 제 가슴이 찢어지는 것 같습니다, 제 처는 발작을 일으킵니다. 그럴 때면 제가 누군지 알아보지도 못합니다. 물론, 자주 그러는 건 아니지만…… 아! 그런 일이 일어날 때마다, 저는 뭘 어떻게 해야 할지 모르겠어요. 제 아내를 맡아주신다면, 제가 매일 찾아와서 아내를 돌보겠습니다. 제발 부탁드립니다, 증세가 심해져서 어떻게 해볼 도리가 없을 때까지만 좀 맡아주십시오."

그건 터무니없는 부탁이었다. 하지만 필리프 드루앵은 그 부탁을 들어주기로 했다. 그 여자의 남편은 공포에 질려 있었다. 사실, 드레퓌스 선장 역시 이제는 완전히 정신이 나간 상태가 아닌가. 만약 이 여인의 발작 증세가 너무 심해지면 다른 방도를 모색하면 될 것이다. 원장은 노인들이 자기 집에서 자식들에게 둘러싸여 죽음을 맞이하는 그런 평화로운 세상을 꿈꾸고 있다. 그래서 그는 입주자들이 베고니아를 자기 집처럼 편안하게 느낄 수 있도록 만들기 위해 최선을 다하고 있다. 밤이면 데트루아메종 부인은 침대 양 귀퉁이에 손과 발이 묶인다. 그리고 이따금씩 금방이라도 숨이 넘어갈 듯한 비명을 질러댄다. 그다음에는 약효가 나타나기 시작한다. 그래, 파스텔 톤의 벽과 낡은 피아노가 있는 하숙집.

늙은 연인 알퐁스 데트루아메종은 1호실의 욕실 안에서 사랑스러운 주느비에브의 뺨에 크림을 발라주고 있다. 대부분의 요양 시설에서 흔히 볼 수 있는 평범한 욕실이다. 전체적으로 하얀 타일이 깔려 있고 바닥은 휠체어가 자유롭게 드나들 수 있도록 턱이 없다. 한쪽에 샤워 시설이 있다. 그리고 샤워 밸브 아래에는 환자를 앉혀 놓고 씻길 수 있는 플라스틱 의자가 놓여 있다. 혼자 샤워하는 사람을 위한 안전 손잡이도 설치되어 있다. 도기 재질의 세면대 가장자리에는 물비누 통과 목욕용 스펀지, 그리고 각질 제거용 경석이 놓여 있다. 튜브가 그의 손에서 미끄러진다. 주느비에브는 바닥으로 떨어진 튜브를 물끄러미 바라본다. 그녀는 되는대로 내버려둔다. 그녀는 무덤덤하다. 그녀의 피부는 부드럽다. 항상 아름다움을 유지하고 화장을 하는 건 그에게 아주 중요하다. 미용 제품, 우유, 때때로 화장품 케이스가 세면대 위의 작은 선반이나 벽에 붙어 있는 약품장 속에 놓여 있다. 데트루아메종 부인의 화장품 케이스는 플라스틱 제품으로, 겉에 표범이 그려져 있다. 바닷가의 '블레 에 샤토'*로 사랑의 도피 여행을 떠날 때면 그녀는 그걸 가져갔다. 그

친숙한 물건을 보자 데트루아메종 씨는 자기와 아내가 어느 호텔에 아주 잠시 머물고 있는 것 같다는 생각이 들어 기분이 좋아진다. 건강을 회복하기 위한 호텔. 그는 그녀의 눈두덩에 푸른색 아이섀도를 바른다. 이제는 그를 전혀 알아보지 못하는 여자의 초점 없는 눈. 애교가 철철 넘쳐흘렀던 그녀. 그는 그녀에게 바지와 하얀 면 카디건을 입혀준다. 금빛 브로치로 고정시킨 꽃무늬 스카프가 심하게 야위고 주름진 그녀의 목을 가려준다. "움직이지 마, 여보. 자칫하다간 처음부터 다시 시작해야 하니까." 그는 그럭저럭 칠해나간다. 그렇게 형편없는 솜씨는 아니다. 가장 어려운 건, 입술에 립스틱을 바르는 것이다. "입을 약간만 벌려봐. 그래, 좋아, 여보." 진홍색, 그건 정말 아름다운 색깔이다. 그는 클리넥스 티슈를 한 장 뽑아들고 그녀의 입술 가장자리를 닦는다. "사랑해." 작고 고독한 개미 한 마리가 타일의 이음매를 따라 기어간다. 서늘한 침묵이 그들을 에워싼다. 그녀는 그에게 항상 충실하지만은 않았다. 하지만 오늘 그는 이곳에 있다. 그는 그녀 곁에 남아 있는 유일한 남자다. 그는 그녀의 머리칼을 아주 부드럽게 어루만진다.

"오늘은 당신 머리하는 날이야. 몇 시로 예약되어 있지?"

"세시."

"여보, 열한시야. 당신 머리카락 끝이 심하게 갈라져 있으니까 미용사에게 그걸 꼭 말해."

"응."

---

* 옛날 성을 개조한 고급 호텔 체인.

"프랑수아가 전화했어. 당신한테 안부 전해달라더군. 목 안 말
라? 차가 아직 그대로 있네?"

"응."

알퐁스 데트루아메종은 몸을 일으켜, 아내의 쭈글쭈글한 두 손
에 들려 있던 플라스틱 잔을 더할 수 없이 조심스럽게 받아든다.
그는 잔에 들어 있던 내용물을 세면대에 쏟아 버린다. 벽에 붙어
있는 거울 오른쪽에는 물품 목록이 적혀 있는 복사지 한 장이 스카
치테이프로 붙여져 있다. 목록에는 파란 수성펜으로 수량과 특이

데트루아메종 부인		1호실
물품	수량	비고
외투	1	
티셔츠	1	
식탁보	4	표시 안 됨
머플러	9	
손수건	17	
테이블보	2	표시 안 됨
브래지어	5	
속바지	11	
행주	2	표시 안 됨
조끼	5	진회색 단추 하나 있음
긴 잠옷	6	
실내복	3	두른색 버리띠 있음
원피스	16	
목욕용 스펀지	4	
냅킨	13	
슬립	4	
스타킹	6	표시 안 됨

사항이 적혀 있다.

"그애가 당신한테 안부 전해달래. 오늘 당신을 만나러 오진 못하지만, 늘 당신을 생각하고 있대. 그리고 손자 녀석들도 당신을 보고 싶어한대."
"응, 열한시에."
"그래, 여보. 열한시에."

두 가지 색으로 벽을 칠해놓은 복도 끝에서 간호사가 걸어오고 있다. 벽은 사람 허리 높이 정도까지는 진회색으로 칠해져 있는데, 그건 휠체어 바퀴가 벽에 부딪치면서 생긴 거무튀튀한 자국을 감추기 위해서다. 그 위쪽부터 천장까지는 옅은 베이지색으로 칠해져 있다. 그리고 오른쪽 벽을 따라 안전 손잡이가 설치되어 있다. 그 위쪽으로 중간 높이에는 둥글고 납작한 램프들이 배의 현창처럼 박혀 있다. 꼭 타이타닉 호의 뱃전 같다.

텅 빈 복도에 핸드폰 벨소리가 울린다. 〈터키 행진곡〉. 크리스티안은 시간이 없다. 그녀는 일주일분의 약을 준비해야 한다. 그녀는 약제실 쪽으로 걸어가고 있다. 마침내 그녀가 간호사복 주머니에서 핸드폰을 꺼낸다. 그다. 그럴 거라 생각했다. 금요일 저녁에 크리스티안은 그와 심하게 다퉜다. 그러니 이제 그가 사과를 해올 때도 됐다. 한바탕 난리를 치고 난 후면 어김없이 사과한다. 그건 너무 쉽다. 하지만 이번만큼은 그의 사과를 받아들이지 않을 것이다. 사과하기로 마음먹는 데 사흘이 걸리다니. 무려 사흘이나. 그러다가 갑자기, 그녀는 오늘이 일요일이라는 걸 깨닫는다. 그는 일요일엔 절대로 그녀에게 전화를 하지 않는다. 그에게 무슨 문제가 생긴 건 아닐까? 따라라라라 따라라라라. 그 작은 기계는 계속해서 요동 친다. 그녀의 손 안에서 진동한다. 따 따 따 따 따라라라라 따라라. 아니, 그 비열한 인간은 용서해줄 가치도 없다.

"여보세요?"

"아, 우리 이쁜이? 나야."

"왜 전화한 거야?"

"자기한테 용서를 빌려고."

"무슨 용서?"

"그건 자기가 더 잘 알고 있잖아."

크리스티안은 대꾸하지 않는다. 그녀는 전화를 즉시 끊었어야 했다. 하지만 그가 어쩔 줄 몰라하며 전화를 걸었으니까, 그녀는 이참에 자기가 어떤 사람인지 그에게 확실하게 보여줄 작정이다. 사람이 아무리 너그러워도 한계가 있는 법이다.

"일요일인데 무슨 바람이 불어 나한테 전화를 다 했어?"

"우리 이쁜이는 이렇게 쌀쌀맞은 여자가 아닌데."

"내가 쌀쌀맞다…… 일요일에는 나한테 절대로 전화를 할 수 없는 걸로 알고 있었는데? 마나님이 당신 떼어놓고 혼자 미사라도 보러 가셨나보지?"

"그 사람은 무신론자야."

"아, 그러셔? 흥, 당신 마누라는 그렇다 쳐도 당신은 미사에 꼭 참석해야 할 것 같은데? 고해성사도 빠뜨리지 말고. 지은 죄가 너무 많아서 하루라도 빠뜨렸다가는 큰일 날걸!"

"크리스티안, 자기야, 제발 그만해. 내가 자기 없이 살 수 없다는 건 자기도 잘 알잖아. 금요일 이후로 정말 죽을 맛이었다구."

"아, 그러셔? 그게 다 누구 잘못인데? 가족 몰래 바람을 피우는 건 내가 아니야!"

"누구라도 그건 쉬운 일이 아니야. 나에게 시간을 조금만 더 줘…… 당신이 너그럽게 이해……"

"물론 쉬운 건 아무것도 없어. 물론이야, 하지만 내가 아는 한, 먼저 꼬리를 친 건 내가 아니야."

"……"

"그게 나였어?"

"아니. 하지만 난 당신한테 첫눈에 반했어."

"그래, 어쨌든 크리스티안은 첫눈에 반한 신사 분께서 결단을 내리실 때까지 가터벨트를 입고 얌전히 기다리는 착한 애인 역할을 하는 데 이제 신물이 났어."

"만나서 이야기하자. 우린 만나야 해."

"……"

"크리스티안, 보고 싶어."

"그럼 오늘 만날까?"

"그건…… 당신도 잘 알잖아, 일요일은……"

크리스티안은 핸드폰을 주머니 속에 다시 넣는다. 그 남자는 그 녀를 절망에 빠뜨린다. 그동안 겪은 고통으로는 충분하지 않다는 듯이. 그녀는 유부남을 만난 대가로 자신의 가련한 가슴을 쥐어뜯어야 한다. 잘못된 인생. 타로 점을 칠 줄 아는 간병인 조시가 그녀에게 이미 경고했다. "그 남자는 자기 마누라와 절대로 헤어지지 않을 거야." 카드 점 같은 건 쳐볼 필요도 없다. 그녀가 너무 어리석었다, 그뿐이다. 무력한 상태. 그녀는 무력해져 있었고, 그는 그 상황을 이용했다. 첫눈에 반했다고? 바보 멍충이 같으니! 이상적인 정부, 그로 하여금 효심이 지극한 착한 아들 행세를 할 수 있게 해주는 여자. "오늘은 아버지 뵈러 요양원에 갔다 올게." 아! 그는 멋진 역할을 맡았다. 어느 날 그들은 드루앵 씨에게 현장을 들키고 말았다. 맙소사, 그녀가 두려워하던 일이 마침내 일어난 것이다! 얼마나 후회스럽던지! 원장은 아무 말도 하지 않았다. 일주일 내내, 그녀는 드루앵 씨가 원장실로 자기를 부르기만 기다렸다. 하지만 아무 일도 일어나지 않았다. 드루앵 씨는 너그러운 사람이다. 그 사람은 이해한다. 그처럼 이해심 많은 남자를 남편으로 맞이하는 행운은 그녀에게는 결코 일어나지 않을 것이다. 아니, 크리스티안에게 걸려드는 사내들은 하나같이 여차하면 언제라도 도망갈 준비가 되어 있는 그런 작자들뿐이었다. 그녀가 장 피에르 피카르를 처음 만난 건, 그가 베고니아에 자기 아버지를 맡기러 왔을 때였다. 전혀 뜻밖에도, 그는 처음 만난 그 순간부터 뻔뻔하다고 해야 할 만큼 노골적으로 그녀에게 치근덕댔다. 그는 그녀의 눈을 빤히 쳐다보면서 그녀가 민망하고 거북스러워 결국 시선을 내리깔 때까지 눈을 떼지 않았다. 크리스티안은 사람들이 자신에게 관심을 가져주기를 너무도 원하고 있었다. 그녀는 누군가가 자기를 아름답다고 생각하고 품에 안아주기를 애타게 바라고 있었다. 그건 틀림없이 그녀의 이마에도 쓰여 있었을 것이다. 남편이 자신과 아들을 버리고 떠난 이후로, 그녀는 모든 것에 흥미를 잃어버렸다. 그녀는 자신이 추하고 쓸모없는 인간처럼 느껴졌다. 못생기고 뚱뚱한 여자. 그녀는 결국 78킬로그램을 넘어섰다. 미적 관점에서 그녀는 논외의 대상이었다. 어느 주말, 그녀의 남편은 회사에서 실시하는 연수를 받으러 간다며 집을 나간 이후 다시는 돌아오지 않았다. 바람처럼 달아난 남자. 다른 남자들처럼. 한마디 설명도 없이. 아무런 흔적도 남기지 않고. 트렁크 하나만 달랑 들고서. 다이어트를 결심하고 실패하기를 반복하며 홀로 살아온 지 삼 년, 그리고 이제 어떤 원피스도 그녀에게 어울리지 않게 되었다. 그때 고양이 같은 눈으로 그녀를 쳐다보던 장 피에르, 그가 그녀의 가슴에 불을 지폈다. 그 정신 나간 노인의 방 문 앞에 걸린 이름표를 바꿔줄 수 있는지 묻던 장 피에르, 자기 아버지를 '우리 선장님'이라고 기꺼이 불러주는 이해심 넘치는 장 피에르, 그의 그런 행동들이 그녀를 미소 짓게 만들었고 그녀를 감동시켰다. 그녀는 생각했다. '현실을 인정할 줄 아는 용기 있는 사람이야.' 그는 자기 아내를 동반하지 않고 혼자 찾아오곤 했다. 그녀는 서류를 통해 그가 결혼한 남자라는 것을 분명히 확인했다. 그녀는 단지 자기를 보고 아름답다고 생각해줄 사람이 필요했을 뿐이다. 하지만 남자들, 그들은 그것만으로 만족하지 않는다. 하얀 가운을 입은 간호사에 대한 환상 때문에. 그는 자신의 불타오르는 사랑을 지체 없이 그녀에게 고백했다.

그들은 드레퓌스 선장의 침대와 머리맡 탁자 사이의 벽에 기대어 처음 사랑을 나누었다. 오 분도 채 걸리지 않았다. 하지만 그녀는 절정을 느끼는 척했다. 남자가 그녀를 건드리지 않은 지 삼 년. 그날 저녁, 그녀는 레몬즙을 뿌린 닭가슴살 다이어트를 시작했다. 여자란 머저리들이다. 그는 결코 그녀를 사랑하지 않았다. 언젠가 한 번, 그녀는 그의 아내를 보았다. 그녀가 죄책감을 느꼈을까? 그녀는 그런 건 생각하지 않기로 했다. 단지 자신에게 욕정을 느끼는 남자가 필요했을 뿐이다. 그리고 장 피에르는 그녀를 욕망했다. 그래서 결국에는 환멸을 느낄 거라는 걸 알면서도, 그녀는 그를 사랑하게 되었다. 어리석게도. 그들은 자신들만의 작은 규칙을 가지고 있다. 기회만 있으면 어디서든 그걸 하자는 것이다. 그러다 아무도 없는 약제실 안에서 둘이 서로 끌어안고 있는 모습을 드루앵 씨에게 들키고 말았다. 수치심. 일자리를 잃게 될까봐 겁이 난 그녀는 다시는 그런 불장난을 하지 않겠다고 굳게 다짐했다. 하지만 그러고 난 후에 그 짓은 다시 반복되었다. 그녀가 정말로 그와 사랑에 빠진 것일까? 그는 너그럽고 친절하다. 따라라라라 따라라라라. 빌어먹을 〈터키 행진곡〉. 그는 그녀에게 작은 선물들을 한다. 밸런타인데이 때는 빨간 장미를, 그리고 그녀의 생일에 터키석 목걸이를 선물한 적도 있다. 그는 매일 저녁 개를 데리고 산책할 때 그녀에게 전화를 한다. 하지만 일요일에는 집에서 꼼짝도 하지 않는다. 따라따라따라라라 따라라. 그녀의 간호사복 주머니 속에서 전화기가 요동을 친다. 받지 않을 거다. 이제 더는 통화하지 않을 거다.

따라라라라. 타성에 젖은 짓. 따라라라라 따라라라라. 도망자와 거
짓말쟁이의 초라한 버릇.

베고니아의 복도에서 열에 들뜬 목소리가 속삭인다. "여보세요?"

"내가 없는 얘길 하는 게 아니에요, 알마 부인. 당신은 그 여자에
게 너무 오냐오냐해주고 있어요."

"당신도 알아요? 그녀가 얼마나 많은 고통을 겪었는지?"

"네, 네, 네. 그녀는 일곱 가지 번뇌를 모두 겪은 성모 마리아죠.
네, 아무렴요!"

마르트 뷔소네트는 자기가 앉아 있는 안락의자의 팔걸이를 움켜
잡는다. 그렇게 분노에 사로잡히는 건 멍청한 짓이다. 알마 부인이
길 잃은 모든 이들에게 세인트버나드 같은 구조견 역할을 떠맡겠
다고 마음먹는다 해도 어쨌든 그건 그녀가 상관할 바 아니다. 게다
가 바르비에 부인도 결국 자리를 뜨지 않았는가. 갑자기 사라진 그
녀는 아들과의 만남을 위해 한껏 치장을 한다. 그녀는 자신의 '세
브'를 입에 침이 마르도록 칭찬한다. 자기 아들을 세바스티앙이라

고 부르면 어디가 덧나나? 마르트 뷔소네트에게 '세브'는 압력솥 상표일 뿐이다.* 어쨌든 그가 자기 어머니를 꽤 자주 찾아오는 건 사실이다.

"안녕하세요, 리베르 부인. 아! 이 아가씨가 바로 대녀군요."

카미유는 니니의 휠체어를 끌고 아무도 움직이지 않는 그 고요한 방을 가로질러 간다.

"안녕, 늙은 암말들."

"니니!"

"잔말 말고 휠체어나 밀어. 내 입 가지고 내가 하고 싶은 말도 못 하니? 로비로 가자, 자판기 있는 데로."

"안녕들 하세요."

"정말 예쁘게 생겼네! 텔레비전에 나온 적 있죠?"

카미유가 멈춰 섰다. 온갖 질병 냄새와 가재도구들의 비릿한 냄새가 콧속으로 스며 들어온다. 애벌칠한 푸른 기 도는 회색 벽이 회갈색 리놀륨 바닥에 반사되어 반짝거린다. 카미유는 그 두 명의 수다쟁이들과 대화를 나누고 싶어하지만 니니가 코카콜라 라이트를 요구한다. 니니는 물도 한 잔 갖다달라고 할 것이고, 담배도 한 개비 더 달라고 할 것이다. 카미유는 빨리 집으로 돌아가고 싶다. 어머니와 함께 바르베 거리로 가고 싶다. 파리 시내를 걷고, 체크무늬 천을 사고, 물방울무늬 신발을 점찍어두고 싶다.

---

* 세브(SEB)는 '테팔' 브랜드로 유명한 주방가전용품 생산업체의 이름이기도 하다.

"네, 아마 그럴 거예요. 어떤 방송을 보셨는데요?"

"〈이런 삶 저런 삶〉."

"아, 아쉽게도 아니네요. 그 방송에는 출연한 적이 없어요."

"그 사회자는 어때요?"

"저는 잘 모르겠는데요."

"그 사람, 정말 멋져요. 알마 부인과 난 그 사람이 정말 대단하다고 생각해요. 그 사람은 아주 다정다감해요. 다른 사람의 불행을 진심으로 염려해주죠."

알마 부인이 생기를 되찾는다. 그녀의 푸른 눈이 반짝반짝 빛난다.

"그래요. 그리고 자기 자신의 불행도! 그 쬐끄만 여자 아나운서와의 연애 사건 기억하세요?"

"부인 기억력은 정말 놀라워요, 알마 부인."

뷔소네트 부인이 카미유를 향해 돌아선다. "아가씨는 어떻게 생각해요?"

카미유가 어떤 여자 아나운서를 말하는 건지 막 물으려고 할 때, 니니가 그녀를 곤궁에서 구해준다.

"빨리 휠체어를 밀어. 목마르단 말야!"

"알았어요, 니노츠카. 그럼 두 분, 나중에 또 봬요."

그 천사 같은 노파들이 카미유와 니니에게 미소를 보낸다. 니니의 표정이 뿌루퉁하다. 이번에는 코카콜라에 로제*를 섞을 수 없기

------

* 분홍색 포도주.

때문이다. 카미유는 이제껏 그런 걸로 니니를 짜증나게 만든 적이 한 번도 없었다. 니니가 아직 자기 집에 살고 있을 때, 카미유는 집 근처 카페로 그녀를 데려가 술을 마실 수 있게 해주었다. 니니는 카미유의 팔을 끌어당기며 말했다. "내 딸한테는 비밀이야. 이 얘기 절대로 하지 마. 그애는 내가 술 마시는 걸 싫어하니까." 카미유는 교활한 눈빛으로 니니를 힐끔 쳐다보면서 속으로 이렇게 생각하고는 했다. '우리 니니, 마셔요, 마셔. 로제든 마리 브리자르*든, 원하는 건 뭐든 마셔. 옷장 속에 술병을 숨겨놓고 술이 마시고 싶을 땐 콜라를 마시고 싶다고 나한테 말해. 대모가 그렇게 말하면 무슨 뜻인지 즉시 알아차릴 테니까. 난 상관없어.' 그리고 그들은 땅콩을 다시 주문하곤 했다. 니니는 땅콩을 비둘기들에게 던져주었다. 그럴 때면 술집 주인은 유쾌하게 웃으며 이렇게 말했다. "니니 부인, 땅콩을 길바닥에 계속 던지시면 더는 안 갖다드릴 겁니다." 그는 니니에게 아주 친절했다. 그는 모든 걸 다 이해하고 있었다. 그녀들이 그 술집에 도착하면 그는 이렇게 말하곤 했다. "아, 우리 피앙세가 오셨군!" 카미유는 그 이후로 그곳에 두 번 다시 가보지 못했다. 그녀는 그때 그 시절이 무척 그립다. 담배와 키르**가 있던 그 오후들. 니니는 술집 안에 있는 모든 사람들을 웃게 만들었고, 카미유는 그녀의 외상 술값을 갚아주었다. 그러면 니니는 이런 말을 던지곤 했다. "자, 실컷 마셔! 내가 쏘는 거니까!" 카미유는 화를 냈다. 그녀는 얼굴도 모르는 사람들의 술값을 내주려는 게

---

* 프랑스의 유명한 리큐어.
** 백포도주에 리큐어를 섞은 아페리티프.

아니라 몰래 숨어서 술을 마시는 그 정신 나간 할망구의 술값을 갚아주려는 것뿐이었으니까. 카미유는 생각했다. '벼룩의 간을 빼 먹는 인간들.' 카미유는 지극히 개인주의적인 인간이었다. 그녀는 사람들에게 술을 사주면서까지 그들의 관심을 끌 필요가 없었고, 그래서 니니의 행동을 이해하지 못했다. 니니는 말을 많이 했다. 비록 횡설수설하긴 했지만 카미유는 니니가 지껄여대는 말들의 앞뒤를 연결시킬 수 있었고, 그래서 지겹지 않았다. 니니는 종려나무 아래에서 보낸 자신의 어린 시절, 아프리카 정글을 가로지르는 도로와 다리를 건설하던 그녀의 아버지, 그 당시 그녀가 느꼈던 외로움, 흑인들과 가톨릭교도 식민지 개척자들이 사는 곳에서 살아야 했던 작은 유대인 계집아이에 대한 이야기를 카미유에게 들려주었다. 냉정한 어머니. 그녀가 처음으로 사귄 연인, 웅장한 산, 눈이 쌓인 비포장 도로들과 소나무 향기, 그녀가 법학과 저널리즘을 공부하던 시절. 니니는 자기가 어떻게 판사가 되었는지 카미유에게 이야기해주었고, 자기 딸이 아직 아홉 살밖에 안 되었을 때 심장마비로 갑자기 죽은 남편에 관한 이야기, 그리고 자기가 얼마나 엉터리 엄마였는지도 들려주었다. 기쁨과 고통, 행복과 절망 사이를 오락가락하고, 자신을 통제할 수 없고, 안경이 어디 있는지 찾지도 못하고, 계란 프라이조차 제대로 해낼 수 없는 조울증 환자. 혼자서는 아무것도 하지 못하는 무능력한 인간이었기 때문에 그녀에게는 항상 옆에서 돌봐줄 간병인이 필요했다. 그녀가 카미유의 엄마를 만난 것도 바로 그래서였다. 니니는 작은 여자아이가 태어나는 것을 보았다. 그리고 졸지에 그녀는 자기를 돌봐주는 간병인이 낳은 아이의 대모이자 할머니가 되었다. 애정을 쏟아부을 대상이 생기자 니니는 그 대상에 집착했고 그 애착을 영원히 간직했다. 니니는 그 여자아이에게 입버릇처럼 말했다. "넌 작가가 될 거야. 너는 내가 살아온 인생을 책으로 써야 해." 베고니아에 들어오기 몇 달 전에 니니는 사람을 시켜 자료 수백 장을 복사했다. 신문 기사, 판결문, 자신의 가족사진, 신분 증명 서류들. 그녀는 이웃에 살고 있는 한 남자를 찾아가 64유로를 쥐여주면서, 변두리 도서관에 가서 쓸모없는 그 추억 나부랭이들을 한 무더기 복사해 갖다달라고 부탁했다. 니니는 그 복사물을 애지중지하면서 항상 옆에 끼고 살았다. 그 복사물보다는 방문 판매인을 약간 더 좋아하긴 했지만. 그녀는 의기양양한 표정으로 아무렇게나 뒤섞여 있는 그 서류들을 카미유에게 내밀면서 이렇게 말했다. "자, 이걸로 소설을 써!" 카미유는 즐거운 눈으로 그 복사지들을 한번 쳐다보고는, 그걸 축하하기 위해 니니를 술집으로 데려가 키르를 사주었다.

  카미유와 니니는 휴게실에서 사라졌다. 전원이 꺼진 텔레비전의 침묵 앞에 알마 부인과 뷔소네트 부인을 덩그러니 남겨두고서.
  "이제 곧 미사 시간이죠?"
  벽 저편에서 동전 짤랑거리는 소리가 들리더니, 잠시 후 동전 하나가 기계의 금속 홈을 통과하는 날카롭고 거친 소리가 들린다. 모터가 천천히 작동하면서 부르르 소리를 낸다. 그러고 나서 음료수 캔 하나가 투명 플라스틱 뚜껑이 달린 구멍 안 펠트 천 매트 위로 툭 하고 둔탁한 소리를 내면서 떨어진다.

이 요양원에서는 점심식사 시간에 포도주가 나온다. 크리스탈 다르크* 병에 담긴 피케트**도 나온다. 하지만 코카콜라 라이트를 마시려면 자동판매기까지 가야 한다.

---

* 프랑스의 유리 제품 회사.

** 포도주 찌꺼기에 물을 타서 만든 음료.

"내가 시작 부분을 놓쳤나?"

바르비에 부인이 급히 달려온다. 녹갈색과 하얀색 체크무늬 바탕에 오월의 은방울꽃 꽃무늬가 수놓인 화려한 원피스. 그녀의 입술에 칠해진 루주는 벌써 입가 여기저기로 번져 있다. 뷔소네트 부인이 눈을 찡그린다.

"아뇨."

바르비에 부인이 안도의 한숨을 내쉰다.

"그런데, 오늘은 사람들이 별로 없군요."

그녀는 허리에 두 손을 얹은 채 뷔소네트 부인의 소파 뒤에 버티고 선다. 그녀는 알마 부인 옆에 앉고 싶다. 그래서 그 위그노*가

---

* 16세기 프랑스의 칼뱅파 개신교도를 일컫는 호칭. 경멸적인 뉘앙스가 담겨 있다.

빨리 사라지기를 기다린다. 그녀 맞은편에는 와인색 액자에 든 흑백 사진 세 개가 나란히 벽에 걸려 있다. 첫번째 사진의 주인공은 등을 돌리고 서 있는 인도 여자다. 그녀의 길게 땋은 갈색 머리와 사리가 바람에 흔들리고 있다. 바닷물에 두 발을 담근 그녀는 바다 쪽을 바라보고 있다. 그녀는 아기를 안고 있다. 아기는 엄마의 어깨 너머로 고개를 내밀고 정면을 쳐다보고 있다. 두번째 사진의 주인공은 어느 화창한 봄날 센 강가에서 키스하고 있는 한 쌍의 남녀다. 세번째 사진은 조슬린 바르비에가 가장 의문스러워하는 사진이다. 그 사진에는 어느 첼로 연주자에게 우산을 씌워주느라 정작 자신은 뼛속까지 흠뻑 젖어 있는 한 남자가 보인다. 그리고 그들 뒤로, 두건을 쓴 화가가 그들에게서 등을 돌린 채 그림을 그리고 있다. 조슬린은 그 사진 속 화가가 그린 풍경화가 비 때문인지 전체적으로 끈적거리는 액체 같다는 생각이 든다. 게다가 저런 빗속에서는 연주할 마음이 나지 않을 것이다. 잘못하다가는 첼로에 곰팡이가 슬 테니까. 바르비에 부인이 좋아하는 악기는 아코디언이다.

"내가 처음 여기 왔을 때, 이곳 사람들은 예배실에서 미사를 올리고 있었어요. 예배실에는 피아노가 한 대 있었고, 가끔씩 그걸 연주하는 사람이 있었답니다."

"아, 그렇지 않아요!"

"맞다니까요! 당신이 뭘 알아요? 당신은 개신교도잖아!"

알마 부인은 기억해내려 애쓴다. 그 두 여자는 그녀를 피곤하게 한다. 그들은 석탄 장수 여편네들처럼 만났다 하면 으르렁거린다.

"알마 부인, 부인은 내가 오기 훨씬 전부터 여기 있었잖아요. 그러니 말해주세요. 그때도 피아노가 있었나요?"

"있었긴 하지만 완전히 망가진 엉터리 피아노였어요. 아무리 연주 솜씨가 뛰어난 사람이라 해도 그걸 칠 수는 없었을 거예요."

"그래도 가끔씩 그 피아노를 하는 사람이 있었다니까요."

"그럼 그 사람이 엉터리로 쳤겠죠."

"피아노를 '치는' 사람이라고 해야죠, 바르비에 부인."

"죄송해요."

바르비에는 뷔소네트의 지적에 별 관심이 없다. 그 여자는 언제나 아는 척을 하며 끼어든다. 하지만 그녀는 인생에 대해 아무것도 모른다.

"그 피아노는 한 번도 조율을 한 적이 없었어요. 그래서 그 피아노를 치워버린 거랍니다."

"그래요, 내 생각도 바로 그거예요. 확실히 그 피아노에 돈을 들이려 하지 않았죠. 게다가 그게 부인이 말하는 것처럼 완전히 망가져 있었다면, 알마 부인, 그걸 수리하는 건 새로 사는 것보다 돈이 훨씬 더 많이 든답니다."

"이런 시설 운영 문제는 시장님이 직접 관장했어야 하는 건데. 당신도 아시죠, 그게 무슨 뜻인지…… 그러니까, 이 요양원은 운영에 문제가 많아요."

"어머, 드루엥 씨를 험담해서는 안 돼요, 뷔소네트 부인!"

"난 사실을 있는 그대로 말하는 것뿐이에요. 난 남을 헐뜯고 다니는 사람이 아니라구요, 바르비에 부인!"

루이즈 알마는 입을 다문다. 그녀는 먼지를 뽀얗게 뒤집어쓴 채 굳게 닫혀 있는 피아노에 대해 곰곰이 생각해본다. 그 피아노를 언제 치웠을까? 몇몇 건반은 소리도 나지 않는, 누르스름하게 변색된 낡은 피아노는 언제나 감동적이다. 그녀는 어린 시절 거실 한구석에 당당히 자리를 차지하고 있던 자기 집 피아노를 떠올린다. 피아노를 친 건 그녀의 동생이었다. 들을 때마다 저절로 흔들흔들 고갯짓을 하게 되던 신나는 재즈곡. 그녀는 그 곡을 얼마나 많이 들었던가? 그런데 지금, 그 모든 건반은 침묵하고 있다. 아빠를 그토록 열광시키던, 가슴을 에는 듯한 그 멜로디를 기억해내는 건 불가능하다.

"안녕들 하십니까!"

소파에 앉아 있던 두 노파는 병든 병아리 같은 목을 뽑아든다. 파스칼 르뵈프가 그녀들에게 미소를 보낸다. 뷔소네트 부인은 바르비에 부인과의 언쟁을 잊어버리고, 속치마를 잡아당기면서 자기가 가장 자신 있어하는 아름다운 무용수 같은 새치름한 표정을 지으며 말한다.

"잘 지내셨어요? 우리 파스칼 씨?"

"물론 잘 지내죠. 그리고 잘 지내지 않을 때도 잘 지내게 만들어야죠. 어제는 날씨가 정말 고약했는데, 오늘은 다행히 좋군요."

모두가 동의를 표한다. "그래, 그래, 잘 지내게 만들어야지" "설사 내일 비가 오더라도 오늘은 좋아야지" "어쨌든 일기예보에서 그러더군, 화요일까지는 좋을 거라고" "그래, 그후부터 점점 나빠진댔어" "그래, 그래도 오늘은 그렇게 나쁘지 않네". 파스칼 르뵈프는 화요일, 금요일, 일요일에 자기 아버지를 면회하러 온다.

"파스칼, 왜 아버지를 매일 만나 뵈러 오지 않죠?"

"아! 그게 어디 말처럼 쉬운가요. 매일 오기는 힘들죠. 그나마 제가 여기서 멀지 않은 곳에 살고 있으니까 이 정도라도 올 수 있는 겁니다."

바르비에 부인이 한숨을 쉰다. 그녀의 세브는 시간이 없다. 그애가 해야 할 그 모든 일들을 생각하면, 그녀는 세브를 원망할 수 없다. 하지만 그래도.

"난, 내 아들을 기다리고 또 기다려. 이러다 화석이 되어버릴 것 같아요."

"당신 아들이 그렇게 자주 찾아오지 않는 건, 자기 나름대로 당신을 아직도 약간은 사랑하고 있다는 증거예요."

조슬린은 화가 버럭 치민다.

"지금 뭐라고 했어요, 뷔소네트 부인?"

"가끔씩 만나야 정이 더 깊어지고 만남의 순간이 더 소중하게 느껴진다는 얘기죠. 그 순간을 더 유익하게 보낼 수도 있을 테고. 어머, 그런 표정 짓지 말아요. 이건 누구나 다 아는 얘기니까."

뷔소네트, 그녀는 농담을 하고 있다. 정이 없으면 누가 면회를 오건 말건 관심이 없는 법이다. 그건 확실하다. 조슬린에게 면회는 삶의 전부다. 그리고 오늘은 바로 일요일이다.

새로 들어온 여자의 이름을 기억하지 못하겠다. 나디아? 카티아? 사만다? 그녀는 상냥하다. 조용한 여자. 필리프 드루앵은 조용한 사람을 좋아한다. 그는 요양원 원장이 되기 전에 온갖 종류의 직업을 전전했다. 레베카? 리디아? 그는 그녀를 채용할 때 그녀에게 피어싱을 빼라고 요구하지 못했다. 그녀는 방금 물에서 건져낸 새끼 고양이처럼 생겼다. 빼빼 마른 데다 허약하고 신경질적으로 보이는 그 여자의 오똑한 코에 매달려 있는 금빛 고리. 별것 아닌 일로 자살할 수도 있는 그런 부류. 매일 아침, 그는 그녀가 사라지고 없을 거라고 예상한다. 그가 그녀의 이름을 기억하지 못하는 것도 아마 그 때문일 것이다. 조아나, 프리실라? 솔직한 여자. 절대로 미소 짓지 않고, 절대로 불평하지 않는다. 그녀는 입주자들에게 말을 걸지 않는다. 아마도 노인들이 두려운 모양이다. 필리프는 이해할 수 있다. 이벤트 회사에서 일하던 시절, 그는 만나는 사람의 이름을 기억해내는 데 아무런 문제도 없었다. 게다가 그 당시에 그는 셀 수도 없을 정도로 많은 사람을 만났다.

그는 파라디 부인의 서류를 살펴볼 생각으로 원장실에서 나왔다. 다양한 색깔의 파일이 수납대 너머, 비서의 머리 위쪽 선반들 위에 정리되어 있다. 여비서는 그에게서 등을 돌린 채 컴퓨터 화면 속 숫자들에 몰두해 있다. 이 여자, 이름이 뭐더라? 클로디아? 알렉상드라? 할 수 없다. 직접 그 서류를 찾아야겠다. 폴린? 카롤린?

오늘은 아침부터 뭐 하나 제대로 되는 게 없다. 무엇보다도 사망자가 생겼다. 물론 죽음은 일상생활처럼 그를 따라다닌다. 하지만 그는 거기에 좀처럼 익숙해지지 못한다. 사망자가 발생했다는 사실을 알려준 건 몸집이 조그마한 이자벨이다. 3층에 입주해 있던 파라디 부인이 잠을 자다 세상을 떠났다. 백일곱 살이라는 고령이었기 때문에 사실 뜻밖의 일이라고 할 수는 없다. 이로써 베고니아는 최고령자를 잃었다. 이제 가족에게 알려야 한다. 필리프 드루앵은 이런 종류의 전화를 거는 게 너무 싫다. 어김없이 연출되는 눈물, 끝없는 설명. 죄의식에서 벗어나기 위한 난리법석. 아니, 물론 그들이 지난달에 한 번도 자신들의 이모할머니를 면회하러 오지 않았다 해도 그건 별로 대단한 일이 아니다. 뭐 그럴 수도 있지. 그런데 공교롭게도 바로 오늘 그들이 면회를 오겠다고 미리 약속을 해놨다니, 정말 유감스러운 일이다. 그들은 그녀에게 작별 인사를 하지도 못했다. 하지만 그녀는 평화롭게 숨을 거뒀다. 그래, 잠을 자다가 죽는지도 모르고 조용히 저세상으로 갔으니 정말로 행복한 죽음이 아닐 수 없다. 그보다 더 멋진 꿈이 어디 있겠는가. 그녀는 조카손주들 이야기를 자주 했다. 그녀는 그들을 아주 많이 사랑했다. 그가 그녀에 대해 뭘 알겠는가. 그녀는 그들을 아주 좋아했다. 그래, 아니, 백일곱 살은 아름다운 나이다…… 다른 입주자들에게는 충격적인 나이긴 하지만. 다행히 그녀는 사람들 앞에서 죽지 않았다. 가장 고약한 건, 점심식사 시간에 죽는 것이다. 접시에 코를 처박은 채. '닭고기 스튜에 작은 조개 모양의 파스타를 넣은 운명의 접시'에. 간호사는 재빨리 휠체어를 끌고 가면서 별것 아니라고, 전혀 불안해하지 않아도 된다고 사람들에게 말해준다. 하지만 비교적 젊은 축에 속하는 여자들은 그런 말에 속지 않는다.

크리스텔? 에스텔? 피셀?

그러고 나서 그 부부가 도착했다. 이 소설의 도입 부분에서, 어머니를 맡기러 왔던 그 점잖은 베르사유 신사와 아내. 마지막에, 에펠탑 포스터 생각에 쪼글쪼글하게 오그라든 모기 같은 모습에 잔뜩 풀이 죽은 그 신사의 목소리. 필리프 드루앵은 왜 그런 건지 제대로 이해하지 못했다. 그 여자, 정숙해 보이기 위해 지나칠 정도로 머리를 단정하게 손질한 히스테리 환자. "장 프랑수아, 제발 남자답게 굴어. 당신 어머니는 샹드마르스 따위엔 관심 없어. 어머니는 이제 아무것도 못 봐!" 그녀는 거의 울부짖다시피 하면서 그렇게 말했다. 그러고 나서 필리프 드루앵을 쳐다보며 아주 차분한 목소리로 말했다. "그게요, 원장님, 제 시어머니는 오른쪽 눈 안쪽에 종양이 있었는데 그게 왼쪽 눈으로 전이가 되었거든요." 그녀의 목소리가 감미로워졌다. 그는 등골이 서늘해졌다. 순식간에 반으로 쪼그라든 그녀의 남편이 두들겨 맞은 개처럼 처량한 시선을 그녀에게 던졌다. 필리프 드루앵은 강요하지 않았다. 눈물의 원장실, 그는 그런 것에 익숙해 있다. 그는 요양원 이용 요금이 적혀 있는 안내 책자를 그들에게 건네주었다. 그는 그들에게 이곳은 입주자들에게 더할 나위 없이 훌륭한 간호와 다양한 여가 활동을 제공한다고 말했다. 그는 고개를 숙인 채 카펫에 구멍이라도 뚫을 듯이 바닥만 내려다보고 있는 남편과 눈을 마주치려고 애쓰며, 동시에 히스테리 발작 일보 직전까지 가 있는 여자의 시선을 피하면서 자기가 해야 할 역할을 충실히 수행했다. 그는 그들에게 요양원 시설을 직접 한번 둘러보라고 권했다. 그들이 복도에서 눈물이 그렁그렁한 크리스티안과 마주친 건 바로 그때였다. 이거야 원, 오늘은 아침부터 뭐 하나 뜻대로 되는 게 없다.

프랑신? 로진? 여기, 이 여자의 윤기 없는 머리털을 쳐다보면서 안내 데스크 앞에 얼쩡거리고 있는 건 부질없는 짓이다. 미르티유? 프랑부아즈? 시트롱? 피스타치오?* 아니, 그가 바라는 건, 일요일이면 항상 그랬듯이 우표 수집 동호회 친구들을 만나러 가는 것이다. 하지만 오늘은 갈 수 없을 것 같다. 두 시간 후면 고인의 가족들이 들이닥칠 테니까. 정말 유감스럽다.

원장은 마호가니 무늬목을 입힌 안내 데스크 쪽으로 걸어간다. 그는 안내 데스크 가장자리를 두 손으로 짚으면서 그 젊은 여자의

---

* 미르티유는 월귤나무 열매, 프랑부아즈는 산딸기, 시트롱은 레몬, 피스타치오는 피스타치오 열매를 뜻한다. 그 여자의 이름이 떠오르지 않으니까 짜증 반 농담 반으로 열매 이름들을 가지고 말장난을 하는 것이다.

주의를 끌기 위해 몸을 굽힌다. 바로 그때, 리베르 부인의 찢어질 듯한 목소리에 그는 소스라쳐 놀란다. 베고니아에서 가장 성가시고 가장 괴팍한 그 입주자가 타고 있는 휠체어를 장밋빛 외투를 입은 갈색 머리의 젊은 여자가 밀고 있다.

"벌써 가는 거야?"

"네, 가봐야 해요. 마리와 점심 약속을 했거든요."

"그 애는 잘 지내니?"

"네, 아주 잘 지내요. 나보고 자기 대신 대모에게 키스해주라고 하더군요."

"그럼, 나한테 키스해."

카미유는 몸을 굽혀 푸석푸석한 잿빛 머리칼 위로 입술을 갖다 댄다. 그녀는 이제 니니의 뺨에 키스하고 싶지 않다, 니니의 살갗은 구역질이 난다.

"내 대녀 아시죠, 그루앵 씨? 얘는 작가랍니다. 『토르니트렁크스트렁크스』라는 책을 썼어요."*

그는 어색한 침묵을 깨고 아무 일도 없었던 것처럼 태연한 척할 수 있다는 게 몹시 기뻐서, 무슨 굉장한 사건이라도 일어난 것처럼 목소리를 높인다.

"아! 안녕하세요, 아가씨."

---

* 실제로 이 소설의 작가 카미유 드 페레티는 거식증과 폭식증을 번갈아 반복하며 비참하게 살아가는 여자의 삶을 다룬 『토르니토링크스』라는 작품을 썼다. 여기에서 니니는 드루앵 씨를 그루앵 씨로, 토르니토링크스를 토르니트렁크스트렁크스로 잘못 이야기하고 있는 것이다.

x

"안녕하세요, 원장님."

카미유는 초조한 표정으로 미소를 짓는다.

"여기 온 지 얼마 되지도 않았잖아. 넌 이제 날 사랑하지 않는구나."

카미유는 거북하다. 니니와 자기를 쳐다보고 있는 그 남자, 뚱뚱한 몸에 모직 카디건을 입은 그 볼이 통통한 남자 때문에. 마치 이런 식의 죄책감을 이미 충분히 느껴보지 않았던 것 같은 기분이 든다.

"난 대모를 사랑해, 하지만……"

"담배 하나만 줘."

카미유는 자기 가방을 신경질적으로 뒤진다.

"저리 가서 나랑 한 대 피우자꾸나."

"아니, 난 이제 가야 해."

"리베르 부인, 담배를 너무 많이 피우시는 것 같군요."

"얘도 피우는데 뭘!"

안내 직원이 마침내 컴퓨터 화면에서 간신히 눈을 떼고 고개를 든다. 원장은 그 기회를 놓칠세라 달려든다. "파라디 부인의 서류를 찾아줘요……" 여원 두 팔이 그 명령에 따라 하얀 서류철 하나를 잡는다. 필리프 드루앵은 입가에 미소를 띤 채 그 파일을 재빨리 낚아채서 리베르 부인 쪽으로 다가간다. 카미유는 그걸 신호로 받아들인다. 원장은 노파 곁에 남아 그녀의 역할을 대신해주겠다고 나선다.

"갈게요."

로비의 유리문은 주차장으로 곧바로 이어진다. 살아 있는 자들의 세계. 교통 체증으로 꽉 막힌 외곽순환도로의 세계, 서둘러 걷는 사람들, 바쁜 사람들의 세계를 향해.

"안 돼! 가기 전에 나한테 키스해줘!"

"안녕히 계세요, 원장님. 안녕, 니노츠카, 다음 주 일요일에 또 올게."

그 순간, 정신 나간 니니의 돌출된 두 눈이 더 커다래진다. 그녀의 입이 고통으로 일그러진다. 그녀의 팔찌들이 요란하게 서로 부딪친다. 그녀는 무서울 정도로 거세게 카미유의 팔목을 움켜잡는다.

"자, 자, 말썽 피우지 마. 내가 전화할게."

카미유는 담뱃진에 찌들어 뿌리 부분이 누렇게 변색된 잿빛의 구불거리는 머리 쪽으로 아주 천천히, 다시 한번 몸을 기울인다. 거기다 입맞춤을 하기 위해. 주름장식 원피스들과 시마롱* 청바지와 자라** 외투를 선물해주었던 이 뚱뚱한 여인. 자기가 태어난 이래로 원하는 건 뭐든지 다 해주었던 그 착한 요정을 애서 기억하기 위해. 니니, 칸 해변에서 초록색 수영복을 입고 축 늘어진 젖가슴과 흉측한 배를 내놓은 채 선탠을 하던 니니. 이제, 한번 문 건 절대로 놓지 않으려 하는 개처럼 악착같이 카미유에게 매달리는, 완전히 시들어버린 니니. 그녀들은 모두 떨고 있다. 그리고, 아주 천천히, 카미유는 달아난다.

---

* 프랑스의 유명 패션 브랜드.
** 스페인의 세계적인 패션 브랜드.

데트루아메종 씨는 아내를 부축한다. 한 발 한 발. 그녀는 발걸음을 옮긴다. 그녀는 자기가 지금 어디에 있는지, 어디로 가는지도 모른다. 신발을 질질 끄는 소리.

"발을 조금만 더 높이 들어, 여보."

미용실 안, 연한 장밋빛의 작은 칸막이 안에 머리 감길 때 사용하는 의자가 하얀 도기 세면대 앞쪽에 당당하게 자리를 잡고 있다. 유리문이 달린 붙박이 수납장 안에는 한껏 멋을 부린 기상천외한 이름의 염색약들이 가득하다. 잿빛 아이리스, 살구꽃, 가을 계피 향, 은빛 눈, 감미로운 바이올린. 왼쪽으로, 금속 장의 선반 층층이 온갖 종류의 화려한 화장품들이 가득 들어차 있다. 슈퍼하드 세팅력으로 깔끔하게 스타일을 고정하여 오랫동안 유지시켜주는 초강력 헤어스프레이, 모발에 탄력을 주고 보호막을 생성해주는 케어

스프레이, 건조한 모발을 촉촉하게 해주는 금갈색 무스, 대나무와 아니스 추출물이 들어 있는 영양 보습 겸 탈모 방지제, 피부를 진정시켜주는 참나무와 호호바 영양 팩, 다양한 테스트용 해초 샴푸, 머릿결을 비단결처럼 부드럽게 가꿔주는 나무 열매 샴푸, 머리색을 멋들어진 밝은 금발로 바꿔주는 젤 타입의 염색약, 그리고 건조해진 머리 끝부분에 탄력을 되찾아주는 너트 오일이 들어 있는 작은 노란색 유리병. 뭐든 차곡차곡 쌓아놓는 기술에 있어서는 그 미용사를 따라올 사람이 없다. 그가 모아놓은 제품들에는 대부분 '비매품'이라는 글씨가 쓰여 있다. 그 미용사의 누이가 어떤 유명 화장품 회사에서 근무하고 있어서, 그에게 견본품이나 아직 시판되지 않은 시험용 제품들을 한 아름씩 갖다주곤 한다. 한번은 그런 제품을 쓴 아메트 부인이 부작용으로 대머리가 될 뻔한 적도 있다. 하지만 대부분은 대체적으로 품질이 뛰어난 편이다. 그 미용사는 신제품이나 새로운 것들을 정말 좋아한다.

바퀴 달린 작업대 위, 버들가지 바구니에는 수십 개의 컬클립들이 빼곡하게 들어 있다. 에어브러시와 양면 브러시, 머리빗, 핀, 독수리 부리처럼 뾰족한 삼중 물림 장치가 있는 집게들. 그리고 엄청나게 큰 검정색 헤어드라이어가 위협적으로 번쩍거리고 있다.

"안녕, 안녕하세요, 우리 왔어요! 여보, 엘턴에게 인사해야지."

데트루아메종 부인이 고개를 들고 의심쩍다는 듯이 쳐다본다.

"여보, 이분이 누군지 알겠어? 미용사 선생님이셔."

"안녕하세요, 남작부인. 그래, 그동안 잘 지내셨어요?"

"네."

"오늘은 어떻게 해드릴까요? 머리를 예쁘게 말아드릴까?"

"네."

"그리고 남작님, 남작님은 원하시는 거 없어요? 가볍게 브릿지를 넣어보면 어때요? 아이, 농담이에요, 농담. 그런 표정 짓지 말아요."

"선생님한테 집사람을 맡겨놓고 가도 될까요?"

"물론이죠. 우린 아주 친하답니다."

데트루아메종 씨는 아내의 쪼글쪼글한 두 손에 가볍게 입을 맞춘다.

"그래, 빨리 가요. 남편이 곧 올 거야. 남편이 당신을 보면 안 돼."

서늘한 침묵이 흐른다.

"주느비에브, 도대체 무슨 소릴 하는 거예요? 당신 남편은 여기 있잖아요!"

미용사의 안쓰러워하는 웃음이 알퐁스의 가슴 한가운데에 와 박힌다.

"내버려둬요, 엘턴. 그냥 내버려둬. 별거 아니니까. 음, 한 시간 후에 집사람을 데리러 올게요. 여보, 그동안 얌전하게 있어야 해. 잠시 후면 당신은 눈부시게 아름다워져 있을 거야."

그 말을 하면서 그는 목이 멘다. 그녀가 그를 남편이 아닌 애인이라고 생각한 건 이번이 처음이 아니다. 그녀의 애인들 중 하나. 그녀에게 얼마나 많은 애인이 있었는지는 모른다. 그는 그녀에게 단 한 번도 그런 걸 묻지 않았다. 이따금, 그는 그녀가 자기 입으로 직접 이야기를 해줬으면 하고 바란다. 정신 나간 아내의 입에서 진실을 듣고 싶다. 그는 "그건 나의 권리야"라고 중얼거린다. 그러고 나서 마지막 순간에, 그는 멈춘다. 수치? 창피? 아니, 사랑.

"빨리 달아나, 남편이 곧 들이닥칠 거야! 빨리 가, 이제 거의 다 왔어! 당신 외투도 가져가. 남편한테 들키겠어! 그가 오는 소리가 들려." 그녀의 말은 가죽밖에 남지 않은 늙은 연인의 육체를 갈기 갈기 찢어놓는 면도날 같다. 그렇게 쩔쩔매고 있는 연인 바로 옆을 지나가면서도 아무것도 눈치채지 못할 정도로 내가 눈이 멀었단 말인가? 그녀가 침실에까지 다른 남자들을 끌어들였단 말인가? 그 남자들은 알퐁스가 정원 현관을 들어서는 그 순간까지도 침대 시트를 구기며 뒹굴고 있었단 말인가? 하지만 그녀는 부인하지 않았던가. 그는 한없이 맑은 그녀의 푸른 눈을 기억한다. "아니, 절대로 그런 일 없어! 난 당신을 한 번도 속인 적 없어!" 사실 그 자신도 그녀가 사실대로 털어놓는 걸 원하지 않았다. 남의 웃음거리, 오쟁이 진 남편이 되는 게 싫었던 것이다. 구태여 찾으려 했더라면 불륜의 증거는 얼마든지 찾아낼 수 있었을 것이다. 그와 그녀는 친구들 집에서 처음 만났다. 어느 새해 첫날 저녁. 그녀는 금빛 원피스 수영복을 입고, 머리를 틀어올리고 있었다. 그녀를 보는 순간, 그는 그녀에게 사로잡혔다. 그녀가 처음으로 그에게 입을 맞췄을 때, 그는 로또에 당첨된 것 같은 기분이었다. 엄청난 행운, 불가능한 꿈. 그녀에게 푹 빠진 그, 그녀의 몸과 그녀가 머리를 뒤로 젖히면서 미소 짓는 모습에 완전히 미쳐버린 그. 그녀가 찻잔을 잡는 방식, 그녀가 매일 아침 그 앞에서 옷을 입는 모습에 반해버린 그. 그는 그녀와 헤어지기보다는 차라리 죽음을 택했을 것이다. 그래서 끝까지 그녀 곁에 남은 그는, 그 덧없는 돈 후안들 중 그 누구도 베고니아로 그녀를 찾아올 만큼 그녀를 깊이 사랑하지 않았다는 사실을 확인할 수 있었다. 그는 주위 사람들이 자기 등 뒤에서 이렇게 말한다는 걸 충분히 짐작하고 있다. "그녀는 그 잘록한 허리로 남편을 잘도 속여 넘겼지. 그 얼간이를 말이야. 그런데도 그 바보 같은 친구는 지금도 그녀를 공주님처럼 떠받들면서 지극 정성으로 돌보고 있어……" 그 누구도 이해하지 못한다. 매일 아침 그는 자기 곁을 떠나지 않은 그녀를 보고 감사함을 느꼈다. 매일 저녁 그는 침대 속에서 그녀가 속옷을 벗고 가운을 걸치는 모습을 보면서 자신이 행복한 남자라고 생각했다.

주님이 여러분과 함께. 또한 사제와 함께.*

그는 유일한 남자다. 그녀를 깊이 사랑한 유일한 남자. 아니, 그는 아무것도 후회하지 않는다. 전혀, 조금도.** 그 두 사람은 춤을 아주 잘 췄다. 특히 주느비에브. 그녀는 천부적인 춤꾼이었다. 왈츠. 그들이 왈츠를 출 때면…… 그녀는 하늘에서 내려온 선녀처럼 우아했다. 그 교수는 입을 다물지 못했다. 그 역시 그녀를 스쳐 지나간 남자들 중 하나였다. 아마도. 분명히. 그는 그녀에게 끊임없이 찬사를 쏟아부었다. 그녀는 언제나 남자를 유혹하고 싶어했다.

---

* 미사에서 성직자가 '주님이 여러분과 함께'라고 먼저 말하면 회중이 '또한 사제와 함께'라고 답한다.
** 에디트 피아프의 샹송 〈아니, 나는 아무것도 후회하지 않아〉의 가사를 인용하고 있다.

아니, 그날 그들 사이에는 아무 일도 없었다, 알퐁스가 계속 옆에 붙어 있었으니까. 하지만 그후에는…… 아니, 그런다고 무슨 소용이 있을까? 그녀는 그 하나만으로는 만족하지 못했다. 의사의 말에 따르면, 치매 환자는 증세를 나타내기 전에 그동안 살아오면서 겪은 불안이나 번민을 강도 높게 재현하는 경향이 있다고 한다. 어쩌면 그건 그녀의 두려움, 그녀의 환상이었을 것이다. 그리고 어쩌면, 그녀는 그를 딱 한 번 속였던 건지도 모른다. 그게 아니라고 해도 그렇게 많이 속이지는 않았을 것이다. 두려움, 그건 실제로 일어난 불륜의 횟수와 비례하는 건 아닐 것이다, 아마도. 사람들은 그녀를 두고 이러쿵저러쿵 수군댄다. 그들은 쑥덕공론을 하고 소문을 퍼뜨린다. 하지만 그들은 모른다. 그게 아니면, 그녀가 직접 그의 등 뒤에서 사람들에게 이야기를 퍼뜨린 건 아닐까? 아니, 주느비에브는 그런 여자가 아니다, 그러기에는 너무도 기품이 넘쳐 흐르는 여자다. 사람들의 신경을 건드린 건 바로 그 고상함이었다. 남을 시샘하고 헐뜯는 그 모든 사람들.

모세가 그를 타일렀다. "너는 지금 나를 생각하여 질투하고 있느냐? 차라리 야훼께서 당신의 영을 이 백성에게 주시어 모두 예언자가 되었으면 좋겠다."*

"아, 우리의 영원한 연인 알퐁스 남작님 아니세요!"

마르트 뷔소네트가 플라스틱 식물들 사이에서 모습을 드러냈다. 알퐁스는 주변에 전혀 신경을 쓰지 않고 자기 생각에 푹 잠겨 걷고

---

* 「민수기」 11장 29절.

있다 느닷없이 그 호들갑스러운 여자와 마주치고 말았다. 알마 부인과 바르비에 부인은 텔레비전 미사를 보고 있다. 그 두 여자는 크림색 미사복을 입고 양 어깨 위로 초록색 줄무늬 영대(領帶)를 늘어뜨린 늙은 신부가 하는 말끝마다 고개를 끄덕인다.

"안녕하세요, 마르트."

"부인께서 지금 미용실에 있던데, 그곳에 같이 가줄 사람을 찾고 있는 거예요? 그럼 나랑 같이 가요. 어차피 나는 여기서 할 게 아무것도 없으니까. 지금은 미사 시간이랍니다. 하지만 나는, 당신도 아시다시피 가톨릭 신도가 아니…… 그건 그렇고, 남작부인의 건강은 어때요?"

"제 아내에게 그런 별명을 붙여준 게 바로 당신이군요, 그렇죠?"

"어머, 쉿! 부인은 정말 멋져요. 그건 부인에게 딱 어울리는 별명이라구요. 참, 당신은 알퐁스라고 불러드릴까요? 아니면 알퐁조?"

그녀가 웃으며 그를 떼민다. 그리고 그의 팔을 잡고 안쪽으로 끌고 간다. 그가 그처럼 고지식한 남자가 아니었더라면, 그녀가 자기한테 수작을 거는 거라고 생각했을 것이다. 여자에 관해서는 숙맥이나 다를 바 없는 알퐁스는 자기한테 호감을 표시하는 여자들에게 무슨 말을 어떤 식으로 해야 할지 전혀 몰랐다.

"당신 부인은 늘 미용실에 틀어박혀 있어요. 그녀는 남자들한테 아름답다는 말을 듣고 싶어해요. 있잖아요, 그건 나도 마찬가지랍니다. 이제 그럴 나이는 지났지만."

알퐁스는 조심스러운 눈길로 마르트를 관찰한다. 그녀는 청회색 벨벳 원피스를 입고 있다. 그녀는 찬사를 기다리고 있다. 텔레비전에서는 「시편」 18장이 낭독되고 있다.

야훼는 저의 반석, 저의 산성, 저의 구원자, 저의 하느님, 이 몸 피신하는 저의 바위, 저의 방패, 제 구원의 뿔, 저의 성채이십니다.

알퐁스 맞은편에 있는 화장실 문이 그의 성채나 피난처 역할을 해줄 수 있을 것이다. 하지만 데트루아메종 씨는 용기가 없는 남자다. 그는 담녹색 가죽 소파에 털썩 주저앉는다. 마르트가 그 옆에 앉는다. 그녀는 다리를 꼬고 '파이브 어클락 티'* 시간에 오래된 친구를 맞이하는 사교계 여인 같은 포즈를 취한다.

"그런데, 당신은 그 사람을 어떻게 생각하세요?"

"엘턴 말인가요?"

"네, 엘턴 말이에요. 신부님이 아니라. 당신은 엘턴을 좋아하죠, 그렇죠?"

"네, 그래요. 그는 인내심을 가지고 상대를 대하니까요."

"그럼 엘턴이란 이름이 본명이 아니라는 건 아세요?"

"아니, 그 사람한테도 별명을 붙였습니까?"

"어머, 그런 걸로 농담하지 말아요. 당신한테 장난삼아 남작님이라는 별명을 붙여준 건 애정의 표시예요. 그건 애칭이라구요. 하지만 그 미용사는 진짜로 신분증까지 바꿨어요."

"그 사람 신분증을 직접 봤나요?"

"아뇨, 그걸 꼭 눈으로 봐야 아나요? 그건 누구나 다 아는 사실인걸요. 여태 아무도 당신한테 그 얘길 안 해줬어요? 엘턴은 그의

---

* 유럽 사회에서 지인들을 초대해 차나 커피를 마시면서 대화를 나누는 시간.

본명이 아니랍니다. 그 사람의 진짜 이름은 자크예요. 하지만 레이디 D*의 친구였던 그 사람을 일종의 롤모델처럼 여겼던 거죠. 지금 내가 무슨 말을 하는지 아시겠어요? 아세요, 그 가수**? 그러니까, 우리 미용사는 그 가수랑 똑같다, 이 말이에요."

"그 사람이 가수였어요?"

"아, 그건 아니에요. 알마 부인과 전『갈라』지에서 그 기사를 봤죠."

바르비에 부인이 뒤를 돌아보며 그들에게 단단히 화가 난 눈길을 던진다. "쉿! 떠들 거면 다른 데 가서 떠들어요." 신부가 떨리는 목소리로 말한다. "마르코복음." 알마 부인이 중얼거린다. "주님께 영광을." 그 도미니크회 신부가 안경을 고쳐 쓴다. 카메라가 첫번째 열의 젊은 여자들을 비춘다. 정성 들여 머리손질을 한 그 여자들은 하나같이 다소곳하다.

예수께서 말씀하시기를 "말리지 말라. 내 이름으로 기적을 행한 사람이 그 자리에서 나를 욕하지는 못할 것이다. 우리를 반대하지 않는 사람은 우리를 지지하는 사람이다."***

뷔소네트 부인이 눈썹을 추켜올리면서 그 틈을 이용해 알퐁스에게 다가간다.

"왕세자비 장례식 때 멋진 노래를 불렀던 그 가수, 그 사람은 아주 잘생긴 청년과 애인 사이래요."

---

* 다이애나 비.
** 엘턴 존.
*** 「마르코복음」 9장 39~40절.

"그러니까 그가 동성애자란 뜻인가요?"

"그래요, 그걸 그렇게 표현하고 싶다면 그렇게 하세요. 어쨌든 그건 슬픈 일이죠."

"당신에게 그런 말을 한 게 누구…… 그러니까 엘턴이……"

"못 봤어요? 팔에 문신이 있잖아요. 귀와 눈썹에 피어싱도 박혀 있구요. 몸 여기저기에 피어싱이 박혀 있다구요. 그게 바로 그렇다는 표시죠! 그리고 미용사들이 대체로 그렇다는 건, 웬만한 사람들은 다 아는 사실이잖아요."

"아, 그런가요?"

"그게 불행한 게 아니라 하더라도, 어쨌든…… 그래도 그 사람은 아주 싹싹하고 친절해요."

네 손이 죄를 짓게 하거든 그 손을 찍어버려라. 두 손을 가지고 꺼지지 않는 지옥의 불 속에 들어가는 것보다는 불구의 몸이 되더라도 영원한 생명에 들어가는 편이 나을 것이다.[*]

신부의 목소리가 떨리고 있다. 그의 목소리가 노란 방 안에 울려 퍼진다. 텔레비전을 지켜보던 여자들이 숨을 멈춘다. 뷔소네트 부인이 한숨을 내쉰다. 그녀가 보기에, 알퐁스는 자기 아내가 최소한 엘튼과는 바람을 피우지 않을 거라고 안심하고 있는 것 같다. 남작부인, 그녀는 행복한 시간을 보낸 것 같던데. 하지만 마르트는 아무 말도 하지 않는다. 그녀는 자제할 줄 안다.

네 발이 죄를 짓게 하거든 그 발을 찍어버려라. 두 발을 가지고 지옥에

---

[*] 「마르코복음」 9장 43절.

던져지는 것보다는 절름발이가 되더라도 영원한 생명에 들어가는 편이 나을 것이다.*

알퐁스는 감동에 사로잡혔다.

또 네 눈이 죄를 짓게 하거든 그 눈을 빼어버려라. 두 눈을 가지고 지옥에 던져지는 것보다는 애꾸눈이 되더라도 영원한 생명에 들어가는 편이 나을 것이다. 지옥에서는 그들을 파먹는 구더기도 죽지 않고 불도 꺼지지 않는다. 누구나 다 불소금에 절여질 것이다.**

그 키 작은 남자의 척추를 따라 전율이 흐른다. 그의 주느비에브는 지옥의 소금에 구워지게 될까? 마르트는 곁눈질로 그를 관찰한다. 잘생긴 남자. 키가 약간 작긴 하지만 다부진 체격. 그리고 병든 아내를 지극 정성으로 돌보고 세심하게 배려하는 남자. 그는 뭐든 그녀가 하고 싶은 대로 하게 해주고 그녀의 손을 잡고 복도를 거닐면서 "내 사랑, 나의 소중한 여인, 내 아름다운 사람"이라는 말을 속삭이며 요양원에 거주하는 모든 여자를 매혹했다. 그는 아직 젊다! 병이란 정말 끔찍한 것이다.

"병이란 정말 끔찍해요!"

그는 미소를 지어보려 한다.

"좀 괜찮아졌다 싶으면 어느새 더 악화되곤 하죠."

이번에는 그가 한숨을 내쉰다. 그는 스무 살로 되돌아가 자기 아내를 품에 안고, 그녀의 몸에 자기 몸을 바짝 갖다 붙인 채 오랫동안 보헤미안 왈츠를 추고 싶다. 그들은 웃음을 잃은 지 너무 오래

---

* 「마르코복음」 9장 45절.
** 「마르코복음」 9장 47~49절.

되었다. 그는 지쳤다. 완전히 엉망진창이다!

"아세요, 엘턴 같은 사람들도······"

"뭐라구요?"

"네, 그 사람들도 사실 병에 걸린 거예요. 하지만 어떤 점에서 보면 그건 그들 잘못이 아니죠. 원래부터 그냥 그런 거니까."

"말을 함부로 하시는군요. 그런 말을 그렇게 단정적으로 하시다니요, 뷔소네트 부인."

알퐁스가 자리에서 일어났다. 마르트가 그를 따라 몸을 일으킨다.

"아! 내가 말도 안 되는 얘길 함부로 꾸며낸다고 생각하시는 모양인데······"

알퐁스는 가버린다. 그는 자기 집으로 돌아간다. 소파에 처박힌 채 입을 다물지 못하고 있는 수다쟁이 할망구들을 그냥 내버려두고. 컬클립을 머리에 잔뜩 달고 있는 자기 아내를 그대로 내버려두고서. 윤리와 도의, 남을 비웃고 헐뜯기······ 사람들이 조금만 덜 심술궂어도 좋으련만. 이 세상의 그 모든 잔인성, 그건 대체 무엇을 위한 것일까? 복수의 신을 위해? 겁을 주기 위해? 권력을 위해? 아니면 단지 떠들어대기 위해? 늘 곁에 머물면서 고독과 슬픔을 달래주는 척하는 고약한 사람들. 대화를 나누는 지팡이들. 제물들, 남작과 미용사. 다정하게 손을 맞잡은 오쟁이 진 남편과 정신 나간 아내. 나들이옷을 입고 미소를 짓는 할멈들의 절망적인 제물들. 제물들, 별다른 이유도 없이. 그가 구부정한 자세로 텔레비전 옆을 지나간다. 바르비에 부인이 볼륨을 높인다.

소금은 좋은 것이다. 그러나 소금이 짠 맛을 잃으면 무엇으로 다시 그 소금을 짜게 하겠느냐? 너희는 마음에 소금을 간직하고 서로 화목하게 살아라.*

* 「마르코복음」 9장 50절.

11
로비, 3
11시 30분

필리프 드루앵은 몹시 흥분해 있다. 그가 원장실을 들락날락한 건 이번이 벌써 세번째다. 그는 안내 데스크에 팔꿈치를 괸 채 파라디 부인의 서류를 넘기고 있지만, 생각은 딴 곳에 가 있다. 필리프 드루앵은 리베르 부인의 신세 한탄을 듣고 싶지 않다. 그는 자신의 안락한 사무실에 꽁꽁 틀어박혀 아무에게도 방해받지 않고 컴퓨터 앞에 조용히 앉아 있고 싶다. 자기가 에고이스트라는 것을 자각하지 못하는 원장은 박애라는 건 날조된 거라고 확신한다. 그는 인생에서 오직 한 가지 열정밖에 없다. 우표 수집. 그는 남자들만으로 구성된 아마추어 우표 수집 동호회의 회원이다. 그 동호회는 매주 일요일마다 모임을 갖는다. 동호회의 분위기는 아주 좋다. 그 모임에서는 바삭바삭한 비스킷과 과일 주스가 나온다. 그리고 일 년에 두 차례 디너파티가 있는데, 첫 파티는 초봄에, 두번째 파티는 12월에 연다. 그때는 회원들이 부인이나 애인을 파티에 데리고 온다. 어떤 회원들은 밖에서 자기들끼리 따로 만나기도 한다. 하지만 필리프는 그런 부류에 속하지 않는다. 그는 친구도 별로 없을 뿐만 아니라, 무엇보다도 사교 모임을 좋아하지 않는다. 그가 부르는 대로 '일요일의 동료' 두세 명을 자기 집으로 초대해 점심식사를 함께 나누는 건 꿈도 꿔본 적이 없다.

필리프 드루앵은 작지만 쾌적한 아파트에서 살고 있다. 그는 월요일 저녁마다 빨래를 하고, 자신의 셔츠와 바지를 아파트 건물 관리인인 로제트 부인에게 맡겨 다림질하게 한다. 그는 노총각으로 살아가는 자신의 생활 방식에 대단히 만족하고 있다. 그가 수요일 저녁마다 관리실의 벨을 누르면 로제트 부인은 깔끔하게 다림질해 곱게 개어놓은 정갈한 셔츠들을 그에게 내민다. 그러면 필리프는 그걸 받아들고 조심스러운 미소를 띤 채 계단을 다시 올라간다. 그는 관리인에게 절대로 열쇠를 맡기려 하지 않는다. 정말 모를 일이다. 필리프 드루앵은 슈퍼마켓으로 장을 보러 가는 걸 무척 좋아한다. 그는 쇼핑 목록을 작성하지 않는다. 그는 새로운 제품, 인스턴트식품, 이국적인 과일이 들어간 샐러드, 아직 맛을 확인해보지 못한 신제품 크렘 브륄레* 맛 초콜릿에 유혹당하는 것을 즐긴다. 그는 가공식품의 효용성을 믿는 미식가다.

필리프가 우표를 수집하기 시작한 건 십 년 전부터다. 지금 그는 스무 권의 우표 앨범과 여러 종류의 희소 시리즈를 소장하고 있다.

---

* 계란 노른자, 크림, 설탕, 바닐라 등을 섞어 구운 디저트.

그가 인터넷에 우표 경매 사이트가 있다는 것을 알게 된 건 최근이다. 물론, 거기서는 동호회에서처럼 떠들썩한 분위기는 맛볼 수 없다. 하지만 경매에 진귀한 우표가 나오면 아드레날린이 급격하게 분비되면서 짜릿한 매력에 빨려 들어간다. 그는 우표 경매에 이미 세 번이나 입찰을 해봤다. 하지만 낙찰된 적은 한 번도 없다. 어제 저녁, 그는 우연히 스페라티의 위조 우표를 발견했다. 평생에 한 번 있을까 말까 한 기회. 위조 우표의 제왕이라고 불리던 전설적인 인물 스페라티. 그가 위조한 우표는 진품보다 훨씬 더 비싼 가격에 팔리고 있다. 그 경매는 오늘 아침에 마감되었다. 필리프는 좀스럽게 굴지 않았다. 정확히 십삼 분 후. 그는 자기가 낙찰되었는지 어떤지 빨리 확인해보고 싶어 미칠 지경이다. 그는 가장자리가 톱니처럼 생긴 작고 네모난 우표 한 장을 손에 들고 동호회로 달려가는 자기 모습을 벌써부터 상상하고 있다. 모두들 깜짝 놀랄 게 분명하다.

필리프가 우표 수집에 뛰어든 건, 마릴린이 떠났다는 사실을 잊기 위해서였다. 천방지축에다 엉뚱하고 신경질적인 여자, 그와는 완전히 정반대인 여자. 너무도 자유분방한 그녀는 요란한 물방울 무늬 원피스를 즐겨 입었고 일 년에 다섯 번씩이나 머리 색을 바꾸어댔는데, 그것도 평범한 갈색, 금색, 적갈색에서 그치지 않았다. 그가 그녀를 처음 만났을 때 그녀의 머리는 초록색이었다. 그는 그게 가발일 거라고 믿었다. 그녀에게서는 기쁨의 환호성, 울음, 비명이 쉴 새 없이 터져나왔다. 그녀는 아무것도 아닌 일에 버럭버럭 소리를 질러댔다. 그래서 그녀와 처음 사랑을 나눌 때 그는 이 여자가 이러다 죽는 건 아닐까 겁이 날 지경이었다. 만난 지 얼마 되지도 않아 그녀는 그의 집으로 들어와 눌러앉았다. 그에게 그래도 되느냐고 물어보지도 않고. 그녀는 한 무더기의 가방, 부엌살림, 낚싯대들, 토끼장, 그리고 그 토끼장 속에 든, 장밋빛 귀에 회색 털을 가진 '귀뒐'이라는 이름의 동물을 데리고 들이닥쳤다. 그보다 오 년 전에 필리프는 고양이 한 마리를 키울 뻔한 적이 있었다. 하지만 고양이를 키우려면 많은 책임이 뒤따른다는 사실을 알고 생각을 바꾸었다. 그런데 마릴린의 토끼…… 그는 그 동물을 그다지 곱지 않은 눈으로 쳐다보았다. 게다가 그가 일하는 동안 마릴린은 그 작은 짐승이 집 안을 마음대로 깡충거리며 뛰어다니게 풀어놨고, 그래서 그 짐승은 집 안의 전깃줄이란 전깃줄은 모조리 물어뜯어놓았다. 특히 세탁기 전원 코드. 그 짐승은 세탁기 배관도 엉망으로 만들어놓았다. 필리프는 화를 내는 남자가 아니었다. 화를 터뜨리기보다는 속으로 꿍하는 성격이었다. 그는 자신의 불만과 혼란을 알리기 위해 일주일 동안 입을 꾹 다물고 침묵시위를 했다. 하지만 마릴린은 그의 침묵을 무시했고, 귀뒐은 계속 집 안 곳곳에 똥을 싸고 다녔다. 그 토끼의 여주인이 어느 날 갑자기 그의 집을 떠날 때까지. 처음 몇 시간 동안 필리프는 모든 게 끝장난 것 같은 느낌이었다. 마릴린은 식탁 위에 황당한 편지 한 통을 남겨놓고 사라졌다. 자기는 방글라데시 사람들을 도우러 떠나며, 따라서 그가 아무리 자기를 찾으려 애써도 소용없을 거라는 내용이었다. 필리프는 수화기를 들었다. 수화기는 그의 손에 그대로 들려 있었다. 그런데 그녀의 전화번호가 기억나지 않았다. 그는 그것을 하나의 징조로 받아들였고, 그래서 더는 미련을 두지 않았다. 그는 아직도 그녀를 생각한다. 담담하게. 그는 그 미친 여자가 사라졌기 때문에 자기가 이렇게 평온하게 살아가고 있는 거라고 중얼거린다. 어느 날, 그는 알브레히트 뒤러*의 그림이 들어간 근사한 우표 시리즈가 있으니 구입하라는 제안을 받았다. 하지만 그는 그 유명한 〈산토끼〉 때문에 그 제안을 거절했다. 필리프 드루앵은 자신의 수집품 속에 토끼를 넣고 싶지 않았다. 오직 스페라티, 스페라티! 손목시계를 한번 쳐다보고 나서 필리프는 기뻐서 어쩔 줄을 모른다. 팔 분 후면 결과를 알게 될 것이다.

니니는 소파에 앉아 원장이 왔다 갔다 하는 모습을 지켜보며 혼 잣말을 중얼거리고 있다. 그녀는 그가 뚱뚱하고 우스꽝스럽다고 생각한다. 그녀는 자기한테 남아 있는 담배의 개수를 센다. 카미유는 그녀를 버렸다. 카미유는 니니를 정신 나간 늙고 외로운 여자의 불행 속에 처박아두고 떠났다. 지치고 버림받은 여자. 자기가 쇠락해가고 있다는 걸 자각하는 미친 여자. 그녀의 딸과 카미유, 그리고 그녀의 친구들은 착각하고 있다. 거짓말, 안심시키기 위한 거짓말, 자신들이 그녀를 버렸다는 것을 감추기 위한 거짓말. 니니는 베고니아가 싫고, 자기를 둘러싸고 있는 늙은이들이 싫다. 그들의 쓸모없고 추한 모습을 보면 덫에 걸린 외롭고 불쌍한 자신의 모습이 떠오른다. 니니는 이제 정상적인 삶으로 되돌아갈 수 없다. 카

---

* 독일의 화가, 판화가, 조각가, 미술이론가. 독일 르네상스 회화의 완성자인 그의 그림 중에는 〈산토끼〉라는 유명한 그림이 있다.

미유조차, 그녀의 귀여운 카미유조차 더는 그녀를 견뎌내지 못한다. 하지만 그들은 서로 사랑한다. 니니는 그걸 안다. 그녀는 카미유가 성장하는 걸 지켜보았다. 그녀는 카미유가 어떤 아이인지 안다. 현실보다는 책을 더 좋아하는 그 골치 아픈 에고이스트. 카미유는 그녀를 위해 소설을 쓰겠다고 약속했다. 다음 해에. 나중에. 니니는 조급해진다. 카미유가 그녀의 인생을 글로 쓴다면, 날마다 그녀에게 뭔가를 물으러 찾아올 것이다, 분명히. 그러면 니니는 정신 나간 행동을 하지 않을 것이다. 카미유에게 순서대로 차분히 모든 걸 이야기해줄 것이다. 그러면 이 세상의 모든 사람들이 그녀의 인생이 얼마나 대단했는지 알게 되겠지. 아름답고 감동적인 한 권의 책. 카미유는 그녀에 대해 나쁘게 묘사하지 않을 것이다. 그건 사랑의 증거가 될 것이다. 니니는 코를 푼다. 그녀는 울고 싶다. 원장은 그걸 모른다. 그는 바빠 보인다. 니니는 그에게 이글거리는 시선을 던진다.

"그런 표정 짓지 말아요, 리베르 부인. 당신 대녀가 당신을 보러 와준 건 정말 고마운 일이잖아요."

니니는 원장을 좋아하지 않는다. 모두들 그를 친절하고 관대한 사람이라고 생각하고 있지만, 그녀는 자신이 아직도 인간의 본성을 꿰뚫어볼 수 있는 뛰어난 재판관이라고 자신하고 있다. 그리고 이 남자에게는 그녀의 마음에 들지 않는 뭔가가 있다.

"어제 저녁에 내가 인터넷에서 뭘 찾아냈는지 아세요?"

니니는 대답하지 않는다. 금방이라도 폭발할 것 같다. 그녀는 떨리는 손으로 목에 걸고 있는 쌈지에 담뱃갑을 다시 넣는다.

"스페라티의 위조 우표! 경매 사이트에서 그걸 발견했어요. 이제 곧 나한테 낙찰됐는지 결과를 알게 될 거예요."

니니가 베고니아에 처음 왔을 때, 필리프 드루앵은 그녀의 책장 선반에서 사진 앨범 사이에 처박혀 있는 '이베르 & 텔리에'*의 카탈로그를 단번에 알아보았다. 원장은 침묵을 견디지 못하는 부류에 속한다. 리베르 부인은 전혀 예측할 수 없는 태도로 횡설수설하기 때문에, 그는 그녀를 볼 때마다 우표 수집에 관한 이야기를 꺼내는 게 습관이 되었다. 친하지도 않고 관심도 전혀 없는 사람에게 만날 때마다 늘 똑같은 농담을 던지는 그런 관계와 약간 비슷하게. 그저 만남의 순간을 수월하게 넘기기 위해 아무 의미도 없는 말을 주고받기로 암묵적으로 동의한 사이.

리베르 부인은 원장을 유심히 관찰하면서, 그의 얼굴이 그렇게 빨개지는 걸 한 번도 본 적이 없다고 생각한다. 오늘도 다른 날과 마찬가지로 우표 얘기는 그녀의 흥미를 전혀 끌지 못한다. 하지만 그녀는 우표 가게에서 보낸 끝없이 긴 그 오후들과 손에 핀셋을 들고 네모진 종잇조각들을 분류하고 정리하고 선별하며 보낸 시간들을 떠올린다. 가장자리가 들쭉날쭉하고 자칫 구겨지거나 찢어질까 조심스럽게 다루던 그 작고 얄팍한 꽃잎들. 니니는 아주 오래전부터 우표에 더는 손을 대지 않았다. 손을 대고 싶어도 댈 수가 없다. 파킨슨병 때문에 주체할 수 없을 정도로 손이 떨리기 때문이다. 그런데 필리프 드루앵은 그런 것엔 전혀 관심이 없다.

---

* 프랑스의 우표 관련 전문 출판사.

오로지 스페라티.

"돈은 둘째 치고, 정말 굉장한 거래를 했다고 할 수 있어요. 물론 낙찰이 될 경우에 말이지만."

"좋은 결과가 있길 바라겠어요."

"그럼, 삼 분만 날 위해 두 손 모아 기도해주세요."

그는 아주 경쾌한 동작으로 흰색 파일을 덮고 원장실을 향해 걸어간다. 그때, 간병인 조시가 난리라도 난 것 같은 표정으로 불쑥 나타나더니 재빨리 원장을 붙잡는다. "문제가 생겼어요, 원장님."

그래, 오늘 아침에는 단 일 분도 시간 여유가 없다. 그건 운명적으로 정해진 듯하다.

"무슨 일입니까, 조시?"

"지금 당장 저하고 예배실로 가셔야 해요. 파라디 부인 일이에요."

시간이 됐다. 그는 깡충깡충 뛴다, 진짜 가젤처럼.

"갑니다, 가. 하지만 그 전에 컴퓨터로 잠깐만 확인해볼 게 있어요. 그러고 나서 곧 그 문제를 해결합시다."

조시는 니니를 향해 돌아서서는 어이가 없다는 듯 한숨을 길게 내쉰다.

"자판기를 아예 끼고 사는군요, 니니?"

"지겨워서 뒈져버릴 것 같아."

조시가 코끝을 찡그린다. "어머, 세상에! 그런 상스런 말은 하면 안 돼요."

니니의 두 눈이 민달팽이 위에 소금을 쏟아부을 준비를 하고 있는 개구쟁이의 눈처럼 반짝거린다.

"난 지겨워어어어어어."

"그게 차라리 낫네요."

원장이 자기 사무실에서 나온다. 그의 통통한 볼에 기분 좋은 미소가 걸려 있다. 그는 인생에서 더는 아무것도 기대하지 않는 리베르 부인에게로 다가가 속삭인다.

"낙찰됐어요!"

"파라디 부인 몸에 개미들이 새카맣게 달라붙어 있어요. 당장 조치를 취해야 해요."

"뭐라고요? 개미?"

조시는 식당의 오렌지색 벽 쪽으로 원장을 몰아붙였다. 미용실 벽과 똑같은 색이다. 휴게실 벽처럼 짚 빛깔을 띤 노란색. 그리고 가장자리에만 좀더 옅은 노란색을 칠해놓았다. 조시의 풍만한 젖가슴에서 불과 몇 센티미터 앞에 코를 두고 있는 원장은 정신이 몽롱하다. 그래서 조시는 아주 과장된 몸짓을 하며 큰 소리로 말한다. 이번에는 그녀의 말이 원장의 귀에 들리겠지.

"원장님! 나 원, 꽉 막힌 예배실 안에다 고장 난 냉장고를 계속 그렇게 처박아뒀으니, 개미가 생기는 건 당연한 일이죠. 원장님도 잘 아시겠지만, 이런 일이 처음은 아니에요. 지난달에 제가 이미 말씀드렸잖아요. 여기 사람들은 내 말을 귓등으로 듣고 만다니까. 쳇, 내 말대로 진작에 해충 박멸 전문가를 불렀으면 좀 좋아? 슈퍼마켓에서 파는 살충제란 살충제는 모조리 사다 뿌려봤지만 아무 소용 없더라고요. 어휴, 지긋지긋한 벌레들, 저 안에 개미가 수백만 마리는 우글대고 있을 거야. 그것들이 입과 귓속은 말할 것도 없고 사방을 휩쓸고 다니고 있다고요. 정말 끔찍해! 그 끔찍한 광경을 보고 난 카펫 위에 뻣뻣하게 쓰러져서 세례식 때 받은 소금을 되돌려주게* 되는 줄 알았지 뭐예요. 그러면 가족을 위해……"

"조용히 해요, 조시!"

필리프 드루앵은 자신의 권위적인 말투에 조시가 깜짝 놀라자 그 틈을 이용해 그 거대한 여자에게서 빠져나온다. 그는 상황이 얼마나 심각한지 자기가 직접 확인해보겠다고 말하고는 재빨리 달아난다. 그의 얼굴에서 미소가 사라지고 없다. 정말 한심하고 멍청한 여자 같으니라고. 점심식사 시간이라 입주자들이 식당으로 모여들기 시작하는데 그런 얘기를 그렇게 큰 소리로 떠들어대다니!

마르트 뷔소네트는 항상 앉는 테이블로 가서 자리를 잡았다. 그녀는 조시의 몸짓과 원장의 벌겋게 달아오른 뺨을 눈여겨보았다. 그 무엇도 그녀의 눈길을 피하진 못한다. 그녀는 알마 부인을 돌아

---

* 구약성서에는 소금이 더러운 물을 깨끗하게 하며 죽음과 유산(流産)의 더러움을 깨끗하게 한다고 기록되어 있다. 그래서 가톨릭 사회에서는 세례를 베풀 때 아이들의 입에 소금을 넣는 경우가 많다. 여기서 '세례식 때 받은 소금을 되돌려준다'는 건 죽음을 의미한다.

본다. "들었어요? 이 요양원엔 이제 냉장고가 없대요." 그녀가 소리쳐 부른다. "원장님? 드루앵 씨!" 하지만 그는 이미 사라지고 없다. 알마 부인은 뷔소네트 부인 맞은편에 앉아 있다. 그녀의 시선은 색이 바랜 비닐 식탁보 위에서 방황하고 있다. 그녀는 테이블 한가운데에 장식되어 있는, 먼지가 잔뜩 끼고 곰팡이가 슨 파랗고 빨갛고 노란 플라스틱 장미들을 멍하니 바라보고 있는 것처럼 보인다. 그렇지만 사실 그녀의 망가진 눈에는 단지 색깔들의 얼룩이 춤을 추고 있는 것처럼 보일 뿐이다. 그래서 그녀는 이루 말할 수 없는 슬픔을 느낀다.

십오 분 후에 점심식사가 나올 것이다. 벌써부터 작은 실내화들이 왈츠를 추듯 발을 질질 끄는 소리가 들린다. 3층 입주자들의 테이블에 앉은 마르트 뷔소네트 뒤에서 한 노부인이 쉬지 않고 끙끙거리고 있다. "아이구, 아이구……" 그 여자는 어렸을 때 소아마비에 걸려 한쪽 다리가 짧다. 그녀는 이상하게 생긴 신발 덕분에 땅 위에 두 발로 서거나 휠체어를 굴릴 수 있다. "아이구." 그녀는 갑작스러운 통증 때문에 깜짝 놀란 듯하다. 그녀 옆의 여자는 오른쪽 검지로 빵 부스러기를 식탁 위에 쓸어 모아 평행선을 만들고 있다. 메뉴는 레물라드 소스*를 뿌린 셀러리, 퓌레와 대황 파이, 그리고 디아블 소스**를 끼얹은 돼지 부채살 요리. "아이구, 아이구."

뷔소네트 부인이 다시 한번 자기 친구의 주의를 끌려고 시도한

---

* 향초나 겨자 등을 곁들인 마요네즈 소스.
** 매운 소스.

다. 그녀는 대화를 이어나간다. "아, 여기 책임자들은 내 말을 들어야 해. 우리가 아무리 죽을 날짜 받아놓은 산송장들이기로서니, 그렇다고 우리한테 상한 요구르트를 줘서야 되겠냐고! 특히나 나처럼 소화에 문제가 있는 사람에게는……" 루이즈가 고개를 들며 말한다.

"당신은 디저트를 절대로 먹지 않잖아요."

"그렇지 않아요. 오늘만 하더라도, 난 달콤한 디저트를 정말 먹고 싶었다구요."

마르트 뷔소네트의 왼쪽에 앉아 있던 바르비에 부인이 그 기회를 놓치지 않고 대화에 끼어든다. "뷔소네트 부인, 변비에 걸렸어요? 의사가 뭘 처방해주던가요? 난……"

마르트 뷔소네트는 사람들이 자신의 건강에 관심을 가져주는 걸 아주 좋아한다. 그런데도 그녀는 시치미를 뚝 떼고 바르비에 부인에게 주의를 주는 척한다.

"바르비에 부인! 지금 모두들 식사 중이잖아요!"

"죄송해요. 난, 그러니까 뭣이냐, 요구르트가 상했는지 아닌지 당신이 어떻게 아느냐 이 말이에요. 게다가 오늘 점심에는 디저트로 대황 파이가 나올 거라고 했는데."

"정말 아무것도 모르는군요, 바르비에 부인. 원장이 앞으로 당분간 우리에게 냉장 식품을 제공할 수 없다고 방금 말해줬어요. 요양원 냉장 시스템이 전부 고장 났기 때문이래요."

"그것 참 유감이군요. 그러니까 뭣이냐, 난 파이를 더 좋아한다 이 말이에요."

마르트가 한숨을 내쉰다. 이 여자는 마르트를 신경질 나게 하는 재주를 가지고 있다. 항상 자리를 바꾸고 싶어하는 니니라는 할망구처럼 말이다. 마침 니니가 온다. 드레퓌스 선장이 그녀의 휠체어를 힘차게 밀고 있다. 저 남자가 끼어들면 정말 좋지 않다. 마르트는 두 친구들 쪽으로 몸을 기울이며 소곤거린다. 그녀의 목소리는 뒤쪽에 있는 여자의 끊임없는 "아이구, 아이구" 때문에 잘 들리지 않는다.

"이번에는 리베르 부인이 말썽을 일으키지 않았으면 좋겠는데. 지난번 일 기억나요? 저이가 2층 사람들이 앉는 식탁으로 가서 턱하니 자리를 잡고 앉았었잖아요. 결국 조시가 나서서 말려야 했죠. 사람들의 관심을 끌려고 일부러 그런게 분명해요."

"아, 맞아요. 저 사람이라면 충분히 그러고도 남아요. 게다가 뭐든지 자기 마음대로 하는 그 선장까지."

조슬린과 마르트의 의견이 유일하게 일치하는 대목. 이건 니니에 맞선 암묵적인 동맹이다. 니니는 일부러 그런 행동을 하는 것 같다. 그들은 니니가 사람들을 향해 고래고래 고함을 질러대고 매번 포도주를 더 달라고 조르는 걸 봐야 한다. 그리고 안 먹겠다고 고집을 피우다가도 접시를 치우려 하면 그제야 배가 고파 죽겠다는 듯 게걸스럽게 먹어대는 모습도 봐야 한다. 그녀는 끊임없이 자리에서 일어난다. 사실 니니가 난동을 부릴 때마다 바르비에 부인은 속으로 무척 기뻐한다. 그럴 때면 뷔소네트 부인은 바르비에 부인이 식기를 다루는 태도나 입에 음식을 넣은 채로 말을 하는 것에 대해 이런저런 흉을 늘어놓지 않기 때문이다. 요컨대 그런 순간들

은 그녀들 사이의 작은 휴전이자 모처럼 죽이 맞는 작은 레크리에

이션이다.

테레즈 르뒤크가 방금 식당으로 들어왔다. 그녀는 이 요양원에

서 가장 키가 작고 신중한 여자다. 흰머리를 단정하게 모아 낮게

묶은 그녀는 항상 회색 원피스를 입고 허리를 곧게 펴고 다닌다.

그리고 항상 고갯짓과 미소로 의사를 표현한다. 그녀가 "안녕들 하

세요" 하고 부드럽고 조용하게 인사했지만 아무도 그녀의 말을 듣

지 못했다. 그녀는 자기가 한 말에 사람들이 대답할 거라고 기대하

지 않는다. 그녀는 그런 것에 익숙해져 있으니까. 뷔소네트 부인은

그녀에게 '있으나 마나 한 테레즈'라는 별명을 붙여주었다. 그리

고 바르비에 부인은 그녀를 사팔뜨기라고 생각하고 있고, 알마 부

인은 그녀를 쳐다보지도 않으며, 리베르 부인은 한 번도 그녀에게

말을 건 적이 없다. 테레즈는 이 년 전에 베고니아에 들어왔다. 입

주한 이래 그녀는 모든 특별 활동, 몸을 움직이는 활동이라면 빼놓

지 않고 참여했다. 그녀는 봄날의 산책, 버섯 따기, 〈보잉 보잉〉 낮

공연을 보기 위해 바리에테 극장으로 외출하기, 그리고 베르사유

궁전 답사에도 참가했다. 그런데도 그녀는 친구를 한 명도 사귀지

못했다. 테레즈는 정말로 수줍음이 많은 여자다. 엄청난 일이 그녀

를 기다리고 있지만 그녀는 아직 그걸 모른다. 파슬리와 타라곤*

냄새가 주방에서 새어나온다. 테레즈는 은방울꽃 향수를 몸에 뿌

리고 있다. 그건 그녀의 유일한 멋내기이다.

---

* 쑥의 일종으로, 달콤한 향이 있어 들짐승 요리를 할 때 노린내를 없애는 데 사용한다.

필리프 드루앵이 식당을 가로질러 간다. 그는 아주 빠르게 걷는다. 그는 사람들 눈에 뜨이는 걸 바라지 않는다. 마르트가 엉거주춤 일어서서 그에게 소리친다.

"원장님?"

"네, 뷔소네트 부인."

"냉장고가 고장 났다는 게 사실인가요?"

"아이구, 아이구, 아이구, 아이구."

원장은 자신의 카디건 단추를 만지작거리면서 무슨 말인지 알아들을 수 없게 중얼거린다. "저…… 예…… 걱정 마세요…… 저희가 알아서 금방 해결할 겁니다."

조슬린 바르비에는 그 대화에 끼어들고 싶다. 그녀는 자신의 적에게 도전하는 듯한 눈빛을 던진다. "상한 요구르트로 우릴 독살하려는 건가요, 원장님? 더군다나 가엾은 뷔소네트 부인은 소화 장애 때문에 변비까지 걸렸는데."

원장은 당황해서 어쩔 줄을 모른다. "다시 한번 말씀해주시겠습니까?"

바르비에 부인이 뷔소네트의 내장 상태에 대해 장황하게 설명하기 전에 뷔소네트 부인이 얼른 나서서 말을 잇는다. "아아, 내 소화기에는 아무런 문제도 없어요. 여기서 먹는 음식들이 전부 냉동식품이란 게 문제죠! 아니, 주제넘은 이야기인지 모르겠지만, 그건 아주 심각한 문제라구요."

그제야 그는 말뜻을 알아듣는다. 그의 뺨에 다시 좀전처럼 붉은

기가 돈다. 그리고 그는 별것 아니라는 듯이 바르비에 부인의 등을 손바닥으로 툭 친다. "아! 저는 여러분을 제 친자식처럼 돌봐드리는 사람 아닙니까? 냉장고는 오 분 동안 살짝, 아주 살짝 고장이 났었습니다. 지금은 벌써 수리가 다 끝나 정상적으로 잘 돌아가고 있어요. 그리고 오늘은 일요일입니다, 요구르트가 나오는 날이 아니죠. 오늘 점심 디저트는 대황 파이랍니다! 여러분 모두 맛있게 식사를 즐기시기 바랍니다." 가벼운 얼버무림. 그러고 나서 그는 다시 가버렸다.

조슬린은 자신의 승리를 음미한다. "거봐요, 뷔소네트 부인, 제가 파이가 나올 거라고 그랬잖아요!"

식당 구석에는, 프랑스 야생 벚나무로 만든 루이 필리프 양식*의 육중한 벽시계가 우뚝 서 있다. 윗부분에는 곁문과 각면 유리가 달려 있고, 시계추는 금빛이다. 숫자판은 자기로 되어 있고, 어느 열정적인 예술가가 손으로 직접 그려넣은 들꽃 세 송이가 숫자판을 장식하고 있다. 지금은 정오다. 식당 안에 적대감이 다시 번질 수도 있다. 그리고 규칙적으로 돌고 있는 초바늘의 리듬에 맞추어서, 한 노부인이 또박또박 끊어서 말을 한다. "아이구, 아이구."

---

* 루이 필리프의 치세기(1830~1848)인 왕정복고시대에 유행한 장식미술 양식. 화려하고 웅장한 것이 특징이며 베르사유 궁전의 실내장식이 대표적인 예다.

13

휴게실, 5
12시 00분

그는 위기를 간신히 모면했다. 다행히 그의 '자식들'은 귀가 어둡다. 필리프 드루앵은 각종 생활용품이 보관되어 있는 비품실에 들어갔다 나온다. 그는 휴게실을 가로질러 간다. 바이곤*을 듬뿍 뿌려놓으면 파라디 부인의 유족들은 아무것도 눈치채지 못할 것이다. 그는 예배실 문을 열고 민첩한 동작으로 안으로 사라진다.

르뵈프 씨와 그의 아들이 식당 쪽으로 걸어오고 있다. 파스칼 르뵈프는 자기 아버지의 팔을 부축하고 있다. 로베르 르뵈프 씨는 여든세 살 치고는 잘 걷는다. 깃털처럼 가볍게, 한 걸음 내디딜 때마다 몸이 양옆으로 흔들거린다. 그는 일요일을 위해 양복을 차려입

----

* 살충제.

었다. 감색 정장, 그리고 약간 색이 바랜 짚 빛깔의 셔츠. 겨자색 넥타이가 그의 여윈 목에 묶여 있다. 말끔하게 면도를 한 그에게서 는 니베아 크림 냄새가 난다. 옆가르마, 무스를 발라 찰싹 달라붙은 머리칼. 그는 아주 깔끔하다.

"아빠, 제가 말했죠? 이제 됐어요. 있죠, 이번 휴가 기간 동안 수련회에 참가하려고 등록해놨어요. 요가 수련회예요."

"아! 그거 잘됐구나. 그래, 언제 떠나니?"

"4월 13일부터 일주일 동안이에요. 그 전엔 떠날 수가 없어요. 에메리크가 크리스마스 때 휴가를 이 주일 동안 쓰겠다고 했거든요. 그리고 랄랑드 부인은 2월에 바캉스 스케줄을 잡았고요. 하지만 만족해요. 그래도 운이 좋은 거예요. 남은 자리가 거의 없었거든요."

"어디로 가는데?"

"카나리제도요. 날씨가 화창했으면 좋겠어요. 요가 선생님과 메일도 몇 번 주고받았어요……"

"뭐라고?"

"컴퓨터로 편지를 주고받는 거요. 그 여선생님, 굉장히 친절하신 것 같아요."

"여자 선생님이라…… 그것 참 잘됐구나! 정말 잘된 일이야. 얘야, 다행이구나. 요가가 뭔지는 잘 모르겠지만, 너한테 분명히 도움이 될 거야, 암. 그런데 얘야, 이상한 냄새가 나는 것 같지 않니?"

"저 코가 막혔어요."

"아직도 비염이 낫지 않은 거니?"

로베르는 자기 아들을 애정 어린 눈길로 바라본다. 그들의 은밀한 공모는 삐걱하고 열리는 문소리 때문에 중단된다. 원장이 예배실에서 나온다.

"아! 이런, 두 분이 여기 계셨군요……" 필리프 드루앵은 당황한 기색이다. 하지만 이내 표정을 바꾸고 말을 잇는다.

"르뵈프 씨, 어떻게 지내세요? 오늘은 아주 멋지게 차려입으셨군요. 정말 근사한데요?"

"만사가 술술 잘 풀리고 있습니다…… 잘 풀리고 있어요, 원장님."

로베르의 목소리는 아주 멋지다. 어렸을 때 그는 나무십자가소년합창단 단원이었다. 그리고 젊은 시절, 그는 거리에서 예쁜 소녀가 지나가면 방울새처럼 멋지게 휘파람을 날리곤 했다. 이제 그는 보청기를 끼고 있지만 음악에 대한 그의 열정은 사라지지 않았다. 놀라운 기억력을 지닌 그는 모리스 슈발리에*와 레 방튀라**의 모든 레퍼토리를 훤히 꿰고 있다.

"그건 사실이야, 아빠. 오늘 아빠는 아주 근사해."

파스칼 르뵈프는 로베르와 정반대다. 그는 키도 훤칠하고 건장하다. 그는 우람한 몸을 베이지색 점퍼로 드러나지 않게 숨기고 있

---

* 1차 대전 이후 프랑스 샹송계와 영화계를 이끌던 프랑스 가수이자 배우.
** 1930년대 프랑스 재즈 밴드의 리더로, 프랑스 재즈 보급에 중요한 역할을 했다. '레 방튀라와 풋내기들'이라는 그룹을 이끌면서 많은 히트곡을 남겼다. 이 소설에 인용된 노래 〈행복하기 위해 뭘 기다려?〉와 〈다 잘될 겁니다, 후작부인〉도 이 그룹이 부른 노래다.

는 조용하고 얌전한 남자다. 그는 자기 아버지에게 끝없이 찬사를 퍼붓는다. 아버지에게 바짝 달라붙어 푸른 눈으로 생글생글 눈웃음을 치는, 아버지의 잔가지.

"아! 어떻게 생각하세요? 멋이란 건 나이와는 상관없는 거예요."

"파스칼 씨, 두 분이 함께 점심식사를 하실 겁니까?"

"아닙니다, 원장님. 저는 볼일이 있어서 가봐야 해요. 아버지를 식탁에 앉혀드리고 나서 곧바로 갈 겁니다."

"르뵈프 씨, 아드님은 정말 보기 드문 효자예요. 르뵈프 씨는 정말 복이 많으시네요."

"그래요, 난 복이 많아요, 복이 많아. 얘가 손자들을 내 손에 안겨주기만 하면 더이상 바랄 게 없겠는데. 하지만 세상 사람들이 말하듯이, 모든 걸 다 가질 수는 없는 일이지."

원장은 초조한 기색을 제대로 숨기지 못한다. 그는 머리가 복잡하다. 그는 등 뒤에 감추고 있는 대형 스프레이를 들키지 않기 위해 이 두 사람이 빨리 사라지기를 바라고 있다. 베고니아에는 냉동실이 딱 하나뿐이다. 사실 냉동 '실'이라고 말하기도 좀 뭐하지만. 그것은 예배실 안쪽 벽 하나를 뚫어 만든 것으로, 냉동실이라기보다는 냉동 '관'이라고 하는 게 더 정확할 것이다. 그 어두운 방에 나 있는 두 개의 작은 창문은 포석이 깔린 안뜰을 면하고 있다. 기다란 예배용 나무 의자 여섯 개와 일인용 의자 몇 개가 중앙 통로의 양쪽에 늘어서 있다. 안쪽 벽에 걸린, 아무런 장식도 없는 커다란 나무 십자가가 그 방 전체를 경건하고 질서 정연하게 보이도록 해주고 있다. 담당 직원이 시신을 닦고 수의로 갈아입힌 후에 고인의 유족들이 와서 장례를 치르기 전까지 그곳에 안치해놓을 것이다. 모든 절차는 가능한 한 조심스럽고 은밀하게 진행되어야 한다. 사망자가 생길 때마다 다른 거주자들이 정신적으로 충격을 받기 때문이다. 그런데 오늘 아침에 조시는 냉동실의 온도 조절장치가 망가진 것도 모르고, 이동 침대에 누워 있는 파라디 부인을 그대로 넣어둔 채 예배실 문을 닫아버렸다. 그래서 그 즉시 개미들이 시체를 점령하여 시신의 얼굴 위에서 검은 점으로 된 가느다란 급류를 이루면서 줄줄 흘러내리고 있었다. 필리프 드루앵은 겁에 질린 조시와 함께 피해 상황을 파악한 후, 결단을 내렸다. 믿을 사람은 자기 자신밖에 없다. 그는 비품실로 달려가 바퀴벌레, 개미, 거미 같은 기어다니는 벌레란 벌레들은 모두 한 방에 박멸할 수 있다는 초록색 바이곤 백 센티리터짜리 스프레이 한 개를 찾아낸 다음, 다시 뛰다시피 식당을 가로질러 갔다. 바로 그때, 뷔소네트 부인이 그를 붙잡았다. 그는 이게 다 조시 때문이라고 생각하면서 마음속으로 욕을 퍼부었다. 하지만 다행히 그 수다스런 노파는 그들이 나누었던 말의 의미를 제대로 알아듣지 못했다. 서둘러야 했다. 젠장, 낙찰된 스페라티를 인증할 시간조차 없다니! 그가 경매에서 낙찰이 된 건 이번이 처음이다. 그래서 그는 어서 원장실로 돌아가 방해받지 않고 낙찰을 확실하게 인증해놓고 싶다. 파라디 부인의 조카손녀는 가족들이 점심시간에 올 거라고 말했다. 개미들은 쉬지 않고 자신들의 궤도를 착실히 따라가고 있었다. 모두 일렬종대로. 그것들은 죽은 자의 콧속으로 들어가 다시 시신의 두 눈에서 마치 눈물에 번져 줄줄 흐르는 마스카라 자국처럼 줄줄이 흘러내리고 있었다. 늙은 여자의 시신 위에서 개미들이 행군하는 모습은 충격적이었다. 하지만 필리프는 감정 때문에 일을 그르치지 않는, 대단히 실리적이고 유능한 남자다. 그는 파라디 부인의 머리부터 발끝까지 스프레이로 융단폭격을 가한 후, 냄새가 가실 때까지 유가족들을 원장실에 가능한 한 오래 붙들어놔야겠다고 결심했다. 그는 우표 수집 동호회 회장에게 마땅히 이 사실을 알렸어야 했을 것이다. 하지만 그는 다음 주 일요일에 회원들을 깜짝 놀라게 해주고 싶었다. 물론, 그 우표가 주중에 그에게 도착해야 가능하겠지만. 치이이이익…… 치이이익, 갑작스러운 공격에 혼비백산한 개미들이 사방으로 흩어졌다. 치이이이익…… 시신의 창백한 뺨에 니스 칠을 한 것 같은 효과가 나타난다. 치이이이익…… 머리칼 속과 하얀 면 잠옷에 한 번 더. 날벼락을 맞은 개미들이 즉사한 채 시신의 눈꺼풀에 그대로 달라붙는다. 원장은 두툼하게 살이 찐 두 손으로 그 노파의 얼굴에서 죽은 개미들을 털어내려 했다. 하지만 개미들은 원장의 거친 손길에 으스러지고 말았다. 치이이이익…… 치이이익…… 필리프는 신경질이 났다. 냄새가 견딜 수 없이 고약했다. 그는 시신의 주름살과 입술 사이에 박혀 있는, 둥글게 오그라든 검은 주검들을 마지막으로 쓸어내고 난 후, 개미들의 공동묘지로 변해버린 예배실을 나와 조심스럽게 문을 닫았다.

"자, 여러분, 이제 곧 점심식사 시간이군요. 전 약속이 있어서 이만 가보겠습니다."

"좋은 하루 보내세요, 원장님."

"좋은 하루 보내요, 파스칼. 화요일에 봐요."

화요일…… 그때쯤이면 아마도 모든 게 달라질 것이다. 초조해진 르뵈프 씨의 심장이 빠르게 뛰었다.

"아빠, 떠는 거야?"

"아니, 아니다, 아들아."

14

로비, 4

12시 15분

　이모할머니가 돌아가셨다는 연락을 받고 나서 마르틴의 하루가 약간 혼란스러워졌다. 그녀는 미용실 예약을 취소하고 남편에게 전화를 걸어야 했다. 오늘 그들은 오디베르티 씨 집에 저녁식사 초대를 받았다. 그런데 그녀에겐 그 집에 입고 갈 만한 옷이 하나도 없다. 그녀는 그런 자리에 갈 때면 늘 입는 카키색 투피스를 떠올렸다. 새틴 안감을 댄 투피스. 하지만 지난달 미셸의 기업운영위원회 파티에도 그걸 입고 갔던 것 같다. 그녀는 특히 마리나 오디베르티가 자기를 옷 한 벌 제대로 사 입지 못하는 여자라고 생각하게 하고 싶지 않다. 여하튼 미셸은 브누아 오디베르티 사의 사장이니까 그녀는 그 수준에 맞추어야 한다. 검은 크레이프 원피스는 어떨까? 출렁거리는 팔뚝 살 때문에 이제 그 옷은 입을 수 없다. 검은색 조끼를 그 위에 받쳐 입으면 어떨까? 그랬다가는 상복을 입은 것 같은 느낌이 들 수도 있을 것이다. 베고니아 원장이 오늘 아침에 전화를 걸어왔을 때, 그녀는 저녁 만찬에 참석하지 못한다고 연락해야겠다고 생각했다. 하지만 다시 생각해보니, 오히려 그걸 대화 주제로 삼으면 되겠다 싶었다. 지네트 파라디는 마르틴의 할머니의 언니였다. 지네트 파라디는 자식이 없었기 때문에 조카들에게 애정을 쏟았다. 그런데 그 조카들은 마르틴의 아버지를 포함해서 모두 세상을 떠났다. 그래서 그 조카들의 자식들은 의지할 곳 없는 그 노파를 마냥 모르는 척할 수가 없었다. 처음에 그들은 일주일에 한 번씩 돌아가며 요양원에 면회를 가기로 했다. 그들 사촌형제는 모두 일곱 명이다. 그러니 각자 두 달에 한 번씩 요양원으로 이모할머니를 찾아가면 되었다. 먼 친척에 불과한 자기들로서는 그 정도면 적당한 것 같았다. 그런데 툴루즈에 사는 사람, 바캉스 기간에 차례가 돌아온 사람, 운전면허를 아직 따지 못한 사람…… 그런 식으로 언제나 문제가 발생했다. 그들은 서로 전화를 걸어 '피치 못할 사정'을 이야기했다. 그리고 백 살을 넘긴 그 노파가 죽을 기미를 전혀 보이지 않았기 때문에, 그들의 선량한 결심은 조금씩 간단한 변명이나 사과 한마디로 대체되어갔다. 그렇지만 원장이 이번이 마지막이라고 알려주었더라면, 그들은 기꺼이 그녀에게 작별 인사를 하러 갔을 것이다. 오늘은 마르틴의 오빠 장 뤼크가 면회를 갈 차례였다. 그런데 그는 전날 마르틴에게 전화를 걸어, 갑자기 위염이 도져서 꼼짝도 할 수 없다고 알렸다. 마르틴은 자기 오빠의 사정을 듣고 몹시 걱정했다. 그 전주에 그녀도 독감에 걸려 호되게 고생을 해봤기 때문이다. 그녀는 벽장 깊숙한 곳에서 마침내 뭔가 괜찮은 것을 찾아낼 것이다. 미셸이 생일 선물로 준, 목이 예쁘게 파인 하얀 줄무늬 블라우스는 어떨까? 그녀는 사촌들에게 소식을 알렸다. 툴루즈에 살고 있는 사촌만 빼놓고 모두들 짬을 낼 수 있다고 했다. 심지어 이모디움*의 기적적인 효과 덕분에 자리에서 일어난 장 뤼크까지. 로랑은 중간에 들러 프랑수아즈를 데려올 것이고, 실비는 자신의 멍청한 남편과 함께 올 것이다. 마르코는 늦을 거라고 알려왔다. 그는 그들이 만나기로 한 음식점으로 곧바로 오기로 했다. 마르틴은 크레프 가게에 예약을 해두었다. 그렇지만 그녀는 안초비**가 들어간 니스식 샐러드를 먹을 것이다. 그녀는 짠 음식은 뭐든 좋아한다. 오디베르티 씨 집에서의 저녁 만찬은 엄청나게 푸짐하고 맛깔스럽다. 그런데 그녀의 검은 원피스는 숨도 제대로 못 쉴 만큼 몸에 꽉 낀다. 그녀는 좀더 편안한 신축성 있는 스판 바지를 입기로 했다. 그리고 중국풍의 빨간 신발에다, 그것과 잘 어울리는 가방을 들면 코디는 완벽할 것 같다.

코에 피어싱을 한 것 말고는 눈에 띌 일이 전혀 없을 것 같은 젊은 여자가 마르틴에게 앉아서 기다리라고 말했다. 마르틴은 원장이 굉장히 매력적이라고 생각한다. 그녀는 그와 대화를 나누기 위해 제일 먼저 요양원에 도착하고 싶었다. 그녀는 돈에 관한 이야기를 별로 좋아하지 않지만, 이번에는 어쩔 수 없다. 그녀는 한 젊은 여자가 아주 늙은 노부인을 위해 조심스럽게 유리문을 열어주는

---

* 설사약.
** 지중해나 유럽 근해에서 나는 멸치류의 작은 물고기, 또는 이것을 절여서 발효시킨 젓갈.

모습을 곁눈질로 지켜본다. 아마도 그 여자의 할머니인 듯하다. 두툼한 낙타 가죽 외투에 목을 파묻고 있는 그 노파는 걸음을 옮길 때마다 쓰러질 듯 비틀거린다.

"앙투안은 안 왔니?"

"응, 할머니, 오늘은 우리 둘이서 근사한 곳에 가서 다정하게 점심을 먹을 거야. 좋지?"

"어디 아픈 건 아니니?"

"아니, 일이 많아서 그래, 할머니도 알잖아. 자, 조심해. 바로 저 앞에 차를 주차해놨어. 내가 부축해줄까?"

그녀는 첫번째 문을 통과하는 데 성공했다. 다른 많은 요양 시설들과 마찬가지로, 베고니아의 현관 출입구에는 비밀번호를 입력해야 통과할 수 있는 이중 보안문이 설치되어 있다. 거주자들의 무단 가출을 막기 위해서다. 그 젊은 여자가 노파의 팔을 붙잡고 주차장 쪽으로 간다. 문이 다시 닫히기 전, 그 노부인이 찢어질 듯 날카롭게 질러대는 소리가 들린다. "그렇게 빨리 걷지 마. 숨이 차서 턱이 부서질 것 같아!"

15
식당, 2
12시 30분

"저기 좀 보세요! 아메트 부인의 손녀가 점심식사를 대접하려고 모시러 왔군요."

"아, 우리 세브도 오늘 오후에 올 거라고 저랑 약속했답니다."

뷔소네트 부인은 조슬린 바르비에에게 심술궂은 눈길을 던진다.

"아드님이 오지 않은 지 꽤 오래되었죠?"

"아! 그렇게 오래되진 않았어요. 그리고 여기 오는 건 그애한테 그렇게 쉬운 일이 아니에요! 그애는 일 때문에 잠시도 자리를 비울 수가 없거든요."

"마음만 있으면 어떻게든 올 수 있는 거죠."

바르비에 부인은 온몸의 피가 얼어붙는 것 같다. 성공할 자신만 있다면, 그녀는 뷔소네트 부인의 목구멍에다 스테인리스 포크를 박아 넣었을 것이다. 그녀는 틀니를 악물면서 치밀어오르는 분노를 삭였다.

뚱뚱보 조시가 레물라드 소스를 친 셀러리 접시들을 치운다. 하마처럼 거대한 그녀의 엉덩이가 멋들어지게 씰룩거린다. 그녀는 누군가가 팽개쳐놓은 보행기를 아슬아슬하게 피한다. 그녀는 평소의 무관심과 침착성을 되찾았다. 드루앵 씨가 멀리서 그녀에게 손짓을 했다. 파라디 부인의 문제가 모두 해결되었다는 신호다.

"죄송하지만 빵 좀 건네주시겠어요, 르뒤크 부인?"

로베르 르뵈프가 젊은 연인처럼 떨리는 목소리로 말했다. 바르비에 부인이 그에게 빵 바구니를 내민다. "이런, 빵이 왜 이렇게 딱딱한 거야! 우리 이가 조랑말처럼 튼튼하다고 생각하나!" 테레즈 르뒤크는 고개조차 들지 않았다. 로베르는 한숨을 내쉬고 커다란 빵 덩어리를 집는다. "고마워요, 고맙습니다, 바르비에 부인."

테레즈는 로베르가 빵 바구니를 달라고 한 게 바로 자기한테 한 말이었다는 걸 뒤늦게 알아차린 듯하다. 그녀는 로베르를 쳐다보고, 자기가 그렇게 항상 반응이 한발 느린 것에 대해 사과하려는 듯이 그에게 미소를 보낸다. 르뵈프 씨는 가슴이 붉게 달아오른다. "우리가 서로 알고 지낸 지도 꽤 되었는데, 여전히 서로 성으로만 부르는 게 너무 격식에 얽매인 것 같지 않으세요?" 그는 사실 다른 사람들이 자기 말을 듣는 게 싫었기 때문에 그렇게 큰 소리로 말하고 싶지 않았다. 하지만 그는 보청기를 끼고 있어서 자기 목소리가 얼마나 큰지 제대로 알아차리지 못했다. 테레즈의 가느다란 눈썹이 위로 들어 올려지면서 삿갓 모양으로 휘어진다. "당신을 테레즈라고 불러도 될까요?" 그녀는 또 미소를 짓는다. 로베르는 테레즈가 자기 말을 제대로 이해했는지 알 수가 없다. 로베르의 푸른 눈이 반짝이고 있다. 이 남자가 지금 장난을 치고 있는 걸까? 돼지 부채살 요리가 갈색 소스 속에 엉겨 있다. 퓌레는 색깔이 탁하다.

"테레즈, 죄송하지만 소금 좀 건네주시겠어요?"

이번에는 바르비에 부인이 나서기 전에 테레즈 르뒤크가 재빨리 소금 병을 낚아챈다.

"르뵈프 씨, 소금은 고혈압에 안 좋아요. 몇 번이나 말씀드렸잖아요."

"나도 잘 압니다, 알아요, 뷔소네트 부인. 하지만 이 디아블 소스는 너무 싱거워서 아무 맛도 나지 않아요. 그건 부인도 인정하셔야 돼요. 테레즈, 당신은 요리를 할 줄 아시죠?"

이 사이에 셀러리 조각이 끼여 있는 조슬린 바르비에는 사람들이 자기에게 관심을 가져주기를 바랄 것이다.

"지난번에 있었던 얘기 모르세요? 앞으로는 요리 실습 시간에 우리한테 달걀을 나눠주지 않을 거라더군요. 그 대신 달걀 분말을 줄 거래요. 흥, 마음대로 하라지, 그런다고 내가 그따위 걸 먹을 줄 알고!"

마르트 뷔소네트는 바르비에 부인이 떠들어대는 걸 참고 봐줄 수가 없다. 그래서 그녀는 중간에 끼어들어 장황하게 설명하기 시작한다. 자기는 이미 원장에게 그 문제에 관해 항의를 하러 갔었다, 원장은 그건 새로운 지침, 이른바 '식품 안전에 관한 문제'라고 응수했다, 바로 그 때문에 내가 수요일 요리 실습 시간에 두 번 다시 참석하지 않겠다고 결심하게 된 거다, 우리한테 튜브에 든 달걀 분말로 쿠키를 만들라고 한다면, 우리가 어떻게 이곳을 '자기 집'처럼 생각할 수 있겠는가? 거기까지 말하고 나서 마르트는 드레퓌스 선장 쪽을 돌아본다.

"선장님은 정말 말이 없군요."

"열셋, 열넷, 열다섯…… 여기 요리는 맛이 없어요. 내, 내가 좋아하는 건 납작한 생선이야."

"가자미 말인가요?"

드레퓌스는 웅얼대면서 스물을 세려 한다. 그는 역겨워서 이마를 잔뜩 찡그리면서도 눈앞의 음식을 열심히 먹는다.

"예전에 사람들은 나를 오믈렛의 여왕이라고 불렀답니다." 루이즈 알마가 말을 꺼낸다.

"기름을 썼나요, 버터를 썼나요?"

"버터요."

"플랑타 팽*을 써야 해요. 그게 건강에 좋아요."

"으웩."

전혀 뜻밖에도 남작부인이 자신의 견해를 표시했다. 칭찬에 인색하지 않은 바르비에 부인이 남작부인에게 참 아름다우며 주름도 예쁘게 졌다고 말해준다. 뷔소네트 부인은 그 꽃무늬 셔츠들로 보건대 엘턴은 정말 이상한 미용사라는 말을 덧붙이는 게 좋겠다고 생각한다. 대화는 머리카락을 마는 컬페이퍼에 관한 것으로 옮겨간다.

----

* 유명한 마가린 브랜드.

"난 요리 잘하는 여자를 정말 좋아해요." 로베르의 입김이 테레즈의 손에 가 닿았다.

"아! 아시다시피, 난 요리에 그다지 소질이 없답니다, 르뵈프 씨." 그녀가 손을 치우면서 말했다.

"녹말가루 과자 말고는. 그건 우리 어머니에게서 배운 건데, 아직도 요리법을 또렷하게 기억하고 있답니다. 그 과자를 생각하기만 해도, 집 안 가득 퍼져 있던 캐러멜 냄새가 그대로 느껴져요."

그녀는 평소보다 큰 소리로 말했다. 로베르는 멍해 있다. 바로 그 순간, 니니가 캐러멜은 이에 달라붙는 데다 자기는 돼지고기를 먹지 않는다고 소리를 지르기로 마음먹었다. 그래서 그녀는 조시를 부른다. "조시! 코카콜라 라이트 하나 갖다줘!"

마르트 뷔소네트가 그 기회를 놓치지 않고 달려든다.

"리베르 부인, 잠시도 조용히 있지를 못하는군요? 당신 목소리 때문에 귀청이 떨어져나가겠어요."

"난 너한테 말한 게 아니야, 늙은 암원숭이 같은 년아. 조시! 조시!"

마르트는 통속극의 배우처럼 고함을 지른다. "이 할망구 하는 짓은 도저히 참고 봐줄 수가 없어! 두고 보라지, 내가 이대로 가만히 있나. 언젠가는 단단히 본때를 보여주고 말 거야!"

니니가 마침내 폭발했다. 그녀는 욕지거리를 고래고래 퍼붓는다. "이 못된 년아!" 바르비에 부인은 자기도 그렇게 생각한다고 말하고 싶은 욕구를 억누를 수가 없어 혼잣말처럼 웅얼거린다. "잡초처럼 몹쓸 년."

다행히 마르트 뷔소네트의 신경은 온통 리베르 부인에게 가 있다. "당신 행동은 정말이지 참고 봐줄 수 없어!"

니니는 바르비에 부인의 추임새에 곧바로 맞장구를 친다. "그래, 맞아, 민들레, 민들레 같은 년, 바로 그거야. 내가 어렸을 때 아프리카에 있던 우리 집 정원에 몹쓸 민들레가 나설 데 안 나설 데를 가리지 않고 여기저기서 고개를 삐쭉삐쭉 디밀었지. 그리고 수녀들, 그년들은 또 얼마나 심술궂었다고. 난 뭐든지 다 알고 있었지만, 그년들은 모르는 게 있어도 절대로 나한테 물어보려 하지 않았어. 그놈의 알량한 자존심 때문에. 자기밖에 모르는 더러운 이기주의자인 네년처럼 말이야. 넌 너의 그 너절한 사연들밖에 모르는 년이야. 네년의 관심사는 오로지 그것뿐이지만, 우린 네년의 과거 따위에는 요만큼도 관심이 없다고!"

남작부인은 몸이 뻣뻣해진다. 웨이브 진 머리칼과 당황한 표정. 바르비에 부인은 너무 놀라 연신 오! 아!를 연발한다. 하지만 그녀는 자신의 적이 그렇게 온갖 욕설을 얻어먹으면서 호되게 당하는 걸 보니 말할 수 없이 고소하다. 그녀들 뒤에서는, 3층에 사는 노부인이 더한층 요란하게 "아이구"를 연발하고 있다.

"오늘 아침 미사는 정말 좋았어요. 신부님이 노화를 사과에 비유해서 말씀해주셨잖아요? 그렇게 구체적으로 비유를 들어 설명해주시니까 말씀이 더욱 생생하게 가슴에 와닿더군요." 알마 부인이 대화의 방향을 다른 데로 돌릴 요량으로 바르비에 부인에게 말을 걸었다. 그렇게 서로 으르렁대는 광경을 보고 있으면 자기가 괜히 거북해지고 마음이 편치 않기 때문이다.

"아, 그래요? 난 그 말씀을 잘못 이해했나봐요. 난 그게 사과가 쭈그러들었다고 성형수술을 하지 않듯이 인간도 성형수술을 해서는 안 된다는 말인 줄 알았어요. 교회는 성형수술을 반대하니까."

"물론 그렇죠. 자기 나이에 맞게 살아야죠."

"아이구, 아이구, 아이구."

바르비에 부인이 남작부인의 말을 자르며 끼어든다. "옛날에 난 사람들이 내 젖가슴을 좀 떼어갔으면 하고 간절히 바랐어요. 평생 수박만 한 가슴을 달고 살아야 했으니까요. 웃을 일이 아니라니까요! 그런데 당신 가슴은 아담하니 정말 예뻐요. 내 가슴도 당신 것 같으면 얼마나 좋을까."

마르트 뷔소네트는 분노한다. 주느비에브 데트루아메종은 목에 두른 실크 스카프에 침을 질질 흘리고 있다. 니니는 손가락마다 반지를 낀 손을 덜덜 떨면서 신경질적으로 쌈지 속을 뒤진다. 담배 피우는 것, 그녀에게 남겨진 일은 그것뿐이다. "아이구, 아이구, 아이구, 아이구." 로베르는 테레즈의 눈 속에 자신의 눈을 담갔다. 그리고 드레퓌스 선장은 식당 안이 어수선한 틈을 이용해 은근슬쩍 주머니 여기저기에 빵을 쑤셔넣는다.

16
예배실, 1
12시 45분

"어떻게 이럴 수가, 정말 남은 게 하나도 없어?"

"하나도 없어, 말했잖아, 전혀, 아무것도 없다고."

그 노파는 조카손주들에게 둘러싸인 채 영원히 잠들어 있다. 지네트 파라디는 베고니아에서 이십삼 년을 살았다. 공무원 생활을 하다 퇴직한 남편이 세상을 떠난 후 지네트는 한 달에 2100프랑씩 연금을 받았다. 그 당시 그녀의 나이는 여든세 살이었고, 파리 서쪽 외곽에 작은 집도 한 채 갖고 있었다. 얼마 후 그녀는 베고니아에 입주하기로 결심했고, 그래서 집을 담보로 종신연금을 받기로 했다. 병원과 공증인 사무소를 한 번씩 방문한 뒤, 그녀는 연금으로 40만 프랑을 일시불로 받고 매달 2천 프랑씩 받기로 했다. 그 집의 감정가는 62만 5천 프랑이었고, 공인회계사들은 지네트의 사망 시점을 아흔다섯 살로 잡고 손익분기점을 산출했다. 모두가 만족스러운 계약을 체결했다고 확신했다. 하지만 그건 파라디 부인의 건강 상태를 충분히 고려하지 않은 계산이었다. 일시불로 받은 연금 40만 프랑은 이른바 연이율 사 퍼센트를 '확실히' 보장한다는 시카브*에 투자했다.

"어떻게 남은 게 전혀 없을 수가 있어요? 말도 안 돼."

현재 베고니아의 이용료는 하루에 59유로인데, 거기에 의존도 GIR 1등급에 따른 비용이 하루에 14유로 69상팀이 추가된다. 그렇게 해서 하루 비용이 도합 73유로 69상팀이고, 1년이면 2만 6896유로 85상팀(17만 6431프랑 77상팀)이 된다. 입주자의 의존 정도를 나타내는 GIR 등급은 입주자가 요양 시설에 입주할 때 국가의료보험재단 소속의 의사가 심사해서 결정한다. 이십삼 년 전 베고니아의 일 년 이용료는 4만 4392프랑(한 달에 3699프랑)이었는데, 그 이후로 이용료가 일 년에 평균 육 퍼센트씩 올랐다. 그리고 파라디 부인이 요양원에 들어온 시점으로부터 연간 사 퍼센트의 인플레이션이 뒤따랐고, 그런 여러 가지 조건들을 모두 고려해 얻은 결론은 다음과 같다. 처음 삼 년 동안은 그녀의 퇴직연금과 다달이 나오는 종신연금으로 요양원 월 이용료를 충분히 지불할 수 있었다. 하지만 그후부터 파라디 부인은 40만 프랑의 원금을 조금씩 갉아먹어야 했다.

"어떻게 그럴 수가, 정말 남은 게 하나도 없어?"

"멍청이처럼 계속 그 말만 되풀이할 거야? 이제 그만해. 그리고

* 유럽에서 판매하는 개방형 뮤추얼펀드.

목소리 좀 낮춰, 여긴 교회 안이잖아!"

"여긴 교회가 아니라 요양원이야. 그런데 정말로 남은 게 하나도 없는 거야?"

이십삼 년 전에 예치해둔 돈을 하나도 건드리지 않고 그대로 두었다면, 이자에 이자가 붙는 복리로 계산했을 때 총 액수는 무려 102만 5322프랑(15만 6309유로 33상팀)에 달했을 것이다. 마르틴의 뜬금없는 소리에, 노부인의 조카손주들은 어안이 벙벙했다.

그들은 이동 침대 위에 누워 있는 창백한 시신 주위에 모여 있다. 장 뤼크는 팔을 마구 휘둘러가며 큰 소리로 떠들어댄다. 마르틴은 오빠를 진정시키려 애쓴다. "어쨌든, 정확히 7169유로 남았어. 꼴좋다, 곰을 잡기도 전에 가죽 팔 생각부터 하고 있었으니."

마르틴과 장 뤼크의 여동생인 실비는 평소처럼 아무 말이 없다. 그녀는 식물학을 전공하고 있다. 그래서 그녀의 머릿속에는 집에서 키우고 있는 선인장 생각밖에 없다. 그녀의 남편이 질문을 던진다. "프랑으로 환산하면 얼마죠?" 나머지 사람들이 일제히 그 곁가지를 쳐다본다. 마르틴이 눈썹을 치켜뜬다. 저런 바보 얼간이를 봤나.

"그걸 일곱으로 나누면 껌 값은 나올 거예요."

"아니, 열로 나눠야죠."

마르그리트는 마르틴의 사촌 로랑의 아내다. 그녀는 피아노 선생으로, 돈을 아주 좋아한다. 장 뤼크가 즉시 따지고 든다.

"왜 열로 나눕니까?"

"아이들도 있잖아요."

"아, 그렇군요. 제수씨는 자식이 셋이니까 계산이 그렇게 되는 거군요. 독신이거나 자식이 없는 사람들도 제수씨의 계산 방법을 아주 마음에 들어하겠죠, 그죠?"

"아주버님은 돈도 잘 벌면서 뭘 그런 걸 가지고 따지고 드세요?"

"그거랑 이건 별개의 문제죠."

"둘 다 입 다물어요, 제발!"

마르틴이 한숨을 내쉰다. 그녀 역시 엄청나게 실망했다. 작은 다이아몬드 쪼가리는 고사하고 구리 반지 하나 없고, 변변한 나이프나 포크 세트도 하나 없다. 드루앵 씨는 분명하게 다음과 같이 설명했다. 파라디 부인은 베고니아에 들어오기 전에 이미 모든 걸 깨끗하게 정리했다. 게다가 그 노파가 입주할 당시 베고니아는 다른 이름이었다. 원장은 그 돈이 지금과는 다른 이름의 요양원 금고로 모두 들어갔기 때문에 자신에게는 법적, 도덕적으로 전혀 책임이 없다는 것을 확실히 못 박아두는 게 좋겠다고 생각했다.

장 뤼크가 노발대발한다. 이모디움이 때때로 부작용을 일으키는 모양이다.

"하지만 어쨌든, 백만 프랑이나 되는 돈이 요양원 비용으로 다 들어갔다는 말은 믿을 수 없어!"

"백만?"

"할머니가 따로 40만 프랑을 갖고 있었고 그 돈을 연이율 사 퍼센트가 보장되는 펀드에 투자해놓았으니까 계산하면 4 곱하기 4는 16, 거기다 약 이십 년을 곱해봐. 그러면 이자만 해도 35만 프랑에 달해. 설령 할머니가 그동안 돈을 좀 꺼내 썼다 하더라도, 우리에게 분명히 어느 정도는 남아 있어야 해. 넌 할머니가 간호사니 뭐니 하는 떨거지들에게 돈을 뿌려대지 않았다고 확신할 수 있어? 이를테면 노인들에게 책 읽어주는 그 여자. 너도 알잖아, 그 조그만 여자, 휠체어에 앉아 있는 할머니들을 돌봐주며 시간 보내는 걸 좋아한다던 그 엉큼한 여자 말이야. 그런 일은 얼마든지 가능해. 의지할 사람이 아무도 없는 외로운 노인들, 그런 노인네들이 쉽게 사기를 당한다는 건 세상 천지가 다 아는 사실이야. 그런 인간한테 걸리면 돈이 물 새듯 새어나가게 되어 있다고!"

"장 뤼크, 그만둬, 그런 건 생각만 해도 끔찍해!"

"왜, 난 좋기만 한데! 이 얘긴 도덕적 교훈을 주잖아. 이런 얘기를 하는 데 무슨 자격증이 필요한 것도 아니고."

샤를로트는 울지 않으려고 입술을 깨문다. 그녀의 목과 뺨에 붉은 반점들이 돋아난다. 실비는 구역질이 난다.

"여기에서 고약한 냄새가 나. 냄새가 정말 지독해!"

모두들 동의한다. 숨을 쉴 수 없을 정도다.

"이모할머니한테서 나는 냄새인가?"

"네 말은 그러니까, 죽은 사람 냄새?"

"아니, 내 생각엔 방부제 냄새인 것 같아. 시신이 썩지 않게 하려고 방부제를 마구 뿌린 게 틀림없어. 봐, 모르겠어? 할머니 몸이 번들번들하잖아."

젊은 시절 지네트 파라디의 뺨은 복숭아처럼 보드랍고 발그레했다. 하지만 지금은 바이곤 때문에 살결이 기름을 먹인 방수 천 같아 보였다. 만약 자신의 죽음이 이토록 엄청난 실망감을 불러일으킬 거라는 걸 알았더라면, 지네트는 이런 사태가 발생하지 않도록 어떤 식으로든 미리 조치를 취했을 것이다. 그렇지만 하얀 면 잠옷을 입고 앙상한 시신이 되어 누워 있는 그 노파는 자신의 조카손주들에게 한 번도 뭔가를 요구한 적이 없었다.

"그래도 이모할머니는 다정한 분이셨어."

"우린 이모할머니가 어떤 분인지 전혀 몰랐잖아?"

"이제 뭘 하죠?"

"난 배가 고파."

"내가 크레프 가게에 예약을 해뒀어."

"요즘따라 달콤한 과자 같은 게 자꾸 당기네요."

"뭐, 너 또 임신한 거야?"

"그럼 같까?"

"가자. 장례 비용에 관해 의논을 해야 하니까."

"뭔 비용? 이런 제기랄!"

"조용히 해요, 여긴 교회 안이라구요."

그들은 이모할머니를 개미 떼에게 맡겨두고 예배실에서 나온다. 다이아몬드 한 개, 은 숟가락 하나조차 남기지 않고 죽은 여인의 슬픈 시신을 그대로 버려둔 채.

파라디 부인의 자산 현실화

년(年) 전	요양원 연간 이용료	연간 종신 연금	연간 퇴직 연금	순수입	시카브 잔고	원금을 그대로 두었을 경우 시카브 잔고
23	44,392	24,000	25,200	4,808	404,808	400,000
22	47,137	24,000	25,200	2,063	406,872	400,000
21	50,051	24,000	25,200	−851	406,021	400,000
20	53,146	24,000	25,200	−3,946	402,074	400,000
19	56,433	24,000	25,200	−7,233	394,842	400,000
18	59,922	24,000	25,200	−10,722	384,119	400,000
17	63,628	24,000	25,200	−14,428	369,692	400,000
16	67,562	24,000	25,200	−18,362	351,329	400,000
15	71,740	24,000	25,200	−22,540	328,789	400,000
14	76,176	24,000	25,200	−26,976	301,813	400,000
13	80,887	24,000	25,200	−31,687	270,126	400,000
12	85,888	24,000	25,200	−36,688	233,438	400,000
11	91,199	24,000	25,200	−41,999	191,439	400,000
10	96,839	24,000	25,200	−47,639	143,800	400,000
9	102,827	24,000	25,200	−53,627	90,173	400,000
8	109,186	24,000	25,200	−59,986	30,187	400,000
7	115,937	24,000	25,200	−66,737	−36,550	400,000
6	123,106	24,000	25,200	−73,906	−110,457	400,000
5	130,719	24,000	25,200	−81,519	−191,975	400,000
4	138,802	24,000	25,200	−89,602	−281,577	400,000
3	147,385	24,000	25,200	−98,185	−379,763	400,000
2	156,499	24,000	25,200	−107,299	−487,061	400,000
1	166,176	24,000	25,200	−116,976	−604,038	400,000
−	176,452	24,000	25,200	−127,252	−731,290	400,000

2부

사람들은 그 무엇보다 생명에 집착한다,
이 세상에 존재하는 그 모든 아름다운 것들을 생각하면
그건 우습기까지 하다

에밀 아자르, 『자기 앞의 생』

17

포석이 깔린 안뜰, 2
13시 00분

"닻줄을 풀어라!"

드레퓌스 선장이 작은 꽃밭 속에서 기뻐 날뛰고 있다. 그는 자기가 사람들 눈에 띄어서는 안 된다는 걸 잘 알고 있다. 하지만 오늘은 그럴 수가 없다. 감정을 억누르기가 너무 힘들다. 오늘 저녁 대탈출이 예정되어 있다. 오늘 저녁, 그건 완전히 결정된 사항이다. 그는 배를 타고 세상 끝까지 항해할 것이다. 모든 준비는 끝났다.

"저기 누가 오는가? 넷, 다섯, 여섯, 일곱, 카누를 탄 리베르 부인? 그녀는 백조처럼 물 밑에서 발 젓는 솜씨가 아주 뛰어나지."

니니는 휠체어 바퀴를 간신히 돌리면서 미소를 짓는다. 드뤼앙 씨가 명명한 것처럼, 지금은 소화를 위한 산책 시간이다. 점심식사 후에 사람들은 신선한 공기를 마시기 위해 철길 옆의 포석이 깔린 안뜰로 나간다. 니니는 담배를 피우고 싶다. 그녀는 선장에게 한 개비를 권한다. 그는 덤불 속에서 꼼짝도 하지 않는다.

"아니, 고맙지만 사양하겠습니다. 난 망원경을 잃어버렸어요. 열
둘, 열셋, 열넷."

"협죽도 덤불 속에서 아무리 찾아봐야 그 쌍안경은 나오지 않을
걸요? 난 반지를 잃어버렸어요. 그건 우리 어머니 거였는데. 어머
닌 그 반지를 증조 할머니에게서 물려받았죠. 그런데 내가 여기 처
음 왔을 때 그들이 그걸 뺏어가버렸어."

"아! 그렇군요. 네, 고맙지만 사양하겠어요. 난 여기 그냥 있는 게
더 좋아요. 그리고 퇴적된 충적토는 항해하는 데 방해가 됩니다."

"뭐라고요?"

"담배를 두고 한 말입니다."

"선장님, 나도 당신하고 같이 있어야겠군요."

입주자들이 한 명씩 건물에서 나와 테이블과 벤치를 향해 종종
걸음으로 걸어간다. 잔디밭의 평화를 깨뜨리는 지팡이와 휠체어의
왈츠. 드레퓌스 선장의 심장이 더 세차게 뛴다. 그들은 모두 완전
히 전복될 것 같다. 그는 철책의 구멍을 가리고 있는 나뭇가지들을
조심스럽게 매만진다.

"배에 물이 찬다! 배에 물이 찬다!"

"오, 선장님, 입 좀 다물어요! 당신하고는 상관없는 일이잖아요."

담뱃불을 거꾸로 붙인 니니가 요란하게 기침을 하기 시작한다.
드레퓌스는 뷔소네트 부인 쪽으로 급히 달려간다. "거기 그대로 있
으면 안 돼요. 부인, 선실로 빨리 돌아가세요. 열넷, 열여덟, 서른
아홉, 마흔."

마르트가 웃는다. 그녀는 선장을 무척 좋아한다. 그녀는 선장의 어깨를 살짝 때리면서 말한다. "그렇다고 너무 그렇게 화내지는 말아요." 니니가 담배를 집어던진다. 담배꽁초는 뷔소네트 부인의 원피스를 아슬아슬하게 빗겨나간다. 마르트는 니니를 째려보고는 몸을 돌려 가버린다. 선장은 벌써 니니의 휠체어를 붙잡고 자신의 배와 충돌하지 않도록 가능한 한 멀리 끌고 간다. 그들은 다정하게 이런저런 얘기를 나누러 온 드루앵 씨와 마주친다. "빌어먹을, 방해꾼이 오는군!" 휠체어가 다시 한번 방향을 바꾼다. 니니는 선장이 그런 식으로 자기를 끌고 다닐 때면 기분이 아주 좋다. 어릴 때 회전목마를 타던 기억이 떠오르기 때문이다. 그녀는 "더 빨리! 더 빨리!" 하고 소리치고 싶다. 하지만 그녀는 요양원 내에서 누군가가 조금이라도 흥분할 기미를 보이면 원장이 마뜩지 않은 눈길로 쳐다본다는 걸 안다. 선장은 니니의 정신 나간 짓에 동조하는 파트너다. 무기력한 입주자들은 내막도 모른 채 그 두 공모자들이 지그재그로 비틀거리는 모습을 구경하고 있다.

"선장님, 적어도 선장님하고는 재미있게 놀 수 있어!"

"조심해요, 곧 부두에 닿을 테니!"

기쁨의 딸꾹질과 함께 휠체어가 세차게 요동을 친다. 숨을 멈추고 있던 작은 체구의 멜로슈 부인이 그 바람에 하마터면 넘어질 뻔한다. "거기 신병, 좌현으로!" 필리프 드루앵이 그들의 미친 듯한 질주를 중지시킨다. 선장은 어안이 벙벙해서 그를 쳐다본다. 한 무더기의 현실적인 생각이 그의 머릿속에 휘몰아친다. 가지들, 잔가지들을 제자리에 다시 잘 덮어두었던가? 뭔가 잊은 건 없나? 빵이

발각된다면? 그리고 비스킷은? 모두 몸에 지니고 있어야 했는데. 다행히 물건을 감춰놓은 장소 쪽은 아무도 쳐다보지 않는다. 교란 작전에 성공했다. 그 대신 그는 원장의 주의를 끌었다. 하지만 그건 별로 걱정할 필요 없다. "피카르 씨, 오늘 너무 들떠 있군요." 드 레퓌스 선장의 얼굴이 빨개진다. 그는 고개를 떨구고 다시 중얼중얼 수를 세기 시작한다. 니니는 얼굴을 찌푸린다. 이번에는 그래도 좀 재미있었다.

18

남작부인의 방, 2
13시 15분

"여보, 나야, 돌아왔어."

알퐁스 데트루아메종은 아내 없이는 살 수 없다. 주느비에브는 침대 위에 몸을 길게 뻗고 누운 채 자신의 옷가지가 들어 있는 전나무 옷장을 응시하고 있다. 그녀는 얼이 빠져 있다.

"점심은 어땠어? 맛있었어?"

알퐁스는 그 환자의 침대 밑에 모카신* 한 짝과 돌돌 말린 나일론 스타킹 한 짝이 버려져 있는 것을 발견한다. 그 연인은 몸을 굽혀 그것들을 줍는다. 아내의 신발 한 짝, 그건 그에게 아내의 발이 얼마나 예쁜지를 상기시킨다. 주느비에브, 그녀는 이제 칫솔이 어디에 쓰이는 물건인지조차 모른다. 기억만이 물건을 유용하게 만

---

* 구두끈이 없는 간편한 단화.

든다. 그녀가 알퐁스 쪽으로 천천히 고개를 돌린다. 하지만 그가 누구인지는 알아보지 못하는 것 같다. 그토록 사랑했던 그 푸른 두 눈이 마치 그가 투사지에 그려진 인형인 것처럼 그를 뚫고 지나간다.

"크리스티안이 그러던데, 당신, 음식에 전혀 손을 대지 않았다며? 여보, 억지로라도 먹어야 해."

그녀의 입술이 희미하게 벌어지면서 들리지 않게 "응" 한다. 알퐁스 데트루아메종은 아내의 점심식사를 방으로 가져와 자기가 직접 식사 시중을 들 때가 많다. 그녀가 한 끼 식사를 끝마치려면 무한대의 시간이 걸린다. 그리고 그는 요양원 직원이나 간병인이 자기 아내를 함부로 대하는 모습도 보기 싫다. 그의 주느비에브는 언제나 아주 적게 먹는다. 그래서 "여보, 한 입만 더" "이런 건 먹기 싫어" "먹어야 기운을 차리지" "우웩"이 매번 관례처럼 되풀이된다.

그녀의 입맛을 돋우기 위해 그는 그녀가 보는 앞에서 음식을 같이 먹는데, 그 바람에 생각지도 않은 식사를 하게 된다. 어느 날, 그녀가 그에게 라 투르 다르장*으로 자기를 데려가달라고 했을 때, 그는 손에 숟가락을 든 채 얼이 나가버렸다. 그는 자기가 그녀에게 청혼했던 그날 저녁을 떠올렸다. 그녀는 검정색 롱 드레스를 입고 있었고, 그는 정장을 차려입고서 덜덜 떨고 있었다. 그들은 카나르 오 상**을 주문했다. 그리고 그녀는 그의 청혼을 받아들였다.

"오, 내 사랑, 당신 기억 나? 라 투르 다르장을 기억해? 바로 거

---

* 400년 전통의 오리 요리로 세계적인 명성을 얻은, 파리 센 강변에 있는 일류 레스토랑.
** 라 투르 다르장 레스토랑의 오리구이. 19세기 말, 프레데릭이라는 요리사가 오리를 압사시켜 피가 빠져나가지 않게 굽는 비법을 만들어냈다.

기서 내가 당신한테 청혼을 했잖아."

"응."

그녀의 눈에 눈물이 그렁그렁 차올랐다. 그러므로 그녀는 그를 사랑하고 있었다. 그녀는 모든 걸 다 잊어버린 게 아니다, 아직은. "당신을 그곳에 다시 데려갈게. 약속해, 집에 돌아가자마자 예약할게. 당신은 우아하게 옷을 차려입을 줄 아는 세련된 여자잖아. 당신이 멋지게 차려입고 그 레스토랑에 앉아 있으면 정말 아름다워 보일 거야. 그리고 우린 카나르 오 상을 주문하는 거야. 정말 맛있을 거야, 옛날이랑 똑같을 거야." 주느비에브는 광채를 잃은 흐릿한 눈으로 아무 대답도 하지 않았다. 하지만 알퐁스는 기쁨을 오랫동안 음미했다.

오늘 그는 기운이 하나도 없다. 그의 아내는 다른 사람들과 함께 레뮬라드 소스를 뿌린 셀러리를 먹었고, 그는 일요일 자 신문을 펼쳐놓고 자기가 먹을 오믈렛을 만들었다.

"당신도 알다시피, 난 요리를 하기 시작했어. 당신이 집에 없으니까 그럴 수밖에 없더라고. 얼마 전에는 건포도를 넣은 스틱 빵까지 만들었지…… 그러니까 점박이빵 말이야."

그녀가 눈썹을 찡그리고 믿을 수 없다는 듯이 입을 매력적으로 삐죽거린다. 알퐁스는 자기 아내의 표정 하나하나가 어떤 의미를 담고 있는지 안다. 병마가 이 바람둥이 여인의 버릇을 모두 앗아가진 못했다. 그는 가슴이 무너져내리는 것 같다.

"깜짝 놀랐지, 응? 그러니까 내 말은, 당신 남편이 그런 것까지 할 거라고는 생각도 못했을 거란 얘기지. 난 정말 좋아, 그런 걸 만들고 있으면 마음이 편안해지거든. 솔직히 고백하면 냉동식품도 많이 먹어. 그래도 대단하지? 나더러 계란 프라이 하나 제대로 못 만든다고 당신이 핀잔을 주곤 했잖아."

"당신은 계란 프라이 하나 제대로 못 만들잖아."

"아! 그래, 놀랐을 거야. 난 이제 간단한 샐러드나 디저트도 만들 줄 알아. 물론 당신이 만든 초콜릿 케이크와는 비교도 안 되겠지만. 당신이 만들고 있을 초콜릿 케이크 생각에 입안에 침이 잔뜩 고인 채 운전대를 잡고 집으로 달려가던 게 엊그제 같은데. 당신 기억해? 우린 아주 행복했잖아. 당신은 날 아주 행복하게 해주었어."

"내 남편?"

"그래, 당신 남편. 그래, 여보."

"내 남편은 어디 있어요?"

알퐁스는 한숨을 내쉬고 침대 가장자리에 앉는다. 그리고 그녀의 손을 부드럽게 잡는다.

"수없이 말하지만, 당신 남편은 나야. 주느비에브, 제발, 적어도 그것만큼은 기억해줘."

"내 남편이 곧 올까요?"

그의 아내가 그의 손을 꼭 쥔다. 그는 자신의 척추를 따라 전율이 일어나는 것을 느낀다. 푸른 두 눈이 갑자기 흔들리다 잿빛으로 변한다. 비극적인 두려움이 그의 목구멍을 쥔다. 그는 뒤이어 일어나게 될 장면을 보고 싶지도 듣고 싶지도 않다. 그녀가 곧 발작을 일으킬 거라는 걸 느낄 수 있으니까.

"나 여기 있어. 내가 여기 있다구. 사랑해, 당신 남편은 바로 나야. 사랑해 여보. 난 매일 당신을 보러 올 거야. 날마다. 난 언제나 당신과 함께 있을 거야, 그리고 내가 당신을 돌볼 거야. 내가 당신 남편이니까. 당신 남편. 당신은 환자야. 당신은 기억이 사라지고 있어. 난 당신의 기억이 사라지고 있다는 걸 아주 잘 알고 있어. 하지만 난 당신 남편이야, 당신을 사랑하는 남편. 난 당신 곁을 떠나지 않을 거야."

"내 남편?"

"주느비에브, 제발 그만해, 여보. 제발."

"내 남편이 곧 올까? 그럼 우리가 함께 있으면 안 되는데……"

"아니, 우린 함께 있어야 해. 남편은 자기 아내를 돌봐야 하는 거야, 여보. 그래서 내가 여기 있는 거야, 내가."

"그럼 안 되는데, 그이가 우릴 보면……"

"닥쳐! 조용히 해. 우린 함께 있어야 해. 난 여기 있을 거야."

그는 듣고 싶지 않다. 이번만큼은. 그는 그녀가 바람을 피우다 남편에게 들킬까봐 겁내는 모습을 더이상 보고 싶지 않다. 그는 견딜 수 없다. 그녀는 히스테리 증세로 인해 수척해진 환자 같은 모습으로 몸을 일으킨다. 그들은 기쁨과 고통을 함께 나눴다. 그들은 미래에 대한 계획을 가지고 있었다. 그들은 여행을 떠났다. 그들은 자식들을 낳았다. 하지만 이제 그녀에게 남은 건 오직 '그 두려움' 뿐이다. 그는 그 두려움이 싫다. 갑자기 그녀가 그에게로 달려들어 열정적으로 입을 맞춘다. 알퐁스는 심장이 부서질 것 같다. 갑자기 그녀가 찢어질 듯 날카로운 음을 내는 바이올린 줄처럼 떨면서 말한다. "어서 가, 내 남편이 곧……"

입맞춤은 그를 위한 게 아니었다. 주느비에브가 고통스러운 울부짖음과 함께 하던 말을 끝맺는다. 알퐁스가 그녀의 뺨을 후려친 것이다. 그녀가 자기 뺨에 손을 갖다댄다. "왜 그러는 거예요?" 흐느낌이 그의 목구멍에서 천천히 미끄러져 나오면서 말을 하지 못하게 막는다. 그는 시선을 돌린다. "왜냐하면 난 당신 남편이니까, 왜냐하면……"

그는 그녀가 자기를 사랑하고 품에 안아주기를 너무나도 바란다. "당신은 날 아프게 했어요."

"미안해. 용서해줘, 여보. 내 사랑, 나의 아름다운 여인, 용서해줘."

그녀는 이상하게 침착하다. 그는 이제 눈물을 참지 않는다. 그는 그녀의 손에 입을 맞춘다. 그녀는 그가 하는 대로 내버려둔다. 무심하게. 그녀의 푸른 눈이 다시 텅 빈 눈이 되었다. 그는 그녀를 잃어버렸다.

주황색 점퍼, 길이가 너무 짧아 두꺼운 모직 양말이 드러나는 청바지, 새로 산 스포츠화를 신은 세바스티앙 바르비에는 역도 챔피언 같기도 하고 새 학기가 시작되는 날 등교하는 초등학생 같기도 하다. 작지만 다부진 그는 피아노 한 대쯤은 문제없이 들어 올릴 수 있는 사내처럼 어깨를 흔들며 경쾌한 걸음걸이로 휴게실을 가로질러 간다. 그러다가 갑자기, 그의 얼굴이 환해진다. 어머니는 그를 보지 못했다. 그녀는 담녹색 소파에 앉아 텔레비전을 보고 있다. 신세대 남성을 위한 주방 세제의 장점을 떠들어대는 광고가 나오고 있다. 신세대 남성을 대표하기 위해 선택된 잘생긴 갈색 머리 남자는 열두 개의 접시 더미를 설거지하는 게 몹시 즐겁다는 듯, 기름기가 잔뜩 낀 더러운 접시 하나를 집어 들고 행복한 미소를 짓는다. 조슬린은 그 광고에 너무 열중해 있어서 자기 등 뒤로 다가

오는 아들의 발자국 소리를 듣지 못한다. 그래서 아들이 다가와 손으로 그녀의 눈을 가리자 외마디 비명을 내지른다. 소스라쳐 놀라는 바람에 안경까지 떨어뜨린다.

"우리 아가! 우리 세브!"

그녀가 그를 품에 꼭 끌어안는다.

"문, 놔줘요, 숨 막혀!"

"아이고 이 몹쓸 녀석, 이 늙은 에미를 목 빠지게 기다리다 지쳐 죽게 만들 참이었냐?!"

그녀는 혈색 좋은 풍만한 가슴팍에 아들을 세차게 끌어안는다. 그러고 나서 그에게서 떨어져나와 서툰 동작으로 애교스럽게 상반신을 숙이며 절하는 시늉을 한다.

"어때? 이거, 이번에 새로 산 원피스란다. 트루아 스위스*에서 주문한 옷이야."

"와, 정말 예쁜 옷이네요……"

"그렇지? 그럴 거야."

조슬린의 얼굴빛이 환해진다. 그녀의 세브가 왔다! 그녀는 베고니아에 있는 모든 사람들이 자기 아들을 봤으면 싶다. 그녀는 그를 안뜰 쪽으로, 벤치에 앉아 있는 무표정한 관객들 쪽으로 잡아당긴다. 조슬린은 뷔소네트가 아직 그곳에 있기를 바란다. 그러면 그녀에게 진정한 효심이란 바로 이런 거라고 증명해 보일 텐데.

"좀 돌아서렴, 네가 얼마나 잘생겼는지 모두 볼 수 있게. 좋아,

* 카탈로그 우편주문 판매업체.

됐어. 자, 나랑 같이 가자꾸나. 널 내 친구들에게 소개하게. 그래도 되지, 응? 사람들을 만나면 깍듯이 예의를 갖추고 품위 있게 행동해. 베고니아에서 난 꽤 평판이 좋으니까."

"알았어요, 문. 하지만 그전에 여기 잠깐만 앉아 있다 가도 되죠? 텔레비전을 보고 계셨어요?"

"널 기다리느라 그랬지. 난 빨리 널 사람들한테 소개해주고 싶어. 텔레비전은 일주일 내내 지겹도록 보는걸. 그런데 얼마나 있을 거니?"

그는 바쁘다는 걸 암시하기 위해 자신의 손목시계를 힐끗 쳐다본다.

"음, 오래는 못 있어요. 집사람이랑 애들이 집에서 기다리고 있거든요."

"왜 다들 같이 오지 않고? 오고 싶어하지 않은 게로구나?"

"그런 게 아니라, 엄마도 잘 알잖아, 집사람이 가게 때문에 엄청 피곤하다는 거. 거기다 애들도 키워야 하고. 그건 쉬운 일이 아니에요."

"그래, 그래. 네가 왔으니까 됐어. 널 보는 것만으로도 정말 기쁘니까. 너도 알겠지만, 정말 보고 싶었다. 하루도 네 생각을 하지 않은 날이 없었어."

"나도 그래요, 문. 나도."

"가게는 어때? 장사는 잘돼?"

"네, 잘되고 있어요. 아시겠지만, 파스칼린이 가게 일 때문에 고생이 이만저만이 아니에요."

"누가 시킨 것도 아니고 자기가 원해서 하는 일이잖아? 솔직히 난, 죽을 때까지 카운터를 지키고 싶었어. 날 가게에 그냥 두었더라면……"

"그 얘긴 이제 그만해요."

"그래, 그래, 알았다. 이제 안 할게. 자, 이리 오렴!"

20

포석이 깔린 안뜰, 3
13시 45분

　조슬린 바르비에가 아들을 대동하고 의기양양한 표정으로 안뜰로 나온다. 세바스티앙은 그녀 뒤에서 고개를 끄덕이고 청바지 주머니에 양쪽 엄지를 찔러넣는다. 모자지간의 끈끈한 정이 그와 그의 '문'을 연결시켜준다. 그녀와 함께 있으면 그는 언제나 열두 살 먹은 어린아이로 되돌아간 것 같은 기분이 든다. 그런데 요즈음 들어 그녀는 예전의 그녀답지 않게 약한 모습을 보이기 시작했다. 그녀는 그에게 악몽을 꾼다고 털어놓았다. 겁에 질린 늙은 여자. 세바스티앙은 그걸 받아들일 수가 없다. 그의 어머니, 풍만한 젖가슴과 산 같은 배를 두 다리로 너끈하게 떠받치고 있는 거대한 어머니. 그녀는 단단한 바위 같은 여자, 지난한 삶을 살면서 온갖 시련을 참고 견디는 법을 배운 강인한 여자다. 그는 자기 어머니가 그 약하디약한 여자들, 파스칼린 같은 여자들 중 하나라는 사실을 절대로 인정할 수 없다. 세바스티앙의 아내는 성깔이 보통이 아니다. 그녀는 납작한 젖가슴에 몸집이 자그마하고, 호리호리한 사춘기 여자애들처럼 예민하고 공격적이다. 그의 어머니와는 정반대다. 그는 바로 그것 때문에 그녀에게 매력을 느낀 건지도 모른다. 세바스티앙은 '문'이 말하는 공포에 짓눌린 밤을 전혀 이해하지 못한다. 그는 자기 어머니가 두려워하고 있다는 건 알지만 무엇을 두려워하는지는 모른다. 그녀는 한 번도 자세히 말해주지 않았다. 한번은, 그녀가 울음을 터뜨렸다. "내 손녀들을 지켜줘, 친구들을 무턱대고 믿어선 안 돼." 그러고 나서 사내들은 하나같이 엉큼하고 비열한 놈들이라고, 그 인간들은 오로지 '싸댈' 생각만 한다고 그에게 말했다. 그는 그 표현이 재미있어서 웃음이 나왔다. 바르비에 집안은 머리가 좋은 편이 아니었다. 집안 식구가 전부 달려들어 운영하는 그 선술집에 드나드는 손님은 대체로 거칠었다. 세바스티앙은 한 술 취한 남자가 추잡한 농담을 지껄일 때 계산대 너머에서 끈적거리는 웃음을 짓던 아버지의 모습을 떠올린다. 그는 학교 책상에 앉아 있을 때도 자기 옷에 배어 있던 싸한 담배 냄새와 튀김 기름 냄새, 그리고 크림 커피 냄새를 기억한다. "넌 착한 아이야." 그가 이튿날 학교에서 배울 시를 예습하는 대신 창유리를 닦거나 가게 문을 닫을 시간에 마지막으로 바닥에 떨어진 담배꽁초들을 쓸고 있으면 그의 어머니는 그렇게 말하곤 했다. 공부는 못하지만 착한 아이. 너그럽고 상냥한 마음씨. 언제나 웃는 얼굴.

세바스티앙은 아버지가 죽었을 때 슬퍼하지 않았다. 그는 '속이 다 시원하군. 우리 문한테는 잘된 일이야' 하고 생각했다. 그 늙은

이는 걸핏하면 따귀를 후려갈기려 들었다. 세바스티앙도 얻어맞은 적이 한두 번이 아니었다. 하지만 그는 한 번도 그걸 가지고 불평하지 않았다. 평소보다 술을 더 많이 마시고 취해 들어온 어느 날 저녁, 그는 어머니와 아버지 사이에 끼어들려 했다. 하지만 문은 그러지 못하게 했다. "이건 네가 상관할 일이 아니야, 이건 어른들 문제야." 그녀는 어른의 세계로부터 그를 보호해주었다. 그녀는 그가 거의 스무 살이 될 때까지 그를 '개구쟁이 녀석'이라고 불렀다. 그러면서도 이율배반적으로 그녀는 그를 맹목적으로 믿고 의지했다. 그는 자기 엄마가 담배와 복권을 파는 비좁은 판매대 너머에서 자기한테 던지곤 하던 그 자랑스러움으로 가득 찬 눈빛을 기억한다. 그는 아주 당연하다는 듯이 아버지의 자리를 물려받아 가게를 지키기 시작했다. 그는 가게를 꾸려나가는 요령을 이미 터득하고 있었고, 학교도 별 탈 없이 잘 다녔다. 어머니와 아들은 서로를 사랑했다. 아무런 격의 없는 다정한 사이. 그녀가 베고니아로 떠났을 때 그는 힘들었다. 하지만 그가 결혼한 이후 파스칼린과 그의 어머니는 걸핏하면 서로 머리채를 잡고 싸웠다. 세바스티앙 바르비에는 갈등이나 싸움을 좋아하지 않는다. 언제나 웃는 얼굴. 하지만 고부간의 갈등이 한시도 그의 머리를 떠나지 않는다.

알마 부인은 3층에 거주하는, 등이 심하게 굽어 거북이를 연상시키는 어느 부인 옆 벤치에 앉아 있다. 머리가 어깨에 푹 파묻힌 앙리에트 드롤레는 이제 턱을 흉측하게 뒤틀지 않고서는 사람을 쳐다보지 못한다. 루이즈는 잔뜩 들뜬 바르비에 부인의 모습을 알아본다……

"오! 내가 잘못 본 게 아니라면, 바르비에 부인, 당신 뒤쪽에, 지금 내가 보고 있는 게 당신 아드님 맞아요?"

"맞아요. 우리 아들이 이 늙은 어미를 보러 왔어요. 날 깜짝 놀라게 해주려고, 그렇지? 네가 올 줄은 꿈에도 생각 못하고 있었거든!"

알마 부인에게서 잠시도 떨어져 있는 법이 없는 뷔소네트 부인이 종종걸음으로 그 무리에게로 다가온다. 그녀는 바르비에 부인의 아들을 경멸하듯 아래위로 훑어보고는 그가 키도 작고 변변찮은 인물이라고 결론을 내린다. "바르비에 부인, 그게 무슨 말이에요? 아까 점심식사 시간에 오늘 아드님이 올 거라고 우리한테 그랬잖아요."

조슬린은 꿀꺽 침을 삼킨다. 뷔소네트라는 저 인간은 질투심밖에 남아 있지 않은 마귀 같은 할망구다. 그녀의 자식들은 그녀를 별로 사랑하지 않는다. 확실히, 그녀는 나쁜 어머니였다. 자식이 다섯 명이나 되는데도 한 달에 한 번 찾아올까 말까다. 그건 그러니까 자업자득이다. 목사의 아내…… 목사 부인이라고 해서 자식들을 제대로 돌보지 못하란 법은 없다. 그런데 그녀는 자식들에게 매몰차게 대했고, 그 결과 자식들 역시 엄마에게 정을 느끼지 못하게 되었다. 어느 날, 바르비에 부인은 뷔소네트에게 좀 다정하게 대해주고 싶어서 그녀에게 외롭다는 생각이 들지 않느냐고 물어보았다. 하지만 뷔소네트는 평생 자기 치맛자락에 매달리라고 자식들을 낳은 게 아니라고 쌀쌀맞게 쏘아붙이면서 그녀를 쫓아버렸다. 바르비에 부인은 자신의 어머니를 떠올리고 이 세상에는 원래부터 모성애가 없는 여자들이 있나보다고 생각했다. 그런 생각을 하자 살갗에 소름이 돋았다.

"그래요, 하지만 뷔소네트 부인, 당신도 아시다시피 자식들이란 언제나 매우 바쁘죠. 그래서 아이들이 찾아오면 그만큼 기쁨이 더 큰 거고요."

그녀는 그렇게 말해놓고 곧 후회한다. 그 늙은 암노새를 호되게 꾸짖어줬어야 했는데. 그러면 그녀의 세브가 그녀를 지켜주었을 것이다.

"우리 아들 봤어요, 알마 부인? 우리 애가 얼마나 잘생겼는지 봤어요?"

"저런, 이걸 어쩌죠? 당신도 아시다시피, 난 눈뜬장님이나 마찬가지잖아요."

"세브, 이분들한테 재미있는 이야기 좀 해드리렴. 어서, 엄마가 부탁할게. 점잔 빼지 말고 이야기 좀 해봐. 우리 애가 얼마나 이야기를 잘하는지 다들 한번 보세요."

니니는 그 무리와 멀리 떨어진 곳에서 드레퓌스 선장과 바다에 관한 이야기를 나누고 있다. 그녀는 끔찍한 꽃무늬 원피스를 입은 뚱뚱한 여자를 중심으로 작은 무리가 형성되는 것을 본다. 니니는 자기가 관심을 갖고 있는 몇몇을 제외하고 다른 사람들은 이름조차 모른다. 니니는 지독하게 비사교적이기 때문에 자기한테 먼저 말을 걸어오는 사람들에게만 말을 한다. 그리고 잔뜩 성질이 났을 때는 드러내놓고 사람들을 무시한다. 그녀는 이빨 빠진 쭈그렁탱이 할망구들과 친구가 되고 싶은 마음이 추호도 없다. 가령, 알마 부인은 모든 면에서 호감이 가는 인물이긴 하지만 나이가 너무 많다. 아흔두 살. 니니보다 스물두 살이나 많다. 나이 차이가 나도 너무 많이 난다. 알마 부인을 비롯해서 이곳의 모든 노파들은 죽음이 침대로 슬그머니 찾아와 자신들을 데려가주기를 얌전히 기다리고 있지만, 니니는 그렇지 않다. 그녀에게는 아직도 끊임없이 솟구치는 욕망이 있다. 보통 그녀는 구석에서 혼자 담배를 피우는 걸 더 좋아한다. 하지만 저 할망구들이 저기 모여서 도대체 무슨 꿍꿍이를 꾸미고 있는지 알고 싶은 호기심을 억누를 수가 없다. 그녀는 선장 쪽을 돌아본다.

"저기 저쪽에 한번 가보지 않을래요?"

"사람들이 새 시대의 획을 긋는 걸 보러?"

"네, 그래요. 닻도 내려야죠."

"우선 선수와 선미에 이상이 없는지부터 확인해봐야 해요."

"선장님, 정말 짜증 나게 하시네. 저쪽으로 갈 거예요, 말 거예요?"

드레퓌스는 또다시 주목을 끌고 싶지 않아, 좋아서 어쩔 줄 몰라 하는 바르비에 부인이 손목시계를 계속 힐끔거리는 자기 아들에게 세번째로 뭔가를 묻고 있는, 자작나무가 있는 곳까지 니니의 휠체어를 끌고 간다. 바르비에 부인의 아들은 아무리 재미있는 이야기라도 너무 오래 끌다보면 김이 새기 마련이라는 것을 경험을 통해 잘 알고 있다. 사람들은 대체로 전혀 예상치 못한 얘기를 갑자기 들을 때 웃음을 터뜨린다.

"우리를 단번에 웃길 만한 재미있는 이야기 없니?"

"물론 있죠…… 가만있자, 아…… 야채셀러드 섞을 때 뭐로 섞는 게 제일 힘든지 아세요? 여러분들도 모두 하나씩 갖고 있는 건데."

쪼그라든 노파들은 꼼짝도 않고 있다. 앙리에트 드롤레는 거북이 등껍데기 같은 등에 머리를 완전히 파묻고 있다. 드루앵 씨가 그들에게로 다가와, '야, 그 이야기 정말 재미있는걸'이라는 청중의 반응을 예상하며 벌써부터 웃을 준비를 하고 있다. 드레퓌스 선장은 계속 수풀 어딘가에 애틋한 시선을 보내고 있다.

"휠체어 바퀴!"

아무도 웃지 않는다. 웃어야 할 시점이라는 걸 알리기 위해 "하!" 하고 웃음을 터뜨린 세바스티앙 외에는 아무도. 하지만 그 외마디 웃음은 잔디밭의 침묵 위에 그대로 떨어져내린다. 모두들 미소를 머금은 채 자신들의 실내화를 뚫어져라 내려다보고 있다. 바르비에 부인은 실망한다. 그녀는 세브가 왜 하필 그런 농담을 했을까 생각한다. 그녀는 뷔소네트 부인을 슬쩍 쳐다본다. 그 심술궂은 여편네는 입술을 삐죽거리고 있다. 드루앵 씨는 카디건 단추들을 신경질적으로 만지작거린다. 그리고 갑자기 숨을 헐떡이는 소리가 들린다. 그건 니코틴에 중독된 폐 깊숙한 곳에서 나오는 숨소리다. 모두들 말없이 니니 쪽을 돌아본다. 니니가 기침을 한다. 그녀는 숨이 넘어갈 것처럼 웃는다. 어떻게 보면 조련사가 어서 공을 던져주기를 기다리고 있는 물개처럼 큿큿거리는 것 같기도 하고, 어떻게 보면 사람들이 딸랑이를 흔들어댈 때 기뻐서 소리를 지르는 아기 같기도 하다. 그 소리는 날카롭게 울려대는 방울 소리처럼 강렬하다. 그리고 그 소리는 참새들을 얼빠지게 만든다. 니니는 운다. 도저히 멈출 수가 없다. 그래서 행복에 겨운 흐느낌과 흐느낌 사이에, 그녀는 신음하듯 말한다. "오늘은 재미있는 일이 정말 많이 일어나는군!"

그는 그녀의 뺨을 때렸다. 그건 이번이 처음이 아니다. 울면서
용서를 구하는 늙은 연인 알퐁스. 알퐁스는 자기 아내를 때린다.
그는 그녀의 팔을 꼬집고, 그녀의 손목을 으스러져라 비틀고, 그녀
의 얼굴과 배를 때린다. 그녀의 입을 다물게 하려고. 자기가 그녀
를 사랑한다는 걸 기억하게 하려고. 그녀를 이해시키려는 최후의
수단으로. 그녀의 발작과 불안을 멈추게 하려고. 어쩌다 이 지경에
이르게 된 건지 그는 알 수가 없다. 그는 아내가 정신을 처음 놓았
던 때를 기억한다. 어느 날, 그는 자기 집 담장 앞에서 그녀를 발견
했다. 그녀는 자기가 사는 곳이 어디냐고 그에게 물었다. 그 순간
은 불과 몇 초 정도밖에 되지 않았다. 그는 그녀가 자기를 놀리는
거라고 생각했다. 그날 이후로 그녀의 기억력에 구멍이 생기기 시
작했다. 그녀는 어디다 차를 세워놓았는지 잊어버렸고, 누군가를

만나러 나갈 때면 가방이나 지갑, 열쇠를 잃어버리기 일쑤였다. 그녀는 눈가에 주름이 잡히게 웃으며 말했다. "요즘 내가 정신이 나갔나봐, 알퐁스." 한번은 그녀가 가스 불을 잠그지 않고 외출해서 그가 심각한 표정으로 주의를 줬다. "조심해 여보, 그러다 정말 큰일 나겠어." 알퐁스, 그는 아주 침착하고 사려 깊은 남자였다. 하지만 아내의 증세는 사소한 건망증일 뿐이라고 생각했다. 알퐁스는 일을 많이 했다. 그는 아침에 나가 밤 늦게야 집으로 돌아왔고, 그래서 거실과 욕실 사이에서 길을 잃고 헤매는 그녀의 모습을 보지 못했다. 그녀는 아직 예순도 되지 않았다. 그래서 그는 아내의 그런 증상들을 그 병과 연관시키는 건 상상조차 하지 못했다. 그러던 어느 날 저녁, 그는 그녀가 요리책을 보면서 요리하는 걸 보았다. 그 요리책은 알리스 숙모가 결혼 선물로 그들 부부에게 준 것이었다. 주느비에브는 요리 솜씨가 아주 뛰어났다. 그녀가 만든 블랑케트*는 아무도 흉내 내지 못할 정도였다. 게다가 그녀는 어떤 음식이든 감으로 척척 해냈기 때문에 요리책 따윈 전혀 필요 없었다. 그 요리책은 은방울꽃이 조그맣게 수놓인 노란색 천으로 제본된 표지에 '행복의 요리'라는 글자가 박혀 있는 두툼한 책이었다. 요리책이라면 당연히 기름때와 설탕과 밀가루로 더러워져 있어야 하겠지만, 그 책은 책장 한구석에 처박혀 먼지를 잔뜩 뒤집어쓰고 있었다. 물론 지금은 알퐁스가 그 책을 사용하고 있다. 그 책에 나와 있는 요리들은 대부분 시대에 많이 뒤떨어진 것들이다. 요즘 세상

---

* 화이트 소스를 넣어 만든 송아지 고기 스튜.

에 브레조드*를 만들고 싶어할 사람이 누가 있을까? 어쨌든 주느비에브가 그 요리책을 사용하는 걸 본 날 이후로 그는 아내의 증세를 조금씩 의심하면서 신경을 곤두세우기 시작했다. 물건들이 자주 사라졌다. 그는 냉장고 안에서 다리미를 발견했고, 양말 서랍장 속에 개 줄이 들어 있는 것을 보았고, 설탕 통 안에서 자신의 손목시계를 찾아냈다. 그래서 그는 그녀를 병원에 데려가 진찰을 받게 했다.

미래주의 스타일로 디자인된 의자에 앉은 그에게 의사가 치명적인 단어를 발음했다. 알츠하이머. 그는 반짝이는 연질 캡슐들이 그 병을 낫게 해줄 거라고 생각했다. 가죽 의자 위에 새겨진 그의 축축한 손자국. 의사는 아주 상냥하면서도 단호했다. 그들은 함께 주느비에브가 기다리고 있는 대기실로 갔다. 그녀는 트임이 있는 검정색 치마를 입고 다리를 꼰 채 대기실에 앉아 여성 잡지를 건성으로 읽고 있었다. 알퐁스의 가슴속에서 심장이 거칠게 뛰었다. 조금 전까지 그는 그녀를 가망 없는 병에 걸린 환자라고 생각하고 있었다. 하지만 대리석으로 장식된 그 방에 앉아 있는 아름답기 이를 데 없는 그녀를 보자, 자기가 잠시 나쁜 꿈을 꾸었던 것 같은 생각이 들었다. 의사가 했던 말들은 꿈속에서 들은 말이었을 뿐이고, 그는 그 꿈에서 가까스로 깨어난 것이라고. 그 세 사람은 마주 보고 앉아서 이야기를 나눌 수 있는 소파로 자리를 옮겼다. 의사는 주느비에브만큼 아름다운 여자는 이제까지 본 적이 없다고 말할

---

* 양배추와 다양한 채소를 넣어 만든 걸쭉한 수프.

것이다. 그는 그녀를 향해 야릇한 미소를 희미하게 지을 것이다. 어쩌면 그 두 사람은 나중에, 손이 축축해진 자기에게서 멀리 떨어진 곳에서 은밀히 만날지도 모른다. 그리고 그 의사는 처방전에 이렇게 쓸 것이다. '생선을 많이 먹을 것, 충분한 휴식을 취할 것, 십자낱말풀이를 자주 할 것.'

알퐁스는 꿈을 꾼 게 아니었다. 주느비에브는 놀라지 않았다. 단지 절망감만을 드러냈다. 그녀는 오래전부터 알고 있었다. 알퐁스는 자기가 이제까지 생각하고 있던 것과는 달리, 그동안 힘겹게 불안을 숨겨온 건 자신이 아니라 바로 그녀였다는 것을 비로소 알게 되었다. 주느비에브의 거짓말들, 그녀의 비밀들. 그녀는 평생토록 그를 속여왔다. 그는 그녀를 보호하고 싶었지만, 그녀에게 농락당한 게 한두 번이 아니었다. 그들은 나란히 손을 잡고 돌아왔다. 집으로 돌아오자 그녀는 펑펑 울었고, 그는 그런 그녀를 따뜻하게 안아주었다. 그는 그녀에게 말했다. 걱정하지 마라, 당신은 아직도 아주 젊다, 게다가 의학은 계속 진보하고 있다, 나 역시 언젠가 정신을 놓게 될 것이다, 그러면 우리는 아무것도 걱정할 필요 없는 안식처에서 행복을 만끽하며 살다 생을 마감할 것이다…… 그는 그녀의 머리칼을 부드럽게 쓰다듬으면서 "마음이 가난한 자는 복이 있나니"라고 말했다. 하지만 그녀는 "닥쳐, 당신은 지금 자기가 무슨 말을 하고 있는지도 몰라. 이렇게 사느니 차라리 죽는 게 훨씬 더 나아. 난 죽어야 해! 알아들어?" 하고 악을 쓰며 쏘아붙였다. 알퐁스는 자기 아내가 어떤 여자인지 잘 알고 있었다. 그녀는 살기 위해서라면 지푸라기라도 붙잡고 매달릴 여자라는 걸 그는 알고 있었다. 그녀가 자살하기에는 너무 비겁한 인간이라는 사실을 그는 알고 있었다. 자기 목숨이 바람 앞의 등불처럼 위태로워지면 결국 그에게 매달릴 거라는 것도 그는 알고 있었다. 그리고 곰곰이 생각해보면 그건 그렇게 기분 나쁜 것만도 아니었다. 결국 그녀는 그에게 의지할 것이고 그의 것이 될 것이다. 결국, 그가 그녀의 주인이다. 그는 그 사실을 인정하지 않았다. 적어도 그 당장에는. 하지만 그는 그녀를 보호하고 그녀를 위해 어떻게 할까 고민하고 아주 사소한 것들까지 돌봐줘야 한다는 생각에 기분이 아주 좋았다. 그녀가 어느 해 8월 15일에 마치 한겨울처럼 두꺼운 옷을 겹겹이 껴입었을 때, 그는 그녀의 옷을 벗기고 그녀에게 입힐 여름옷을 고르면서 행복해했다. 그후로 상태가 악화되기 시작했다. 빠르게, 지나칠 정도로 빠르게. 그녀는 망상증 증세를 보였고, 불면증 때문에 밤새도록 집 안을 돌아다녔다. 그는 그녀를 혼자 놔두기가 겁났다. 그리고 마침내 그녀가 그를 알아보지 못하는 날이 왔다. "누구세요? 내 남편은 어디 있어요?" 다시 한번, 그의 맹목적인 마음이 현실을 보지 못하게 만들었고, 그래서 그는 그녀의 그 물음을 사랑의 진술로 해석했다. 그의 가망 없는 아내는 도움을 요청했다. 그리고 그녀가 도움을 요청하는 대상은 그녀의 남편이었다. 그건 바로 그였다. 그는 그녀의 구원자이자 그녀가 원하는 유일한 남자였다. 그후에 폭력이 시작되었다. 그녀는 그를 두려워했다. 그녀는 발버둥쳤다. 그녀를 꼼짝 못하게 하기 위해 그는 그녀의 손목을 비틀었다. 알퐁스는 사랑하는 주느비에브를 아프게 했다. 그는 밤새도록 울었다. 그리고 이튿날, 그녀는 그를 자신의 애인이라고 생각했고,

알퐁스의 세계는 무너져내렸다. 그는 아무 소리도 들리지 않는 척했다. 하지만 그녀의 불안은 집요했고, 그래서 그는 그녀가 그동안 내내 자신의 부정을 남편에게 들킬까 두려워하면서 살아왔다는 걸 믿지 않을 수 없었다. 그 단순한 비극적인 일화는 강박관념으로 변했다. 그녀는 이제 자신이 바람피운 이야기를 할 때만 알퐁스라는 이름을 언급했다. 그는 그걸 견딜 수 없었다. 최초의 따귀.

　망상에 빠져 떠들어대는 그녀의 입을 다물게 하기 위해 그가 처음으로 따귀를 때린 사건은 아주 빨리 찾아왔다. 세상에서 가장 아름다운 여인의 뺨에 선명한 자국을 남긴 다섯 손가락. 그는 단지 그녀의 말을 듣지 않으려고 그녀를 때렸을까? 아니면 그가 당한 일생일대의 모욕을 그녀에게 되갚아주려고 그랬던 것일까? 그는 그녀를 사랑했다. 미치도록 사랑했다. 언제나. 그녀가 그런 식으로 그를 모욕할 권리는 없었다. 그의 삶에 있어서 하나뿐인 가장 소중한 것을 그녀가 아무것도 아닌 것으로 만들어버릴 권리는 없었다. 그는 어릿광대가 아니었다. 그녀는 따귀를 맞을 만했다. 그리고 그는 울면서 용서를 빌었다. 하지만 그녀는 더이상 그의 말을 듣지 못했다. 그녀는 정신을 잃었다. 그녀를 강간하는 건 아주 쉬웠다. 그녀는 금세 모든 걸 잊어버렸다. 알퐁스는 겁이 났다. 그는 베고니아에 연락해서 그녀를 입주시킬 수 있는지 물었다. "여보, 날 용서해줘. 내 사랑, 나의 보물. 날 용서해줘, 사랑해." 자신들 둘 모두를 위해. 그녀를 죽이지 않기 위해.

22
___
복도, 2
14시 15분

그가 지나가자 긴 레인코트 자락이 펄럭인다. 뒤에서 보면 낭만적인 시인 같다. 약간 길게 기른 은빛 머리칼은 탈모 초기 증세를 감추기 위해 뒤로 빗어 넘겼다. 장 피에르 피카르는 외모 따위에는 별로 신경 쓰지 않는 사람처럼 보이기 위해 소품 하나하나까지 굉장히 세심하게 공을 들여 옷을 차려입었다. 그는 소매 부분이 닳은 카디건을 입고 목에는 지나치게 길고 두툼한 모직 머플러를 두른 채 생제르맹 대로의 서점 앞을 성큼성큼 걷는 걸 좋아한다. 그는 자기 아내와 헤어질 생각이 전혀 없지만, 정부와도 절대로 헤어지고 싶지 않다. 그는 양호실을 향해 걸어간다. 그는 벌써 발기하기 시작한다. 하지만 지금은 그럴 때가 아니다. 지금은 진지하게 화해를 해야 할 순간이다. 그는 그녀를 잘 구슬려 마음을 돌려놓으면 가볍게 한 번 할 수 있을 거라고 생각한다. 그러려면 무엇보다도,

우는 모습을 보여줘야 할 것이다. 크리스티안은 남자의 눈물에 감동하는 부류의 여자다. 그는 그녀의 하얀 간호사복 단추를 살며시 풀어헤치고, 터질 듯 솟아오른 젖가슴을 두 손 가득 움켜쥐고 그녀를 벽으로 밀어붙이는 광경을 상상해본다. 아니, 지금은 정말로 그런 걸 생각할 순간이 아니다. 그는 엉덩이와 흠뻑 젖은 음부가 천천히 벌어지는 모습을 머릿속에서 간신히 몰아낸다. 그는 울어야 한다. 그건 쉽지 않을 것이다. 그녀는 전화기에 대고 정말로 화를 냈다. 그는 그녀를 깜짝 놀라게 해주려고, 자기가 갈 거라는 말을 하지 않았다. 그는 가는 길에 꽃다발을 사가면 어떨까 잠시 생각해 봤다. 하지만 그건 너무 눈에 띄는 행동이다. 원장에게 현장을 들켰던 그날 이후로, 그는 가능한 한 아주 조심스럽게 행동하고 있다. 아내에게는 아버지를 만나고 오겠다고 말했다. 일요일은 대체로 가족과 함께 시간을 보내지만, 아버지라면 끔찍하게 생각하는 아들이 아버지를 만나보고 오겠다는데 누가 무슨 꼬투리를 잡겠는가?

그는 문학 교수이고 그의 아내는 그리스어와 라틴어 교수이다. 매일 아침 그들은 커다란 책가방을 하나씩 들고 함께 집을 나선다. 그들은 1968년 5월, 보도블록이 휙휙 날아다니던 혁명의 현장에서 처음 만났다. 소(小) 플리니우스*와 장 자크 루소를 우상처럼 떠받들고 있던 두 이상주의자들. 하지만 그들의 성생활은 결코 만족스럽지 못했다. 그래서 그는 끊임없이 아내를 속이고 바람을 피웠다.

* 로마의 작가이자 행정관. 로마제국 전성기의 공적, 사적 생활을 사실감 있게 묘사한 개인 서한집을 남겼다.

자기가 가르치는 여학생들과 함께, 센 강가에서 마주치는 여자들과 함께, 잉마르 베리만과 프리츠 랑의 영화가 상영되는 라틴 구역의 초라한 영화관에서. 장 피에르는 성적으로 보잘것없는 남자였지만, 어떤 여자도 그 사실을 그에게 말해주지 않았다. 바로 그 때문에 그의 아내가 그와의 잠자리에 아주 빠르게 흥미를 잃어버린 게 분명하다. 그런데도 그는 자기가 자코모 지롤라모*라도 되는 줄 알고 있다. 만약 그의 정부들 중 단 한 명이라도, 아니면 크리스티안이라도 그가 단 한 번도 만족시켜준 적이 없었다고 솔직히 고백한다면, 그는 너무 놀라 그 자리에서 까무러칠지도 모른다. 크리스티안. 그가 그 간호사를 좋아하는 건 그녀가 지적인 여자가 아니기 때문이다. 그녀와는 가장 기본적인 사랑의 대화만으로 충분하다. 그녀의 가랑이를 벌리기 위해 키르케고르를 읊어댈 필요는 없다. 게다가 이렇게 드라마틱한 상황도 너무 좋다. 금지된 행위를 한다는 짜릿한 쾌감, 그리고 무미건조하기 그지없는 요양원에서 사랑을 한다는 사실 때문에 그는 이루 말할 수 없는 흥분을 느낀다.

그녀는 그곳에 있다. 그녀가 생각에 골똘히 잠긴 채 걸어온다. 갑자기, 그들의 눈이 마주친다. 그녀는 놀라움을 감추지 못하고, 자신을 사로잡는 감정을 주체하지 못한다. 그 여자의 마음은 펼쳐져 있는 책 속 글자들처럼 훤히 읽힌다. 그녀는 냉담한 시선을 되찾으려 애쓴다.

"여기서 뭘 하고 있는 거예요?"

---

* 카사노바.

"이쁜이, 당신한테 할 말이 있어."

그가 그녀의 어깨를 잡는다. 그녀는 거칠게 뿌리친다.

"우리 사이에 할 말이 뭐가 있다고?"

"제발, 오 분만."

그는 그녀의 저항이 벌써 약해지는 걸 느낀다. 너무 쉽다. 그는 그녀의 눈을 뚫어져라 노려본다. 그녀는 그가 자신의 두 손을 잡고 있는 것조차 알아차리지 못했다.

"오 분이야, 내가 모두 설명할게. 오 분만 시간을 내줘. 그러면 당신은 날 용서할 거야. 크리스티안, 당신을 사랑해."

"꺼져버려!"

그녀는 자신의 목소리에 깜짝 놀란다. 자기는 얼음처럼 차갑게 말하고 싶었는데 정작 내뱉은 목소리는 애원하는 것처럼 들린다. 너무 쉽다. 갑자기, 드레퓌스 선장의 비틀거리는 모습이 복도 저쪽 끝에 나타난다. 멈춰 서 있는 그 남녀 쪽으로 선장이 흔들거리며 다가온다. "장 피에르?"

아들이 뒤돌아선다. 망령 난 노친네. 정말 기가 막힌 순간에 등장하시는군.

"아버지……! 우리 선장님?"

"아! 당신을 다시 만나게 되어 정말 기쁘군요. 젊은 선원, 난 망원경을 잃어버렸소. 그리고 리베르 부인은 바다에 빠졌다오."

"아, 네, 알았어요, 알았어. 어서 선장실로 돌아가세요. 잠시 후에 제가 선장님을 만나러 갈 테니까."

"제기랄, 내가 하는 말을 제대로 듣고 있는 거요?"

"그럼요, 선장님."

"자, 그럼 나와 함께 갑판 위로 올라갑시다. 서둘러요!"

장 피에르 피카르의 음경은 이제 쪼그라들었다. 그는 크리스티안에게 다가가 귀에 대고 조용히 속삭인다. "예배실에서 기다릴게." 그러고 나서 그는 한숨을 쉬고 자기 아버지에게 이끌려 안뜰을 향해 걸어간다. 그의 기다란 레인코트 자락이 다시 펄럭이며 스친다. 복도 끝에 다다르자, 그는 크리스티안에게 약속을 잊지 말라는 애틋한 눈길을 던진다. 크리스티안은 팔짱을 끼고는 화가 풀리지 않은 표정을 지으려 애쓴다. 하지만 그는 크리스티안의 눈 속에서 자기가 기대하고 있었던 '그래, 어쨌든 그는 다정한 사람이긴 해'를 읽는다. 그는 고개를 숙인다. 입가에 번지는 미소를 억누를 수가 없다. 너무 쉽다.

넘어가서는 안 된다. 섣불리 몸을 허락해서도 안 된다. 그와의
관계는 끝났다. 그녀를 사랑하지 않는 남자와의 바보 같은 짓거리
는 이제 끝이다. 그는 그녀를 사랑하지 않으니까. 오늘이 일요일인
데도 불구하고 그가 왔지만, 그래도 환상을 품어서는 안 된다. 강
하게 나가야 한다. 남자들은 얼마든지 있다. 게다가 오직 자기 한
사람에게만 매달려주기를 바라는 남자도 분명히 존재할 것이다.
그녀는 그런 남자들을 만나러 채팅 사이트에 접속해보려고 한다.
그녀의 친구 하나가 그런 사이트에서 만난 남자와 일이 아주 순조
롭게 풀렸다고 말해준 적이 있다. 여자를 데리고 불장난을 하거나
빈정대기 위해서가 아니라, 진정한 애정 관계를 원해서 접속하는
진지한 남자들도 있다고 했다. 그녀는 채팅을 해보라는 친구의 권
유를 지금까지 늘 거절했다. 하지만 오늘, 그녀는 준비가 되었다.

이제 곧 장 피에르와의 관계를 말끔하게 청산할 것이다. 이번을 마지막으로. 그래, 그는 단 한 번도 그녀를 사랑한 적이 없었다. 아니면, 단지 그녀의 육체만을 사랑했거나. 하지만 그녀, 그녀는 육체적인 사랑에는 흥미가 없다. 그녀가 필요로 하는 건 따뜻한 애정과 관심이다. 그녀는 이제 더이상 텅 빈 침대 위에서 외로움과 불안에 떨며 자고 싶지 않다. 그녀는 밤이면 함께 잠들고, 아침마다 함께 눈을 뜨고, 침대에서 함께 아침을 먹을 수 있는 남자, 그녀가 정말로, 진정으로 사랑하는 남자를 원한다. 그녀가 정성 들여 셔츠를 다림질해줄 수 있는 그런 남자가 필요하다. 그녀가 그에게 말하고 싶은 건 바로 그거다. 그가 그녀를 자기 곁에 붙잡아두기 위해 온갖 미사여구를 동원하며 필사적으로 매달릴 거라는 걸 그녀는 알고 있다. 그는 그녀를 소유하려 애쓸 것이고, 그래서 그녀로 하여금 전혀 생각하지 않은 것, 말하고 싶지 않은 말을 하게 만들 것이다. "난 사랑하는 남자와 함께 일어나 침대에서 아침식사를 하고 싶어. 새벽 한시에 내 침대에서 도망치는 그런 남자를 원하는 게 아니란 말이야." 게다가 새벽 한시, 그렇게 늦게까지 함께 있었던 건 딱 한 번뿐이었다. 밤 열시까지라면 또 모를까. 야간 통행금지도 더이상 없는데. 다음번 남자가 설사 덜 잘생기거나 덜 지적이라 하더라도, 적어도 그 남자는 성실하고 진지할 것이다. 그리고 그 남자와 대화 수준을 맞추기 위해 애쓸 필요도 없을 것이다. 그가 그녀를 바보 멍청이 같은 여자로 생각하고 있는 건 아닌지 이따금씩 불안해하지 않아도 될 것이다. 완벽하게. 그녀는 그가 아주 많이 배운 사람이라는 걸 알고 있다. 그녀는 어느 날 그가 자기 아버지 앞에서 철학적인 독백을 늘어놓고 있는 걸 우연히 목격한 적이 있다. 하지만 그는 그녀와는 아무것도 공유하지 않는다. 그녀가 그의 인생에 대해 이야기해달라고 하면, 그는 "난 당신을 갖고 싶어"라고 동문서답을 한다. 그녀가 끈질기게 요구하면, 그는 그녀와의 관계를 후회하는 표정을 짓는다. 그러면 그녀는 자신의 요구를 포기하고 만다. 그는 그녀를 성적 대상으로만 생각한다. 그렇다, 그는 다정하다. 그녀에게 선물도 한다. 그는 자기 아버지 아독 선장*과 함께 그녀를 웃게 만든다. 하지만 곰곰이 생각해보면, 아주 깊은 침묵 속에서, 소리 한번 내지 못하고 쫓기듯이, 휠체어나 화장실 변기 뚜껑 위에서 아슬아슬하게 균형을 잡으며 엉덩이를 흔들어댄 것 말고는, 그들 사이에 무엇이 있었는가? 아무것도, 아무것도, 아무것도. 그는 그녀를 사랑하지 않는다. 이제까지 아무도 그녀를 사랑하지 않았다. 그런 생각을 하자 그녀의 가슴은 고통으로 뒤틀린다. 울고 싶다. 지지리도 복이 없는 여자. 이제까지 한 번도 운이 좋았던 적이 없다. 아무도, 아무도, 심지어 아이 아빠조차도. 기껏 그녀의 몸에 달려드는 것밖에 모르는 남자들, 그리고 그들이 적어도 그 당시에는 진심이었다 해도, 그래도 그녀는 너무 착해빠지고 너무 미련한 여자였다. 그녀는 인생에 실패했다. 그래서 그녀는 운다.

아! 아니다! 그녀는 눈을 들어 하늘을 올려다본다. 눈물을 참기 위해 고개를 뒤로 젖힌다. 반사적으로 그렇게 한다. 하지만 그렇게

---

* 만화 '탱탱' 시리즈에 나오는 등장인물. 항상 고주망태에다 다혈질에 욕도 잘하고 실수를 연발하지만 탱탱이 필요할 때면 언제나 나타나는 의리 있는 인물이다.

해도 결국엔 눈물이 흘러내린다는 사실과 하늘을 쳐다보는 건 눈물이 흐르는 과정을 아주 조금 지연시킬 뿐이라는 사실을 그녀는 이제까지 한 번도 알아차리지 못했다. 그녀는 입술을 깨문다. 울어선 안 된다. 그녀는 나약한 자신을 원망한다. 게다가 그가 곧 예배실 안으로 들어올 것이고, 그녀가 우는 모습을 보고는 그건 다 자기 때문이라고, 사실은 전혀 그게 아닌데도 모두 자기 때문이라고 생각할 것이다, 수컷의 오만함으로. 영혼에 멍만 드는 이 비참한 인생에서, 진정한 사랑을 찾지 못해 엉망진창이 된 여자. 남자들은 왜 그녀를 이용하는 걸까? 그들은 언제나 그녀를 이용했다. 가까이 다가오는 발소리가 그녀의 귀에 들린다. 그녀는 대충 눈물을 훔치고 조금 전보다 더 세차게 고개를 뒤로 젖힌다. 문이 열린다. 그녀는 등을 돌리고 이성적으로 생각해보려고 애쓴다. 울지 마, 한심하고 멍청한 바보 같은 것아. 그동안 이런 식으로 쓴맛을 볼 만큼 봤잖아? 그가 자기 아내의 품에서 잠들 때 눈물을 흘릴까? 그 생각을 하자 그녀의 눈에서 눈물이 갑절로 쏟아진다. 그녀는 산산조각이 났다. 강해지겠다고, 참아보겠다고, 아주 잘 견뎌내겠다고, 무슨 일이 있어도 넘어가지 않겠다고, 그리고 떠나는 그의 뒷모습을 자신의 두 눈으로 지켜보겠다고 맹세했던 그녀. 그녀의 뇌 속에서 온갖 욕설들이 통곡을 한다. 불쌍한 인간, 치사한 새끼, 쓰레기 같은 자식, 짐승만도 못한 놈, 꺼져버려, 너희들 모두 꺼져버려, 난 너희들이 마음대로 갖고 놀 수 있는 그런 여자가 아니야, 난 너희들의 배설을 도와주는 고깃덩어리가 아니라고. 난 사람들이 날 사랑해주기를 바라. 그녀의 눈은 이제 완전히 폭포로 변한다.

"당신, 우는 거야?"

"아냐. 내버려둬."

"크리스티안, 우리 이쁜이. 울지 마, 내가 왔잖아."

"개자식, 돼지 같은 새끼, 쓰레기 같은 놈, 날 조용히 내버려둬."

그가 그녀에게 연분홍색 손수건을 내민다. 그녀는 요란하게 코를 푼다. 역겨움 때문에 그의 얼굴이 저절로 찡그려진다.

"왜 그러는 건지 말해봐."

"아무것도, 아무것도 아냐. 그냥 날 내버려둬."

"저번에 말다툼한 것 때문에 그러는 거야? 난 당신을 사랑해. 그런 사소한 일로 우리가 화를 내고 싸우는 거 난 싫어. 그래서 내가 이렇게 온 거잖아. 당신을 잃고 싶지 않다는 걸 분명하게 말하러 온 거라고. 난 당신을 위해 뭐든 할 거야. 그건 당신도 잘 알고 있잖아. 우리 이제 싸우지 말자. 당신이 내게 끔찍한 말을 퍼붓긴 했지만, 그런 말을 하는 게 쉽지 않았을 거라는 거, 잘 알아. 본심에서 우러나온 말도 아니었을 테고. 난 당신을 용서해, 용서해줄게. 우리 이쁜이, 난 당신을 사랑하니까. 그리고 난 당신 없이는 살 수 없으니까."

예배실 안에 찍찍거리는 흐느낌이 울려 퍼진다. 그는 길게 심호흡을 하고 나서 말을 잇는다. "두고 봐, 노력할게. 이제 달라질 거라구. 앞으로는 무슨 수를 써서라도 짬을 내서 당신과 더 많은 시간을 보낼 수 있도록 할게. 당신을 만난 이후로, 난 더이상 이전의 내가 아니었어, 정말이야. 그후로 무언가를 깊이 생각할 수도 없었어. 크리스티안, 내 인생에서 당신만큼 사랑했던 여자는 한 명도 없었어. 베로니크에게 이 사실을 고백하라고 한다면, 뭐, 그렇게 할게."

그녀가 그를 향해 눈을 든다, 믿을 수 없다는 듯이.

의심이 자리를 잡도록 틈을 줘서는 안 된다. 말의 홍수에 그녀를 침수시켜야 한다. 그는 돌진한다. 그의 목소리가 떨린다. "그래, 내가 다른 여자를 사랑하고 있다는 걸 그녀에게 말하겠어. 그리고 나에겐 그 여자가 필요하다고, 그 여자와 함께 있고 싶다고 아내에게 말할게. 난 이제 당신이 아닌 다른 여자와 잠을 자는 건 견딜 수 없어. 난 침대에 누워 있는 당신에게 아침식사를 갖다주고 싶어. 당신과 함께 풀밭을 뒹굴며 주말을 보내고 싶어. 당신 품에서 잠시도 떨어져 있고 싶지 않아. 난 강의를 하면서도 줄곧 그 생각을 해, 정말이야. 그리고 심지어 때로는 수업을 진행하기가 힘들 때도 있어. 정말이지 우리 관계에 비하면 인생이라는 게 너무 시들하고 무미건조해 보여. 난 우리의 미래를 생각하고 있어, 해결책을 찾고 있다고. 난 정말로 당신을 사랑해, 제발 날 떠나지 마. 당신이 날 떠나고 싶어하지 않는다는 걸 알아. 난 그걸 느낄 수 있어. 우리 관계는 떼려야 뗄 수 없을 만큼 견고해. 우리의 사랑은 너무나 아름다워. 그리고 더할 수 없이 진실해. 그래, 당신 눈에는 내가 우유부단한 놈으로 보일지도 몰라. 하지만 난 당신과 함께 있으면 진정한 나를 발견하게 돼."

그녀는 그가 계속 지껄이도록 내버려두었다. 그가 달콤한 말로 자기를 속이도록 내버려두었다. 그 모든 거짓말이 그녀에게 도움이 되기 때문이다. 그 말들을 듣고 있으면 그녀의 처참한 기분이 진정되기 때문이다. 그리고 신기하게도, 그녀의 눈물도 어느새 말라버렸다. 비열한 자식, 비열한 거짓말쟁이. 조금도 기가 죽지 않고 뻔뻔스럽게 그런 거짓말을 늘어놓다니, 정말 믿을 수 없는 일이다.

"자, 당신 손수건 가져가."

"난 당신이 나 때문에 우는 걸 보고 있을 수가 없어."

"닥쳐, 내가 우는 건 당신 때문이 아니야. 그러니까 안심해. 설사 당신 때문이었다 해도, 이게 마지막이야. 맹세할 수 있어."

그녀는 자신의 목소리에 놀란다. 차분하게 가라앉은 냉담한 목소리.

"크리스티안……"

"닥쳐, 닥치라고 했잖아. 교수님, 프랑스어를 모르시나요?"

"당신이 나한테 왜 이렇게 냉정하게 대하는지 충분히 이해해. 그렇다고 당신이 그처럼 무례하게 구는 건 용납이 안 되지만. 그래, 내가 원망스럽기도 하겠지, 이해해. 하지만 크리스티안, 나에게 마음의 문을 닫지 마, 난……"

"닥쳐!"

그녀가 너무 크게 소리를 지르는 바람에 벽이 부르르 떤다. 아니면 누군가가 들어온 걸까……? 그 두 연인은 문 쪽으로 돌아선다. 그때, 필리프 드루엥의 얼굴이 살짝 열린 문틈으로 미끄러져 들어온다. "무슨 문제가 있습니까?"

죽음 같은 침묵 속에서, 그 간호사의 얼굴이 일그러진다. 그녀는 말을 더듬는다.

"아뇨, 아무것도 아니에요. 죄송합니다, 원장님. 저는…… 저희는……"

"소리를 지른 게 당신입니까?"

원장은 단호한 표정으로 눈을 동그랗게 치켜뜨고 있다. 그는 장 피에르 피카르를 경멸하듯이 위아래로 훑어보고는, 불만에 찬 목소리로 낮게 투덜댄다. 그러고 나서 목소리를 가다듬는 척한다. 그는 그들이 얼마만큼 심각한 잘못을 저질렀는지 한참 동안 가늠하고 난 다음, 싸늘한 어조로 말한다. "좋아요. 탈렌 부인, 볼일이 다 끝나면 원장실로 오세요."

이곳은 출입문에 디지털 잠금장치가 설치되어 있다. 이곳은 관계자만 출입할 수 있다. 이 방은 정사각형이고 창문이 없다. 오른쪽에는 철제 선반들이 벽면을 온통 차지하고 있다. 그리고 선반 위에는 뉴로틴, 세레타이드, 트랜시페그, 폴락스, 락툴로즈, 스멕타, 다팔간, 돌리프란, 카시트 1000, 알로플라스틴, 페리디스, 뉴모렐, 비아핀, 플렉터, 덱세릴, 개비스콘, 시테알, 루벤틸, 케토프레펜 젤 2.5%, 임포르탈, 모비콜, Mag2, 노르마콜, 염화나트륨, 로세릴, 카르데직, 아타락스, 아세틸시스테인, 디퓨-K, 데파코트 등의 의약품들이 환자의 이름이 적힌 플렉시글라스* 상자들 속에 담겨 있다. 각각의 상자에는 한 달치 치료제가 들어 있다. 선반들은 위에서 잡

_____

* 투명도가 높은 강화 유리의 한 종류.

아당기는 뚜껑으로 닫혀 있을 뿐만 아니라 자물쇠까지 채워져 있다. 이 방에 들어서면 문 오른쪽으로 작은 나무 탁자와 등받이가 없는 녹색 의자가 놓여 있다. 그리고 그 탁자 위에는 세 개의 플라스틱 바구니가 있다. 분홍색과 회색 바구니에는 아무것도 들어 있지 않고, 흰색 바구니에는 U자 모양의 장신구가 달린 은팔찌가 하나 들어 있다. 굵은 검정색 수성펜 하나. 일정표 하나. 리베르 부인에 관한 내용이 기록된 페이지가 펼쳐진 채 놓여 있는 의무기록카드 파일.

월간 치료					
특별 조제약	아침	점심	저녁	밤	비고
Deroxat 20mg	l		l		
Mopal 20mg	l				
Dolipone 500mg	2		2		
Théralène					저녁마다 30방울
Forlax	l		l		
Lithium LP 400	2				
Cocit D 300	l	l	l		매월 첫 15일 동안
Modopor LP 125	l		l		점오마다 LP 62.5 1알도 투약
인슐린 O		항응고제 O		안약 ⊠	그 외 O
Dacryoscrum					아침, 저녁, 잠자리에서 눈에 투약
Rifomycine1		l			
일회적인 치료					
알레르기 :					

탁자 위쪽 벽에는 소박한 그림 액자가 걸려 있다. 자작나무가 길게 늘어서 있는 시골길에서 엄마 닭이 병아리들을 데리고 일렬종대로 걸어가고 있는 그림이다. 그리고 그 귀퉁이에 붙어 있는 노란 형광색 포스트잇에는 '아메트 부인의 손녀가 회진 때 의사선생님을 만나 뵙고 싶다고 합니다' 라는 메모가 동글동글하고 커다란 글씨로 적혀 있다.

뚜껑 없는 사각형 상자 속에 들어 있는 처방전들. 알약 판을 자를 때 사용하는 끝이 둥근 가위 두 개, 투명한 플라스틱 튜브들. 5부터 50까지 단계적으로 눈금이 표시되어 있는 스포이트 일곱 개, 그리고 금속 용기 하나. 벽에는 신경이완제에 관한 사항을 적어놓은 카드.

신경이완제

1층 입주자들 :

알마 부인 : Rivotril
바르비에 부인 : Nozinan
뷔소네트 부인 : Tercian
데트루아메종 부인 : Rivotril(환자의 방에)
르뵈프 씨 : Haldol 약하게
르뒤크 부인 : Haldol 약하게
리베르 부인 : Théralène
피카르 씨 : Haldol 강하게

오른쪽 구석에는 안약과 인슐린, 좌약을 보관하기 위한 냉장고

가 놓여 있다. 벽에 고정된 칸막이 선반에는 거주자들의 의료보험 카드가 알파벳 순서로 정리된 파일이 꽂혀 있다. 방 중앙에는 조제 도구가 들어 있는 약품용 카트가 자물쇠로 잠겨 있다. 베고니아에서는 환약을 담는 데 길쭉한 파란색 플라스틱 통을 사용하는데, 그 통 안에는 아침, 점심, 저녁, 밤에 먹을 약이 각각 회색 칸 속에 분리되어 있다. 약품용 카트보다 좀더 작은 카트에는 소독 도구가 담겨 있다. 문 맞은편에는 독약과 모르핀, 극약, 마약류를 보관하는 금고가 있고, 왼쪽으로는 크림, 완화제, 진통제, 칼슘, 비타민을 보관하는 커다란 수납장이 있다. 거기에는 파란색, 노란색, 초록색, 붉은색, 하얀색 약이 들어 있다. 그 수납장 위에는 크리살린 스프레이 약병들이 링거 팩 상자들과 살균한 실내화 상자 사이에 쌓여 있다.

25

식당, 3
15시 00분

조시가 대걸레로 바닥을 닦고 있다. 니니는 그녀가 엄청나게 아름답다고 생각한다. 그녀의 엉덩이가 흔들린다. 때로는 대걸레 오른쪽으로, 때로는 회색 물통 왼쪽으로. 붉은색 나일론 원피스에다 물결처럼 부드러운 주름이 지고 하늘처럼 파란 빛깔의 커다란 앞치마를 두른 그녀의 모습이 마치 그리스 조각상 같다. 그녀의 관능적인 어깨 사이에 작은 머리통이 불쑥 솟아 있다. 조시의 머리칼은 겨우 몇 센티미터 될까 말까 할 정도로 짧다. 그녀는 머리에 터번 대신 화려한 색상의 세모꼴 스카프를 둘러 묶었다. 니니는 일부러 휠체어 바퀴를 움직여 삐걱거리는 소리를 낸다.

"조시, 코카콜라 라이트 하나만 뽑아다줘!"

"우리 니니, 보다시피 지금 걸레질을 하느라 바쁘니까 조금만 기다려줘요. 어른스럽게 굴어야죠."

조시는 자기 직업을 아주 좋아한다. 그녀는 나이 든 사람을 어떻게 다루어야 하는지 안다. 이곳에 오기 전에 그녀는 장애아들을 돌보았다. 그래서 그런지 베고니아에서 니니를 달랠 수 있는 건 그녀뿐이다. 그녀와 함께 있을 때면 리베르 부인은 거의 제정신으로 돌아온다. 조시는 자기 딸을 위해 과들루프 섬*에서 프랑스로 왔다. 딸이 선택한 BTS** 과정이 태양이 빛나는 그 섬에는 없었기 때문이다.

"조시, 나랑 얘기나 나눌까?"

"응, 그러죠 뭐."

"딸하고는 사이가 좋아졌어?"

조시는 들어주는 사람만 있으면 언제라도 자기가 살아온 인생 이야기를 늘어놓는다. 그 이야기는 두서가 없다. 그녀는 노래하듯 이야기를 읊조린다.

"내 딸. 알다시피, 난 그애 때문에 골치가 아파서 돌아가시는 줄 알았어요. 그래서 그애한테 말했죠, 난 땡전 한 푼 없는 빈털터리라고. 하지만 아이들, 난 우리 애들을 사랑해요. 난 엄마 노릇뿐만 아니라 아빠 노릇까지 하고 있죠."

"나도 내 자식들한테 그랬어. 내 남편은 심장마비로 죽었거든."

"그래, 그랬죠."

"내 딸은 제 아버지를 더 좋아했을 거야. 나는 조울증 환자였으니까. 조울증! 조울증 환자! 그런 엄마를 뒀다는 건 그애한테 너무

* 서인도 제도에 위치한 프랑스령의 섬.
** 고등학교를 졸업한 후 입학하는 이 년제 고등기술자 자격증 과정.

가혹한 형벌이었지. 다행히 나는 레지옹 도뇌르 훈장을 받았어."

"그래요, 그랬죠."

니니가 아무리 시시껄렁한 이야기를 지껄여대도 끝까지 들어주는 사람은 조시밖에 없다. 그녀는 불안에 사로잡혀 울부짖곤 하는 이 여자 역시 하느님의 피조물이라는 것을 믿어 의심치 않는다. 조시가 그녀에게 미소를 짓는다. 그래서 리베르 부인은 오늘 처음으로 배신감을 느끼지 않는다.

"그래서 당신 딸은 요즘 어때? 공부는 잘하고 있대?"

"흠, 다행히 그애는 빨리 취직할 수 있는 직업 바칼로레아* 과정을 밟았죠. 그리고 이런저런 잡다한 선발 시험에 떨어진 후에, 이 얘긴 내가 벌써 했던가? 뭐 어쨌든, 지금은 어떤 학교에서 일자리를 구했어요. 뭐, 특별히 듣고 싶은 얘기가 있으면 말해봐요."

"당신 어렸을 때 이야기 좀 해봐."

"그 얘긴 지겹도록 해줬잖아요, 니니. 자기는 꼭 어린애 같아. 늘 똑같은 이야기만 들으려 하니까."

"그래, 그러니까 또 이야기해줘. 당신 여동생들 이야기 좀 해봐."

"오늘 당신 대녀가 왔었죠?"

"응, 하지만 그애는 이제 날 사랑하지 않아. 그애 얘긴 하고 싶지 않아. 당신 여동생들 얘기나 해줘."

"난 계집아이 열둘과 사내아이 둘이 득실거리는 집안의 장녀로 태어났어요. 나는 간호사 공부를 할 수 없었죠. 아버지를 도와 일

---

* 고등학교에서 선택, 이수하는 이 년간의 직업 교육 과정. 졸업 후 곧바로 기술직, 사무직, 기능직 등으로 취업하거나 BTS 과정으로 입학할 수도 있다.

해야 했거든요. 우리 아버진 엄마가 밖에 나가 일하는 걸 싫어했어요. 하기야 열여섯 명이나 되는 자식을 키워야 했으니, 다른 일을 한다는 건 엄두도 내지 못했겠지만. 그 자식들 중에서 둘은 죽고 열네 명은 지금까지 살아 있죠. 우리 엄만 병원에도 한 번 가본 적이 없었어요. 그런데, 정말로 이런 얘기가 재미있어요? 내 여동생들 이름은 하나같이 사내아이 이름이었죠. 조르주, 제라르, 다니엘, 알베르…… 우리 아버지가 아들을 원했거든요. 내 이름은 원래 조제지만 난 조시가 더 좋아요."

"나에게 니니라는 이름을 붙여준 건 카미유야. 그앤 아주 어렸을 때부터 날 그렇게 부르기 시작했지. 그때부터 난 그 이름을 계속 사용했어. 내 친구들과 심지어 동료 판사들까지도 날 니니라고 불렀지."

"아, 참, 판사 나으리셨지. 깜빡 잊고 있었네요."

니니는 자기 직업을 무척 좋아했다. 그녀의 눈이 흐려지며 법원의 긴 복도를 회상한다. 검은 법복을 입고 팔에는 두툼한 서류를 끼고 있는 변호사들.

"우리 부모님은 자식들에게 제대로 공부를 시키지 않았어요. 내 여동생들은 모두 유치원 보모나 간호조무사가 되었어요. 하나같이 남을 도와주는 직업이죠. 그것도 유전처럼 대대로 이어지는 건가 봐요. 우리 아들도 그런 직업을 가졌으니까. 그애는 헌병이랍니다. 그것도 다른 사람들을 돕는 직업이잖아요. 그앤 자동차 부품 세일즈맨으로 사회에 첫발을 내딛었어요. 하지만 어느 날 그애가 이렇게 말하더군요. '엄마, 살아가면서 여러 가지 직업을 경험해볼 필요가 있는 것 같아. 엄마도 노인이나 장애아를 돌보시잖아요. 가사일이나 다림질하는 것도 좋아하시고, 파티 같은 데서 식사 시중을 들면서 사람들을 돕고 싶어하시잖아요.' 응, 정말로 난 그애 말처럼 다른 사람들을 도우면서 이 세상에 사랑을 나눠주고 싶어요."

조시는 두 손을 비눗물에 담그고는 회색 거품을 잔뜩 머금은 대걸레를 다시 꺼낸다.

"또 이야기해줘."

"맙소사, 니니, 난 시간이 없어요. 빨리 이 일을 끝마쳐야 해."

대걸레가 왈츠를 추고 거대한 몸이 의자와 탁자들 사이에서 물결친다. 크리스티안이 식당으로 들어온다. 그녀의 눈이 빨갛다.

"리베르 부인, 여기 계시면 안 돼요. 당신 때문에 조시가 일을 제대로 못하잖아요."

"아뇨, 아뇨, 걱정 말아, 우리 예쁜 크리스티안. 전혀 방해되지 않아요. 니니와 난 얘기를 나누고 있었어."

조시가 안색이 나빠 보이는 크리스티안을 흘깃 쳐다본다.

"어머, 그런데 자기, 어디가 안 좋아?"

"아무것도 아니에요, 조시. 이런 날도 있고 저런 날도 있는 거죠. 그만 가볼게요. 양호실에 볼일이 있어서요."

크리스티안은 급히 서두르다 자기도 모르는 사이에 조시의 커다란 파란색 앞치마에 부딪친다. 사랑으로 충만한 어머니의 젖가슴에 머리를 처박은 그녀는 세상이 무너져내릴 것 같은 느낌을 받는다. 그녀는 원장과 장 피에르를 생각한다. 하지만 강렬한 바닐라 향 속에서 그들의 모습이 흐릿해지면서 서서히 사라진다.

"누가 당신을 울린 거지? 여기서 눈물을 보이면 안 돼. 강해져야지. 세상을 살다보면 힘들 때가 얼마나 많은데. 그러니 그만 울고 기운 내요. 그리고 나중에 나한테 와, 내가 타로 점을 쳐줄 테니까. 앞으로 당신 인생에는 행복만 가득할 거라는 점괘가 기다리고 있을 거야."

초인적인 노력 끝에 크리스티안은 바닐라 향이 나는 품에서 빠져나온다. 그녀는 옅게 색깔을 넣은 안경 너머로 니니의 질투 어린 시선과 마주친다. 사회보장제도 덕분에 받을 수 있는 상냥하고 살가운 조시의 보살핌, 병들고 지친 노인들에게 가장 필요한 건 바로 그것이리라. 그것이 항우울제의 소비를 절반으로 줄여줄 것이다.

"고마워요. 당신은 정말 다정한 분이세요. 나중에 만나서 다시 이야기해요."

하얀 가운이 떠났다. 조시는 고개를 끄덕이고 대걸레를 다시 잡는다.

"조시, 로제나 좀 갖다줘!"

"니니, 그냥 갖다달라고 하면 될 걸 꼭 그렇게 짜증을 내며 말해야겠어요?"

"난 지겨워, 지겨워 죽겠단 말이야."

"그렇게 말하지 마, 자기. 베고니아는 좋은 곳이에요. 혹시 내가 니니를 제대로 돌봐주지 않아서 그러는 거예요?"

"아니, 그건 아냐."

니니는 정신없이 바쁘게 살았던 자신의 인생을 떠올린다. 밤새도록 씨름해야 했던 끝없는 서류 더미들. 이른 잿빛 아침 센 강변의 교통 체증, 터널을 지나면 웅장한 모습을 드러내던 파리 대법원 청사.

"아니. 당신은 친절해. 그럼, 그렇고 말고. 하지만 기다리는 시간이 너무 길어. 난 지금 당장 콜라를 마시고 싶단 말이야!"

"진정하고 얌전히 기다리고 있어요. 청소 끝내고 나서 자판기로 갈 거니까."

비 오는 날 자동차들이 울려대는 경적 소리. 지각해서는 안 돼. 니니는 바쁜 걸 좋아했다. 지금 그녀는 콜라를 마시기 위해 바쁜 척을 한다.

26

원장실
15시 15분

그녀는 문턱에 멈춰 서 있다. 그는 곧 판결을 내리려는 왕처럼 자기 책상에 앉아 꼼짝도 하지 않은 채 그녀에게 자리에 앉으라는 신호를 보낸다. 그는 루이 14세처럼 파란색과 황금빛이 섞인 벨벳 의상에 실크 스타킹을 신고 가발을 쓴 자신의 모습을 상상한다. 고결한. 그는 이 형용사의 음조를 좋아한다. 그는 이 단어를 자신의 묘비명으로 쓰면 근사할 거라고 생각한다. '고결한 인간 필리프.' 그녀가 떨면서 앞으로 걸어온다. 그녀가 엉덩이를 의자에 걸치려는 순간, 그가 그녀에게 다시 일어서라고 명령한다.

"미안하지만, 문 좀 닫고 오세요."

그녀는 재빨리 그 명령에 따르려다 서랍장 귀퉁이에 놓인 무화과나무 화분을 떨어뜨릴 뻔한다. 그는 불안에 떠는 그녀의 모습이 매력적이라고 생각한다. 겁을 집어먹은 암사슴.

"물 한 잔 드릴까요?"

그녀에겐 물보다 코냑 한 잔이 필요할 것이다.

"고맙지만 괜찮습니다, 원장님."

"좋아요. 그럼 우선, 조금 전 당신의 행동에 대해 내가 납득할 수 있도록 해명해줄 수 있습니까?"

"네, 물론입니다."

"어떤 내용인지 한번 들어보죠."

"그러니까, 원장님도 아시다시피…… 원장님이 아시는 것처럼…… 저는…… 저희는…… 장 피에르 피카르와 저는…… 원장님께서 짐작하시는 대로 그런 사이입니다. 그때, 원장님이 저희를…… 어쨌든 처음으로…… 그리고 저는 몹시 당황한 상태였어요. 저는 그 사람과의 관계를 더이상 지속해서는 안 된다고 생각하고 있었습니다. 저는 그 사람과 헤어지고 싶었어요."

그녀는 몰래 그를 살펴본다. 그는 기계적으로 검지를 세워 돋보기안경의 금속 테를 만지면서 렌즈의 초점을 맞춘다. 그녀는 원장이 안경의 초점을 맞춰가면서까지 뭘 그렇게 자세히 살펴보려는 건지 궁금하다.

"그리고 그동안 원장님이 아무 말씀도 하지 않아주셔서 정말 고맙게 생각하고 있었어요. 그 일 때문에 정말 힘들었거든요. 저는 앞으로 다시는 그런 일이 일어나지 않도록 하겠다고 다짐하고 있었습니다. 그리고 원장님이 이렇게 저를 원장실로 부르실 거라는 생각도 하고 있었고요…… 그때 제가…… 그 일 때문에…… 원장님이 저를 해고하지 않으시길 진심으로 바라고 있긴 하지만……"

"본론으로 들어갑시다. 내가 지난번에 아무 말도 하지 않았던 건, 내가 두 사람의 행동을 '중단' 시킨 게 이 세상의 그 어떤 경고보다 효과가 있다고 생각했기 때문입니다. 적어도 나는 그렇게 생각하고 있었어요."

"물론입니다, 원장님. 저는…… 오늘 저는 그 사람과 헤어졌어요. 그게 정말이라는 걸 원장님께 맹세할 수 있습니다! 오늘 아침에 전화로요. 제가 복도에서 울고 있는 걸 원장님이 보신 것도 바로 그 일 때문이었습니다. 앞으로는 두 번 다시 그런 일이 일어나지 않을 거라고 원장님께 약속드리겠습니다."

"그러길 바랍니다. 당신 때문에 베고니아의 이미지가 얼마나 나빠질지 생각해봤습니까? 그것도 방문객들이 가장 많은 일요일에."

"네, 물론입니다. 정말 죄송해요."

"오늘 아침에 그 사람과 당신이 헤어진 게 확실하다면, 바로 십오 분 전에 그 사람이 거기서 뭘 하고 있었는지 물어봐도 되겠습니까?"

"그는 저를 다시 붙잡고 싶어했습니다…… 저와 화해하고 싶어했어요. 그래서 저는 화가 나서 그에게 소리를 지른 겁니다. 제가 얼마만큼 후회하고 있는지 원장님이 알아주셨으면 좋겠어요. 그 사람과 헤어진 걸 후회하는 게 아니라, 아니, 전 오히려 그 사람과 헤어진 건 정말 잘한 일이라고 생각하고 있어요. 하지만 저는 감정을 잘 조절하지 못하는 데다 그가 온갖 달콤한 말로 저를 꼬셔대기 시작했기 때문에 너무 화가 나서 이성을 잃어버렸고, 그래서 고함을 질렀던 겁니다. 그래서는 안 된다는 걸 저도 압니다. 아무리 화가 났어도 예배실에서…… 어쨌든 조용해야 할 곳에서…… 죄송합니다."

"그게 답니까?"

"진심으로 죄송합니다. 약속드립니다, 두 번 다시 그런 일이……"

"네, 그런 일은 다시는 일어나지 않아야죠. 잘 알았습니다. 그런데 오늘 아침, 그렇게 사적인 일로 전화 통화를 하고 울고불고하는 통에 일은 제대로 할 수 있었나요? 당신이 해야 할 일들을 제대로 했다고 생각하세요?"

그녀의 얼굴이 창백해졌다. 그녀의 윗입술은 불안에 사로잡혀 바르르 떨고 있다. 절대로 울어선 안 돼. 그 순간, 필리프 드루앵은 그녀가 정말로 예쁘다는 생각을 한다. 이런 보석 같은 여자를 달아나게 만들다니, 그 장 피에르 피카르라는 작자는 정말 멍청한 녀석이다.

"크리스티안 양, 내 말 명심하세요. 당신은 훌륭한 간호사예요. 당신이 여기 일을 그만둔다면 나도 정말 아쉬울 겁니다. 하지만 그런 행동은 용납할 수 없습니다."

"네, 저도 잘 알고 있습니다."

"이번엔 눈감아드리겠지만, 다음번에 또 이런 실수를 반복하면 그땐 용서하지 않겠습니다."

"감사합니다, 원장님."

"나에게 감사하지 말아요. 용서는 해드리지만 그 일을 잊겠다는 건 아니니까."

그녀가 울음을 터뜨린다.

27

테레즈의 방, 1
15시 30분

테레즈 르뒤크는 다른 사람들과 함께 안뜰로 산책하러 나가지
않았다. 그녀는 자기 방으로 되돌아왔다. 지금 그녀는 침대 가장자
리에 앉아 있다. 그녀는 회색 원피스의 주름을 익숙한 동작으로 다
림질한다. 옅은 장밋빛 나일론 속치마의 정교한 레이스가 밖으로
비죽 나와 있다. 그녀는 거의 자신만큼이나 오래된, 뜨개질로 만든
침대 커버를 두 손으로 쓰다듬는다. 그녀는 수화기가 제대로 놓여
있는지 확인하려고 전화기에 눈길을 던진다. 만약의 경우에 대비
해서. 하지만 그녀는 아무도 자신의 축일을 축하해줄 생각조차 하
지 않을 거라는 걸 알고 있다. 아기 예수의 성녀 테레즈.* 한겨울에

---

* 리지외의 성 테레즈(1873~1897). 맨발의 카르멜회 수녀. 스물넷이라는 젊은 나이
에 세상을 떠난 그녀는 신에 대한 절대적인 신뢰와 복종으로 많은 사람들에게 감동을
주었다. 1925년 '아기 예수와 성스러운 얼굴의 성 테레즈'라는 이름으로 시성되었다.

도 나무 샌들을 신고 자신의 몸에 채찍질을 해가며 고행을 했던 광녀이자 몸이 열두 조각으로 잘려 죽은 아빌라의 성 테레즈,* 로마에 오른발과 위턱의 일부분, 리스본에 오른손, 론다**에 왼쪽 눈과 오른손, 알바 데 토르메스 수도원 박물관의 성물함에 왼팔과 심장이 썩지 않고 그대로 보관되어 있다는 성녀, 10월 15일에 사람들이 축하하는 아빌라의 성 테레즈가 아니라, 리지외의 성 테레즈라는 이름으로 더 잘 알려진 아기 예수와 성스러운 얼굴의 성 테레즈, 용서와 관용 속에서 겸허함과 절대적인 믿음으로 나아가야 하는 '작은 길'에 대해 말했던 그 성녀. "나는 불완전한 존재입니다. 그러나 나는 아주 곧고 낮고 좁은 길, 완전히 새로운 작은 길을 통해 천상에 다다를 수 있는 방법을 찾고 싶습니다." 바로 그 길, 테레즈는 아직도 그 길을 찾지 못했다. 그녀는 자기가 이제 너무 늙었다고, 그래서 전화벨이 울리기를 간절히 바라고 있다고 생각한다. 그녀는 침대 옆 탁자 위에 놓인 자명종을 쳐다본다. 마른 뼈다귀 같은 바늘들이 절대적인 침묵 속에서 계속 박자를 맞추며 또박또박 시간을 읽고 있다. 테레즈는 사람들이 자기를 좀더 찾아와주었으면 하고 바란다. 예를 들어 옛날에 이웃집에 살던 여자. 아니면 그녀가 베고니아에 처음 왔을 때 전혀 뜻밖에도 그녀를 찾아와주었던, 수예점을 하던 친구의 딸처럼 말이다.

테레즈는 자식이 없고 여동생만 한 명 있을 뿐이었다. 하지만 남편은 그 여동생을 만나지 못하게 했다. 그녀의 여동생은 테레즈의

---

* 스페인 수녀로, 스페인어로는 아빌라의 성 테레사(1515~1582).
** 스페인 안달루시아 지역.

남편보다 먼저 세상을 떠나버렸고, 테레즈는 몇 명 되지도 않는 조카들에게 자신의 늙은 몸을 의탁할 수 없었다. 여동생이 낳은 자식들은 프랑스 북부에 살고 있다. 테레즈의 유산도 바로 그 아이들이 상속받게 될 것이다. 하지만 테레즈는 얼굴도 모르는 늙은 이모가 죽고 나면 추시계 세 개와 은행 통장 하나를 물려받게 될 거라는 구실로 그 아이들을 귀찮게 하고 싶지는 않다. 테레즈와 그녀의 여동생은 한날한시에 결혼식을 올렸다. 게다가 남편끼리는 서로 먼 친척이었다. 테레즈가 스물다섯 살이 되도록 남자 한번 만나지 못한 데 반해 테레즈의 여동생은 예쁘고 바람기가 많았다. 그녀는 가젤 같은 눈과 활처럼 휜 허리로 온갖 염문을 뿌리고 다녀 장안의 화젯거리가 되었고, 그녀의 부모는 그녀 때문에 하루도 마음 편할 날이 없었다. 1940년대에는 바람난 처녀라는 소문 못지않게 스물다섯이나 먹었는데 시집도 못 간 노처녀라는 소문 역시 아주 빠르게 퍼져나가 사람들의 입방아에 오르내렸다. 맏딸을 결혼시킬 가망이 없다는 생각에 낙심한 테레즈의 부모는 둘째 사윗감의 친척 중에 노총각이 있다는 사실을 알게 되자 그 기회를 놓칠세라 부리나케 달려들었다. 그 노총각과 노처녀는 결혼식 전날에야 비로소 서로의 얼굴을 확인할 수 있었다. 에밀이라는 이름의 그 중늙은이는 예상했던 것만큼 못생기지는 않았다. 그는 테레즈보다 머리 두 개 정도가 더 컸고, 직업은 정원사였다. 테레즈는 그가 허우대만큼은 멀쩡하다고 생각했다. 게다가 그녀는 화분이나 꽃을 좋아했기 때문에 그 정도면 신랑감으로 괜찮을 거라고 생각했다. 가냘프고 부드럽고 수줍음이 아주 많은 여자. 얇은 입술, 작은 갈색 눈, 가는 풀잎보다 약간 더 두꺼울까 말까 한 눈썹. 그녀는 언제나 머리를 길게 기르고 다녔다. 남편 에밀은 그녀에게 머리를 자르지 못하게 했다. 단발머리가 선풍적으로 유행할 때조차도. 그녀는 남편 말에 말없이 복종했다. 그녀는 자기 세대에서는 보기 드물게 운전면허증을 취득한 신여성이었지만, 남편 때문에 운전도 포기했다. 그 정원사는 날마다 자전거를 타고 일터로 나갔고, 테레즈는 걸어서 장을 보러 갔다. 그녀는 집에서 직접 만든 통조림과 쌉쌀한 오렌지 마멀레이드로 유명한 식품점 여자와 가격을 흥정했고, 그 여자의 친구인 아주 친절하고 뚱뚱한 빵집 여자, 빵 굽는 화덕이 있는 지하로 내려가다 계단에서 굴러 떨어져 골반이 부러진 이후로 휠체어를 타고서 계산대를 지키고 있는 빵집 여자에게도 값을 깎아달라고 졸라댔다. 에밀은 자기 아내가 밖에 나가 일하는 걸 원하지 않았다. 그들이 부자여서가 아니라, 오로지 여자와 접시는 밖으로 내돌려서는 안 된다는 원칙 때문에. 테레즈는 너무도 '직업을 갖고' 싶었다. 그래서 때때로 바느질감을 가져다가 일을 했다. 하지만 그녀는 한 번도 돈을 받지 않았다. 돈을 벌려고 하는 일이 아니라 사람들에게 조금이나마 도움이 되기 위해 하는 일이었기 때문이다. 에밀은 그런 걸 좋게 생각하지 않았지만 테레즈는 불평하지 않았다. 그는 훌륭한 남편이었으니까. 그들의 생활은 별 탈 없이 순조로웠다. 아이가 생기지 않는 것 말고는.

테레즈는 리지외, 루르드, 샤르트르로 성지순례를 떠났다. 그녀는 신이 자신의 배를 굽어보며 거기에 작은 존재를 잉태하게 해주리라 기대하면서 프랑스의 성당이란 성당은 모두 찾아가 촛불을 밝혔다. 테레즈는 너무 많이 기도하고 너무 많이 기대했다. 그러다 서서히 그녀의 믿음은 종교에서 점성술과 신비주의로 옮겨 갔다. 하늘이 그녀에게 고집스레 거부하는 것을 별들에게서 찾으면서. 헛되이. 그녀가 어느 산부인과 의사에게 진찰을 받은 그날까지. 그 당시 그녀는 예순 살이었다. 이미 오래전에 폐경이 된 그녀가 하혈을 했다. 그녀를 진찰한 의사는 큰 병원으로 가보라며 소견서를 써주고 종합병원에 근무하는 자신의 동료도 소개해주었다. 그녀는 산부인과 진찰대에 누워 다리를 양옆으로 벌려 받침 위에 올려놓은 자신의 몸을 그 의사가 검진할 때 느꼈던 그 거북스러움을 지금도 기억한다. 아주 예의 바르고 성실한 남자. 그가 당신은 아직 처녀라고 말했을 때 테레즈는 그 말이 무슨 뜻인지 이해하지 못했다. 조루인 남자와 결혼한 지 삼십오 년. 그리고 그 오랜 세월 동안 자기 부부에게 아이가 생기지 않는 건 바로 자신에게 결함이 있기 때문이라고 굳게 믿고 있었던 그녀. 그 시절에는 젊은 여성들에게 아무것도 가르쳐주지 않았다. 단지 그녀들이 멍청이 같은 남자에게 걸려들지 않기만을 바랄 뿐이었다. 그 산부인과 의사는 테레즈에게 그림을 그려가며 자세히 설명해주었다. 그녀는 그 그림을 가져가도 되느냐고 물었다. 에밀에게 보여줄 생각이었다. 그녀는 그 종이를 네 번 접어 핸드백에 넣고 병원을 나왔다. 그날 저녁, 테레즈는 자기가 결혼한 이후로 왜 불행한 삶을 살 수밖에 없었는지 그 원인을 설명해주는 증거물을 식탁 위에 올려놓았다. 하지만 에밀은 부인했다. 의사들은 하나같이 무능한 인간들이었다. 그리고 그들은 그후로 그 문제에 대해 두 번 다시 이야기를 꺼내지 않았다.

28

대걸레가 마지막으로 식당의 문턱 위를 미끄러져 지나간다. 이제 일이 끝났다. 조시는 더러운 물에 두 손을 담그고 화학약품에 흠뻑 젖은 걸레를 비틀어 짰다. 그녀는 주방 쪽으로 물통을 들고 간다. 니니는 자신의 존재가 잊힐까봐 겁을 낸다.

"내 방으로 돌아가고 싶어."

"삼 분만 기다려요, 내가 데려다줄 테니."

파란색 앞치마가 사라졌다. 곧이어 물을 쏟아버리는 소리가 들리고, 그러고 나서 뿌슉…… 뿌슉…… 실내화의 고무 밑창이 타일 바닥에 들러붙었다 떨어졌다 하는 소리. 벽장 문 하나가 드르륵하는 소리를 내며 열렸다가는 이내 쾅 소리를 내며 닫힌다.

"조시, 베고니아에는 어쩌다 들어온 거야?"

조시가 손에 버터 비스킷 포장지를 들고 입안 가득 비스킷을 쑤

셔 넣은 채 문턱에 서 있다. 그녀는 미소를 지으면서 입을 우물거
린다. 그녀의 두 뺨이 메기의 뺨처럼 부풀어 오른다.

"전에 난 여기랑 아주 비슷한 요양원에서 일한 적이 있어요. 그
런데 어느 날 문제가 생겼어요. 어떤 부인이 있었는데, 그 부인 이
름은 말하지 않을게요. 아무튼 그 부인은 간호사를 두려워했어요.
아님 간호조무사였나? 그건 나도 몰라. 그런데 있잖아요, 그 부인
이 옷장을 끌어다가 문을 막아버린 거야. 자기를 보호하려고 그런
거래요. 그러고 나서 한밤중에 잠을 깼는데, 자기가 문을 옷장으로
막아놨다는 사실을 깜빡한 거 있죠. 그래서 아무 생각 없이 옷장
문을 열고 안으로 들어간 거야. 요란한 비명이 들려서 내가 달려가
보니까 그 부인이 피를 철철 흘리고 있더라고. 난 '움직이지 말아
요' 하고는 그 밤중에 피에 젖은 옷을 벗기고 그 부인의 몸을 깨끗
이 씻겨주었죠. 하지만 다른 간호조무사들은 그 할머니를 나처럼
조심스럽게 대하지 않았어요. 마치 쓸모없어진 늙은 말을 다루듯
이 마구 다뤘지. 과자 하나 줄까요?"

"아니, 난 그런 거 좋아하지 않아."

조시는 과자 봉지 속에 통통한 손을 집어넣는다. 그리고 기분 좋
은 표정으로 작은 버터 비스킷을 하나 꺼낸다. 니니는 그녀가 비스
킷의 귀퉁이를 조심스럽게 사각사각 베어먹고 나서 나머지를 작고
빨간 입안에 몽땅 털어넣고는 먹성 좋게 와작와작 씹어 먹는 모습
을 쳐다본다.

"그러고 나서 얼마 있다 난 그곳 일을 그만뒀어요. 그 사건 때문
에 마음이 상하진 않았어요. 난 사람들을 사랑으로 보살피죠. 만약

그곳에 다시 돌아간다면 난 틀림없이 울고 말 거야. 친한 환자들을 그곳에 버려두고 떠나왔으니까. 그 생각만 하면 너무 괴로워. 드루앵 씨는 항상 '조시, 당신은 잠을 충분히 자지 않아요' 하고 말하죠. 하지만 난 천주교 신자라서 날마다 자정이면 〈라디오 노트르담〉에서 방송하는 묵주신공을 들어요. 매일 밤 열두시부터 열두시 삼십분까지. 그후에 교황의 설교가 있어요. 그게 모두 끝나고 나서 새벽 한시에 잠자리에 들죠. 잠자기 전에 차분히 명상을 할 수 있다면, 잠을 좀 적게 자는 게 대순가? 난 잠귀가 아주 밝아요. 야간 당직자, 내가 처음 맡은 일이 그거였어. 그거야 식은 죽 먹기나 다름없지. 그런데 정말 과자 안 먹을 거예요? 이게 마지막인데. 나중에 달라고 떼써도 소용없어요."

노란 부스러기들이 떨어지면서 파란 앞치마 위에 매달린다. 조시는 머리에 쓰고 있던 숄에 꽂은 장식 핀을 다시 조절한다.

"여기 야간 담당자는 이자벨이야. 당신도 그 여자 알지?"

"응, 친절하고 착한 여자죠."

"아냐, 그녀는 아무리 불러도 오지를 않아."

"흠, 당연히 그렇겠죠. 당신이 이 분마다 벨을 눌러댈 테니까."

"난 밤에 목이 말라!"

"그래요, 목이 마르겠죠, 콜라가 마시고 싶어서 말예요. 배도 고프고, 오줌도 마렵고. 당신은 항상 뭔가가 필요해요. 난 당신을 잘 알아, 니니. 당신은 허풍쟁이야. 아니면 지독한 뻥쟁이든가!"

축축한 리놀륨 바닥에 반사되는 빛 속에서, 그 두 여인은 서로 마주 보며 미소를 짓는다.

29
복도, 3
16시 00분

"벌써 가려고?"

"음…… 오늘이 일요일이잖아, 문. 아이들이랑 함께 놀아줘야
해. 게다가 여기 한 번 왔다 가려면 길에서 낭비하는 시간이 너무
많아."

조슬린 바르비에는 미소를 지으려 한다. 그녀의 틀니가 덜거덕
거린다.

"현관문까지 배웅해줄 거지?"

"그래, 그래."

"엄마, 이제 잘 걷네. 지난번에 왔을 때보다 훨씬 잘 걷는 것 같아."

"그러니?"

"이젠 지팡이가 없어도 될 것 같은데."

"여기서 계속 운동을 시키니까 좋아지는 거겠지. 물리치료사가

있는데 아주 잘생겼어."

"좋아하는구나?"

"아, 아냐, 놀리지 마. 이 개구쟁이 녀석, 입만 열었다 하면 이 에밀 놀려먹으려 들어."

그녀는 그의 뺨을 살짝 꼬집는다. 그가 미소를 짓는다. 어머니의 발걸음이 더 무거워진다, 아들과 헤어지는 게 너무 두려워 이별의 순간을 늦추려는 것처럼.

"다음 일요일에 올 거지?"

"모르겠어. 할 일이 너무 많아서. 어쨌든 노력해볼게."

"애들도 데려오면 좋을 텐데. 애들이 이 할미 얼굴도 잊어버리겠다. 애들한테 선물을 주면 어떨까 싶은데. 네가 좀 사다주겠니? 돈은 내가 줄 테니까. 그리고 그걸 아무도 모르게 나한테 갖다줘. 그럼 내가 산 것처럼 해서 애들한테 주는 거야. 어때? 정말 괜찮은 생각 같지 않니?"

"엄마, 엄마 돈은 그냥 잘 가지고 있어."

"돈은 쓰라고 있는 거야."

"엄만 정이 너무 많아서 탈이야. 엄마가 너무 오냐오냐 떠받들고 귀여워해주니까 우리 말괄량이들이 버릇이 없는 거야."

"아! 애들을 기쁘게 해줄 만한 게 생각났어. 예쁜 잠옷이나 겨울에 신을 따뜻한 실내화가 어떨까. 아이들 발은 하루가 다르게 크거든."

"그럴까."

조슬린이 손녀들에게 마지막으로 선물한 건, 그녀가 트루아 스위스에서 우편으로 주문한 포플린 원피스였다. 하지만 며느리 파스칼린은 그 원피스를 다른 걸로 교환했다. 그녀가 보기에 그 옷들은 '끔찍할 정도로 촌스러운 데다 멍청해 보이고 우스꽝스럽기까지' 했기 때문이다. 세바스티앙은 자기 어머니에게 그걸 사실대로 말할 용기가 없었다. 게다가 조슬린은 자기가 보내준 하늘거리는 연보라색 원피스를 멋지게 차려입은 손녀들의 사진을 이제나저제나 하며 헛되이 기다리고 있었으니까.

그들은 뜻하지 않게 조시와 니니를 만났다. 그 두 입주자는 거의 눈길도 마주치지 않았다. 바르비에 부인은 자기 아들의 팔에 의지한 채 니니의 휠체어가 사라질 때까지 입을 굳게 다물고 있다.

"저 여자가 리베르 부인이야. 난 저 여자가 싫어."

"도대체 왜 그런 말을 해? 엄마한텐 친구가 필요해. 친구가 없으니까 내가 오기만을 눈 빠지게 기다리는 거잖아? 외톨이처럼 혼자만 지내면 안 돼. 침대에 드러누워 천장만 쳐다보면서 시간을 보내지 말란 말이야. 내 말이 맞지, 응?"

"난 그런 말 한 적 없어."

"엄마가 말 안 해도 난 다 알아. 그리고 뷔소네트 부인? 음, 정원에서 내가 그 부인을 눈여겨봤는데, 아주 좋은 사람 같던데. 왜 그 부인이 엄마를 싫어한다는 건지 난 정말 이해할 수가 없어. 그리고 또, 저기, 나이가 아주 많아 보이는 부인……"

"알마 부인?"

"그래, 알마 부인, 그분은 엄마를 아주 많이 좋아하는 것 같던데."

"알마 부인 얘기라면, 그래, 네 말이 맞아. 하지만 뷔소네트는 아주 고약한 여자야. 내 말을 믿어. 넌 여기서 살지 않으니까 잘 모르겠지만, 난 그 여자를 겪어봐서 잘 알아. 그래도 난 불평하지 않아. 투덜대는 건 내 성질에 안 맞으니까. 하지만 그 여자가 자꾸 나한테 못되게 군단 말이야. 그 여자와 말을 나누다보면 내가 하찮은 벌레처럼 느껴져."

"자, 자, 그런 바보 같은 소린 그만해요. 다음번에 내가 왔을 때는 그분과 화해하고 사이가 좋아져 있었으면 좋겠어."

"뭐라고? 그 마귀할멈 같은 뷔소네트와? 그런 소린 하지도 마, 세브. 넌 아무것도 몰라. 넌 너무 착해빠졌어. 넌 아직도 어렸을 때 내가 들려주던 동화 속의 작은 회색 당나귀 같아. 넌 악하다는 게 어떤 건지 몰라. 사람들이 다들 얼마나 냉혹한 줄 아니? 그러니까 모든 사람들을 경계해야 한다고. 그래, 그리고 이 어미가 무슨 정신 나간 멍청이라도 되는 것처럼 그렇게 실실 웃지 마. 난 내가 무슨 말을 하고 있는지 잘 아니까!"

"문, 그렇게 소리 지르지 마."

"난 소리를 지르는 게 아니라 너에게 설명하는 거야. 이 세상엔 고약한 사람들과 질투심 많은 인간들이 우글우글해. 그들은 네가 상상도 할 수 없는 나쁜 생각들을 품고 있단다. 슬프지만 그게 진실이야. 무엇보다도 사람들을 조심해. 그리고 네 딸들을 안전하게 보호해야 해. 애들한테서 절대로 눈을 떼선 안 돼. 내가 다 겪어보고 하는 말이니까 내 말을 믿어. 남들 앞에서 부끄러워하지도 말고, 그리고 아이들이 하는 말을 믿어야 해. 약속하지? 이 늙은 에미에게 약속해주렴. 진실은 아이들의 입에서 나오는 법이야."

몹시 지친 목소리로 말을 마친 조슬린은 안경 밑으로 눈물을 훔친다.

"울지 마요, 문. 그렇게 우울한 기분에 빠지면 안 좋아."

"울긴 누가 울어, 하지만 넌 이따금씩 나를 전혀 이해 못하는 것 같아."

"뭘 이해 못한다는 거야?"

"아무것도 아니다. 자, 이제 그만 가. 네 집사람이 기다리겠다."

"다음 주 일요일에 또 올게, 애들도 데리고."

"그래, 그러면 정말 좋겠구나. 키스해다오."

5월에 피는 커다란 은방울꽃들이 원피스 위에서 흔들린다. 조슬린은 아들을 숨이 막힐 정도로 꼭 끌어안는다. 그러고 나서 그녀는 멀어져가는 아들의 뒷모습을 바라본다. 그는 기장이 너무 짧은 청바지 주머니에 양쪽 엄지를 박아넣은 채, 아무런 희망도 없는 처량한 사내처럼 걷기 시작한다. 세바스티앙 바르비에는 베고니아의 이중 보안문을 빠져나오면서 불쌍한 엄마가 이제 다시는 예전 모습을 되찾지 못할 거라고 생각하며 고개를 가로젓는다.

떨리는 목소리가 불쑥 튀어나온다.

"'그 여가수의 매니저는 그녀가 감옥에 들어가는 게 그녀에게 더 나을 거라고 말했다.'"

"금시초문인데!" 알마 부인이 말을 자르며 끼어든다.

"오! 충격적인 이야기네요."

일주일에 한 번씩 잡지에 실린 가십 기사를 읽을 때 문장 하나하나에 대해 이 두 친구가 해설과 비평을 곁들이지 않는다면 잡지를 읽는 건 아무 의미도 없을 것이다. 루이즈 알마는 언제나 스타들, 특히 가수들을 아주 좋아했다. 뤼시엔 부아예에서부터 조세핀 베이커와 아를레티를 거쳐 달리다에 이르기까지. 그녀는 런던의 부엌에서 자기 어머니가 〈사랑의 말을 들려줘요〉*를 콧노래로 흥얼거리던 모습을 떠올린다. 그녀 자신도 티노 로시, 샤를 트레네, 에디트 피아프, 엘비스 프레슬리, 시나트라의 노래들을 휘파람으로 불곤 했다. 그녀는 자크 브렐이 데뷔하고 나서 수많은 히트곡들을 내놓는 것을 보았고, 자기 아들이 찰스턴**보다 비치보이스의 리듬에 맞춰 춤추는 걸 더 좋아하는 것도 보았다. 비틀스와 롤링 스톤스의 팬들이 집단 히스테리를 일으키는 것을 보고 대경실색한 그녀는 라디오를 건성으로 듣는 척하면서 모든 음악적 혁명들을 섭렵했다. 로큰롤, 생트로페의 예예족,*** 우드스탁의 히피들, 펑크, 디스코, 레게, 팝, 테크노, 힙합. 지미 헨드릭스, 미레유 마티유, 클로드 프랑수아, 제니스 조플린, 핑크 플로이드, 밥 말리, 마이클 잭슨, 마돈나, 엘턴 존.

"불쌍하기도 하지, 손끝에 물 한 방울 안 묻히고 살았을 텐데. 인생이 완전히 뒤바뀌겠군."

"당연히 치러야 할 대가를 치르는 것뿐이에요. 돈 많고 유명하다고 해서 자기 약혼자에게 기관총을 갈겨도 되는 건 아니니까."

"기관총이 아니라 권총이었어요."

"그 가련한 남자가 3층에 사는 지롱 부인처럼 휠체어에 앉아 평생을 보내야 한다면 어떨지 생각 좀 해봐요."

"지롱 부인이 총에 맞아서 그렇게 된 거예요?"

"아니, 그 부인은 베르사유 궁전에서 넘어지는 바람에 대퇴골 경

---

* 〈Parlez-moi d'amour〉. 1930년에 장 르누아르가 작사 작곡하고 뤼시엔 부아예가 부른 노래. 그후로 장 뤼미에르, 레 방튀라를 비롯해 많은 가수들이 이 노래를 불렀다.
** 1920~1925년경에 유럽에서 유행한 미국의 스윙댄스.
*** 춤과 노래로 소일하는 60년대 젊은 남녀들에게 붙여진 명칭.

부가 부러져서 그런 거예요. 순식간에 일어난 사고였죠. 그런데 그 부인은 너무 늙어서 회복할 수가 없었대요."

"지롱 부인은 거기서 뭘 하고 있었던 거죠?"

"누구나 그렇듯이 그 부인도 그 궁전의 '거울의 방'을 보고 싶어 했어요."

뷔소네트 부인은 한순간 생각에 잠긴다.

"베르사유의 행정구역 번호가 92던가?"

"아니, 78이죠. 이젠 자기가 살았던 지역 번호도 잊어버리신 거예요?"

"성가시게 해드려서 죄송하군요. 기억력 좋으신 부인."

"고마워요. 그런데 어쩌다 우리가 이런 얘길 하고 있는 거죠? 본론으로 다시 돌아갑시다."

"그럼 계속하겠어요. '감옥에 들어가 있으면 그녀는 더 날씬해질 것이다. 그리고 화장품과 그 모든 미용 제품들을 사용하지 못하게 되면, 그녀의 피부가 마침내 자유롭게 숨을 쉴 수 있을 것이다.'"

"에구머니, 말도 안 돼! 안 그래도 그녀는 마를 대로 말랐잖아요."

"오! 감옥에서 제대로 먹지 않으면 뼈밖에 남지 않을 거예요. 하지만 거기, 감옥 음식도 그렇게까지 나쁘진 않겠죠."

"이 기사는 과장된 거예요. 최소한 화장은 하겠지, 화장도 못한다는 게 말이 되는 소리예요?"

"파파라치들 때문에 그녀는 숨조차 제대로 쉴 수 없었을 거예요. 난 알아요. 그런데 아이러니하게도 말이죠, 감옥에 있으면 오히려 행동이 더 자유로울 거예요."

"그 사람들은 끔찍한 생활을 하고 있어요. 브리지트 바르도 기억나요? 항상 커튼을 쳐놓아야만 생활을 할 수 있었기 때문에 울었다던 여자 말이에요."

"아, 그럼요! 모든 건 그녀와 함께 시작되었죠."

"계속 읽어봐요, 자기."

"'그녀는 당당하고 화려하게 감옥에서 나올 것이다. 그리고 두말할 필요도 없이, 그녀는 이 사건으로 대중에게 존경을 받게 될 것이다.'"

"뷔소네트 부인, 우린 이상한 시대에 살고 있어요. 존경받기 위해서는 반드시 감옥에 들어가야 할 것 같군요!"

"정말 그런 것 같아요."

마르트는 몸을 굽혀 루이즈 알마에게 그 기사에 실린 사진을 보여준다. 알마는 그 매끄러운 광택지에 코를 바짝 들이댄 채, 나빠진 시력 때문에 한숨을 내쉰다. "그녀가 목에 걸고 있는 게 다이아몬드 목걸이인가요?"

"네, 그런 것 같아요."

"진짜 다이아몬드 목걸이일까요?"

"오! 아뇨. 이 세상에는 온통 가짜 천지잖아요."

"감옥에서는 머리 염색을 못하겠죠. 그러면 이제 그녀는 머리에 짚 더미를 쓰고 있는 것 같을 거예요."

루이즈 알마는 바르도의 틀어올린 머리, 메릴린의 다이아몬드, 최초의 칸 영화제, 〈네 멋대로 해라〉의 벨몽도, 부풀린 소매 옷을 입은 제라르 필리프, 채플린의 찌부러진 커다란 신발, 〈안개 낀 부두〉에 출연했던 가뱅과 모르강 때문에 감동했던 때를 기억하고 있다. 그녀의 기억력은 반대 방향으로 튀며 날아간다. 『갈라』는 어느새 『주르 드 프랑스』*로 바뀌었다. 그녀는 몽탕과 시뇨레, 로미와 들롱, 드뇌브와 마르셀로의 연애사건들을 뒤적이던 자신의 모습을 회상한다. 그녀는 엘리자베스 테일러의 남편들, 이자벨 아자니의 비밀들, 제라르 드파르디외의 자식들을 기억한다.

뷔소네트 부인이 웃는다. 이런 오후를 보내는 게 그녀는 더할 수 없이 즐겁다. 자기 친구와 단둘이 있으면, 그녀는 시간이 흐르는 걸 더이상 느끼지 못한다. 그녀는 루이즈가 아흔두 살처럼 보이지 않는다고 생각한다. 이따금씩 그녀는 루이즈와 자기가 바닷가의 작은 집에서 함께 사는 걸 꿈꾸기도 한다. 그녀는 『갈라』 『부아시』 『파리 마치』**를 사기 위해 이웃 마을로 자전거를 타고 가는 자신의 모습을 그려본다. 루이즈는 나무로 된 포치*** 아래 놓인 덱체어****에 앉아 그녀를 기다린다…… 아니, 베란다여도 좋을 것이다. 그들은 과실수를 키우고 채소밭을 가꿀 것이다. 그리고 온실에는 이국적인 식물을 기르고, 피망이나 난초도 재배할 것이다. 상상 속에서 그들은 더 젊을 것이다. 사십 대. 그들은 계속 늙어갈 것이다. 남편 없이, 자식들 없이, 조용하게.

갑자기 누군가가 방문을 두드린다. 마르트 뷔소네트는 숨을 멈

---

* 1960년대와 70년대의 여성지.
** 프랑스의 유명 주간지들.
*** 건물의 현관 또는 출입구의 바깥쪽에 튀어나온, 지붕으로 덮인 부분.
**** 해변에서 사용하는, 천을 덧댄 접이식 의자.

춘다. 그녀는 그게 틀니 없는 바르비에라는 걸 알고 있다. 그 여자가 아니면 누구겠는가? 그녀의 아들은 조금 전에 떠났다. 그래서 그 여자가 그들을 성가시게 하러 온 거다. 마르트는 알마 부인을 슬쩍 한번 쳐다본다. 불륜을 저지른 어떤 남녀의 사진에 푹 빠져 있는 알마 부인은 아무 소리도 듣지 못했다. 마르트는 귀를 쫑긋 세운다. 바르비에 부인의 발걸음이 마찰음을 내면서 문 앞에서 한참 서성이다 점차 멀어진다. 마르트는 안도의 한숨을 억누를 수가 없다. 그녀는 소곤거린다.

"이 기사를 읽어드릴까요?"

"그래요, 정말 고마워요. 이 왕세자가 아직도 제 버릇을 못 고치고 바람을 피우다 덜미를 잡힌 것 같아요."

"아, 그래요! 꼭 스캔들을 만들려고 일부러 그러는 것 같다니까."

"마누라만 불쌍하지."

"네? 기억 안 나세요? 지난주에 왕세자비가 애인이랑 함께 차를 타고 부적절한 행동을 한 게 들통 나서 세상을 발칵 뒤집어놨잖아요."

"아, 정말 그랬었지! 어서 계속 읽어봐요, 뷔소네트 부인."

31
알마 부인의 방, 1
16시 30분

"계세요?"

알마 부인의 방은 뷔소네트 부인의 방 바로 옆에 붙어 있다. 조슬린 바르비에는 일요일 오후면 그 두 사람이 항상 자기들끼리만 시간을 보낸다는 걸 잘 알고 있다. 그것도 대부분 조슬린의 적수인 뷔소네트 부인의 방에 틀어박혀 함께 잡지를 읽는다. 때때로 알마 부인은 바르비에 부인에게 자기들과 함께 시간을 보내자고 권하기도 한다. 그리고 때때로 바르비에 부인 역시 앉아도 되냐고 묻지도 않고 털썩 자리를 잡고 눌러앉는다.

"안에 아무도 없어요?"

뷔소네트 부인 방에서 아무 소리도 들리지 않자, 그녀는 그 옆 알마 부인의 방문을 두드린다. 이미 조금 열려 있던 그 문은 몇 번 두드리자 미끄러지듯 저절로 열린다. 방은 비어 있다. 조슬린은 허락 없이 그 방에 들어가서는 안 된다는 걸 잘 알고 있다. 하지만 호기심이 은근히 그녀를 잡아끈다. 베고니아의 방들은 모두 똑같다. 회색 초벽에 파란색 리놀륨 바닥, 청록색 바탕에 마치 얼룩이 진 것처럼 진녹색의 기하학적인 작은 무늬들이 있는 벽지. 조명은 어둡고 침침하다. 일반 침대보다 높은 환자용 침대에는 환자가 밤중에 떨어지거나 혼자 일어나 돌아다니는 일이 없도록 두 줄로 된 금속 난간이 둘러쳐져 있다. 각각의 방은 16제곱미터의 정사각형이고, 창문 하나와 개인 샤워실이 딸려 있다. 샤워실의 크기는 8제곱미터이다. 이 요양원에서는 입주자들에게 친숙한 환경을 제공하기 위해 각자 개인 장식품을 가져와 방을 꾸미게 했다. 다른 모든 이들처럼 바르비에 부인 역시 수납장 하나, 그리고 아무도 거들떠보지 않는 침대 머리맡 탁자 하나, 커다란 구식 텔레비전 한 대를 가지고 이 요양원에 들어왔다. 사진 액자 몇 개, 추시계, 그리고 잎이 두툼한 식물을 심은 화분 하나가 물욕 없이 살아온 이 여인이 그나마 아끼는 몇 안 되는 물건들이다. 살아오면서 딱 한 번, 그녀는 어리석은 짓을 한 적이 있다. 레이스가 달리고 폭이 넓은 새틴 치마를 입고 받침돌 위에 서 있는 인형들, 그중에서 자기로 만든 인형을 보고 첫눈에 반했던 것이다. 그래서 그녀는 그 인형을 사서 거실 수납장 아래쪽 선반에 올려놓았다. 깨지기 쉬운 그 인형은 술취한 남편의 난폭한 주정을 견뎌내지 못했다. 그 인형은 걸핏하면 쓰러졌다. 그에 비해 알마 부인의 남편은 아주 점잖은 사람이었던 게 분명하다. 그녀의 방을 장식하고 있는 그 모든 아름다운 물건을 보면. 조슬린은 경이로운 것들로 가득 찬 깊은 동굴 속을 탐험하는 어린아이가 된 듯한 기분이다.

검은색으로 래커 칠을 한 테이블 위에는 커다란 크리스털 꽃병이 두 개의 파란 대형 도자기 사이에 자리를 잡고 있다. 들어 올리려면 그녀의 아들 세브의 힘이 필요할 정도로 아주 무거운 꽃병. 꽃병에는 조화—바르비에 부인은 그게 진짜 꽃이라고 우겨대겠지—가 꽂혀 있는데, 긴 줄기 끝에 탐스러운 꽃송이들이 다발을 이루고 있다. 바닥에 놓인 커다란 철제 새장이 그녀의 눈길을 끈다. 만약 새장이 검은색 철사로 만들어지지 않았다면 새장이라기보다는 러시아 궁전 같아 보였을 것이다. 가로세로로 얽혀 있는 레이스들. 조슬린은 어깨 위에 화려한 색깔의 앵무새를 얹은 알마 부인의 모습을 머릿속에 그려본다. 적어도 5개 국어를 말할 줄 알고, '무타르드 대령'이라고 부르면 대답하는 앵무새. 조슬린은 틀림없이 베고니아에서 그 동물을 들여오지 못하게 했을 거라고 생각하면서 자기 친구가 받았을 고통을 동정한다. 루이즈 알마는 베고니아에 들어오기 이전의 삶에 대해서는 거의 입을 열지 않는다. 하지만 듣지 않아도 바르비에 부인의 상상력은 혼자서 활활 불타오른다. 그녀의 상상력에 의해, 침대 위쪽에 걸린 세 개의 아프리카 가면은 마법의 토템, 악몽을 꾸지 않게 해주는 마법사의 선물이 된다. 인도식 문양의 침대 커버는 터번을 두르고 수백 개의 진귀한 보석으로 치장한 술탄이 선물한 것이다. 방울 술이 주렁주렁 달린 짙푸른 비단 커튼은 베르사유 궁전에 걸려 있던 것을 떼어다 달아놓은 것이고, 상감세공을 한 낮은 테이블은 영국 여왕이 사용하던 테이블과 똑같은 복제품이다.

그녀는 타원형 은제 액자에 들어 있는 빛바랜 옛날 사진을 들여다본다. 특이한 콧수염에 외눈 안경을 끼고 휠체어에 앉아 있는 아주 우아한 노인의 사진이다. 그는 체크무늬 담요로 무릎을 덮고 있다. 그의 뒤에 금발의 젊은 여자 두 명이 서 있다. 그중 한 사람은 무척 아름답다. 바르비에 부인은 다른 사진들에서 루이즈 알마를 알아본다. 원피스형 테니스복을 입고 손에 라켓을 든 모습, 다이아몬드 목걸이를 걸고 야회복을 입고서 멋진 승용차의 운전석에 앉은 남자 옆에 앉아 있는 모습. 그녀는 그 남자가 루이즈 알마의 남편일 거라고 유추하며, 자기 친구가 상류사회 출신이라고 확신한다.

친구. 그래, 알마 부인과 조슬린은 친구가 될 수 있을 것이다. 그녀가 그 친구와 무슨 말만 주고받았다 하면 쪼르르 달려와 방해를 하는 그 뷔소네트 할망구만 없으면 얼마나 좋을까. 그 두 사람은 평생 담배 가게 계산대를 지키고 있던 조슬린을 비웃을 게 분명하다. 앞이 전혀 안 보이는 노부인을 마음대로 갖고 주무르는 건 아주 쉬운 일이다. 복도에서 웃음소리가 들렸다. 그 소리는 그 칼뱅교도의 방에서 나는 것이었다. 아무리 그래도 그 못된 여자가 저 혼자 저렇게 웃어대지는 않을 것이다. 문을 두드려보았지만 아무런 대답도 들리지 않았다. 이제 그녀의 아들은 떠나고 없다. 이제 일요일은 다 지나갔다. 조금 있으면 간식 시간이다. 조슬린은 그 두 공모자들이 식당에서 머핀 케이크를 앞에 두고 자기를 기다려줄 거라고 믿고 싶다. 하지만 그녀는 알고 있다. 아무도 자기를 기다려주지 않을 거라는 걸. 알마 부인은 그저 그녀를 너그러이 봐주는 것뿐이다. 약간의 애정과 달콤한 말을 얻어들으려면 다음 일요일까지 기다려야 할 것이다. 조슬린에게는 친구가 없다. 오직 악몽뿐. 그녀는 마지막으로 아프리카 가면들을 본다. 중간에 있는 가면하나에는 노란 실로 만든 머리칼이 달려 있고, 입은 잔인한 미소 때문에 무시무시하게 뒤틀려 있다. 공포가 그녀에게 사정없이 달려든다. 그녀는 밖으로 나가기 위해 뒷걸음질 친다. 바로 그때, 벽너머에서, 그녀에게 문을 열어주지 않았던 여자의 즐거운 웃음소리가 들려온다.

32

양호실, 1
16시 45분

필리프 드루앵을 굳이 동물에 비교한다면, 분홍빛을 띤 통통한 새우라고 해야 할 것이다. 등이 약간 굽어 있고, 사람을 꿰뚫을 듯한 작고 검은 눈에 번쩍거리는 대머리인 그는 지금 싸우기 위해 전장으로 나간다. 죽기 아니면 살기로 해볼 작정이다. 그는 잃을 게 아무것도 없다. 게다가 기회가 너무 좋다. 그녀는 그에게 길들여질 것이다. 하지만 조심, 그는 그녀를 힘으로 무너뜨려서는 안 된다는 걸 잘 알고 있다. 그는 직장 내에서 성희롱을 한 적이 거의 없다. 하지만 뭐 어때. 지금은 간식 시간이고, 조시는 정신없이 바쁘다. 그러니 아무도 그들을 방해하러 오지 않을 것이다.

"아! 크리스티안, 마침 당신을 찾고 있었어요."

"원장님?"

원장실에서 나온 이후, 그녀는 양호실에 틀어박혀 평소와는 달리 아주 꼼꼼하게 코토렙* 서류들을 작성하기 시작했다. 그에게 용서를 구하고 특히 자기가 성실한 직장인이라는 걸 증명하자고 단단히 마음먹고서. 그녀의 초췌한 낯빛은 진지한 눈빛과 뚜렷이 대조된다. 필리프 드루앵은 뒤로 흠칫 물러선다. 그렇게 오랫동안 시간이 흘러가게 놔두어선 안 됐다. 그토록 그의 마음에 들었던 그녀의 유약함이 이제 철두철미함으로 바뀌어 있었다.

"파라디 부인에 관한 문제 때문에요. 그 부인의 최근 진료 기록이 필요한데, 이쪽에 보관되어 있나요?"

"찾아보겠습니다. 찾아서 원장실로 갖다드릴까요?"

"아뇨, 여기서 그냥 기다리죠. 당신이 불편하지만 않다면."

그는 아스페직 100**이 들어 있는 상자를 손등으로 밀쳐내고, 반항적인 십 대처럼 책상 가장자리에 걸터앉아 카디건 맨 아래 단추를 비틀어 연다. 그의 왼쪽에 놓인 옷걸이에 낡은 연갈색 가죽 가방, 실크 스카프, 평범한 베이지색 원피스가 걸려 있다. 양호실은 직원들의 탈의실로도 이용되고 있다. 그래서 원장은 당황한다. 크리스티안은 벌써 벽장 속에 머리를 처박고 있다. 그가 상상했던 치명적인 유혹의 장면과는 거리가 멀어도 한참 멀다. 필리프가 여자를 유혹할 때 사용하는 유일한 방법은 피에 드 코숑***에서 저녁식사를 함께하자고 하는 것이다.

"몇 시에 일이 끝나죠?"

---

* Cotorep. 장애인 직업지도 및 재활을 위한 기술위원회.
** 혈액순환 개선제.
*** 파리에 있는 프랑스식 돼지족발 요리 전문점.

"여덟시에요. 하지만 더 늦게 퇴근해도 괜찮아요……"

"아니, 그건 안 될 말이죠."

그녀는 그에게 누런 서류 봉투 하나를 내민다. 그는 망설인다. 그녀의 팔을 슬쩍 건드려볼까? 그녀는 실수라고 생각하겠지. 그녀의 어깨에 슬그머니 손을 올려놓는다? 좀전의 장면으로 되돌아간다?

"내일 근무해요?"

"아뇨, 저는 원래 월요일엔 쉽니다. 하지만 원하신다면……"

"아닙니다, 쉴 때는 쉬어야죠. 당신에겐 휴식이 필요해요, 다른 사람들처럼. 그리고 사랑도 해야 할 테고."

그 말이 저절로 입 밖으로 튀어나왔다. 차라리 그녀를 저녁식사에 초대하는 게 더 나았을 것이다. 그의 두 귀가 빨개졌다. 그러는 사이에 파라디 부인의 서류가 바닥에 쏟아진다. 크리스티안은 재빨리 주저앉아 그것을 줍기 시작한다. 필리프도 몸을 숙여 서류를 줍는다. 그러다 그들의 이마가 세게 부딪친다. 무릎을 꿇고, 얼굴을 맞댄 채. 그는 눈에 불이라도 난 것처럼 아찔하다. 그녀는 그의 모습이 정말 가관이라고 생각한다.

"어머 저런! 죄송해요. 괜찮으세요? 저 때문에 다치진 않으셨어요, 원장님?"

"괜찮아요, 별이 몇 개 반짝거리긴 했지만…… 괜찮아요! 그런데 당신 머리는 정말 단단하군요."

여자들은 그의 유머 감각을 결코 높이 평가하지 않았다.

"크리스티안, 사실 당신을 저녁식사에 초대하고 싶어서 일부러 온 거예요."

그녀는 말이 없다. 그녀는 흩어져 있는 하얀 종잇장들을 줍는 일에 열중한다.

"우린 서로 가까워질 필요가 있어요. 좀전에 내 사무실에서 난 당신이 정말로 연약하고 상처받기 쉬운 사람이라고 생각했어요. 난 당신과 친구가 되고 싶어요."

이건 아니다. 그는 너무 서투르다. 뭘 제대로 할 줄 모른다. 여자에게 그런 식으로 말해서는 절대로 안 되는데. 고작 그녀와 별다른 의미 없는 악수나 나누려고 두 시간 동안 입을 헤벌린 채 그녀의 말에 귀를 기울이고 있을 자신의 모습이 눈에 선하다. 아무래도 만회할 필요가 있다.

"정말 고마운 말씀입니다만, 저는…… 저한테 그렇게까지 신경 써주시지 않아도 되는데. 원장님이 그동안 저한테 해주신 것만으로도 충분히 감사한데요."

"자, 그럼 점심식사로 하지. 내일 당신이 노는 날이라니까 시간도 괜찮을 것 같고."

멋지게 반말을 해버렸다. 그녀가 말을 더듬는다.

"내일?"

그는 그녀가 일어나는 걸 도와준다. 그녀는 완전히 얼이 빠진 표정으로 그에게 서류를 건네준다.

"떨어뜨리는 바람에 순서가 뒤죽박죽되어버렸어요."

"괜찮아. 난 당신 때문에 온 거니까."

그리고 그는 관자놀이로 피가 몰려들기 시작하자 얼굴이 새빨개져서 왕새우처럼 되기 전에 재빨리 달아난다.

3부

그리고 열 손가락으로 의자 다리를 북처럼 시끄럽게 두들겨대는
풋내기 피아니스트들, 무릎에 이를 박고 앉아 있는 사람들은
자신들에게서 찰랑거리는 슬픈 뱃소리를 듣는다,
그리고 그들의 머리통은 사랑의 불안정한 흔들림에 빠져든다

아르튀르 랭보, 「앉아 있는 사람들」

"왕세자가 자신의 사생아를 인정했대요."

"말도 안 돼!"

"여기에 그렇게 쓰여 있는걸요."

"어디 나도 좀 봐요."

뷔소네트 부인이 몸을 굽히면서 그 신문을 알마 부인에게 내민다. 루이즈는 그 기사가 실린 지면에 얼굴을 바짝 들이댄다. 긴 머리에 청바지와 하얀 면직 외투로 수수하게 차려입은 아주 아름다운 여자가 행복한 표정을 짓고 있는 아기를 쳐다보며 자신의 팔찌에 달린 방울들을 흔들어대고 있다.

"하지만 이 아기는 까맣잖아요!"

"그래요."

"왕세자가 흑인 여자와 애를 만들었단 말이에요?"

"그런가 보죠. 난 왕세자가 동성애자일 거라고 생각했는데."

"오, 부인, 당신은 보는 사람마다 동성애자라고 생각하시는 것 같아요."

"내가요? 내가 언제."

"아프리카 여자들 중엔 별종이 아주 많아요. 그런 이상한 것들은 항상 조심해야 돼요."

"내가 왕세자가 동성애자라고 생각한 이유는, 뒤샤름 부인의 손녀가 그렇게 얘기했기 때문이에요."

"여하튼 왕은 손자가 생겼다고 좋아하겠네요."

"물론이죠. 뒤샤름 부인의 손녀는 자기 사촌에게서 그 말을 들었대요. 그리고 그 사촌은 바캉스 중에 우연히 만난 어떤 친구한테서 들었다더군요."

"그런데 그게 아기한테 유전이 될까요?"

"글쎄요. 내가 아는 건, 자식을 낳을 수 있다면 동성애자가 아니란 거예요."

"뷔소네트 부인, 동성애자라고 자식을 못 낳는 건 아니에요."

"아, 물론 그건 아니죠! 그럼요, 그거야 누구나 아는 사실이죠."

"그런데 그 여자는 뭐 하는 사람이래요?"

"그 여자는 평민이에요. 이젠 왕세자랑 결혼하는 일만 남은 거죠. 그 여자가 멋지게 한 건 올린 거지. 왕세자를 제대로 홀렸을 거라고요."

"그랬다고 달라질 게 뭐 있겠어요?"

"어쨌든, 알마 부인, 당신은 신앙을 가지고 있잖아요…… 그 사람들은 죄악 속에 살고 있어요."

"그렇다 해도……"

루이즈 알마는 신을 믿는다. 그녀 세대의 여자들이 대부분 그렇
듯이 그녀 역시 가톨릭 신자이고 종교상의 실천 의무도 충실히 지
킨다. 그렇지만 그녀는 죄악에 관해서만큼은 자신만의 생각을 갖
고 있다. 젊은 시절 그녀는 도미니크회 미사에 참석하기보다는 침
대에서 르네와 함께 아침식사하는 걸 더 좋아했다. 그러나 그녀는
독실한 신자이며, 스스로 그 사실을 한 번도 의심해본 적이 없다.
사랑을 강조하는 종교가 어떻게 그녀의 태도를 나무랄 수 있을까?
하지만 대부분의 가톨릭 교인들은 그녀를 반교권주의자라고 생각
했을 것이다. 루이즈는 평생을 가톨릭 교리에 부합하지 않는 신념
을 위해 투쟁하며 살아왔기 때문이다. 부르주아 사교계 분위기를
자연스럽게 접하며 성장한 루이즈는 열렬한 페미니스트였다. 그런
데 존경과 관용에 대해 말하는 종교가 어떻게 그녀를 배척할 수 있
단 말인가? 그녀는 모름지기 여자는 남편에게 복종해야 한다는
1804년 민법 제213조*의 개혁을 위해, 또는 프랑스 법제에 '직업
평등, 임금 평등' 조항을 추가하기 위해 전단지를 뿌리며 시위를
했다. 여성의 참정권,** 뇌비르트 법,*** 베이 법****은 그녀가 목숨

---

* 남편은 아내를 보호하며, 아내는 남편에게 복종할 의무가 있다는 내용.
** 프랑스에서는 1944년에야 비로소 여성이 선거권을 가지게 되었고 1945년에 최초
로 투표권을 행사할 수 있었다.
*** 1967년 뇌비르트 법으로 피임이 합법화되었다.
**** 1920년 이래 프랑스에서 금지되어왔던 임신 중절 수술이 1975년 베이 법으로 합
법화되었다.

을 걸고 싸웠던 대전투들이었다. 요즈음 그녀는 자기가 여성해방운동 동지들과 함께 어느 이름 모를 병사의 아내 대신 개선문 앞에 꽃다발을 놓아두었다거나 343선언*에 서명을 했다는 얘기를 입 밖에 내지 않으려고 조심한다. 21세기 초두에 그녀는 자신이 살아온 과거를 뒤돌아보면서, 언제나 자기를 격려하고 지지해주었던 르네와 함께 자기가 좀더 아름답고 좀더 정의로운 세계를 만드는 데 어느 정도 기여했다고 생각한다.

뷔소네트 부인은 신문을 접는다. 그녀는 대화 주제를 바꾸고 싶다. 그녀는 자기 생각이 알마 부인의 견해와 일치하지 않는 게 싫다. 그건 완벽한 공모를 열망하는 자신의 바람에 어긋난다. 게다가 그녀는 루이즈 알마가 자신만의 확고한 생각을 갖고 있다는 걸 알고 있다. 루이즈 알마가 완고한 게 아니라, 다른 사람들이 그녀의 견해를 쉽게 바꾸지 못하는 것이다. 전쟁 중에 어떤 독일 남자가 그녀의 목에 칼을 들이댔지만, 그녀는 끝까지 자백하지 않았다. 그것만 봐도 그녀가 얼마나 고집이 센지 알 수 있다.

"부인은 남편을 꼼짝도 못하게 휘어잡았을 것 같아요."

루이즈는 미소를 짓는다. 그녀의 얇은 입술이 벌어진다. 그리고 그녀는 눈을 감는다.

"사돈 남 말 하고 있군요. 부인이야말로 그랬을 것 같은데요."

"어머, 그건 잘 모르시는 말씀이에요. 우리 남편은 자기밖에 모르는 사람이었어요. 뭐든 자기 마음대로였다구요."

---

* 1971년 시몬 드 보부아르가 낙태 합법화를 주장하는 글을 쓰고 여기에 서명한 343명의 여성들과 함께 모여 "나는 낙태했다"고 외치며 시위를 벌였다.

"전혀 못 믿겠어요."

"내 남편은 독선적이고 권위적인 사람이었어요. 그 사람은 한 번도 날 사랑하지 않았던 것 같아요. 뭐, 자기 방식으로 날 사랑했는지도 모르지만. 내 손짓 하나 눈짓 하나에도 말없이 따라준 건 내가 키우던 조제트뿐이었어요."

"그 스패니얼 종 개 말인가요?"

"네. 정말 제가 아끼던 개였는데…… 하지만 내 남편은……"

뷔소네트 부인은 남편에 관해 너무 많이 쏟아놓은 걸 후회한다. 이런 것들은 공개적으로 떠벌릴 얘기가 아니다.

"그건 당신이 정열적인 여자라서 그런 거예요."

"정말 그렇게 생각하세요?"

"그럼요. 나만 아는 사실이지만요."

마르트는 가슴이 오그라든다. 바르비에 부인을 심하게 괴롭히고 니니 뒤에서 은밀히 음모를 꾸미는 이 심술궂고 수다스러운 여자는 한 번도 누군가를 사랑한 적이 없었다. 자기 남편도, 자기 자식들, 자기 뱃속에서 나온 그 작은 얼음 조각들조차도. 노력을 안 해 본 건 아니었다. 하지만 시도할 때마다 번번이 실패한 이 여인은 자기도 선행을 할 수 있으리라는 희망을 안고 평생토록 자선 바자회를 쫓아다녔다. 하지만 그녀가 거기서 본 건 위선과 냉담뿐이었다. 딱딱한 교회 의자들이 그녀의 인생을 망쳤다. 툭하면 짜증을 내고 늘 신경질을 부리며 쉽게 흥분하고 뭐든 못마땅해하거나 지나치게 격분하는, 악의로 가득 찬 마르트. 그녀는 욕구불만 때문에 신경이 날카로워진 시한폭탄 같은 여자라고 소문이 나 있다. 하지만 알마 부인은 그녀를 정열적인 여자라고 생각한다. 루이즈 알마는 마르트가 지닌 그 파괴적인 에너지는 그녀가 사랑을 받지 못했기 때문에, 그녀에게 사랑이 남아돌기 때문에 생겨난 결과물이라고 생각한다. 그래서 마르트는 자신에게 아직 남아 있는 상냥함을 자신의 모든 것을 이해해주는 이 아흔두 살 먹은 노부인에게 모두 쏟아붓는다.

"날 이해해주는 사람은 당신밖에 없어요. 당신은 나의 유일한 친구예요."

"사람들은 늙어가면서 많은 걸 알게 되지요. 당신은 아직도 젊어요. 당신에게 한 번도 말한 적은 없지만, 난 당신의 친절에 한없이 고마워하고 있답니다. 그렇게 오랜 세월 동안 당신은 내 딸이나 여동생처럼 나를 돌봐주었어요. 당신이 없으면 난 어떻게 될까? 아마 파라디 부인처럼 그렇게 죽어나가겠지."

마르트의 가슴이 녹아내린다. 그녀는 바닷가의 집에 대해, 외롭고 힘들게 보냈던 그 모든 잃어버린 시간에 대해 알마 부인에게 이야기하고 싶다. 자기가 이제까지 살아오면서 가장 잘한 일은 베고니아에 들어온 거라고 알마 부인에게 말하고 싶다. 그녀는 알마 부인이 자기보다 먼저 죽을까봐 너무 두렵다. 그렇게 되면 자신의 인생은 더이상 아무런 의미도 없을 것이다. 그녀는 알마 부인에게 사랑한다고 말하고 싶다. 하지만 그녀는 너무도 감격해서 간신히 이렇게 중얼거릴 수 있을 뿐이다.

"고마워요."

34
복도, 4
17시 15분

테레즈 르뒤크와 로베르 르뵈프가 복도에서 천천히 걸어오고 있
다. 그들은 우주 공간에서 균형을 잡으려고 애쓰는 우주 비행사 같
은 동작으로 걷고 있다. 테레즈는 남자의 남색 양복에 부드럽게 몸
을 갖다댄다. 그는 지금 제정신이 아니다. 은은한 은방울꽃 향기에
그의 콧구멍이 떨린다. 그들은 함께 간식을 먹고 돌아오는 중이다.

일요일, 그것은 마분지로 만든 모자, 색종이 테이프, 플라스틱 컵
에 든 샴페인, 그리고 뮤지컬 만화영화다. 오후에 열리는 노래 교
실에서는 헌신적이고 의욕적인 젊은 여자가 늘 흘러간 옛 노래를
그들에게 복습시킨다. 〈커다란 카페의 계산원〉〈맑은 샘에서〉〈버
찌의 계절〉〈눈의 별〉 같은 노래들 말이다. 노인들은 후렴구를 따
라 부른다. 오직 후렴구만. 그건 곤란하다. 노래 강사는 접시꽃무

늬가 너울대는 나일론 블라우스를 입고 있다. 그녀는 두 팔을 들어 올린 채 몸을 요란하게 흔들어댄다. "자, 모두 함께 불러요, 따라해 보세요!" 그녀의 양쪽 겨드랑이에 땀으로 얼룩진 자국이 보인다. 카트르카르* 같은 공산품 과자를 입안 가득 넣은 채 휠체어에 앉아 있는 대부분의 사람들은 그저 고개만 끄덕이고 있을 뿐이다. 그중에서 좀더 활기가 있는 이들은 손목에 찬 팔찌를 짤랑거리며 손뼉을 친다. 남자들은 술과 연관된 노래인 〈아! 달콤한 백포도주〉나 약간 외설적인 〈행실 나쁜 니니〉와 〈라 마들롱〉만 부른다. 크리스마스 밤을 기대하는 어린아이들처럼 일요일 오후를 기다리는 로베르 뢰프를 제외한 모든 남자들이. 진행자인 젊은 여자가 〈북 치는 세 소년〉을 이어 부른다. "자, 자, 거기, 지금 다들 졸고 있어요?!" 그녀가 용기 있게 외쳐보지만 그녀의 목소리는 시끄럽게 떠들어대는 소리들 사이로 간신히 들릴 뿐이다. 엉터리로 노래하는 사람들, 가사가 기억 나지 않아 머릿속에 떠오르는 대로 마구 짖어대는 사람들 사이에서 기를 쓰고 소리를 질러야 한다. 게다가 보청기가 오히려 역효과를 낼 수도 있다는 사실은 생각지도 않은 채 계속 떠들어대고 있는 사람들도 있다. 그래서 2층에 살고 있는 뒤샤름 부인이 목이 터져라 소곤거리는 소리도 들을 수 있다. "아메트 부인은 여기가 뮤직홀이라도 되는 줄 아는 모양이야!"

이름이 '아메트'인 젊은 강사가 한숨을 쉰다. 그녀는 자기가 준비해온 노래 목록을 흘깃 쳐다본다. 〈리키타〉〈그들은 둥근 모자를

---

* '4분의 4'라는 뜻의 프랑스 과자. 파운드케이크처럼 계란, 설탕, 밀가루, 버터를 각각 4분의 1씩 배합해 만들기 때문에 붙여진 명칭.

가지고 있다네〉〈나에겐 두 개의 사랑이 있어요〉. 그들이 반응을 보이지 않자 당황한 그녀는 이렇게 중얼거린다. "두 개의 사랑이 오도 가도 못하는군." 그러고 나서 그녀는 생각을 바꾸어 〈미셸 엄마〉라는 곡으로 다시 시작하려 한다. 그때, 레옹 솔리아니가 자리에서 일어난다. 오른손은 가슴에 대고 왼손으로는 자신의 휠체어를 꽉 붙든 채 〈아작시오 여인〉을 부르기 시작한다. "성스러운 도시여 깨어나라. 자존심과 너의 사랑에 귀를 기울여라. 성스러운 가족이 돌아왔노라. 추방 당한 사람들이 돌아왔노라." 일요일마다 늘 똑같이 반복되는 서커스. 로베르는 테레즈가 자기보다 레옹 솔리아니가 노래를 더 잘한다고 생각하는 건 아닌지 염려되어 테레즈의 표정을 살펴본다. 그의 적이 "나폴레옹, 나폴레옹!"이라는 소절에 이르렀을 때, 모든 사람들이 박수갈채를 보낸다. 르뒤크 부인도 박수를 친다. 그녀는 그의 노래를 아주 열심히 듣는 것처럼 보인다. 그 때문에 로베르는 실망감에 사로잡힌다. 두 남자는 여러 면에서 서로 경쟁하는 사이다. 특히 월요일마다 로비 게시판에 일정표를 거는 임무를 놓고 두 사람은 치열하게 경쟁한다. 그래서 솔리아니 씨는 로베르 르뷔프를 '메기'라고 부르고, 로베르는 자신의 적을 '송아지 대가리'라고 부르겠다고 벌써 오래전부터 벼르고 있다.

그는 〈발랑틴〉을 부르기로 했다. "비 내리던 어느 날 두 사람은 서로가 마음에 들었고, 그후로 점점 더 좋아졌다네." 자기가 부르는 노래에 흠뻑 빠져든 그의 두 뺨이 붉게 달아올랐다. "그녀의 발은 아주 작았다네…… 발랑티-느." 로베르가 테레즈의 눈을 뚫어져라 응시했다. "그녀의 발은 아주 작았다네…… 발랑티-느." 그녀가 그의 눈을 마주 바라보았다. 그리고 그는 바이브레이션 부분을 부르기 시작했다. "통-통-통-태-느." 노래에 관심이 없던 사람들조차도 이 거장의 노래 실력에 깜짝 놀랐다. 노래가 끝나자 모두가 박수갈채를 보냈다. 아마도 레옹 솔리아니보다 훨씬 더 세찬 박수였을 것이다. 하지만 로베르는 테레즈에게 신경 쓰느라 그걸 깨닫지 못했다. 그는 테레즈에게 다가가 팔을 내밀었다.

"제가 부인을 방까지 모셔다드려도 되겠습니까?"

"정말 멋진 노래였어요, 르뵈프 씨."

"저를 로베르라고 불러주십시오, 부디."

폴레트 뒤샤름은 그들이 서로 팔짱을 끼고 떠나는 걸 보았다. 그들이 복도로 사라지자, 그녀는 과자 때문에 입을 다물지 못하고 있는 옆쪽 여자를 돌아보며 이렇게 속삭였다. "여긴 노망난 늙은이들의 연애 교습소로군!"

알마 부인은 자기 방으로 돌아가기 위해 안전 손잡이를 붙들고 몇 걸음을 뗀다. 그녀는 걸음을 뗄 때마다 넘어질까 두려운 듯 극도로 조심스럽게 걷는다. 그러다 복도에서 로베르와 테레즈를 만난다. 그녀는 고개를 가볍게 까닥하면서 그들에게 미소를 보낸다. 루이즈는 르뵈프 씨와 르뒤크 부인의 노년이 희망으로 가득 차 있다는 걸 눈으로 보지 않고도 느낄 수 있다.

228

35

알마 부인의 방, 2
17시 30분

루이즈 알마는 거울 앞에 혼자 서 있다. 그녀는 수도꼭지 위에
두 손을 올려놓는다. 주변을 더듬던 그녀의 굳은 손가락들이 매끈
한 금속에 부딪힌다. 얼마 안 있어 그녀는 장님이 될 것이다. 거울
속에서 그녀는 자신의 희미한 형체를 본다. 흐릿하고 뿌연 작은 덩
어리. 그녀는 혀로 바짝 마른 입술을 핥는다. 그녀는 약장 오른쪽
작은 선반 위에 놓여 있는 니베아 크림 튜브들도 제대로 분간하지
못한다. 그녀는 얼굴 로션과 손에 바르는 소염 진통제를 곧잘 혼동
한다. 루이즈는 짙은 화장을 하는 여자가 아니었다. 아주 특별한
날, 뺨에 분홍색 분을 약간 칠하고 입술에 나무딸기 빛깔의 립스틱
을 살짝 바르는 게 전부였다. 그녀는 트고 갈라진 입술을 진정시키
려고 라벨로 립밤을 찾는다. 그리고 세면대에 몸을 의지한 채 손을
뻗어 그 조그만 물건을 잡은 후, 자기가 할 수 있는 한 최선을 다해

입술에 바른다.

　그녀는 어둠 속에 완전히 잠기기 전에 죽기를 바란다. 그녀는 시력을 완전히 잃게 되었을 때 제발 목숨이 붙어 있지 않기를 자기도 모르게 신에게 기도하고 있다는 걸 문득 깨닫는다. 입술에 바른 립밤의 끈적거림이 느껴진다. 그녀는 이 입술 보호제가 적어도 색만큼은 투명할 거라고 생각한다. 입 주위에 기름기가 번져 번들거리지 않는지 확인해달라고 뷔소네트 부인에게 부탁해야 할 것이다. 그걸 솔직하게 말해줄 소중한 친구는 단 한 명뿐이다. 그녀는 레이저나 그 비슷한 것들을 이용한 수술이 정말 있는지 궁금하다. 요즈음에는 수술로 많은 걸 치료하니까. 루이즈는 '진보는 멈추지 않는다'고 외쳐대던 축복받은 시대를 살아왔다. 과학적 발견들이 박자 맞추어 그녀의 인생에 등장했다. 열한 살에는 인슐린 발견, 열여섯 살에는 최초의 항생 물질 페니실린 발견, 서른 살에는 정신의학의 혁명, 마흔 살에는 신경이완제, 쉰 살에는 항우울제, 예순 살에는 성공적인 심장 절개 수술. 이제 그녀를 놀라게 할 건 아무것도 없다. 인체 기관에 삽입하는 기능 조절 장치들과 인공 심장판막, 최초의 심장이식 수술. 루이즈는 의학을 믿는다. 그렇지만 그녀는 인간들이 자신들이 만들어낸 과학의 산물에 도취하는 것도 보았다. 원자폭탄, 수소폭탄, 생화학 무기들과 핵폭발의 위협. 컴퓨터, 컬러텔레비전 발명, 세탁기와 냉장고 붐, 최초로 달에 착륙한 인간, 레이저 프린터, 자유방송,[*] 비디오 클립, CD, 인터넷, 애플 매킨토

---

[*] 국영 라디오와 별도로 FM 주파수를 사용하여 내보내는 민간 방송.

시, 마이크로소프트 윈도, GPS, 월드와이드웹, 태양계 밖 행성들의 존재 확인. 루이즈는 이제 아주 늙었다. 복제, 유전자 변형, 에이즈, 광우병의 시대에, 그녀는 그 마법사들이 자신의 시력을 되찾아줄 수 있을지 궁금하다. 하지만 그녀는 현명하다. 그걸 기대하기에는 너무 늦었다는 것을 알고 있다. 그녀는 안경을 쓰지 않고 마지막으로 산책한 게 언제였는지 더는 기억하지 못한다. 그녀는 플라타너스가 줄지어 늘어선 거리를 기억한다. 바람에 머리칼을 휘날리며 런던 거리를 뛸 듯 가로질러 갈 때 발 아래 자갈이 빠드득거리던 소리가 귀에 선하다. 지금도 벌링턴 61번가를 눈을 감고도 돌아다닐 수 있을 것 같다. 그 시절은 너무도 근사했다. 폭풍우 치는 날이면 앞마당에 서 있는 커다란 전나무의 잔가지들이 거실 창유리를 두드려댔고, 뒷마당에는 나무딸기들이 심겨져 있었다. 그녀는 영국을 사랑했고, 영국인처럼 아침에 베이컨과 계란으로 식사하는 걸 좋아했다. 그리고 차. 젊었을 때 그녀는 오로지 차만 마셨다. 넌 장미처럼 싱싱하고 상큼하구나. 그녀의 아버지는 그렇게 말하곤 했다.

똑…… 똑…… 똑…… 욕실의 수도꼭지에서 물이 새고 있다. 반복적으로 들리는 물방울 떨어지는 소리에, 아주 오래전 아버지와 테니스를 칠 때 그녀의 라켓에 공이 와 부딪히던 소리가 떠오른다. 루이즈의 기억은 언제나 물수제비뜨듯 튀며 그녀를 늘 그녀의 아버지나 르네에게로 데려간다. 그 두 사람 모두 테니스를 무척 잘 쳤다. 그들이 처음으로 게임을 했을 때 르네의 얼굴에 떠오른 표정. 그녀는 작고 하얀 원피스를 입고 있었다. 그가 이제 쭈글쭈글 주름이 진 자신의 초라한 연인을 본다면…… 루이즈는 성형외과 의사를 찾아가 얼굴을 이리저리 잡아당겨 팽팽하게 만드는 그런 여자가 아니다. 그녀는 늙는 것을 두려워하지는 않는다. 다만 고독이 그녀를 짓누를 따름이다. 그녀는 르네가 그립고, 그녀의 아버지는 먼 곳에 있다. 두 사람 모두 그녀보다 먼저 떠났다. 그건 그들이 잘한 거다. 이곳에는 이제 좋은 게 아무것도 없다. 그녀는 이곳에 있는 대신 그들이 있는 곳으로 빨리 가고 싶다. 물론, 뷔소네트 부인이 있긴 하다. 그렇지만 루이즈는 하늘에 있는 자신의 남자들을 하루라도 빨리 다시 만나고 싶다. 그녀는 자기 친구에게 그런 얘기는 하지 않을 것이다. 그 말을 들으면 그 친구가 몹시 슬퍼할 테니까.

그녀는 손을 씻는다. 그녀는 손가락 관절을 따라 흘러내리는 따뜻한 물의 감촉을 좋아한다. 따뜻한 물은 그녀의 아픈 관절을 진정시킨다. 그녀는 손가락이 무감각해질 때까지 그 즐거움을 계속 누린다. 그녀는 아버지가 자신과 여동생을 코르누아유 해변*으로 데려갔던 날을 기억한다. 초록빛 바다 위로 축축한 한 줄기 바람이 불었다. 두 소녀는 수영복을 입고 있었다. 하지만 아버지는 딸들이 물에 들어갔다 자칫 죽지나 않을까 겁을 냈다. 두 소녀는 샌들을 벗었다. "아빠, 그냥 발만 적실 거야, 제발." 얼음처럼 차갑고 매끄러운 물이 벌써 그녀들의 발목을 핥고 있었다. 바다는 구불거리는 뱀처럼 감겼다 풀어지기를 되풀이하고 있었고, 모래는 그들의 발

---

* 프랑스 북서부 브르타뉴 지방에 있는 해변.

바닥 아래에서 미끄러지고 있었다. 그들은 밀려오는 차가운 파도에 비명을 지르면서 원피스 수영복 자락을 걷어올렸다. 그들의 무릎이 노란 거품으로 뒤덮었다. 그때, 루이즈가 휘청거리며 그대로 바닷물에 빠졌다. 따끔거리는 수많은 가시가 어린 그녀의 보드라운 살갗 속으로 파고든 것 같았다. 숨을 쉴 수 없었던 그녀는 한순간 자기가 이렇게 죽는구나 싶었다. 하지만 차가운 불꽃은 곧이어 부드러운 애무로 바뀌었다. 도취에 빠져 있던 그녀는 동생의 웃음소리에 정신을 차렸다. "루이종은 미쳤어! 루이종은 자기가 인어인 줄 아나봐!" 그녀는 집으로 돌아오는 내내 추워서 벌벌 떨었다. 하지만 병이 나지는 않았다. 설사 병이 나려 해도 그녀의 아버지가 그대로 놔두지 않았을 것이다.

루이즈는 수도꼭지를 잠근다. 그리고 손을 닦으려고 수건을 찾는다. 그녀는 팔을 뻗어 더듬어보지만 찾아내지 못한다. 그녀는 자신의 물건들을 마구잡이로 벽장 속에 처박아놓은 간호사를 원망한다. 루이즈는 이제 혼자서는 아무것도 찾지 못한다. 누군가의 도움 없이는 아무것도 해결할 수 없다. 루이즈는 더할 수 없이 조심스럽게 손으로 사방을 더듬으면서 간신히 침대로 돌아온다. 그녀는 르네와 함께 벌링턴 대로*의 집을 다시 보려고 런던에 갔을 때 브릭레인**의 작은 가게에서 구입한 인도식 문양의 벨벳 담요를 두 손으로 쓰다듬는다. 그들은 여행을 아주 좋아했다. 특히 배를 타고

---

* 런던의 젊은이들이 가장 많이 찾는 거리로 젊은 아티스트들이 자신의 창작물을 판매하는 선데이 업 마켓과 일종의 벼룩시장이라고 할 수 있는 로드 마켓이 유명하다.
** 리버풀 스트리트에서 주말마다 열리는 빈티지 마켓.

떠나는 여행. 그 연인들은 여행을 다닐 때 아들은 거의 데리고 다니지 않았다. 루이즈 알마는 분명 나쁜 어머니였다. 그것은 그녀의 노년을 괴롭히는 유일한 상처이자 그녀의 인생에서 유일한 회한이다.

◉

36

복도, 5
17시 45분

니니는 얼이 빠져 복도를 가로질러 간다. 그녀의 방은 그녀에게 혐오감을 불러일으킨다. 그녀는 모든 게 지겹기만 하다. 그녀는 담배를 피우고 싶다. 베고니아에 온 지 이제 겨우 일 년이 될까 말까 한데, 그녀의 상태는 그동안 급속도로 악화되었다. 그녀는 내년 1월이면 일흔 살이 된다. 하지만 사람들은 그녀를 여든다섯 쯤으로 볼 것이다. 그렇지만 니니는 영원한 철부지 어린애다. 옷을 공들여 차려입고 벨벳 장갑을 낀 쌀쌀맞은 그녀의 어머니는 그녀를 엄격하게 교육시키려 했다. 하지만 그건 완전히 실패로 돌아갔다. 마른 체형에 고상해 보이지만 아내에게 늘 쥐여사는 그녀의 아버지는 자신의 민족을 말살하려는 전쟁과 유럽을 피해 파견 근무를 자청했다. 뛰어난 엔지니어였던 그는 아프리카 사바나에 다리와 도로를 건설하러 갔다. 바로 그곳에서 니니가 태어났다. 고독한 유년 시절이 예정된 외동아이. 식민지 개척자들은 원주민들과 가까이 지내지 않았다. 흙집과 대비되는 벽돌집. 니니는 언제나 태양을 사랑했고, 아프리카의 거의 흰색에 가까운 잿빛 하늘을 사랑했다.

질병의 냄새와 그 냄새를 감추기 위한 독성 화학물질의 냄새가 코를 찌르는 이 무미건조한 요양원 복도에서 니니는 꼼짝도 하지 않고 휠체어에 처박힌 채, 어린 시절에 보았던, 바짝 말라붙어 있으면서도 생식력이 강한 그 식물들을 떠올린다. 바오밥, 맹그로브, 부겐빌레아, 그리고 그 대지의 중심을 불태우던 뜨거운 태양. 붉은 색과 황갈색 색조, 강렬함과 연약함의 혼합, 결코 있을 법하지 않은 그 혼합으로부터 태어난 무기력 상태. 그녀의 어머니는 작은 양산과 베일을 드리운 모자와 방충망으로 항상 무장했지만 이글거리는 태양 앞에 하얀 피부를 더는 감출 수 없었다. 아파트에서 키우는 자그마한 개들과 세련된 도자기를 사랑하는, 너무도 우아한 그 프랑스 여인에게 아프리카에서 마시는 레모네이드가 시원하게 느껴진 적은 단 한 번도 없었다. 그녀는 진저리 난다는 표정을 지으며 하인들을 쫓아냈다. 하지만 그녀의 딸인 니니는 그녀를 전혀 닮지 않았다. 그 아이는 정원에서 뒹굴며 놀았고, 다족류 벌레들을 칼로 토막 내거나, 나무 위로 기어 올라가거나, 들고양이들에게 말을 걸었다. 니니, 그녀는 따뜻한 애정을 무척이나 원했지만 입맞춤 한 번, 포옹이나 사랑스럽게 쓰다듬는 손길 한 번 제대로 받아보지 못하고 어린 시절을 보냈다. 그녀의 아버지는 다정했지만 항상 집을 비웠다. 리넨 양복을 입고 이론을 구체화하는 것에 너무도 만족스러워하는 현장 위주의 활동가. 그 작은 계집아이는 가톨릭계 학교에 들어갔다. 신경이 날카로운 여자 선교사들은 흑인 아이들의 영혼은 구하고 싶어하면서 유대인은 좋아하지 않았다. 검고 긴 치마 아래 모기에게 물어뜯긴 다리를 숨기고 있는 심술궂은 암소들. 니니는 자유분방하고 명랑한 아이였다. 집의 하인들은 그녀가 하고 싶은 대로 하게 그냥 내버려두었다. 그녀의 어머니는 집 안의 덧문을 모두 걸어 잠그고 어두운 그늘 속에서 래커 칠을 한 나무 환풍기가 끊임없이 윙윙거리며 돌아가는 소리를 들으며 틀어박혀 있었다. 니니는 혼자 정원에서 시간을 보냈다. 그녀는 부모와 함께 식탁에 앉아 저녁식사를 할 수 없었다. 아버지가 파견 근무를 나갔을 때도 어머니와 딸은 계속 따로 저녁을 먹었다. 새들과 통통한 곤충들에게 말을 걸고 나무둥치 속에 은신처를 만들며 보낸 침묵의 몇 달. 붉은 흙이 여기저기 묻은 더러운 원피스를 입은 니니, 무릎은 상처투성이고 머리칼은 엉망으로 헝클어진 니니는 백인 여자들 가운데서도 유난히 새하얀, 거의 빈혈에 걸린 듯한 자기 엄마에게 혐오감을 느꼈다. 학교에서는 아무도 그녀와 함께 놀고 싶어하지 않았다. 하는 수 없이 그녀는 망고나무들을 길들여 친구로 삼았다. 그녀는 학교에 가지 않고 밖으로 놀러다녔다. 그곳의 야생 지대에는 맹수와 거대한 동물들이 돌아다니고 있었다. 그녀의 어머니는 그녀가 학교 수업을 빼먹었다는 사실을 알 때마다 그녀를 사정없이 때렸다. 따귀 교육. 그때부터 이미 니니는 반항아였다. 그리고 그와 동시에, 그녀는 자기가 원하는 건 뭐든 가질 수 있었다. 마술적인 힘을 부여받았기 때문이었다. 그녀는 사람들의 심리를 꿰뚫고 그들의 결점을 한눈에 알아보았다. 그래서 그들에게 충격을 주고 점점 지치게 해서 결국에는 자신에게 굴복하게 만들어 하인처럼 함부로 대했다. 그녀는 욕망의 화신이었다. 아무도 그걸 이해할 수 없었다. 누가 그녀에게 그런 비법을 가르쳐주었을까?

지금도 니니는 뭔가 원하는 게 있으면 손에 넣는다. 반드시 손에 넣어야만 한다. 그녀는 활기로 가득 찬 여자다. 슬플 때를 제외하면. 그럴 때 그녀는 더이상 아무 의욕도 느끼지 못할 정도로 깊은 슬픔에 잠겨 있다. 어린 시절 그녀는 민달팽이들이 도로의 흙먼지 속에서 뒹구는 걸 멀리서 조용히 관찰하곤 했다. 니니는 그때부터 이미 환자였다. 엄청난 행복감에 사로잡혔다 갑자기 이유도 없이 의기소침해지곤 했다. 기뻐서 춤을 추며 돌던 세상이 갑자기 도는 걸 멈추곤 했다. 그럴 때면 중요한 건 더이상 아무것도 없었다. "변덕스러운 아이." 그녀의 인생은 지옥으로 변해갔다. 그녀의 병은 치료될 수 없을 것이다. 그녀의 고통은 너무 뒤늦게 이해받을 것이다. 날개가 불에 타버리게 될 잠자리.

전쟁이 끝나고, 그녀의 어머니는 지루했던 긴 세월 이후 처음 맞는 기쁨 때문에 얇은 입술을 실룩거리면서 짐을 꾸렸다. 파리와 에펠탑을 향해 출발. 그들은 천장에 쇠시리 장식이 되어 있는 16구의 한 근사한 아파트에 자리를 잡았다. 부엌으로 이어지는 긴 복도의 마루는 갈라져서 삐걱거리고 와지끈 부러지는 소리를 냈다. 오늘 하루만 해도 벌써 여덟번째로 베고니아의 자기 방을 들락날락하고 있는 니니의 휠체어 바퀴처럼. 그녀는 이제 담배를 피우고 싶지 않다. 모차르트 빌라의 다섯 개의 방들…… 그녀는 거기서 숨이 차도록 달리곤 했다. 그녀는 작고 포동포동한 두 손으로 하얀 벽을 스치면서 달렸다. 그녀의 어머니는 그런 행동을 하지 못하게 했다. 거실은 아주 넓었다. 대리석 벽난로 위에는 그녀의 아버지가 사냥한 코끼리의 거대한 어금니들이 놓여 있었다. 아버지는 아프리카를 그리워했다. 하지만 그의 아내는 그렇지 않았다. 그의 아내는 땅딸막한 살굿빛 복슬강아지 한 마리를 사들였다. 니니는 공립학교에 들어갔다. 더 많은 수녀들. 그 총명한 계집아이는 뻔뻔스러운 짓거리를 자주 했지만 학구열만큼은 누구보다 강했기 때문에 수녀들은 그 아이를 용서했다. 그녀는 적갈색 머리칼이 등에 폭포수처럼 쏟아져내리는 예쁜 처녀로 성장했다. 모차르트 거리의 모든 청년들이 그녀의 꽁무니를 쫓아다녔다. 그녀는 변덕이 심했고, 점점 더 괴팍해져갔다. 그녀는 부모를 불안하게 했다. 그녀의 부모는 달리 적합한 어휘가 없어서 그녀를 '정서불안자'로 규정했다.

니니는 여행과 열대지방에 대한 열정을 간직하고 있었다. 그녀는 위대한 기자가 되기 위해 저널리즘을 공부하기 시작했다. 그리고 시앙스포*에 다니는 남학생들과 육체관계를 가졌다. 그러다가 저널리즘 학위를 수중에 넣자마자 '위대한 변호사'가 되기 위해 법률을 공부하기 시작했다. '위대한 정서불안자.'

---

* 파리정치대학. 프랑스 10대 그랑제콜 중 하나이다.

37

이제 니니는 인상파 그림의 복제품들로 장식된 복도를 이렇게
왔다 갔다 하는 처지가 되었다. 그 잠자리는 날개가 뽑혀나갔다.
너무 많은 약. 전기충격요법이 만병통치약처럼 남용되던 시절에
들락거렸던 너무 많은 병원들. 조울증. 웃다가 울게 만드는 병. 그
들이 그걸 알기까지는 오랜 세월이 걸렸다. 남편을 처음 만났을 때
그녀는 이미 치료를 받고 있었다. 스물여덟 살이 되던 해 어느 아
침, 그녀는 자리에서 일어나고 싶지 않았다. 고통이 클수록 갈망도
컸다. 무겁게 짓눌린 가슴, 납덩이를 달아놓은 것 같은 눈꺼풀. 그
녀는 더이상 세상을 보지 않는다. 세상에서 빠져나온다. 그녀의 부
모는 장래가 촉망되는 그 젊은 여변호사를 정신병원에 보냈다. 일
주일간의 전기충격요법, 그리고 아무런 기억도 없는. 뇌 속에서 빠
지직거리는 소리를 내며 일어나던 불꽃들, 그리고 증세가 훨씬 나

아진 그녀. 하지만 그녀는 잠들기가 어려웠다. 그녀는 바르비투르산*을 복용하기 시작했다. 그녀는 불안 증세를 보였다. 의사가 진정제를 처방했다. 우울한 생각들? 리튬**이 그런 생각들을 가라앉혀주었다. 천사 의사들과 요정 간호사들이 그녀를 밤새워 간호했다. 삐직삐직, 너의 뇌에서 연기가 나게 해줄게! 고마워, 고마워요. 그녀의 남편은 폭풍우처럼 격정적이다가도 잔가지같이 살랑대는 여자의 매력에 사로잡혔다. 그들은 같은 직업에 종사하고 있었다. 미래는 그들에게 미소를 짓고 있었다, '신랄한 이빨'이라고 불리는 그들에게.

베고니아의 복도는 고독으로 가득 차 있다. 그곳은 니니의 고통스러운 추억들을 머금고 있다. 그녀는 아이를 원했다, 그들의 사랑의 결실을. 그건 딸일 것이다. 외동딸. 늘 집을 비우는 엄마 때문에 버릇없는 응석받이로 자란 딸. 어릴 때 니니가 그랬던 것처럼. 단한 가지 다른 점이 있다면, 니니가 그렇게 된 건 니니 자신의 잘못 때문이지만 그 아이가 그렇게 된 건 그 아이의 잘못 때문만은 아닐 거라는 것이다. 세상에서 가장 고약한 엄마. 조울증 환자. 잠들기 위해 약을 먹고 깨어나기 위해 또다른 약을 먹어야 하는 엄마를 누가 원할까? 다행히, 그녀는 참으로 멋진 남자와 결혼했다. 그는 아내와 딸을 사랑했고 지극 정성으로 돌봤다. 전반적으로 혈색이 나쁜 남자. 그들의 딸은 아홉 살이었다. 그들은 외식을 하러 나갔다. 거구에 비만 체질이었던 그는 먹는 걸 좋아했고, 지나치게 많이 먹

---

* 수면제.
** 신경안정제.

었다. 그리고 일도 그만큼 많이 했다. 그들은 그날 저녁 몹시 지쳐서 집으로 돌아왔다. 니니는 늘 먹던 수면제 칵테일을 마시고 잠이 들었다. 그리고 한밤중에 그녀의 남편은 깊게 잠이 든 그녀를 깨우느라 진땀을 흘렸다. 불이 켜졌다. 그녀는 눈이 부셨다. 그리고 자기 앞에 흐릿한 형태들이 너울너울 춤추고 있는 게 보였다. 흐릿하고 거대한 형체 하나가 전화기 옆, 카펫 위로 무너져내렸다. 심근경색. 과부. 마흔 살에 과부가 된 여자.

그녀의 방문 앞에서 휠체어 바퀴가 멈춘다. 그녀는 숨이 가쁘다. 덥다. 숨이 막힌다. 그녀는 카디건을 벗으려고 애쓴다. 목에 걸고 있는 작은 주머니 때문에 소매가 걸린다. 손이 떨리고 몸짓은 단속적이고 부정확하다. 지긋지긋하다. 조심해야 한다. 발작이 일어나지 않도록. 제기랄. 분노가 그녀를 사로잡는다. 제기랄. 제기랄. 제기랄, 이제 거짓말은 그만해. 누군가의 감시를 받는 이런 생활은 처음부터 절대로 시작하지 말았어야 했는데. 그녀는 개들이 있는 집으로 돌아가서, 자기한테 명령하는 사람이 아무도 없는 자기 집에서 실내를 담배 연기로 가득 채우고 싶다. 그녀는 언제나 구속받는 게 너무 싫었다. "안뜰로 가야 해요, 리베르 부인. 나무들이 내뿜는 신선한 공기를 마시러 가야죠. 담배는 무조건 건강에 해로워요." 니니는 그들을 증오한다. 그녀는 피곤하다. 그녀의 몸은 이제 반응하지 않는다. 하지만 분노는 그대로 남아 있다. 아주 오랫동안. 그녀는 자기가 결국 굴복하게 될 거라고 느낀다.

로베르 르뵈프는 자신의 욕실로 돌아와 있다. 거울을 한번 쳐다
본다.

행복하기 위해 뭘 기다려?*

노래를 흥얼거린다. 그는 〈발랑틴〉 때문에 기분이 좋다. 그는 기
뻐서 미소를 짓는다. 그리고 회색 모직 원피스를 입은 그 매력적인
여인이 의자에서 일어나 그에게 손을 내미는 모습을 다시 떠올린
다. 톡 쏘는 듯한 화려한 은방울꽃 향기, 그녀의 부드러운 시선. 그
는 정말로 그녀의 허리를 잡고 그녀를 힘껏 끌어안고 싶었다.

그러나 손을 잡고 곧바로 점잖은 신사처럼 그녀를 부축해 방까지
바래다주는 매너. 그 매너에 테레즈는 감탄했다. 녀석, 넌 아까 노

---

* 1937년 폴 미스라키 작곡. 앙드레 오르네즈 작사. 지금도 많은 사랑을 받고 있는 상
송이다. 2002년도에 파트리크 브뤼엘이 리메이크해 큰 반향을 일으켰다.

래를 정말 잘 불렀어. 음정 하나 실수한 데 없이 완벽했다구!

축제를 열기 위해 뭘 기다려?

테레즈. 테레즈. 그녀는 어쩌면 그렇게 귀여울 수 있을까. 그리고. 마침내, 오늘 넌 정말 용감했어, 좋았어!

길은 준비되었고

하늘은 푸르네

그랜드 피아노 속에는 노래가 있고.

머리에 무스를 좀 바를까? 아냐, 그러면 나중에 끈적끈적해져서 안 좋을 거야. 넥타이? 완벽해.

모두의 눈 속에는 희망이 있고

모든 미니스커트 속에는 미소가 있지.

저녁식사 때 농담은 안 돼, 응? 매력적으로, 우아하게. 그녀를 방까지 데려다주는 거야. 그리고 그녀에게 잠깐 얘기를 나누면 어떻겠냐고 물어보는 거지. 그러고 난 다음엔 운에 맡기는 수밖에!

기쁨이 우리를 기다리고 있어

놀라워라

행복하기 위해 뭘 기다려?

조금 전 그녀의 문 앞에서, 네가 뻔뻔스러운 얼간이 같은 표정을 지었잖아. 그러니 그녀가 너에게 들어오라고 권하지 않은 건 당연해. 그래, 지극히 당연한 일이야. 그녀는 수줍음을 타는 데다 조심성이 많은 정숙한 여자니까. 아무리 수작을 부리고 싶어도 꾹 참고 있어야 해. 그런 거야, 이 녀석아.

행복하기 위해 뭘 기다려?

244

축제를 열기 위해 뭘 기다려?

이런, 가사가 기억이 안 나는군.

그는 흥얼거린다. 노래가 다시 시작된다.

뭘 기다려?

응? 넌 뭘 기다리는 거야? 3만 6천 년을 계속 망설이고만 있을 거야? 안 돼. 이번에야말로 쓸데없는 걱정일랑은 깨끗하게 날려버려. 그녀가 널 쳐다봤어, 이봐, 그건 바로 이런 의미였다구.

뭘 기다려?

좋아, 대화 주제. 사랑? 아니, 그건 너무 직설적이야. 그녀가 좋아하는 영화? 아, 그거 좋은 생각이다. 아니면 의연하게, 내가 수집해놓은 사진들을 보여줄 테니 내 방으로 가자고 하는 거야. 그러고 나서 특히, 그녀에게 멋진 축제에 대해 말하는 걸 잊지 마. 아니, 방에 들어가자마자 그 말부터 하는 게 낫겠어.

행복하기 위해 뭘 기다려?

그녀는 원하지 않을 거야.

행복하기 위해 뭘……

갑자기 그는 입을 다문다. 고개를 돌리고 세면대를 움켜쥔다. 그리고 오랜 침묵 후에 이렇게 중얼거린다. "그녀는 날 원하지 않을 거야." 너는 사랑에 눈이 먼 정신 나간 늙은이일 뿐이야. 그건 네 나이에 어울리지 않아. 네 모습을 한번 봐. 이젠 너무 늦었어. 사랑에는 나이가 없다고? 도대체 누가 그따위 헛소리를 한 거야? 집어치워, 이 자식아. 테레즈는 너에게 과분해. 네가 온 마음을 바치겠다고 맹세했다 해도 너한텐 차고 넘치는 여자라고. 그래, 할 수 없어. 넌 할 수 없어. 나? 할 수 없어. 아니! 그래! 결과가 어떻게 될지는 전혀 모르는 일이잖아. 그는 외쳐댄다.

라디오에서는 행복에 가득 찬 노래가 흘러나오고

우산들은 집에 얌전히 보관되어 있고

지팡이들은 무도회장으로 간다네.

네가 그녀를 사랑하는데, 그녀라고 너를 사랑하지 말라는 법이 있어? 테레즈는 네 운명의 여인이야. 그리고 너는 그걸 알고 있어. 그런데 뭐가 걱정이야?

고개를 들어요,

사랑하는 사람들이여.

돌진해, 이 자식아. 너는 잃을 게 아무것도 없잖아.

뭘 기다려?

할 거야?

뭘 기다려?

그래, 할 거야.

뭘 기다려?

뭘 기다려?

그래, 오늘 저녁. 테레즈 르뒤크에게 사랑한다고 말할 거야. 행복하기 위해 뭘 더 기다려?

저녁식사 시간. 메뉴는 파 수프, 크로크 무슈,* 야채샐러드와 귤.
지금은 여섯시 삼십분이다. 이곳에서는 비교적 이른 시간에 저녁
식사를 한다. 크로크 무슈는 틀니를 끼고 있는 대부분의 입주자들
에게 기나긴 고역을 선사할 것이다. 조시는 믹서를 돌려, 베샤멜
소스를 뿌린 그 빵을 걸쭉한 죽처럼 만들어 그들에게 내놓을 것이
다. 그 죽에 점점이 흩어져 있는 붉은 얼룩들은 햄 조각이 그 빵에
들어 있었다는 것을 입증해줄 것이다. 입주자들이 하나하나 자기
방에서 나온다. 2층과 3층의 몇몇 입주자들은 엘리베이터를 타고
내려온다. 벽시계처럼 규칙적인 그들. 파 냄새가 그들에게 나침반
역할을 해준다. 이제는 식욕을 느끼지 못하는 쪼그라든 할멈들의

---

* 햄 샌드위치에 치즈를 얹어 구운 것.

얌전한 춤 같은 걸음걸이. 어떤 할머니들은 평생 동안 다이어트를 했고 그래서 가을이 끝나갈 무렵의 밤처럼 바짝 마르고 금이 쩍쩍 가 있다. 뷔소네트 부인이 알마 부인을 부축해 오고 있다. 바르비에 부인도 보인다. 조금 전 아들이 떠난 후 그녀는 혼자 걷는 걸 포기하고 다시 지팡이에 몸을 의지하기 시작했다. 그녀는 뚱뚱한 배를 앞으로 내밀고서 가볍게 몸을 흔든다. 로베르 르뵈프는 빠끔히 열린 자기 방문 뒤에 웅크린 채 가슴을 쿵쿵거리고 있다. 그리고 은근슬쩍 머리를 다시 틀어올리기 시작한 테레즈의 모습도 보인다. 사람들이 식당으로 들어오는 대로 자리에 앉히는 조시의 목소리가 들린다. "서두르지 말아요, 언니들." "열둘-서른넷, 열둘-서른다섯, 열둘-서른여섯", 선장은 고개를 숙인 채 다른 때보다 신경질적으로 자신의 발걸음을 세고 있다. 그의 몸은 바닥에서 45도 각도를 이루고 있다. 그가 앞으로 쓰러지지 않는 건 오로지 그의 빠른 발걸음 덕분이다. 느릿한 조급함.

"가고 싶지 않아. 짜증나게 하지 마."

이건 저녁마다 벌어지는 코미디다. 요즈음 니니는 조시가 자기를 데리러 올 때까지 자기 방에서 꼼짝도 하지 않는다. 애를 먹이기 위해 일부러 더 그런다. 효과가 있는 건 이 방법밖에 없다.

"상스러운 말은 하지 말아요, 니니. 내가 잘못한 건 하나도 없으니까. 자, 카디건을 다시 입고 엉덩이를 움직여봐요. 그리고 이제 식당으로 가는 거야. 자, 어서! 안 그럼 내가 혼내줄 거야."

조시는 니니의 손을 잡고 복도로 이끈다. 니니는 그냥 끌려간다.

하지만 계속 큰 소리로 외쳐댄다.

"싫어! 안 갈 거야. 난 배 안 고파. 먹으면 토할 것 같단 말이야."

간병인은 놀라울 정도로 부드럽게 니니의 팔을 잡는다.

"휠체어 가져와, 난 못 걸어!"

"변덕 좀 그만 부려요, 담배 피우러 갈 때는 펄펄 날아다니면서."

니니가 갑자기 부들부들 떨기 시작한다. 그래서 결국 조시는 포기한다.

"여기서 꼼짝하지 말고 있어요, 내가 가서 휠체어를 가져올 테니까."

간병인은 니니의 방으로 다시 간다. 니니는 노란 벽에 몸을 기대고 있다. 죽은 나무에 붙은 여린 가지처럼 창백하고 메마른 모습. 그녀의 두 뺨은 머리칼처럼 회색빛을 띠고 있다. 조시가 돌아와 그녀를 단번에 들어올려 휠체어에 앉힌다. 남편이 죽은 후 니니는 하녀를 한 명 두었다. 니니와 함께 몇 시간이고 카드놀이를 하고 니니에게 간단하면서도 맛있는 음식을 만들어주던 마르티니크 섬* 출신의 매력적인 여자. 그 여자는 니니의 아파트를 간판만 달지 않았을 뿐 매음굴이나 다름없는 난장판으로 만들어놓았지만, 니니는 그런 것에는 전혀 신경 쓰지 않았다. 그 여자가 약간이나마 부지런을 떠는 건 니니의 어머니가 그 집에 들를 때뿐이었다. 두 여자는 니니의 어머니를 두려워했다. 하지만 그들은 잘못 생각하고 있었다. 니니의 어머니는 자기 딸이 깨끗하게 정돈된 집에서 사는 모습

---

* 카리브 해에 있는 프랑스령의 섬.

을 보겠다는 생각을 이미 오래전에 포기한 상태였다. 그녀는 심지어 자기가 지저분한 현장을 목격하고 기겁하는 불상사를 피하기 위해 적어도 일주일 전에 미리 자신의 방문을 알리는 치밀함까지 보였다. 그녀는 자기 딸에게 하녀를 바꾸라고 입이 아플 정도로 타일렀다. 하지만 니니는 자기가 좋아하는 사람을 절대로 포기하지 않는 여자였다. 그리고 청소 같은 걸 잘 못해도 청소 잘하는 여자들보다 더 가치 있는 여자들도 있었다. 니니는 조시를 보면 자기가 그토록 좋아했던 그 흑인 하녀가 떠올랐다.

"그렇지 않아! 난 휠체어에 앉아 담배를 피울 거야. 난 이제 못 걸어. 난 파킨슨병에 걸렸단 말이야."

"그래, 그렇다면 난 프랑키 뱅상*이에요."

"날 자꾸 귀찮게 하면, 그냥 내 방으로 돌아갈 거야. 그리고 아무것도 안 먹을 거야."

조시가 그 무례한 노파 앞에 무릎을 꿇었다. 그녀의 검은 두 눈이 시력이 나쁜 니니의 안경 속을 들여다본다. 조시는 니니의 영혼을 움켜쥐고 뒤흔들어 그 모든 불행들이 거기서 빠져나오게 만들고 싶다.

"니니?"

"응."

"그 사람 이름이 뭐라고 했죠?"

"누구?"

---

* 가수이자 뮤지션, 시인, 화가, 작가, 코미디언. 다재다능한 흑인 예술가.

"당신 대녀."

"카미유."

"카미유가 당신을 사랑해요?"

"아니, 그앤 이제 날 사랑하지 않아."

"그래도 당신을 보러 오잖아요."

"멍청하기는! 그건 양심이 켕기는 게 싫어서 마지못해 오는 거라고."

"그럴지도 모르죠. 그럼 당신 딸은?"

"그년도 마찬가지야."

"그럼 아무도 당신을 사랑하지 않는다는 거예요?"

"응."

"그럼 나는?"

"너? 넌 천사들과 함께 하늘로 갈 거야. 이 세상에 신이란 게 존재하지 않는다 해도."

"그럼 당신은?"

"나야 지옥으로 곧장 떨어지겠지."

"아니, 당신은 곧장 크로크 무슈를 먹으러 가야 해요. 안 그러면 당신 앞에 있는 이 성녀 조시가 어떻게 화를 내는지 보게 될 거야."

40
테레즈의 방, 2
18시 45분

　침대 머리맡 탁자 위에 별자리 운세 페이지가 펼쳐진 『우리 시대』*가 놓여 있다. 너무 많이 본 탓에 책장은 너덜너덜해졌고 귀퉁이는 둥글게 말려 부풀어 있다. 서사적이고 감성적인 위대한 작품을 빌리기 위해 화요일마다 어김없이 마을 도서관을 찾아가던 여자가 최근 읽는 것. 테레즈는 자기가 샤르니 백작부인**이나 샹플리트의 소피***라고 상상하면서 여러 세기를 관통했고, 검은담비 외투로 따뜻하게 몸을 감싼 채 우랄산맥까지 여행을 했으며, 전쟁, 화재, 기근을 경험했다. 그녀는 가면을 쓴 어느 왕자의 품에 안겨 밤새도록 춤을 추었고, 티푸스 같은 사랑의 열병을 앓았다. 그녀는

---

* 은퇴한 노인층을 대상으로 한 대중 잡지.
** 알렉상드르 뒤마의 동명소설 『샤르니 백작부인』에 나오는 주인공.
*** 앙리 트루아의 『정의로운 사람들의 빛』에 등장하는 젊고 아름다운 미망인.

피고인석에 앉아도 보았고 사형 집행을 참관하기도 했으며, 배신당한 남자들의 끓어오르는 복수심을 이해했고, 상반된 이익을 추구하는 관계 사이에서 태어난 극적인 동맹들을 이해했다. 한마디로 말해, 그녀는 버들가지를 엮어 만든 자신의 작은 소파에 앉아 책을 읽으며 많은 시간을 보냈고, 그 시간이 결코 길게 느껴진 적이 없었다. 그 소설들은 그녀의 인생을 밝혀주었다. 그렇지만 그녀는 에마 보바리가 되지는 않았다. 그녀는 책 속의 경이로운 세계와 자기 집 부엌의 현실을 확실히 구분할 줄 아는 여자였기 때문이다. 사람들이 자기 집 거실에 거장의 그림을 걸겠다는 생각으로 미술관을 찾아가는 게 아닌 것처럼, 그녀 역시 그 이야기들을 이야기로만 음미했다. 그러고 나서, 마침내 노쇠가 찾아왔다. 통증과 굼뜬 동작, 그리고 온갖 합병증을 동반하고서. 이제 그녀는 한 단락 이상은 정신을 집중해 읽을 수가 없다.

르뵈프 씨가 자신을 대하는 태도가 그녀의 마음을 뒤흔들었다. 그래서 저녁식사를 하러 가기 전에 그녀는 이번 주의 별자리 운세를 읽었다. 생각을 다른 데로 돌리려고, 아니 정확히 말해서 그 생각에서 벗어나지 않으려고.

'사수자리: 건강은 아주 양호하다. 엄청난 사건이 일어나 일상이 뿌리째 흔들릴 수도 있다. 그렇다 해도 당신이 약속을 어기는 일은 일어나지 않을 것이다. 좋은 기분을 유지하도록 노력하라. 그러면 에너지가 열 배로 불어날 것이다. 애정 문제는 직감을 따르라. 직감이 당신을 새로운 모험의 세계로 이끌어가도록 내맡겨라.

컨디션은 아주 좋다. 그러므로 빨리 새로운 것을 찾으러 떠나라. 당신이 있는 곳에서 60도 방향에 수성이 도도하게 빛을 발하고 있다. 수성과의 접촉이 원활하게 이루어지게 하라…… 하지만 복잡하게 얽히고설킨 새로운 상황 때문에 당신은 현실을 분명하게 직시하지 못할 수도 있다. 겉모습을 초월해야 한다. 다시 말해, 겉으로 보이는 현상만이 아니라 그 아래 숨어 있는 본질까지 찾아내야 한다. 그러면 그다지 극적이지 않은 어떤 상황을 해결할 수 있는 효과적인 방법을 찾게 될 것이다.'

그건 고무적이었다. 그녀는 그 '엄청난 사건'이 과연 어떤 것일지 궁금했다. 테레즈는 원칙을 중시하고 자기가 한 약속은 무슨 일이 있어도 지키는 사람이다. 따라서 그녀는 불안해할 이유가 없다고 결론지었다. 애정 운에 관해 말하자면, '직감을 따르라'는 것은 훌륭한 충고였다. 직감이 떠오르기만 한다면! '접촉이 원활하게 이루어지게 하라.' 테레즈는 새롭게 삶을 시작하려 하고 있었다. 요즈음 그녀의 컨디션이 좋은 것도 사실이다. 그리고 새로운 사람들을 만나는 것에 어려움을 느끼지도 않았다. 그녀는 외로움을 덜 느끼기 위해 베고니아에 들어왔다. 르뵈프 씨는 훌륭한 친구가 되어줄 것이다. 항상 명랑하고 매력적인 친구. 약간 찜찜한 건 마지막 대목이다. 그녀는 마음 한구석에 뭔가 짚이는 게 있긴 했지만, 그걸 뭐라고 분명하게 표현할 수는 없었다. 바로 르뵈프 씨와의 그 '복잡하게 얽히고설킨 상황'. 정말로 '현상의 본질'까지 가야 하나? 다행히 이 운세란에서는 그 상황이 '그다지 극적이지 않다'고 결론을 내렸다…… 하지만 그렇다 해도, 그 단계에서 테레즈는 더

254

이상 어떻게 생각해야 할지 알 수가 없었다. 잠시 사이를 둔 후에, 그녀는 자신의 머릿속을 온통 사로잡고 있는 그 사람의 별자리 운세를 읽어보기로 했다. 지난달에 베고니아에서 그의 생일 파티가 있었다. 그러니까 그는 처녀자리가 분명했다.

'처녀자리: 신체적으로 매우 건강한 상태다. 당신의 애정 운은 이번 주에 중대한 국면을 맞이하게 될 것이다. 혼란스러운 소동과 예기치 않은 이상야릇하고 폭발적인 변화가 예상되니 기대하시라. 명왕성과 태양이 당신을 향해 나란히 정렬할 것이고, 그래서 대인관계와 생활방식에 중대한 혁신이 일어날 것이다. 당신의 말과 행동에 따라 결과가 달라질 것이다. 당신이 맺고 있는 모든 관계를 원만하게 유지하기 위해서는 더욱 진실한 태도를 보여야만 할 것이다. 속임수 같은 건 전혀 필요하지 않다. 이번 주, 당신은 타인과의 교류를 통해 그 사람도 당신과 똑같은 소망을 갖고 있다는 사실을 확인하게 될 것이고, 따라서 당신이 꿈꾸어오던 일이 이루어질 수 있을 것이다. 축제 같은 한 주가 계속될 것이고, 지난달보다 더 즐거운 나날을 보내게 될 것이다. 실제로, 어깨를 짓누르는 것 같은 통증도 전보다 덜해질 것이다.'

그건 사실이었다. 테레즈는 그의 운세를 보고 파랗게 질렸다. 르뵈프 씨는 자신의 의지와는 달리, 정말로 '이상야릇하고 폭발적인' 사람이었다. 그녀가 그와 똑같은 소망을 갖고 있는지 어떤지는 확인할 방법이 없다. 다행히 그는 '신체적으로 매우 건강한 상태'였다. 그녀는 잡지책을 내려놓았다. 어떤 소망? 사랑? 그녀는 가느다란 눈썹을 삿갓 모양으로 추켜올렸다. 모든 게 우스꽝스럽다는 생각이 들었다. 사랑은 소설 속에나 나오는 거였다. 좀더 젊은 시절 테레즈는 책을 덮으면서 자기한테는 사랑 따윈 필요 없다고 혼자 중얼거리곤 했다. 매일 저녁 정원의 오솔길을 걸어 올라오는 남편의 모습을 조용히 지켜볼 수 있는데, 무엇 때문에 턱이 덜덜 떨리고 머릿속이 터질 것 같고 가슴이 뒤틀리는 그런 경험을 하려고 애쓸까? 그녀는 소설책을 무릎에 올려놓은 채 부엌 창문을 통해 남편 에밀이 집으로 돌아오는 모습을 바라보는 게 좋았다. 애정, 존경, 신뢰. 녹말가루로 만든 과자 냄새와 가구에 칠한 왁스 냄새, 빨강과 하양이 섞인 체크무늬 식탁보 위에서 김을 피워올리는 수프 그릇. 잘 가꿔진 집. 그리고 지금, 그녀에게 온화한 눈길을 보내는 르뵈프 씨…… '속임수 따위는 전혀 필요하지 않다.'

테레즈 르뒤크의 방에는 은은한 은방울꽃 향기가 감돈다. 그의 의지와는 상관없이, 그녀의 뜻과는 상관없이, 마치 행복에의 약속처럼.

41
복도, 8
19시 00분

니니는 얌전히 있지를 못했다. 그래서 조시는 그녀에게 자러 가라고 명령했다. 혼자서. 복도에서 그녀는 벌써 저녁식사를 끝마치고 방으로 돌아가는 사람들과 마주친다. 그녀는 고개를 숙이고 휠체어 바퀴를 돌린다. 침대 시트가 몸에 들러붙는다. 지린내가 훅하고 올라온다. 그녀는 누군가가 빨리 와서 침대 시트를 갈아주기를 바란다. 그녀는 그것 때문에 소란을 일으키지는 않을 것이다. 그녀를 불편하게 하는 그 온갖 것들 중에서 이건 아주 하찮은 것이다. 그녀는 안달하며 벨을 누르지 않을 것이다. 그저 침대에 누워기다릴 것이다. 자기가 사람들을 부를 때 그들이 한숨을 푹푹 내쉬고 눈을 치켜뜨고 짜증을 내는 모습을 더는 보고 싶지 않다. 그녀는 이곳에서 벗어날 수만 있다면 어떤 대가든 치를 것이다. 그런데 그녀는 이미 경고를 받았다. 카미유는 그녀에게 소란을 일으키지 말라고, 마음대로 행동하지 말라고, 그랬다가는 그렇게 행동한 걸 후회하게 될 거라고 말했다. "거기 가지 마, 니노츠카. 거긴 죽음의 그림자와 고독, 노망난 노인네들, 이빨 빠진 괴물들이 우글대는 곳이라고. 대모는 그런 곳에서 절대로 버텨내지 못할 거야." 칸에 있는 집을 떠난 후 그녀는 베고니아로 들어와 나름대로 적응해보려고 노력했다. 하지만 이 주일 만에 그녀는 파리로 되돌아가 딸과 친구들을 다시 만났다. 그녀는 울면서 애원했고, 그래서 그들은 그녀에게 파리 북부에 있는 작은 아파트를 구해주었다.

이사를 할 때마다 그녀의 주거 공간은 조금씩 작아졌다. 그녀가 저금해둔 돈은 '나귀 가죽'* 같았다. 그녀는 닥치는 대로 팔아치웠다. 은 식기, 반지, 에메랄드. 그녀는 자기가 돈 한 푼 없이 비참하게 죽을 거라고 말하면서 웃었다. 그 이후로 병원을 들락거리는 생활이 다시 시작되었다. 입원할 때마다 입원 기간이 점점 더 길어졌고, 병실은 점점 더 좁아졌다. 노인 정신건강 전문 의료기관들은 시적인 이름을 내세우며 서로 경쟁하고 있었다. '새들의 별장' '조화로운 쉼터' '자작나무 세 그루' '장미원 클리닉' '행복한 나날들'. 그녀에게는 몇몇 충실한 여자 친구들, 필터 없는 골루아즈 담뱃갑, 그리고 더 나중에는 말보로 라이트, 초콜릿, 과일 젤리, 튤립을 교대로 그녀에게 갖다주는 삼십 년 지기들이 아직 남아 있었다. "가엾은 니니"라고 말하며 한숨짓는, 슬픔과 고통을 함께 나누는 진정한 친구들.

* 발자크의 소설 『나귀 가죽』에서 주인공의 소망을 이루게 해주는 신기한 힘을 가진 가죽이 이용할 때마다 점점 줄어든다는 이야기에서 비롯된 표현이다.

그녀를 사랑하는 사람이 아무도 없다는 건 잘못된 생각이다. 그게 아니면, 더이상 아무도 사랑하지 않는 건 바로 그녀 자신일 것이다. 그녀는 휠체어 깊숙이 웅크리고 앉아 다른 모든 사람들을 원망하고 있다. 하지만 이건 전부 그녀 자신 탓이다. "거기 가지 마, 니노츠카. 이 고집쟁이 할망구, 대모 같은 사람은 절대로 그런 데서 못 살아." 카미유는 이제 니니에게 남은 건 아파트와 개들뿐이라고 말했다. 그녀는 니니에게 인생을 포기하지 말라고, 술을 작작 마시라고, 빨간 실내화와 잠옷을 입은 채 비틀거리며 밖에 돌아다니지 말라고 당부했다. 카미유는 그녀에게 검은 복슬강아지를 데리고 산책해서는 안 된다고 경고했다. 무용수처럼 힘이 펄펄 넘치는 그 개가 그녀를 쓰러뜨릴지도 모른다면서. 카미유는 그녀에게 넘어져도 구급대에 연락하지 말라고 일러주었다. 퍼렇게 멍이 든 곳들을 재빨리 감추고 조용히 입을 다물고 있으라고. "여기서 달아나, 니노츠카, 집으로 돌아가란 말이야." 쓸데없이 돈을 낭비하지 마. 수백만 프랑의 가치가 있는 빈센트 반 고흐의 이색적인 오리지널 작품을 특별히 대모한테 5천 프랑이라는 파격적인 가격에 주겠다는 낯선 사람들에게 문을 열어줘선 안 돼. 사람들 말에 쉽게 속아 넘어가는 멍청이가 되어선 안 돼. 설사 그게 대모 마음에 쏙 드는 것이라 해도. 니니의 돈은 영원하지 않고, 그녀의 딸은 언젠가 자기 차지가 되어야 할 돈을 그녀가 낭비하는 걸 좋아하지 않을 테니까. 수중에 돈이 없으면 그녀는 자유를 잃을 것이고, 그렇게 되면 그녀를 향해 환하게 웃는 사람이 한 명도 남아 있지 않을 테니까. 그녀 주위를 맴도는 그 모든 떨거지들이 싫증을 낼 테니까. 그러면 그녀는 결국 쓸쓸하게 혼자 생을 마감하게 될 테니까. 돈도, 친구도 없이. 비록 그들의 말이 거짓이라 하더라도 니니에게는 아주 중요했다. "거절해, 니니! 요양원에서 간섭을 받으며 사는 건 싫다고 말해, 제발." 카미유는 그 남자, 니니 딸의 남편을 만났다. 냉정하고 현실적인 이방인. 그는 니니의 은행 잔고가 거의 바닥났다고 말했다. 지출을 줄이고 전문 시설에 들어가야 한다고 말이다. "그건 니니에게 죽으라고 하는 거나 마찬가지예요. 당신들은 니니를 죽일 거야." 그들은 카미유의 말을 들으려 하지 않았다. 니니의 딸과 그 남편, 돈밖에 모르는 교활한 인간들. 니니는 사람들이 자기를 돌봐주기를 바랐다. 그녀는 장미원 클리닉에서 베고니아로 거처를 옮겼다. 화분에 심어놓은 한 그루의 식물을 위해 가시덤불로 울타리를 쳐놓은 곳. 뿌리가 많을수록 벽을 따라 기어 올라가 햇볕에 꽃잎을 펼칠 방법도 더 많건만. 물이 뿌려지기를 기다리는, 그리고 언젠가 완전히 말라버려 끝내는 쓰레기통에서 생을 마감하게 될 작은 화분.

　친절한 남자. 그는 다른 사내들처럼 그녀를 고통스럽게 하지 않
을 것이다. 아니면 그녀가 남자들에게 쉽게 속아 넘어가는 멍청한
여자들 중에서도 가장 멍청한 여자거나. 멋진 하루! 헛된 상상은
하지 말자. 그는 그저 그녀와 친구가 되고 싶다고 말했을 뿐이다.
그들이 함께 일한 시간을 생각해보면 그건 오히려 당연하기까지
하다. 그건 아무 뜻도 없는 말이다. 그들은 시내의 술집에 함께 갈
테고, 그게 다일 것이다. 그리고 직장 상사와 잠을 자는 건 별로 현
명하지 않다. 그녀는 이미 다른 얼간이 때문에 해고까지 당할 뻔하
지 않았던가. 그런데 원장과 육체관계를 가졌다가 관계가 틀어지
면 그땐 어쩔 셈인가. 하긴, 어쩌면 그게 안전장치가 되어줄 수도
있을 것이다. "난 당신 때문에 온 거였어." 그녀는 자기가 꿈을 꾼
건 아닌가 싶다. 그는 그녀 때문에 일부러 온 거라고 말했다. 아니

면 그가 그녀와 머리를 너무 세게 부딪치는 바람에 횡설수설 헛소리를 한 건지도 모른다. 그녀는 아무런 반응도 보이지 않을 것이다. 자기 일만 충실하게 할 것이다. 그리고 만약 그가 다시 한번 그녀에게 만나자고 한다면, 그때는 정중하게 거절할 것이다. 그렇긴 하지만. 그의 제안을 받아들일 수도 있다. 부담 가질 필요 없어. 그녀는 직장 상사와 함께 저녁식사를 하는 것에 별 의미를 두지 않는다. 그러니 자, 그들은 저녁을 먹으러 갈 것이다.

그녀는 가벼운 식사를 할 것이다. 프로방스 허브로 요리한 생대구살이나, 사프란 가루를 뿌려 가리비 껍질에 담은 요리같이 우아한 음식으로. 그녀는 속마음을 전부 털어놓지는 않을 것이고, 아무도 관심 가져주지 않는 자신의 인생과 그 모든 불행에 대해 주저리주저리 늘어놓지 않을 것이다. 그리고 그후의 일은 그가 알아서 하겠지, 그런 방면에는 상당한 선수일 테니까. 하지만 그들이 말 그대로 진짜 친구가 되는 거라면…… 그렇다면 문제가 달라지겠지만. 그래도, 그녀가 꿈을 꾼 건 아니었다. 그녀는 이제 풋내기가 아니다. "난 당신 때문에 온 거였어." 그건 단지 그가 그녀에게 클리넥스를 건네주고 싶다는 뜻만은 아니다. 그의 눈. 그녀는 그의 시선 속에서 그걸 읽었다. 이따금씩 사랑이 어른거린다, 바로 우리 눈앞에. 그런데도 우리는 다른 곳을 찾아 헤매다 고통을 겪고 결국 녹초가 된다. 사랑, 다정한 독신 남자와의 정말로 멋진 사랑. 어쩌면 너무 정중하고 딱딱한 그의 태도 때문에 사랑이 물 건너가버릴지도 모른다. 그는 자기가 너무 근엄하게 굴었다는 생각이 든다. 그는 만회하고 싶다. 그녀는 불안과 의혹에서 벗어나야 한다. 그녀는 단 한 번도 진정한 사랑을 받아본 적이 없다. 필리프 드루앵 같은 타입의 남자는 그녀에게 과분하다. 필리프 드루앵이 그녀를 진심으로 사랑할 리 없다.

"아흔여덟, 아흔아홉, 백……"

"어머! 선장님, 거기서 뭐하고 계세요?"

"응, 휠체어를 찾고 있어. 그런데 나에겐 남아 있는 시간이 별로 없다네, 젊은 선원."

"무슨 말씀이세요? 선장님은 아직도 정정하세요. 이렇게 잘 걸으시면서. 지나치다 싶을 정도로 정정하신데요, 뭘."

"그런데 내 망원경은?"

"아, 그건 내일 찾기로 해요. 지금은 주무셔야 할 시간이에요."

크리스티안은 경중경중 뛰고 있는 노인의 팔을 붙잡는다. 그녀는 노인의 모자를 벗기고 침대 위에 앉힌다. "오늘도 혼자서 옷을 벗으시겠어요?"

선장은 자기가 사소한 부분에서 방심하고 있었다는 걸 문득 깨닫는다. 이곳에서는 매일 저녁 그날 입었던 옷을 말끔하게 개어 벽장에 넣은 후 벽장문을 이중으로 잠가놓는다. 팬티 차림으로 어떻게 세상 끝을 향해 출발할 수 있겠는가? 그는 덜덜 떨면서 줄무늬 티셔츠를 벗는다. 그러다 머릿속에 어떤 생각이 떠오른다. 그는 티셔츠를 조심스럽게 침대 가장자리에 놓고 반듯하게 갠다. 크리스티안은 그의 행동을 멍한 눈으로 쳐다보고 있다. 그녀의 마음은 이미 콩밭에 가 있는 듯하다. 그는 허리띠를 빼내서 둘둘 말아 티셔츠 옆에 놓아둔다. 그러고 나서 베이지색 바지를 벗고, 다시 군대

놀이를 시작한다. 그리고 면바지를 판판하게 개어놓고 나일론 양말을 접고 나서 확신에 넘치는 표정으로 간호사 쪽을 돌아본다.

"선장님, 전 선장님이 편집증 환자인 줄 몰랐어요."

"질서가 필요해, 젊은 선원."

"네, 네, 그럼 선장님 옷을 이제 옷장 속에 넣어놓을게요."

"안 돼! 안 돼! 상부의 명령이다! 오늘은 의자 위에 그대로 놔둬. 비상 출동에 대비해야 하니까. 오늘 밤 핵잠수함의 공격이 있을지도 모른다는 정보가 입수되었거든."

크리스티안은 이미 오래전에 선장의 전쟁놀이에 흥미를 잃었다. 더군다나 오늘 저녁 그녀는 몹시 지쳐 있다. 그녀는 하루 종일 울었고, 그래서 그녀의 옷깃엔 아직도 소금기가 남아 있다. 그녀는 노인의 옷가지를 차곡차곡 개어 의자 위에 쌓아놓는다.

"이제 됐어요?"

"응. 좋아, 중위."

"벽에 기대세요, 잠옷을 입혀드릴 테니까."

크리스티안의 목소리에 생기가 없다. 선장은 그녀가 하는 대로 몸을 내맡긴다. 늙은 선장의 몸은 뻣뻣하지만 그녀는 능숙하게 잠옷을 입힌다.

"팔꿈치 조심해요."

간호사의 동작은 빠르고 정확하다. 마치 자동 조종 장치를 작동시킨 것 같다. 그녀는 그가 오늘 밤에 타고 나갈 배를 생각한다. 서인도제도, 뉴질랜드, 바하마, 남극. 그는 약간 떨고 있다.

"자, 침대로!"

단출한 르뵈프 씨의 방은 검소하게 살아온 그의 삶을 그대로 반
영하고 있다. 전나무로 만든 조그만 원탁은 침대 머리맡 탁자로 쓰
이고 있다. 세 개의 금빛 금속 액자에는 사진이 끼워져 있다. 그중
하나는 아들 파스칼 르뵈프가 두 살 때 찍은 흑백사진이고, 다른
하나는 그가 열여덟 살 되던 해 대학입학 자격시험 날 찍은 사진이
다. 그리고 나머지 하나는 가장 최근에 찍은 사진으로, 로베르와
파스칼이 활짝 웃고 있다. 옅은 색으로 수놓인 낡은 천을 씌워놓은
작은 벨벳 소파 맞은편에는 합판으로 만든 작은 수납장이 놓여 있
는데, 그 안에는 온갖 분야의 스타 사진을 모아놓은 그의 소중한
수집품이 보관되어 있다.

로베르 르뵈프는 교통부 공무원으로 평범한 인생을 살았다.
1959년 3월, 그는 알제리 전쟁에 예비군으로 징집되었다. 교통부

에서 근무하고 있었기 때문에 원했다면 어렵지 않게 병역을 면제받을 수 있었을 것이다. 하지만 그는 줄곧 모험을 꿈꿔왔고 여행을 동경해왔다. 그래서 교통부에 들어갔는데, 막상 들어가고 보니 그 부서는 여행과는 거리가 멀었던 것이다. 어렸을 때 두 번의 여름방학을 보냈던 오베르뉴 몽뢰송, 아버지의 고향인 그곳보다 더 멀리 가본 적이 한 번도 없었던 그는 군화 끈을 단단히 묶고 배낭을 짊어진 채 가벼운 마음으로 알제리로 떠났다. 그는 정치엔 별로 관심이 없었고, 여자와 친구 들을 좋아했다. 그의 꿈은 '콩파뇽 드 라 샹송'*의 일원이 되는 것이었으리라. 하지만 친구들끼리 함께 저녁식사를 하고 기분 좋게 취해 의자 위에 올라가 〈다 잘될 겁니다, 후작부인〉을 노래하는 것만으로도 그는 충분히 행복했다. 그의 타고난 목소리와 성적 매력은 여자들을 들러붙게 만드는 끈끈이였고, 그는 그걸 일찌감치 알아차렸다. 아주 어릴 때부터 여자들 꽁무니를 쫓아다니기 시작한 그는 능란한 솜씨로 비위를 맞추며 끝없이 여자들을 정복해나갔다. 사람들은 그가 진지하지 않은 사람이라고 생각했을 것이다. 그러나 바람기가 많긴 했지만 여자들에 대한 그의 마음만큼은 더할 수 없이 진지한 것이었다.

　한번은 진정한 열정을 체험한 적도 있었다. 어느 베두인** 여자를 향한 뜨거운 열정. 비단결 같은 머리칼과 달콤한 눈. 짙은 금빛 모래 위에 핀 한 송이 장미. 그는 전쟁을 좋아하지 않았고, 영웅이

---

* '노래 친구들'이란 뜻으로, 1941년 2차 대전 초기 독일 점령기에 결성하여 1960년대까지 활발하게 활동했던 프랑스 보컬 그룹.
** 아라비아 반도의 내륙 사막에 사는 아랍계 유목민.

되고 싶은 마음은 눈곱만큼도 없었다. 그렇기 때문에 군대에서 신병들의 보직을 결정하는 선임하사가 그에게 특기가 뭐냐고 물었을 때 그는 아주 자연스럽게 "노래, 요리, 그리고 사랑입니다!"라고 대답했다. 그의 천진난만한 미소를 보고 선임하사는 그의 태도가 무례하다고 생각하지 않았다. 로베르는 취사반에 배속되었다. 그는 취사병으로 근무하게 된 걸 몹시 기뻐했다. 알제리 사막에서 그가 접한 거라고는 역겨운 콘비프 냄새와 하얀 벽에 기댄 어린 여자의 가녀린 실루엣뿐이었다. 매춘부. 그는 그녀에게 나이를 물었고, 그녀는 대답하지 못했다. 염소 냄새를 풍기는 더러운 방으로 그녀를 따라 들어가는 데 백 수.* 그는 차마 그녀를 건드릴 수가, 그토록 젊고 완벽한 몸에 남자의 손을 올려놓을 수가 없었다. 그녀는 실망한 것 같았고, 욕망으로 몸을 떨면서도 열정을 보이지 않는 그에게 화가 난 것 같았다. 다른 병사들은 자기처럼 소심하게 굴지 않을 거라는 생각에 불안해하면서 그는 갈수록 더 많은 돈을 들고 매일 그녀를 찾아갔다. 그가 준 돈으로, 그녀가 굳이 다른 군인들을 상대해 더 많은 돈을 벌 필요가 없기를 바랐다. 하지만 그건 그의 착각이었다. 어느 날 저녁, 병사들 사이에 자자하게 소문이 나 있는 외설적인 이야기들을 듣던 중에 그는 그 순결한 천사가 단지 돈 때문에 그 짓을 하는 게 아니라는 사실을 알게 되었다. 마음에 상처를 입은 그는 그곳보다 더 외진 곳으로 전속시켜달라고 신청했다.

사막에서는 위대한 생각을 하게 된다. 사람들은 그곳에서 신을

---

* 오 상팀에 해당하는 동전.

발견할 수 있을 거라고 생각한다. 그런데 사막에서 발견하는 것, 그것은 신이 아니라 자아다. 다시 말해, 대부분 아무것도 발견하지 못한다는 말이다. 로베르는 그곳에서 사막의 장미를 수집했다. 그는 밤하늘의 별 아래에서 울고 싶었을 것이다. 그의 눈은 그곳의 풍경처럼 메말라 있었다. 그러나 강한 기질을 타고난 그는 빠르게 기운을 회복했고, 그래서 정신적인 그 열정은 빛이 바래 희미해진 기억으로 남게 되었다. 그리고 그는 살아가면서 계속 그런 과정을 되풀이해나갔다. 파리로 돌아온 그는 입대 전에 근무했던 교통부에 복귀했다.

바로 그즈음 그는 아내를 만났다. 그보다 머리 하나는 더 큰 육감적인 몸매의 갈색 머리 미녀. 그녀가 외동아들인 파스칼을 임신했을 때 그녀의 유전자가 생존 싸움에서 승리한 게 분명했다. 시작은 순조로웠다. 하지만 얼마 지나지 않아 그들의 부부생활은 삐걱거리기 시작했다. 로베르는 아주 교묘하게, 흔적 하나 남기지 않고 바람을 피웠다. 그의 아내가 순진해서 정말 몰랐든 알면서도 모르는 척 눈감아주었든, 그녀는 단 한 번도 불평하지 않았다. 그러던 9월의 어느 날, 그녀가 갑자기 사라졌다. 곧 열 살 생일을 앞두고 있던 파스칼은 집을 나간 엄마 때문에 울었다. 그 미녀는 로베르의 직장 동료의 동생과 함께 남쪽 지방으로 달아났다. 로베르는 재혼하지 않았다. 그는 아들을 위해 훌륭한 엄마 노릇을 했다. 그의 직장은 시간이 넉넉했기 때문에 그렇게 할 수 있었다. 요컨대 조용한 삶, 그리고 마음의 상처.

파스칼은 착한 아이였다. 그는 한 번도 아버지 곁을 떠나지 않았다. 그리고 마흔을 훌쩍 넘긴 지금도 그는 아버지가 꾸며준 아이 방에서 잠을 잔다. 자라면서 그는 여자를 한 번도 사귀어보지 못했다. 로베르는 여러 가지 원인을 짐작해보지만, 아들에게 대놓고 그런 말을 하지는 않는다. 그는 결국 할아버지가 되어 손자를 안아든 자신의 모습을 보리라는 희망을 버렸다. 그는 아들에게 아파트를 물려주고 자기가 베고니아로 들어가면 아들이 그 아파트에서 가정을 꾸리지 않을까 실낱같은 기대를 했었다. 하지만 역시나 허사였다.

44
복도, 9
19시 45분

크리스티안 탈렌 같은 여자는 뭔가 희망적인 일이 막 싹트려 한다는 걸 어렴풋이 간파하면 그때부터 머릿속으로 온갖 상상의 나래를 펼치면서 혼자서 저만치 앞서 간다. 논리적이지도 않고, 현실적이지도 않고, 이전의 실패로부터 교훈을 끌어내지도 못한 채, 그렇게 사랑의 꿈들이 차곡차곡 쌓이면서 마치 그게 현실인 것처럼 완전히 굳어져버린다. 단 한 번의 식사 초대와 그가 친한 척 말을 놓은 것만으로도 그녀의 머릿속에서는 모든 게 가능해질 수 있었다. 자기 사무실에 틀어박혀 있는 원장은 지금 그녀에게 이상적인 남성이다. 오랫동안 기다려온 남자, 만나기도 전에 이미 사랑하고 있던 남자. 그건 조용한 열정, 함께 나눈 애정, 행복일 것이다. 해고를 당하지 않았다는 안도감을 거쳐 첫눈에 반했다는 확신을 하기까지 세 시간이 걸렸다. 그들은 시내에 있는 싸구려 술집 같은

270

곳에는 가지 않을 것이다. 그는 어두운 구석에 진홍색 벨벳을 씌운 긴 소파가 놓여 있는 근사하고 은밀한 레스토랑에 예약을 할 것이다. 촛불이 은은하게 밝혀진 테이블을 앞에 두고 그녀는 장밋빛 원피스를 입고 앉아 있을 것이다. 참, 점심식사였지. 그럼 가을 정원이 바라보이는 호텔 식당이었으면 좋겠다. 그녀는 크림색 투피스를 입을 것이다. 그녀는 모든 것, 심지어 자신의 불행한 과거까지 그에게 모두 털어놓을 것이고, 그는 이해할 것이다. 그리고 그는 그녀의 손을 잡을 것이다. 그들은 이제 서로에게 비밀이 없을 것이다. 그는 존경과 신뢰에 기초를 둔 두 사람의 생활에 대해 자기가 어떤 꿈을 품고 있는지에 대해서도 고백하겠지. 크리스티안은 우유를 조금 마신다. 정말 근사할 거야.

필리프 드루앵은 양호실로 간다. 그는 손목시계를 흘깃 쳐다본다. 크리스티안의 근무는 십 분 후에 끝난다. 그는 그녀를 찾는다. 여자와 데이트 한 번 제대로 해본 적이 없는 남자가 지금의 원장과 같은 입장에 처해 있으면 생각이 쉬이 부정적인 방향으로 흘러가게 마련이다. 그는 머리를 쥐어뜯으며 그녀에게 점심식사를 같이 하자고 말한 자신의 행동을 벌써부터 후회한다. '친구'라는 단어를 절대로 내뱉어서는 안 되었는데. 그건 돌이킬 수 없는 관계를 의미한다. "당신에겐 사랑이 필요해요, 다른 사람들처럼." 물론 '다른 사람들'에는 그도 포함된다. 바보! 여자를 유혹하려면 냉정하고 뻔뻔해야 한다. 그건 누구나 다 아는 사실이다. 그는 그녀를 자기 것으로 만들고 싶다. 그는 그녀를 품에 안고 싶다. 얘기는 끝났다. 여자들은 바람둥이 남자를 좋아한다. 그렇다면 그라고 왜 안 되겠는가? 조금 전 그의 서투른 행동을 어떻게 만회할 수 있을까? 그리고 별것 아닌 일에도 얼굴이 빨개지는 그 이상한 버릇. 마릴 린. 그는 자기가 그 여자를 어떻게 침대로 데려갔는지 기억이 나지 않는다. 마릴린은 미친 여자였다. 그런 건 중요하지 않았다. 어쨌 든. 크리스티안에게도 히스테릭한 면이 있으니까. 그녀는 울고 소 리를 지르기도 한다. 필리프 드루앵은 지지리 운도 없다. 그는 늘 최악의 여자들에게만 매력을 느낀다. 더구나 직장에서. 그건 예수 가 겪은 고난과 견줄 만할 것이다.

"아! 크리스티안, 그러잖아도 당신을 찾고 있었어요."

"네, 원장님."

"저, 내일 말인데, 내가 깜빡 잊고 있었어요. 내일 다른 사람하고 점심 선약이 있더군요, 그래서……"

그가 그녀에게 존댓말을 썼다. 그래, 그걸로 충분히 알아듣겠다. 촛불 밝힌 저녁식사여, 아듀. 착각이었다. 도망자들과 거짓말쟁이 들. 하나같이 똑같은 사내들. 자기 신세가 이렇게 될 줄 상상이나 할 수 있었을까? 그는 그녀의 고용주다. 그녀는 양호실 안에서 마 음대로 덮칠 수 있는 여자, 예배실 안에서 교성을 질러대는 여자 다. 그렇게 처신하는 여자를 누가 제대로 대우해주겠는가? 실망과 환멸이 안면 근육을 경직시켜 그녀의 얼굴을 가면처럼 만들어놓았 다. 필리프 드루앵은 그녀가 왜 그러는지 알 수가 없다. 그녀가 다 시 울기 시작할까? 그는 그녀의 아랫입술이 가볍게 떨리는 것을 본다. 일종의 사랑싸움? 벌써? 갑자기 모든 게 명확해진다. 아, 그 녀는 실망한 것이다. 기대하지 않았다면 실망할 이유가 없지. 그녀는 기대하고 있었던 거다, 그러니까…… 그렇다면, 그건 예상했던 일이다. 그는 말투를 바꾸어 말한다.

"크리스티안, 몇 시에 시간이 나지?"

"오늘 저녁에요?"

"응, 오늘 저녁. 복도에서는 당신한테 편하게 말할 수가 없어. 내가 한 시간 후면 시간이 나니까, 그때 만나서 얘기해. 우린 대화를 나눠야 해. 둘이서 이야기를 나눈 지 너무 오래됐어."

"여덟시 삼십분."

"여기서?"

"원장님이…… 당신이 좋다면."

부드럽게, 그가 그녀의 손을 잡고 자신의 입술로 가져간다. 아주 우아한, 깃털처럼 가벼운 입맞춤. 그녀는 몸이 녹아내리는 것 같다. 그녀는 분명히 알고 있었다. 그는 그녀를 사랑한다, 그는 그녀를 사랑한다. 그녀는 그렇다고 확신한다.

"여덟시 삼십분, 양호실에서."

이번만큼은, 그는 자기 행동이 불만스럽지 않다.

45

바르비에 부인의 방, 1
20시 00분

조슬린은 잠을 자고 싶지 않다. 그녀는 눈을 작은 화면에 고정시
킨 채 흔들리는 영상에 안간힘을 다해 집중한다. 텔레비전 뉴스가
방송되고 있다. 오늘 저녁, 여자 아나운서는 연회색 새틴 블라우스
를 입었다. 그녀의 금발 머리는 보기 좋게 손질되어 있다. 그녀가
헤드라인 뉴스를 알린다. 가자 지역에서 발생한 폭탄 테러. 새빨간
불꽃과 검은 연기가 두터운 구름처럼 뿜어나오고 있는 하얀 건물
이 보인다. 복면을 한 남자들이 덮개를 벗긴 지프 위에 서서 손가
락으로 V자를 그리면서 소총을 치켜들고 위협적으로 흔들어댄다.
카메라는 눈과 입 부분에만 구멍이 뚫려 있는 복면을 뒤집어쓴 그
들을 쫓아가며 얼굴을 클로즈업한다. 이어서 광란에 빠진 군중 위
로 깃발들이 펄럭이며 떠다니는 장면이 보인다. 여자 아나운서가
'긴급사태'에 대해 말한다. 그녀는 이어서 전날과 오늘 아침에 프

랑스와 영국을 강타한 '폭우'를 언급한다. 바퀴가 물에 잠겨 있는 자동차들이 보이고, 적십자사의 도움으로 긴급히 피난한 사람들, 그리고 등을 돌리고 서 있는 어떤 노신사가 화면에 보인다. 그러고 나서 자살한 어느 회사 사장을 추모하는 침묵의 행렬이 나타난다. 여자 아나운서는 "조합원들과 임금 노동자들이 매우 불안해하고 있다"고 말한다. 화면이 바뀌면서 파리 고등법원의 한 창가에 놓인 제라늄 화분들이 비춰진다. 어떤 미결수가 유죄를 선고받자 탈출하려고 뛰어내렸던 창문이다. "그는 중상을 입었습니다." 몇몇 정치인들이 한 슈퍼마켓 안에서 사진을 찍고 있다. 그들이 금전출납기 앞에서 신문기자들을 향해 미소를 짓는 모습이 보인다. 상하가 붙은 작업복을 입고 챙 달린 모자를 쓴, 몸집이 자그마한 노동자들이 머리 위로 잔을 높이 들어 올린다. 그들은 샴페인을 마신다. 조슬린은 저렇게 커다란 병 속에 들어 있는 게 진짜 샴페인인지 궁금하다. 그녀는 흥청망청 샴페인을 마셔대는 그들이 못마땅해 입을 삐죽거린다. 마지막으로 농구 시합에서 승리한 팀에 관한 뉴스가 방송된다. 공을 주고받는 키 큰 남자들이 화면에 계속 잡힌다.

조슬린은 만족스러운 한숨을 내쉬고는 두 베개 사이에 머리를 편안하게 누인다. 그녀는 저녁 여덟시 뉴스를 좋아한다. 선술집을 운영할 때, 그녀는 자기 자리에서 잘 보이도록 왼쪽 벽면에 높다랗게 텔레비전을 매달아놓았다. 그러니 그녀는 이 세상에 관한 뉴스란 뉴스는 하나도 놓치지 않았을 것이다. 특히 잘생긴 남자 아나운서가 진행하는 오후 한시 뉴스. 그녀는 세상이 어떻게 돌아가는지 훤히 꿰고 있었고, 손님들과의 대화에 그걸 써먹었다. 그리고 이 세상에서 일어나는 그 모든 불행한 일들을 보면 그녀는 기분이 좋아지곤 했다.

화면에 지도가 나타난다. 빨간 점 하나가 클로즈업된다. 깃발들의 물결, 허공을 향해 팔을 휘젓는 남자들, 베일을 쓴 여자들, 그들은 입에 손을 갖다대고 떼었다 붙였다 하며 날카로운 괴성을 질러댄다. 아주 작은 키에 군복을 입은 소년이 무기를 위협적으로 휘두른다. 복면한 남자들이 클로즈업된다. 조슬린은 그들이 무섭게 느껴진다. 다양한 방송사의 수많은 마이크들이 검은 옷을 입은 남자를 향해 달려든다. 여기자는 그가 말을 할 때마다 동시통역을 한다. 베이지색 셔츠를 입고 배가 불룩 튀어나온 늙은 남자가 군중 속으로 뛰어든다. 갑자기 철책이 쳐지면서 오렌지색 승용차의 진입을 막는다. '격리'와 '무기 밀매'라는 단어가 영상을 설명해준다. 화면은 초록색과 붉은색이 섞여 있는 다른 지도를 보여주는 여자 아나운서를 다시 비춘다. 그녀는 '팽팽한 긴장'에 대해 말하고 다음에 나올 르포르타주를 소개하며 취재기자의 이름을 말한다. 이번에는 어떤 아파트 안에서 몇몇 남자들이 마분지 상자와 종이를 불에 태우고 있는 장면이 나온다. 조슬린은 커튼으로 불이 옮겨붙지나 않을까 걱정이 된다. "이제 복수할 시간입니다." 복면을 쓴 두 명의 군인에게 질질 끌려오는 남자가 보인다. "그를 기다리고 있는 운명이 어떤 것일지는 쉽게 상상할 수 있습니다." 조슬린은 몸을 떤다. 나일론 스타킹을 신고 푸크시아* 꽃무늬 원피스를 입고

---

* 바늘꽃과의 남아메리카산 소관목.

선글라스를 낀, 아주 천박해 보이는 젊은 여자가 두렵다고 말한다. 사륜 구동차들이 벽을 따라 달리고 있다. 높은 곳에서 사막을 내려다보며 촬영한 화면. 몇몇 사람들이 아무 일도 없었던 것처럼 한 식료품점에서 태연하게 장을 보고 있다. 기자가 그 사람들에게 견해를 물어본다. 탱크 한 대가 종려나무 사이에서 모습을 드러낸다. 주유소에는 이제 삼 주일분의 기름밖에 남아 있지 않다. 시커멓게 불타버린 자동차 한 대, 앰뷸런스, 트렁크가 잔뜩 쌓여 있을 뿐 사람이라고는 한 명도 보이지 않는 텅 빈 공항 로비. 조슬린은 아무것도 이해하지 못한다. 하지만 그녀는 그런 장면들에 익숙해져 있다. 몇 해 전부터 뉴스만 봤다 하면 나오는 장면들이기 때문이다.

'영국과 프랑스를 강타한 폭풍우' '끊어진 도로들' '열차 운행 중단'. 불 다음에는 물. 차들이 물 위에 둥둥 떠다니고 있다. 어떤 차는 급류에 갇혀 꼼짝달싹 못하고 있다. 한 남자는 자기 아내가 구조대를 찾으러 간 동안 자기는 밧줄로 묶어놓은 차 안에서 꼼짝도 하지 못했다고 이야기한다. 영국 소방관들은 상하가 붙은 검은색 작업복을 입고 노란색 안전모를 쓰고 있다. 조슬린은 그들의 모습이 거만해 보인다고 생각한다. "양로원에서 생활하고 있던 노인들도 안전한 곳으로 대피해야 했습니다." 조슬린은 입술에 손을 갖다대면서 외친다. "저런! 가엾은 사람들." 하지만 실제 속마음으로는 베고니아에 그런 일이 일어났으면 얼마나 좋을까, 그러면 그들, 특히 외출 한 번 못하고 휠체어에 의지해 살아가고 있는 불쌍한 노인네들이 얼마나 신나했을까 생각해본다. 몇몇 남자들이 도랑에서 진흙을 양동이로 퍼내고 있다. "프랑스에서도 캉탈 지역의 한 마을

이 이십사 시간 동안 완전히 고립되었습니다." 흙탕물 속에 잠긴 도로를 보여주는 영상. 귀가 토끼 귀처럼 바짝 선 노인이 자기 의견을 말한다. 시장이 질문을 받는다. 조슬린은 시장이 너무 젊다고 생각한다. "황색 경보가 발령되었습니다." 새로운 뉴스에 대해 이러쿵저러쿵 함께 얘기를 나눌 사람이 아무도 없다는 건 얼마나 불행한 일인가.

하지만 화면은 이미 '특히 불안에 떨고 있는' 농부들에게로 넘어가 있다. 조슬린은 화가 버럭 치민다. 그녀는 농부들을 증오한다. 결-코-만족할-줄-모르는-인간들. 농촌에서 태어나고 자란 그녀는 철이 들자마자 도망치듯 도시로 떠나왔다. 그녀의 할머니, 삼촌, 늘 불평불만에 사로잡혀 있는데도 주변 사람들에게는 천사처럼 착한 사람으로 통하던 그 쥐새끼 같은 늙은이들…… 화면은 나무들이 늘어서 있는 어느 오솔길에 고정된다. "사나흘 전부터 여기서 새들의 지저귐을 들을 수 없게 되었습니다." 그녀는 히죽 웃는다. 그녀는 할머니의 텃밭, 통조림을 만들기 위해 강낭콩을 따서 콩깍지를 벗겨내며 보낸 그 한없이 긴 시간들, 그런데도 고맙다는 표시로 땡전 한 푼 받아본 적이 없었던 그 시절들, 그리고 사람들이 벽에 대고 망치질 한 방으로 숨통을 끊어놓던 하얀 토끼들을 떠올린다. 삼촌의 학대. 조슬린은 인터뷰에 응한 농부에게 정신을 집중한다. 그 농부는 콧수염을 기르고 있다. 그리고 그는 농작물을 모조리 갈아엎어버리고 공장에나 다녀야 할 판이라고 말한다. 삼촌의 폭력. 조슬린은 생각하고 싶지 않다. 그녀는 텔레비전 리모컨을 움켜쥐고 볼륨을 높인다.

46

르뵈프 씨는 자기 방에 돌아와 있다. 크리스티안이 그에게 약을
주러 왔다. 그녀는 그에게 열이 있는 것 같아 보인다며 혈압을 재
어보지 않겠느냐고 물었다. 그는 고맙지만 잠옷을 갈아입은 후 곧
바로 잘 거라며 그녀를 돌려보냈다. 입주자들 중에서 혼자 옷을 입
고 벗을 만큼 건강한 이들은 몇 명 되지 않는데, 르뵈프는 그런 축
에 든다. 크리스티안을 내보낸 후 그는 문을 닫고, 환희로 전율하
는 동시에 불안에 떨면서 침대 발치에 놓인 작은 의자에 앉았다.
모든 건 예상했던 그대로 일어났다. 그게 아니라면 적어도 예상했
던 것과 거의 비슷하게. 저녁식사를 하는 동안 로베르는 테레즈에
게만 말을 걸었다. 그녀는 몸에 꼭 맞는 윗옷을 입고, 목에는 그가
베고니아에 온 이래로 한 번도 본 적이 없는 진주 목걸이를 걸고
있었다. 그래서 그의 눈에 그녀는 더할 수 없이 우아하고 아름다워

보였다. 그는 조금 전 나눴던 대화 내용을 회상하려 애쓴다. 불안이 그의 머리를 뒤죽박죽으로 만들었다. 그는 자기 이야기를 너무 많이 하지 않으려고 애썼다. 그는 자아도취에 빠지는 경향이 있다. 뷔소네트 부인, 그 근사한 노부인은 그를 잘난 로베르라고 부른다. 하지만 그는 잘난 체하는 남자로 보이고 싶지 않았다. 특히 르뒤크 부인처럼 겸손하고 친절한 여자 앞에서는. 그는 자문해본다. 내가 우스꽝스러운 말을 했나? 아니다. 그녀가 웃었던가? 아니다. 그는 자기가 크로크 무슈를 대신 잘라주겠다고 했을 때 그러라고 허락 했던 그 우아한 작은 여인의 눈을 사랑에 빠진 자신의 푸른 눈으로 뚫어지게 바라보았던 것을 떠올린다. 혹시 음식을 먹다 추접한 모습을 보인 건 아닐까? 그는 벌떡 일어나서 욕실로 달려간다. 거울 앞에서, 그는 틀니를 몽땅 드러내면서 웃어본다. 틀니 사이에 샐러드 찌꺼기 같은 건 끼어 있지 않다. 다행이다! 그녀가 귤을 다 먹자마자, 그는 자리에서 벌떡 일어나 그녀를 방까지 데려다주겠다고 말했다. 그는 단지 그녀가 고개를 끄덕일 시간만 주었다. 테레즈의 방은 식당에서 밖으로 나가면 바로 보이는 왼쪽 첫번째 방이다. 다행히, 모퉁이에 위치한 문 덕분에 아직 식탁에 앉아 있는 입주자들은 그들의 모습을 볼 수 없었다. 그녀는 계속 그의 팔에 기대고 있었다. 아니, 기대고 있었던 건 그였을까? 떨리는 감정이 그들을 아주 유약하게 만들었다. 두 사람. 그들은 서로가 서로에게 기대고 부축했던 게 틀림없다. 문 앞에서, 그가 그녀의 손을 잡았다.

그는 그녀의 손을 잡고 그 손을 자기 입술에 가져갔다. 그걸 생각하면 아직도 얼굴이 붉어진다. "르뒤크 부인, 오늘 밤 열시에 제가 당신 방으로 가겠어요. 할 말이 있습니다." 그녀는 대답하지 않았다. 그녀가 그 말을 듣지 못한 건 아닐까? 그가 정말로 그 말을 할 용기가 있었을까? 만일 그가 그 말을 했다면, 그건 순전히 열정 때문이었을 것이다. 다행히 그는 거절당하기 전에 자리를 떴다. 아니면, 자기 방으로 먼저 달아난 건 그녀였는지도 모른다. 그녀가 즉시 대답을 하지 않아서 다행이다. 안 그랬으면 그는 뒤로 벌렁 나자빠졌을 것이다. 모든 게 예상했던 대로 진행되었다. 아니면 적어도 예상했던 것과 거의 비슷하게. 이제 뭘 어떻게 해야 할까? 잠옷으로 갈아입는다? 그건 말도 안 된다. 그는 줄무늬 나이트캡을 쓴 차림으로 테레즈 르뒤크에게 자신의 불타는 사랑을 고백하러 가지 않을 것이다. 복도에서 간호사와 마주치기라도 하면 어떻게 되겠는가? 서둘러야 할 것이다. 열시는 너무 늦은 시각이 아닐까? 그녀는 분명히 잠들어 있을 것이다. 그러면 그는 그녀의 머리맡 탁자에다 꽃다발과 편지를 놓아둘 것이다. 꽃? 하지만 그에겐 꽃이 없다. 편지, 그것 멋진 생각이다. 그런데 종이가 없다. 그는 방 안에서 종이를 찾는다. 그러다 『텔레 7 주르』* 표지에 있는 '78페이지, 특별한 게임'이라는 글씨가 눈에 들어온다. 그는 백지를 발견할 수 있으리라는 희망을 안고 잡지를 뒤적인다. 그러다 갑자기 어떤 생각이 떠오른다. 그는 초록색 볼펜을 낚아채듯 잡고는, 흐릿하게 떨리고 사선으로 기울어진 글씨로 십자낱말풀이의 칸을 채운다. 자기가 전달하려는 메시지의 핵심이 드러나게 하기 위해 그는

* TV 프로그램 정보지.

신경을 집중해 볼펜을 꾹꾹 누르며 잔뜩 힘을 주어 글자를 쓰고 심지어 어떤 글자들은 두세 번 덧쓰기까지 한다.

사	라	사	테			지		기
		이	레		복	고		적
오	목	렌	즈		사	지	열	
로	마					순	정	
지			사		청			홀
	나	의	모	든	사	랑	으	로
당	리		의		초		뚱	
신		격	정		룡		체	온

크리스티안은 복도에 있다. 저녁 여덟시 삼십분이다. 원장이 그
녀에게 다가온다. 그가 발걸음을 멈춘다. 그들은 얼굴을 마주 보고
서서 서로를 살펴본다. 뭔가를 단단히 확인하려는 것처럼. 그가 그
녀에게로 달려든다. 그 폭발적인 격정은 거칠고 격렬하지만 그녀
의 입술에 가 닿는 그의 입술은 더할 수 없이 부드럽다. 무화과같
이 달콤한 긴 입맞춤. 그녀는 일흔여덟 개의 초록빛 별들을 본다.
그녀의 척추를 따라 전기가 일어난다. 드레퓌스 선장의 반쯤 열린
방문. 침대는 비어 있다. 두 사람은 왜 이 시간에 선장이 방에 없는
지 그런 건 전혀 궁금해하지 않는다. 그들은 그 방 안으로 뛰어든
다. 그는 자신들의 무게 때문에 삐걱거리는 침대 소리에 신경 쓰지
않는다. 그녀는 자기를 쫓아다니는 운명의 아이러니를 생각하지
않는다. 그녀와 장 피에르가 처음으로 사랑을 나눴던 곳도 바로 이

방에서였다. 거기서 그는 그녀의 생일날 매력적인 왕자처럼 무릎을 꿇고 그녀에게 자작나무로 만든 예쁜 보석함 속에 든 터키석 목걸이를 선물했다. 그들은 아무것도 보지 않는다. 그들의 입과 몸에서 뿜어져 나오는 열기들이 그들로 하여금 모든 걸 잊게 만든다. 거의 완전한 어둠 속에서 격정에 몸을 떨며 작열하는 그들. 그녀는 자기 몸이 어디서 시작하고 그의 몸이 어디서 끝나는지 더는 알지 못한다. 그는 그녀의 귀에 대고 속삭인다. "아주 부드럽게 사랑해줄게." 그녀는 그가 하는 대로 내버려둔다. 말할 수 없이 부드러우면서도 묵직한 남자의 손에 완전히 몸을 내맡기면서. 어린 사내아이 같은 살결. 그녀는 발가벗었다. 그가 그녀의 몸속으로 들어올 때 그녀는 신음을 참지 않는다. 이 남자는 그녀를 알고 있다. 그녀는 태어나서 처음으로 사랑을 하는 것 같은 기분을 느낀다. 그녀는 온몸을 관통당했다. 기적. 그가 그녀의 머리칼 속에 손가락을 파묻는다. 그러고는 그녀가 곧 떠나기라도 할 것처럼 그녀의 머리를 힘껏 움켜쥔다. 그래서 그녀는 아프다. 하지만 그녀는 그가 그렇게 해주는 게 아주 좋다. 그녀는 잠시 그를 생각하지 않는다. 쾌감을 즐기고 싶은 자기만의 욕구에 빠져 들어간다. 그의 몸 위에 걸터앉아. 해소되지 않던 갈증이 갑자기 채워진다. 거대한 진공. 평화. 그들은 다시 일어난다. 비틀거리면서. 머리가 잘려나갔는데도 몇 미터를 그대로 걸어가는 닭들 같기도 하다.

그녀는 침대 밑에서 자신의 슬리퍼 한 짝을 찾아내고 자동인형처럼 간호사복을 꿰입었다. 그녀의 허벅지를 따라 흘러내리는 정액이 그녀를 현실로 다시 데려온다. 그는 이미 문턱에 있다. 그는 피카르 씨가 어디 있는지 가서 찾아보라고 그녀에게 은밀한 목소리로 말한다. 그리고 맛있는 것을 실컷 먹은 어린아이처럼 행복한 미소를 띠며 이렇게 덧붙인다. "그럼 화요일에 만나." 그러고 나서 그는 복도의 불빛 속으로 비틀거리며 사라진다. 협죽도 도둑* 처럼.

---

* 샹송 가수 부르빌의 노래 〈협죽도 도둑〉의 주인공.

크리스티안은 선장의 욕실로 들어갔다. 그녀는 파란색 면 팬티에
묻은 분비물을 닦아내고 머리칼을 차분하게 정돈한 후, 가운을 판
판하게 당겨 구겨진 주름을 펴고 정신을 가다듬으려 했다. 그녀는
기진맥진해 있다. 아침에 운 것 때문에 지쳤고, 점심 약속에 대한
기대와 그에 뒤따른 불안 때문에 지쳤고, 그리고 마침내 지금의 이
피날레, 정신을 완전히 빼앗긴 것 같은 도취 상태 때문에 지쳤다.

그녀의 발걸음은 그녀를 양호실 쪽으로 이끌고 있다. 그녀는 해
야 할 일이 있다. 하지만 지금 그게 뭔지 기억이 나지 않는다. 그녀
는 방금 일어났던 일을 생각하지 않는다. 그녀는 다른 건 아무것도
생각하지 않고 자신에게 주어진 쾌락을 받아들였다. 그녀는 이제
집으로 돌아가고 싶을 뿐이다. 그녀는 자기 아들을 생각한다. 안경
을 쓴 금발 소년. 집에서 얌전하게 자기를 기다리고 있을 인내심

많은 사랑스러운 존재. 그녀의 인생에서 유일한 기쁨. 착하고 다정하고 총명한 학생. 크리스티안에게 일 년 중 가장 멋진 날은 스승의 날이다. "탈렌 부인, 댁의 아드님은 정말 비범한 학생입니다. 교직 생활을 하면서 이렇게 뛰어난 학생은 한 번도 본 적이 없어요. 아드님은 정말 조숙해요……" 아버지가 뭐게 24번가를 떠났을 때 뤼크는 열두 살이었다. 온갖 잡동사니로 넘쳐나는 두 칸짜리 고미 다락방. 처음에 그녀는 자기 혼자 힘으로는 그 난관을 헤쳐나가지 못할 것이고 편모 밑에서 자란 사내아이는 결국 제대로 된 사내가 될 수 없을 거라고 생각했다. 그래서 그녀는 주말에 가끔씩이라도 아이에게 제 아빠인 기를 만날 수 있게 해주려고 갖은 애를 다 썼다. 그들은 결혼을 하지 않았다. 그는 항상 이런저런 평계를 댔다. 그리고 그가 치사한 평계를 대면서 약속을 취소할 때마다 그 어린 것은 몹시 실망했고, 그래서 그녀는 차라리 포기하는 게 낫겠다고 생각했다. 놀랍게도, 그 남자가 그들에게서 완전히 달아난 후에도 그들의 삶은 전혀 달라지지 않았다. 적어도 실재적인 면에서 처음에 그녀가 두려워했던 건 환상에 지나지 않았다. 그가 떠나기 훨씬 전부터 그녀는 그 남자 없이 사는 법을 터득하고 있었기 때문이다. 생활비를 벌고, 집안일을 하고, 시장을 보고, 뤼크의 숙제를 돌보는 것까지 혼자 힘으로 전부 다 해냈다. 하지만 그건 그가 떠나기 전에도 늘 해왔던 거였다. 게다가 그가 떠났다는 사실 때문에 슬퍼하는 와중에도 생활이 오히려 훨씬 더 편해졌다는 걸 깨닫고는 스스로 놀라기까지 했다. 기가 없으면 집 안 청소거리도 더 적어졌고 다림질할 옷들도 더 적었다. 그는 떠났지만 청구서들은 계속 날아왔다. 그녀는 그 비난받아 마땅한 남자에게로 날아오는 청구서들을 모르는 척했다. 혼자 힘으로 과연 아이를 잘 키울 수 있을까? 막연한 두려움은 남아 있었지만. 어머니와 아들은 소박한 삶을 꾸려나갔다. 그녀는 아들에게 조금도 피해를 주고 싶지 않았고, 특히 아들이 스스로를 쓸모없는 존재라고 느끼게 하고 싶지 않았다. 뤼크는 착하고 똑똑한 아이였다. 그 아이는 모든 걸 이해했다. 그는 열 살 때부터 이미 집안의 가장 노릇을 하기 시작했다. 그리고 열다섯 살 때는 늙은 홀아비처럼 혼자 장을 보고 요리를 하고 집 안 청소를 했다. 그는 지친 어머니를 위로하는 어깨이자 무조건적인 지지자였다. 그녀는 운 좋게도 그런 아들을 두었다. 그녀는 적어도 자식 복은 있었다.

그녀는 머릿속 생각을 정리하려 했다. 그녀는 기진맥진해 있었다. 퇴근하기 전에 해야 할 일이 한 가지 남아 있긴 한데, 그게 뭐였더라? 파라디 부인의 서류? 약품 파일? 이자벨에게 알리는 것? 지금 그녀의 머리는 텅 비어 있다. 그녀는 붕 떠 있다. 그녀는 집으로 돌아가고 싶다. 뤼크와 함께 저녁을 먹으면서 자기가 오늘 하루를 어떻게 보냈는지 들려줄 것이다. 그녀는 음식이 차려진 식탁, 그리고 소꿉장난을 하는 것처럼 작디작은 자기 집 부엌의 냉장고와 벽 사이에 처박혀 있는 의자 두 개를 머릿속에 그려본다. 일요일마다 그 아이를 혼자 놔두다니. 그런데도 그 아이는 싫은 내색한 번 한 적이 없고 불평 한마디 하지 않는다. "사랑하는 엄마, 일 잘하고 와." 할 수 없지. 그녀가 잊어버릴 정도의 일이라면, 그 일은 틀림없이 그렇게 중요한 게 아닐 것이다. 그녀는 오늘 지긋지긋하다. 이제 소지품을 챙겨 집으로 돌아가서 아들을 만날 것이다. 그리고 잠을 잘 것이다. 이미 아주 늦은 시각이다. 그녀의 아들은 아마도 걱정하고 있을 것이다. 그녀는 집으로 돌아가는 길에 아들에게 전화를 할 것이다. 일요일 저녁, 교통 체증, 일요일 저녁은 끔찍하다. 귀가하기까지 적어도 한 시간 정도를 길에서 허비해야 할 것이다. 그녀는 아들에게 혼자 저녁을 먹으라고 말할 것이다. 그리고 포도주 한 잔으로 저녁을 대신하고는 곧바로 잠을 자러 갈 것이다. 그리고 잠이 들 것이다. 더이상 아무것도 생각하지 않고.

4부

감각이란 마음이 만드는 것일 뿐이다

장 자크 루소, 『쥘리 혹은 신(新) 엘로이즈』

그녀는 스위치를 누른다. 형광등이 한참 동안 깜박이고 나서 희
끄무레한 불빛이 벽에 흩어진다. 베고니아의 주방에는 포마이카
식탁 하나, 의자 두 개, 개수대 하나, 냉장고 하나, 거대한 믹서 하
나, 그리고 특가 상품으로 판매된 업소용 전자레인지 다섯 대가 비
치되어 있다. 음식물은 모두 조리된 상태로 트럭에 실려 도착하기
때문에 직원들이 할 일은 거의 없다. 배달된 음식을 전자레인지에
데우고 랩을 벗겨내는 일 말고는. 남은 음식은 쓰레기통으로 직행
하거나 뚱땡이 조시가 가져간다. 이자벨은 배가 고프다. 야간 근무
를 시작한 지 겨우 한 시간밖에 안 되었는데도 그녀는 벌써 요구르
트, 오렌지, 빵 덩어리를 찾아 주방 구석구석을 샅샅이 뒤지고 있
다. 이자벨은 견습 간호사다. 그녀는 올 6월에 졸업할 것이다. 그
녀는 가운 속에 파란색 줄무늬 치마와 하얀 블라우스를 입고 있다.

그녀의 머리칼은 갈색이고 몸집은 자그마하고 호리호리하다. 하지만 그녀의 몸은 아코디언처럼 쉽게 늘어났다 줄어들었다 한다. 일 킬로그램이 빠졌다가 십이 킬로그램이 한꺼번에 찐다. 청소년기 이래로 늘 그런 식이다. 하지만 그녀는 그런 것에 신경을 쓰지 않는다. 그녀는 배가 고프지 않아도 먹는다. 식탐이 많아서 그런 게 아니다. 그건 일종의 중독이다. 특히 요즘 들어 그녀는 참을 수 없을 정도로 허기가 진다.

그녀의 머리칼은 어깨까지 내려온다. 체구가 작은 그녀는 왼쪽보다 오른쪽이 약간 더 긴 단발머리를 하고 있다. 집안 식구들의 머리는 모두 그녀의 어머니가 잘라주었다. 사내아이들의 경우에는 자르기가 쉬웠다. 아버지의 이발기로 밀기만 하면 되었으니까. 그녀의 어머니는 그녀의 머리를 자를 때 항상 턱 높이에서부터 자르기 시작했는데, 언제나 오른쪽과 왼쪽의 길이가 서로 맞지 않았다. 그래서 조금씩 '가지런히' 자르다보면 어느새 귀 높이까지 올라갔다. 그러다 발그레한 귓불까지 다다르면 하는 수 없이 가위질을 멈추어야 했다. 귓불보다 더 짧게 자르면 사내아이 같아 보일 테니까. 이자벨은 자기가 마지막으로 미용실에 간 게 언제였는지 이제 기억조차 하지 못한다. 그녀는 원래 그런 곳에 가는 걸 좋아하지 않는다. 거울에 비친 자신의 모습을 마주한 채 오랫동안 앉아 있어야 하는 게 끔찍하다. 그래서 요즈음은 시간이 있을 때, 그리고 문득 머리를 다듬어야겠다는 생각이 들 때, 자기 손으로 직접 머리를 자른다. 그녀는 뒷머리가 가지런하게 잘렸는지 어떤지 알 수가 없다. 하지만 상관없다. 그녀는 포니테일 스타일*을 무조건적으로 추종하는 여자니까. 하지만 뭐 특별한 의미가 있어서 그런 건 아니다. 이자벨은 미모가 빼어나진 않지만 그렇다고 딱히 못생긴 것도 아니다. 그녀의 외모 중에서 특별히 내세울 만한 곳은 한 군데도 없다. 그래도 손만큼은 자기 마음에 쏙 든다. 그래서 그녀는 최대한 손을 보호하려 애쓴다. 간호사들의 손은 갈라지고 터지기 십상이기 때문이다. 이자벨은 경박한 여자가 아니다. 그녀는 사람들을 돕기 위해 간호사가 되기로 결심했다. 그녀의 어머니 역시 간호사였다. 맏딸인 이자벨을 낳기 전까지. 그녀의 아버지는 군인이었다. 해군. 결혼식을 올리고 나서 정확히 팔 개월하고도 이틀 만에 이자벨이 태어났다. 어린 시절 내내 이자벨은 어머니로부터 조산아라는 소리를 들으며 자랐다. 그녀의 어머니가 그 사실을 고집스레 주장하는 건 매우 중요한 일이었다. 때때로 사람들은 그런 것들을 가지고 수군대니까.

이자벨에게는 네 명의 남동생이 있다. 마르크, 장, 마티외, 피에르. 그녀의 가족은 모두 독실한 가톨릭 신자이다. 하지만 이자벨은 신을 믿지 않는다. 그녀는 이웃에 대한 사랑만 믿는다. 그녀로서는 그걸로 충분하다. 어릴 때 그녀는 걸스카우트였고 남동생들은 보이스카우트였다. 그들은 옛 식민지의 나병 환자들을 위해 모금을 하고 전쟁고아를 위해 5월 1일이면 은방울꽃을 팔았다.** 이자벨의 부모는 전형적인 중산층으로, 건전한 사고방식을 지닌 사람들

---

* 머리를 말꼬리처럼 뒤로 높이 올려 묶은 헤어스타일.
** 프랑스의 노동절. 이날을 기념하기 위해 사람들은 서로 은방울꽃을 선물하는 풍습이 있다.

이다. 약간은 인종차별적이고 약간은 반유대적인 사람들, 딱 필요한 만큼. 선량한 프랑스 사람들. 그들은 식탁에서 돈이나 정치 이야기를 하지 않는다. 이따금씩 아버지는 사내아이들을 좀 세게 때리기도 했다. 하지만 아버지라면 자식들에게 권위가 있어야 마땅하다. 그런데 문제는 그가 집에 거의 없었다는 거다. 이자벨은 선원과는 절대로 결혼하지 않을 것이다. 이자벨은 데지레와 결혼하고 싶다. 그래야 한다. 그는 그녀가 이제까지 본 중에 가장 잘생긴 남자다. 부드러움 그 자체인 아몬드 모양의 눈, 완벽한 입, 고양이처럼 유연한 미소와 달콤한 목소리. 데지레. 물결치듯 웃는 남자. 육상 선수 같은 체격, 살결이 비단결 같은 데지레. 이자벨은 자기를 사랑하는 남자, 자기가 사랑하는 남자와 결혼하고 싶다. 물론 쉽지 않은 일일 테지만.

그들은 학교에서 만났다. 구십 퍼센트가 여학생인 계단식 강의실에서 그를 알아보는 건 어렵지 않았다. 그녀는 그가 자기를 쳐다봐주기를 간절히 원했는지 어땠는지 기억이 나지 않는다. 이자벨, 수줍음 많은 여자, 겸손하고 다정한 여자. 주어진 인생에 순응하는 이자벨은 무릎이 떨리는 걸 느꼈다. 데지레. 세상에서 가장 아름다운 이름. 그때까지 그녀는 처녀였다. 그래서 뭐? 그녀는 결혼 전까지 순결을 지키겠다고 결심한 적이 없었다. 먼저 적극적으로 나선 건 오히려 그녀였다. 이튿날 제출해야 할 과제를 도와달라는 어정쩡한 핑계를 대면서. 그는 미소를 지었다. 그리고 그들은 커피를 마시러 갔다. 그와는 모든 게 정말로 간단하고 쉬웠다. 그녀는 그가 처음으로 자기한테 키스했던 때를 기억한다. 그녀는 그 주말 내

내 그것 때문에 아랫배가 아팠고 오직 그 생각만 했다. 데지레의 입. 그는 자기가 혼자 살고 있는 고미 다락방으로 그녀를 데려갔다. 몽파르나스 지붕들 사이에 홰를 틀고 앉은 작은 둥지. 온갖 잡동사니를 처박아두는 그 다락방에는 망가진 작은 여닫이 창문이 하나 있었고 층계참에 화장실이 있었다. 이자벨은 그때까지 부모와 함께 살고 있었다. 그들은 오후에 사랑을 한다. 때때로 그들은 사랑을 하기 위해 강의를 빼먹기도 한다. 이자벨이 편안함을 느낄 수 있는 지구상의 유일한 장소, 그곳은 바로 데지레의 품속이다. 특히 발가벗은 채로 데지레의 품속에 있을 때. 그녀는 산부인과로 진찰을 받으러 갔다.

50

식당, 5
21시 15분

이자벨은 식당을 가로질러 간다. 그녀는 희미한 빛 속에 잠겨 말 없이 늘어서 있는 의자들 앞을 지나간다. 그녀는 주방에서 주전부리할 만한 걸 하나도 찾아내지 못했다. 그녀의 마지막 희망은 전날 먹다 남겨놓은 작은 버터 비스킷 상자다. 그걸 양호실 책상 서랍 속에 넣어두었다는 게 기억난다. 뚱땡이 조시가 손대지만 않았다면 그건 그곳에 그대로 남아 있을 것이다. 언젠가 크리스티안이 그녀에게 조시가 카드 점을 칠 줄 안다고 얘기해주었다. 그녀는 그런 미신 같은 건 믿지 않는다. 그렇지만 조만간 좀더 일찍 출근해서 그 일이 정말로 이루어지기 어려울지 조시에게 물어볼 생각이다. 요즈음 이자벨의 머릿속에는 온통 그 생각밖에 없다. 그녀는 그 문제에 대해 아무에게도 말할 수가 없다. 그를 만날 때마다 자신의 아랫배를 뜨겁게 달구는 그 불을 받아들였다는 얘기를 다른 사람들에게 어떻게 말하겠는가? 자기가 조심성이 없었다는 걸 어떻게 까발리겠는가? 이미 너무 늦었다는 걸? 그녀는 그를 진심으로 사랑한다. 아무리 그래도 격정에 빠져 그런 미친 짓을 하다니, 그녀 자신도 믿지 못할 일이다. 하지만 자기가 몸을 헤프게 굴렸다고는 생각하지 않는다. 그녀는 결코 헤픈 여자가 아니다. 그는 병원 회복실에서 인턴 과정을 밟고 있는 중이라 거의 만나지 못한다. 그가 그립다. 아직도 삼 개월 더. 노인병학, 그건 힘들다. 간호사, 그건 힘든 직업이다.

그녀는 알츠하이머 전문병원으로 첫 실습을 나갔다. 이자벨은 그곳에서 일하는 게 싫었다. 너무도 병약한 환자들. 그녀는 생각했다. 두 번 다시 노인들을 상대하고 싶지 않아. 그런데 보라, 그녀는 바로 그곳으로 돌아와 있다. 하지만 베고니아는 전에 근무했던 곳보다는 훨씬 수월하다. 그녀는 자기가 울었던 때를 기억한다. 그녀는 자식들이 강력하게 요구했기 때문에 강제로 수면제를 먹여 침대에 묶어놓았던 고데르 부인과 로제 부인을 기억한다. 그들을 이해해야 했다. 여든 살가량의 고데르 부인은 아흔세 살인 로제 부인을 자기 딸이라고 생각했다. 로제 부인은 호의를 베풀어 고데르 부인의 행동을 순순히 받아주었고, 그래서 하루 종일 그 두 사람은 "엄마, 우리 엄마" "내 사랑하는 아가"라고 서로를 부르면서 손을 꼭 붙잡고 돌아다녔다. 그들의 자식들, 이른바 진짜 자식들, 혈육인 자식들은 한 달에 한 번, 자신들이 병원에 처박아둔 자기 어머니에게 모성애가 아직도 되돌아오지 않았는지 확인하러 오곤 했다. 그런데 그 자녀들이 병원에 찾아왔을 때 공교롭게도 그 두 노파가 한 침대에서 잠들어 있는 모습을 목격했다. 그들은 즉시 병원 측에 거칠게 항의했다. 그들을 이해해야 했다. 존경스러운 자신들의 어머니가 어떤 낯선 여자를 자신들의 이름으로 부르면서 함께 잠들어 있는 모습을 보는 건 견딜 수 없는 일이었다. 두 노파를 강제로 떼어놓은 첫날 저녁은 끔찍했다. 간호사들이 그 두 여인을 각각 자기 방에 데려다놓을 때 그녀들은 숨이 넘어갈 것처럼 울부짖었다. "엄마, 엄마", 둘 중 더 늙은 여자가 가슴이 찢어질 듯 애달프게 엄마를 찾으며 울었다. "자, 고데르 부인, 그런 장난은 이제 그만해요. 이자벨, 이리 와서 날 도와줘! 고데르 부인의 어깨를 붙잡아." 너무 놀라 돌처럼 굳은 채 그 광경을 멍하니 바라보고 있던 이자벨은 자신의 목구멍에 응어리들이 차곡차곡 쌓여가는 걸 느꼈다. 그런데, 그 가족들의 요구는 정당한 것이었다. 두 노파가 한 병실을 사용한다면, 양쪽 가족들에게 각각 따로 병실비를 지불하라고 할 수 없었다. 그래서 약의 양을 늘리고 두 노파를 떼어내 각자의 침대에 가죽 띠로 묶어놓았다. 그러고 나서 이자벨은 화장실에 틀어박혀 울었다. 이튿날 아침, 그 두 환자는 다시 손을 꼭 붙잡고 해가 질 때까지 함께 거닐었다. 한 달 내내 밤마다 고통스러운 이별의 울부짖음이 되풀이되었다. 그러던 어느 날, 그들은 더이상 말썽을 일으키지 않았다. 이자벨은 실습 보고서에 그 이야기를 쓰지 않았다.

어떤 노파에게 알약을 삼키게 하려고 세번째 시도를 하고 있을 때 그 노파가 갑자기 그녀의 얼굴을 사정없이 후려갈겼던 적도 있었다. 매일 아침, 그녀는 그 노파의 따귀질을 재주껏 피해야 했다.

그 노파는 고함을 질러대고 전혀 예상하지 못한 순간에 그녀를 때리곤 했다. 그 노파는 그 풋내기 간호사를 공포에 떨게 만들었다. 이자벨은 자기 동료들 중 하나가 환자를 때리는 걸 보았다. 마음 깊은 곳에서, 그녀는 그 동료를 비난하지 않았다. 어떤 간호사들은 환자를 대할 때 아주 공격적이었다. 경험이 없거나 이십여 년 동안 이 일을 계속해온 탓에 열정이 식어버리고 지쳤을 때는 훨씬 더 냉정을 유지하기가 어려웠다. 입원 환자들 중에 레미야르라는 노인도 있었다. 처음 보는 순간 그녀의 아버지를 떠올리게 했던 직업군인. 어느 날 아침, 완전히 발가벗은 채 구더기처럼 침대 끄트머리에 앉아 있는 그를 발견하기 전까지. 그는 기저귀를 뽑아버리고 자신의 배설물을 머리끝에서 발끝까지 온몸에 덕지덕지 발라놓았다. 그뿐만이 아니라 똥을 벽에 집어던지기까지 했다. 숨 쉬기 힘들 정도의 구린내와 세상의 종말 같은 끔찍한 광경. 그녀는 그때를 생각하면 아직도 구역질이 올라온다. 물론, 그곳에 입원한 사람들이 다 그런 건 아니었다. 그중 어떤 이들은 심지어 그녀를 웃길 때도 있었다. 그녀가 복도에서 마주쳤던 페팽 부인처럼. 머리에 모자를 쓰고, 작은 물방울무늬 블라우스 위에 블레이저 재킷을 걸치고, 장식 단춧구멍에는 금으로 도금한 브로치를 달고, 핸드백에다 신발과 양말까지…… 그런데 정작 팬티와 치마 입는 건 잊어버린 그녀. 튀르코 씨도 있었다. 호모인 그 노인은 늘 미소를 짓고 있었고, 누가 뭘 물어보면 하나하나에 행복하게 대답했다. "지금은 오후 여섯 시입니다." 그리고 그녀를 자기 집 하녀라고 생각하는 여자도 있었다. "루이에게 차를 대기시키라고 해, 도빌로 곧 떠날 거니까. 그리고 나에게 마편초 차 좀 갖다줘." 침대에 묶여 있는 그 가련한 노파는 너무도 자연스러운 태도로 그녀에게 그렇게 지시하곤 했다. 그리고 단 한마디도 분명하게 발음하지 못해 늘 풀이 죽어 지내던 노파도 있었다. 하지만 그 노파는 피아노 앞에 앉아 슈베르트의 〈송어〉 전곡을 한 소절도 틀리지 않고 완벽하게 연주하곤 했다. 실습을 하던 그 삼 개월 동안 이자벨은 크나큰 충격을 받았고 그래서 이전과 많이 달라졌다. 그녀는 두번째 실습을 위해 암 병동으로 갔다.

51

양호실, 2
21시 30분

그녀는 자기가 마실 커피를 준비할 것이다. 데지레의 고미 다락
방에 있는 작은 버너 위에는 나폴리제 커피포트가 올려져 있다. 그
커피는 아주 진하다. 데지레는 언제나 설탕을 세 개씩 넣는다. 그
런데 양호실의 커피포트에 들어 있는 시커먼 액체는 커피라기보다
는 렌즈콩을 갈아 달여놓은 것 같다. 그녀는 하품을 참는다. 그녀
는 체질적으로 야간 근무에 잘 적응하지 못한다. 게다가 대우나 보
수도 형편없고 보람도 없는 직업에 적합한 사람도 아니다. 사실,
그런 노동조건을 감수하고 일하려면 확고한 소명 의식이 있어야
한다. 하지만 그녀는 간호사 공부를 시작하면서 간호사라는 직업
이 손가락이 트고 갈라지기 일쑤인 힘든 직업이라는 걸 상상도 하
지 못했다. 화학제품들은 그녀의 손을 끊임없이 괴롭혔다. 지팡이,
보행기, 휠체어, 틀니, 보청기, 기저귀, 고통, 질병, 불평불만, 신음

소리, 비명, 눈물, 욕창, 화농, 피, 토사물이 그녀의 신념을 공격하고 그녀의 두려움을 들쑤셔댔다. 아침에 잠에서 깨면 그녀는 구역질을 느꼈다. 썩어 들어가는 살에서 나는 악취, 벌어진 상처, 말라비틀어진 육신, 노쇠, 치매, 광증, 노화, 죽음. 죽음, 죽음, 죽음. 예견된 죽음, 그리고 마침내 쳐들어온 죽음, 집요한 죽음, 무자비한 죽음. 악착스러운 치료, 그들에게 영양분을 공급하기 위해, 수분을 공급하기 위해, 그들을 계속 숨 쉬게 하기 위해, 죽음이 이미 방 안에 들어와 진을 치고 있는데도, 죽음이 음흉하게 낄낄거리고 있는데도 생명을 지속하기 위해 몸 여기저기에 구멍을 뚫고 관을 주렁주렁 매단 채 병석에 누워 있는 사람들. 그녀는 자기가 그렇게 엄청난 충격을 받으리라고는 미처 예상하지 못했다. 암 병동에서 그녀는 오랜 기간에 걸쳐 천천히 고통을 가하다 결국에는 생명을 앗아가는 무서운 백혈병을 앓고 있는 아이들을 보았다. 그렇게 아파하다 결국에는 죽는 아이들을. 학교에서는 그들에게 '생의 마지막 순간을 함께하는 동반자'가 되어야 한다고 가르쳤다. 하지만 병원에서는 그들에게 행정 서류를 작성하는 방법을 가르친다. 환자의 상태를 서류에 기록하고 죽음을 표기한다. 그녀는 주위의 동료들이 환자들이나 죽음에 대해 극도로 냉담한 것을 보았다. 그녀는 자기도 결국에는 고통이나 죽음에 무감각해질 거라는 것을 충분히 짐작하고 있다. 사람들은 어떤 것에든 길들여지기 마련이니까. 그녀는 하루빨리 자기가 따뜻한 마음과 감성을 잃어버리기를 바라기까지 한다.

이자벨은 설탕 봉지를 찢어 뜨거운 김이 올라오는 플라스틱 잔에 쏟아붓고는 아무 생각 없이 포장지를 쓰레기통에다 던진다. 그때, 포장이 뜯긴 버터 비스킷 상자가 그녀의 눈에 들어온다. 안에는 부스러기 하나 남아 있지 않다. 그녀는 내일 아침 조시에게 그 얘길 할 것이다. 아니, 아무 말도 하지 않을 것이다. 그녀는 조시에게 카드 점을 쳐달라고 부탁할 것이다. 이자벨은 자기가 데지레와 앞으로 어떻게 될 것인지 알고 싶다. 이자벨은 임신했다. 그녀가 사랑하는 데지레, 그녀를 사랑해주는 데지레의 아이를 임신했다. 그래, 물론 그건 쉬운 일이 아닐 것이다. 그녀는 이 일에 대해 아무에게도 말할 수 없다. 자기 뱃속에서 꿈틀대면서 블라우스 속에서 젖가슴을 고동치게 하는 이 행복감을 어떻게 설명할까? 그녀는 이 아이를 원한다. 그녀는 이 아이를 죽이지 않을 것이다. 그러지 않아도 죽음은 이미 지겹도록 보았다. 이 아이는 사랑의 아기, 몽파르나스의 고미 다락방에서, 바닥에 깔린 매트리스 위에서 수태된 아기다. 이 아이는 세상에서 가장 아름다운 아이가 될 것이다. 이 아이는 언제까지나 데지레와 그녀를 연결시켜줄 것이다. 그들은 행복할 것이다. 그들은 작은 아파트를 얻을 것이다. 이자벨은 자기 집을 예쁘게 꾸미는 걸 즐겨 상상한다. 데지레나 아기를 생각하면서 그녀는 머릿속으로 커튼 색깔, 소파, 쿠션을 고른다. 그녀는 이케아* 카탈로그를 뒤적이면서 몇 시간이라도 보낼 수 있다. 푸른색 꽃무늬 접시, 골풀을 엮어 만든 러그, 가장자리가 회색으로 장식된 카펫, 다섯 개의 등이 달린 철제 샹들리에, 동양적인 선이 살아 있

---

* 각종 가구, 침구류, 주방용품, 욕실용품을 주로 판매하는 유통 체인점.

는 나지막한 테이블, 그리고 카탈로그 36페이지에 나와 있는 로맨틱한 캐노피 침대.* 그녀는 목록을 작성하고 예산을 세운다. 전부 할부로 갚아나가야 할 것이다. 그녀의 가족은 그들을 도와주지 않을 것이다. 데지레의 가족은 혹시 도와줄 수 있지 않을까? 아니, 그들은 그 누구에게도 무엇 하나 부탁하지 않을 것이다. 그들은 둘 모두 좋은 직업을 갖고 있다. 아기를 낳고 처음 몇 달은 힘들겠지만, 그녀는 아주 빠르게 몸을 회복하고 일을 다시 시작할 것이다. 그들은 주간 근무와 야간 근무를 번갈아 가며 할 것이고, 아기도 둘이서 교대로 돌볼 것이다. 데지레는 자상하고 온화한 멋진 아버지가 될 것이다. 그녀는 계산하고 또 계산해본다. 지금은 10월이다. 그녀는 4월에 아이를 낳을 것이다. 그리고 그들은 6월에 학위를 받을 것이다. 그러면 그녀는 7월부터 일을 다시 시작할 수 있을 것이다. 그녀는 정부 보조금을 알아봐야 할 것이다. 처음 얼마 동안은 고미 다락방에서 그냥 살아도 될 것이다. 그렇게 열심히 살면서 알뜰살뜰 돈을 모으다보면 얼마 지나지 않아 목돈을 마련하게 될 것이다. 그녀는 곰곰이 생각한다. 그런데 빨간색 벨벳 소파는 너무 비싸다는 생각이 든다. 게다가 그걸 지금 살고 있는 집에 들여놓으면 비좁아서 옴짝달싹도 하지 못할 것이다. 그건 기억 속에나 고이 모셔놓는 게 좋을 것 같다. 그리고 지금 집에는 방이 하나밖에 없다. 그렇다면 그건 당연히 아기 방이 될 것이다. 레이스 드리운 캐노피 침대여, 아듀. 그녀는 아기 방을 마음속에 그려보려

---

* 침대의 각 모서리에 기둥이 있고 그 기둥 위로 얇은 커튼이나 레이스를 드리운 침대.

애쓴다. 스텐실*로 찍어낸 작은 물고기 무늬는 어떨까. 아니면 꽃
문양이든가. 나팔꽃이 그려진 프리즈**…… 만약 딸이라면. 그녀
는 카스토라마*** 카탈로그를 무척이나 갖고 싶다. 그녀는 데지레
와 함께 알록달록한 그림이 그려진 커다란 유모차를 미는 자신의
모습을 상상한다. 데지레. 데지레. 그녀는 그에게 그걸 말해야 한
다. 그는 매일 저녁 열한시 삼십분에 그녀에게 전화를 건다. 오늘
저녁. 그래, 오늘 저녁에 말해야 할 것이다. 그녀는 이제 꿈만 꾸
고 있을 수가 없다. 이제 꿈이 아니라 현실 속에서 행복하게 살고
싶다.

---

* 글자나 무늬, 그림 등의 도안을 오려낸 후 그 구멍에 물감을 칠해 그림을 찍어내는
기법.
** 건축물의 외면이나 내면, 가구의 외면에 붙인 띠 모양의 장식물.
*** 프랑스의 DIY 체인점.

마르트의 침대 머리맡 탁자 위에 유리로 된 지구의 하나가 위풍 당당하게 놓여 있다. 그것은 그 노부인의 코 고는 소리에 리듬을 맞추며 달그락거린다.

그건 1978년 5월 1일, 그들의 결혼 삼십 주년을 기념하기 위해 루이 뷔소네트가 아내 마르트에게 선물한 것이다. 스패니얼 종 개 조제트와 함께 찍은 부부 사진이 오렌지색 조화로 장식되어 있다. 마르트는 루이의 넥타이 색과 짝을 맞춰 녹색 모직 치마를 입었다. 그리고 손에는 은방울꽃 부케를 들고 있다. 그들 부부는 평생 서로 를 위해 희생만 하며 살았다. 마르트는 자기가 그 개를 얼마나 사 랑했는지, 그리고 자신의 결혼생활이 얼마나 불행했는지 회상하기 위해 그 유치한 물건을 간직하고 있다.

53
니니의 방, 1
22시 00분

10월의 어느 차가운 밤이다. 간호사들은 오지 않았다. 고약한 밤이다. 니니는 불안하다. 그녀는 침대 속으로 되돌아가 잠을 청하기 위해 지나간 추억들을 하나씩 떠올린다.

법원에서 집으로 돌아오는 길에 어떤 진열창 앞을 지나갔던 적이 있었다. 세일러복처럼 주름 장식이 있는 하늘색 원피스. 그녀는 판매원 여자가 하염없이 꼼지락거리며 실크 포장지로 상자를 싸고 나서 그 위에 리본을 매던 모습을 떠올린다. 그리고 카미유가 기뻐하던 모습. "야! 원피스다!" 그녀는 그 자리에서 당장 그걸 입어보았다. 살아 있는 인형. "정말 멋진 원피스야! 고마워 니니, 나의 니노츠카, 고마워, 뽀뽀." 그때 카미유는 아주 어렸다. 니니는 그녀의 착한 요정이었다. 하지만 지금은 모든 게 변했다.

그녀가 숲 근처의 원형 교차로에 있는 어떤 레스토랑에 카미유를 데리고 갔던 적이 있었다. 카미유는 늘 밀라노식 커틀릿을 주문했다. "토마토 소스 대신 피스투*로 주문해도 되죠?" "그러면 추가 요금을 내셔야 합니다." 그 레스토랑 주인은 어쩌면 그렇게 멍청하고 쩨쩨했을까. 니니는 카미유에게 먹고 싶은 걸 마음대로 시키라고 했다. 자기 접시에 담긴 음식을 하염없이 먹고 있던 작은 새. 그녀들이 먹은 플로팅 아일랜드**는 맛있었다. 니니는 영국식 크림 아래로 방울져 떨어지던 캐러멜을 기억한다.

그녀가 아파트 1층에 살았던 시절이 있었다. 그 아파트는 은빛 자작나무들이 자라고 있는 작은 숲을 향하고 있었다. 그 작은 정원을 아주 예쁘게 꾸밀 수도 있었을 것이다. 그 빌어먹을 정원사가 조금만 더 성실했더라면. 그리고 그녀의 개들. 그 개들은 항상 화단을 엉망으로 만들었다. 그 불쌍한 검은 복슬강아지, 전속력으로 달리던 자동차에 치이고도 살아남았지만 그후로 앙상하게 여위고 정신까지 살짝 나가버린 그 개. 모두가 그 개를 흉측하게 생각했다. 하지만 니니는 그 개를 아주 좋아했다. 그 녀석이 여기저기 오줌을 갈기고 돌아다녔던 건 사실이다. 특히 모직 카펫 위에, 그리고 벨벳 소파 다리에. 그리고 그녀의 또다른 개 시추, 못생긴 눈, 으스러진 듯 납작한 주둥이, 호흡 장애. 니니의 친구들은 하나같이 그 개를 놀려댔다. 그 누구도 그녀만큼 그 동물들을 좋아하지 않았다. 그리고 머리에 컬클립을 잔뜩 만 채 검은 펠트 슬리퍼를 신고

---

* 신선한 바질에 마늘과 올리브오일을 넣은 프로방스식 양념.
** 크림이나 달걀 흰자를 거품 낸 후 설탕 시럽을 끼얹고 오븐에 구워 유리잔에 담아 내는 디저트.

다니던 그 멍청한 관리인 여자. "개를 조용히 시키세요, 리베르 부인, 당신 개들을 좀 조용히 시키란 말이에요!" 그녀는 입만 열었다하면 그 소리였다. 니니는 이웃들과 끊임없이 분란을 일으켰다. 그녀의 개들이 짖어대기 시작하면 어떻게 해볼 도리가 없었다. 그녀는 개들보다 더 크게 소리를 질러댔고, 그러면 개들은 그에 뒤질세라 더 요란하게 짖어댔다. 사실, 그럴 때면 그녀는 황홀할 정도로 기분이 좋았다. 니니 집에 올 때면 카미유는 집에 들어서자마자 창문을 있는 대로 활짝 열어젖히고 못마땅한 표정을 지었다. "니니, 집 안에 개 지린내가 진동해! 니니, 이건 정말 참을 수 없는 악취야. 이 재떨이들 좀 봐. 대모는 재떨이 한번 제대로 비우는 적이 없어! 마치 가스 실험실에 들어와 있는 거 같아." 니니는 권위를 내세운 적이 한 번도 없었다, 자기 개들에게나 카미유에게나. 니니는 카미유의 표정을 다시 떠올려보면서 침대 속에서 미소를 짓는다. 그 아이는 싫지만 어쩔 수 없어서 하는 거라는 표정을 짓고 있었지. 그녀는 카미유가 자신의 늙은 니노츠카를 돌보고 싶어했던 때를 기억한다. 카미유는 육십 년이라는 긴 세월 동안 쌓인 니니의 온갖 서류들을 순서대로 정리하고 싶다는 꿈을 가지고 있었다. 순서대로. 니니는 카미유의 그런 생각이 마음에 들지 않았다. 니니는 그렇게 순서대로 정리하지 않아도 자기는 얼마든지 찾을 수 있다고 말했다. 그리고 뭐든 걸핏하면 전부 내다 버리는 카미유의 괴상한 버릇. 카미유는 자기 어머니로부터 그런 괴벽을 물려받았다. 언제나 티끌 하나 없이 깔끔하고 청결한 공간. 하얀 회오리바람. 카미유가 뭔가를 정리하기 시작하면 니니는 이내 그걸 다시 흐트러

뜨렸다. 그녀는 카미유에게 저항했다. 카미유는 집을 나서면서 집 안 전체를 눈으로 한번 휘둘러보고는 이렇게 말하곤 했다. "니니, 내가 대모를 위해 뭘 해줘도 다 부질없는 짓이란 생각이 들어. 내가 다음에 다시 왔을 때 여긴 지금보다 훨씬 더 어수선한 난장판이 되어 있겠지. 대모가 안경을 일 년에 두 개씩 잃어버리는 것도 당연한 일이야. 그 안경들은 분명히 이 거실 어딘가에 처박혀 있을 거야." 아무리 해도 끝이 나지 않고 한없이 되풀이되는 난장판. 그리고 니니의 가정부들, 그 여자들은 또 얼마나 그녀에게 소리를 질러댔던가! 오! 하지만 그 여자들이 소리를 지를 때마다 니니는 그들에게 그걸 고스란히 되돌려주곤 했다. 그래서 그들은 오래 버티지 못했다. 카드놀이를 같이하던 여자들을 제외하고는. 니니는 카드놀이를 몹시 좋아했다. 특히 '전쟁'.* 그건 끝없이 계속할 수 있는 게임이었기 때문이다. 그리고 체커도, 경마 게임도, 그리고 포커도. 포커, 그녀가 포커 게임을 하지 않은 지도 무척이나 오래되었다. 그녀는 남편과 함께 며칠씩 밤을 꼬박 새어가며 포커를 했다. 집으로 돌아오면서 그는 그녀에게 말했다. "난 두 달치 집세를 날렸어." 그러면 그녀는 이렇게 받아쳤다. "난 석 달치 집세를 땄어." 니니는 평생 돈에 별 관심이 없었다. 돈이란 건 쓰라고 있는 것이다. 그녀는 자기가 거지꼴로 생을 마감하게 되리라는 걸 잘 알고 있었다. 그녀는 아름다운 것을 너무 좋아한다. 책과 그림. 특히 그림들. 그녀에겐 공간이 충분했던 적이 한 번도 없었다. 그녀 집

---

* 카드놀이의 일종. 카드를 동시에 한 장씩 뒤집어 알파벳과 숫자를 비교해 큰 사람이 상대편의 카드를 따는 게임.

의 벽들까지도 완전히 난장판이었다.

그녀는 여름 바캉스에 카미유를 데리고 간 적이 많았다. 그 아이는 잠시도 쉬지 않고 재잘거렸다. 얼마나 수다스러웠던지! 말을 짜내는 물레 같은 수다쟁이. 니니는 그녀를 수다 양, 말 설사병에 걸린 아가씨라고 불렀다. 그래도 그녀는 카미유가 들려주는 이야기들을 아주 좋아했다. 때때로 니니는 그녀에게 독일 시「마왕」을 암송해주기도 했다. 언제나 첫 연만 들려주었지만. 니니는 어렸을 때 독일어를 배워 독일 말을 아주 유창하게 했다. 하지만 카미유는 그녀의 독일어가 오베르뉴 사투리처럼 들린다며 그녀를 대놓고 놀려댔다. 니니는 언제나 시를 사랑했다. 카미유는 노란 기름종이로 샤를 보들레르의 초상화를 보호해놓은 『악의 꽃』 고본을 니니에게서 훔쳐갔다. 카미유는 그것에 대해 변명한다. 그녀는 니니가 자기한테 선물한 거라고 주장한다. 니니는 뭐든 주긴 잘 준다. 하지만 언제나 되돌려 받는다…… 니니는 선물하는 걸 아주 좋아한다. 하지만 항상 돌려달라고 한다. 카미유는 이제 그녀가 주겠다는 건 절대로 받지 않는다. 두 사람이 함께 춤을 추었던 밤들이 있었다. 니니는 아주 활달한 여자였고 춤 솜씨도 대단했다. 어머니, 의붓아버지, 여동생, 카미유의 연인, 그리고 때로는 초대 손님들까지, 음악을 틀어놓고 온 가족이 춤을 추었다. 세상에서 가장 아름다운 밤이었다. 그들 모두는 쥘리앙 클레르와 제라르 르노르망의 노래를 부르면서 그녀를 품에 안았다. 니니는 다리에 용수철을 단 것처럼 펄쩍펄쩍 날아다녔다. 카미유는 그녀에게 이렇게 말하곤 했다. "니노츠카, 대모는 미소를 지으면 아주 천박해 보여." 그걸 가지고 그들은 재미있게 웃을 수 있었다. 니니는 축제의 여왕이었다.

그녀는 모든 걸 기억한다. 그녀는 잠들고 싶지 않다. 그녀는 두렵다.

언젠가 그녀는 개들을 데리고 거리를 산책하다 쓰러진 적이 있었다. 그녀의 개들 때문이었다. 게다가 그녀는 그날 평소보다 로제를 조금 더 많이 마셨다. 하지만 아무도 그걸 몰랐다. 알코올과 약은 절대로 섞어 마시면 안 된다. 파킨슨병이 그녀의 몸에 느리게 공격을 시작했다. 구조대가 그녀를 병원으로 옮겼다. 그날 이후로 그녀는 두 번 다시 춤을 추지 못했다.

잠이 오지 않는다. 이 요양원에서는 너무 일찍 잠자리에 들게 한다. 그녀는 밤의 새다. 그녀는 파티를 열고 싶다. 하지만 그들은 이번 해 그녀의 생일에 그녀를 위해 아무것도 해주지 않았다.

그녀가 처절하게 외로움을 느끼던 때가 있었다. 그녀는 카미유 집으로 전화를 걸었다. 그들은 그녀에게 말했다. "하루에 스무 번씩이나 전화를 걸어선 안 돼, 니니. 도대체 왜 그러는 거야? 게다가 전화를 걸어놓고는 아무 말도 하지 않잖아? 할 말도 없으면서 전화를 건 거야?" 사실이었다. 그녀는 할 말이 하나도 없었다. 이따금씩 그녀는 그저 그들을 성가시게 하려고, 때로는 한번 웃어보려고 그들에게 전화를 걸었다. 그들은 그녀를 저녁식사에 초대하곤 했다. 그들은 친절했다. 차로 그녀를 데리러 왔으니까. 그녀는 그들에게 끌려다닐 때면 기분이 좋았다. 하지만 그후에 식탁에 모두 둘러앉았을 때 그녀는 배가 고프지 않았다. 그래서 그녀는 잠자코 있지 않았다. 그녀는 자리에서 벌떡 일어나 자기를 집에 데려다

달라고 했다. 그건 그들을 짜증나게 했다. 그녀를 데리고 시계추처럼 왔다 갔다 해야 했으니까. 그녀는 그들을 여전히 사랑하는데, 그들은 그녀 때문에 점점 지쳐갔다. 걸핏하면 화를 터뜨리는 거대한 사랑의 흡반 같은 여자. 바로 그게 과거의 그녀였다. 그리고 지금의 그녀.

서양벚나무에 꽃이 피었다. 서로 얽혀 있는 짙은 색 가지들 사이
로 우아한 하얀 꽃잎들. 바르비에 부인의 악몽은 언제나 그런 식으
로 시작된다. 화창한 초봄 어느 넓은 정원 안에서. 아이들이 즐겁
게 내지르는 고함 소리와 새들이 지저귀는 소리가 들린다. 작은 여
자아이들은 밝은 색 원피스를 입고 있고, 사내아이들은 조르주 영
감의 텃밭에서 훔친 물뿌리개를 들고 여자애들을 뒤쫓아 달린다.
철철 넘쳐흐를 정도로 물이 가득 담긴 물뿌리개. 그건 그 아이들에
게 너무 무겁다. 그리고 그것 때문에 여자아이들은 잔뜩 겁을 먹는
다. 그래서 모두들 젖지 않으려고 빙글빙글 맴을 돌며 피해 달아난
다. 사내아이들이 쫓아가는 속도를 늦추자, 여자아이들이 다가와
서 그들을 놀려댄다. "너희들은-절대로-우리를-잡을 수-없을
걸-트랄라라라라라." 그러면 그 놀이는 더욱 활기차게 다시 시작

된다. 어른들은 포도주를 마신다. 그리고 아이들이 목이 마를 때쯤 어른들이 아이들에게 오렌지 주스를 준다. 그 아이들은 열 명 남짓한 악동들이다. 사촌 형제들과 동네 친구들. 아이들이 웃음을 터뜨린다. 그러자 조슬린의 어머니가 벌떡 일어나 소리친다. "애들아, 좀 조용히 해." 조슬린이 그 근처를 지나가고 있을 때, 갑자기 삼촌이 조슬린의 양쪽 귀를 잡아당긴다. "요 말괄량이! 어딜 그렇게 달려가는 거니?" 조슬린은 고개를 숙이고 중얼거린다. "죄송해요." "괜찮아. 자, 나랑 같이 가자, 오렌지 주스를 다시 만들어 와야 해. 네 사촌들이 주스를 다 마셔버렸어." 삼촌의 커다란 손에 잡힌 그녀의 작은 손. 그녀는 끌려간다. 그녀는 다른 아이들과 계속 놀고 싶다. 하지만 그녀는 말을 잘 듣는 착한 아이다. 그녀는 어머니를 눈으로 찾는다. 자기가 얼마나 착한지 엄마에게 보여주려고. 손톱을 빨갛게 칠한 그 키 크고 신경질적인 여인은 다시 대화를 시작한다. 조슬린은 커서 자기 엄마처럼 되고 싶다. 장밋빛 리넨 외투를 입은 그녀는 너무도 아름답다. 아이들의 즐거운 함성이 들려온다. 이웃의 작은 여자아이, 사팔뜨기라서 안대를 쓰고 있는 그 아이가 사촌 가스통의 물뿌리개 공격을 받는다. 그 여자아이는 온몸이 흠뻑 젖는다. 삼촌이 조슬린의 손을 더 세게 잡는다. "자, 가자. 뭘 그렇게 보고 있는 거니?" "죄송해요." 그들은 민들레가 수놓인 넓은 잔디밭을 가로질러 간다. 그들은 텅 빈 토끼장과 닭장을 지나간다. 조슬린은 닭이 무섭다. 그들은 작은 집 안으로 들어간다. 부엌은 아주 비좁고, 점심식사 후의 설거지거리들이 개수대에 잠겨 있다. 금속 쓰레기통에는 야채 껍질이 가득하다. 도마 위에는 털을 뽑아놓은 닭의 몸통에 칼이 반쯤 박혀 있다. 그녀의 삼촌은 덩치가 아주 크다. 그가 부엌에 들어서자 부엌 안이 꽉 찬다. 조슬린은 일렬로 늘어선 찌부러진 냄비들을 본다. 기름기로 끈적거리는 프라이팬들이 불안정한 선반 위에 용케 떨어지지 않고 쌓여 있다. 낡고 해진 파란색 체크무늬 행주 한 장이 바닥에 떨어져 있다. "자, 넌 오렌지를 자르기만 하면 돼." "여기엔 오렌지가 하나도 없잖아요." "할머니가 식료품 창고에 오렌지를 넣어두셨는지 가보렴." "오렌지요?" "그래, 어서 가봐. 나도 금방 따라갈 테니까." 조슬린은 오렌지가 축제 때 쓰이는 과일이라는 걸 잘 알고 있다. 그리고 그건 더이상 남아 있지 않을 것이고, 특히 햄과 마늘통들이 주렁주렁 매달려 있는 그 어두운 창고 안에는 절대로 없을 거라고 생각한다. 그녀는 양파와 염교와 감자가 들어 있는 고리바구니 사이를 뒤진다. 오렌지는 없다. 어둠 속에서, 완두콩을 저장해놓은 유리병들이 이상하게 반짝인다. 할머니는 저장식품의 여왕이다. "문을 열어놔야 해요. 캄캄해서 하나도 안 보여요." "그런 건 걱정하지 마." 조슬린은 삼촌이 커다란 손을 자기 어깨 위에 올리는 걸 느꼈지만 두렵지는 않다. "넌 삼촌을 사랑하지, 그렇지? 우리 귀여운 조슬린?" "네." "그런데 왜 나한테 한 번도 뽀뽀를 안 하는 거니?" "아니에요." "그럼 뽀뽀 한번 해봐." 조슬린은 따끔거리는 그 뺨에 입술 끝으로 살짝 뽀뽀해주기 위해 앞으로 다가갔지만 두렵지는 않다. 식료품 저장 창고에서 빨리 나가고 싶을 뿐이다. 엄마는 그 안에 쥐가 있다고 했다. 할머니가 열쇠로 잘 잠가놓긴 하지만, 그런다고 쥐가 못 들어오진 않을 것이다. "오렌지가 없어요." 조슬린은 삼촌이 자기를 두 팔로 껴안을 때 두렵지 않다. "한 번 더 뽀뽀해줘." 그는 그녀를 점점 더 세게 껴안는다. 조슬린은 몸을 웅크린다. 그녀는 삼촌의 입이 자기 입에 바짝 달라붙는 걸 느낀다. 그녀는 역겨워서 신음을 약간 내지른다. "어때, 좋아? 말해봐, 우리 귀여운 말괄량이, 내가 뽀뽀해주니까 좋아?" 조슬린은 빠져나오려고 애쓴다. 하지만 삼촌의 힘이 너무 세어서 빠져나올 수가 없다. 그가 웃는다. "오렌지 없는데, 그냥 나가면 안 돼요?" 그 거대한 남자는 계속 웃는다, 아주 부드럽게. 그녀는 자기 목과 가슴에 그의 수염이 더 따갑게 찔러대기 시작하는 걸 느낀다. 그녀의 얼굴에 맞대고 비벼대는 그 까끌까끌한 뺨 때문에 따가워서 피부가 화끈거린다. 손 하나가 그녀의 장딴지를 훑으며 무릎 위로 올라온다. 조슬린은 발버둥치지 않는다. 하지만 겁이 난다. 왜 겁이 나는 건지는 잘 모른다. 마른 흙냄새. 그 손은 그녀가 입고 있는 반바지 위로 올라온다. "얌전하게 있을 거지, 응?" 그녀의 온몸이 식료품 저장 창고의 먼지 속에서 무릎을 꿇고 있는 그 남자의 몸에 짓눌려진다. 그녀는 고개를 들고 햄 그림자들이 들보 끝에서 흔들리는 걸 본다. 삼촌의 손이 그녀의 작은 팬티를 벗겨냈다. 그리고 그녀는 굵은 손가락들이 자기 다리 사이로 파고드는 걸 느낀다. 갑자기, 그녀는 아픔을 느낀다. 외마디 비명이 새어나올 정도로 아프다. "조용, 조용." 그 남자가 그녀의 귀에 그렇게 속삭이면서 그와 동시에 다른 한 손으로 그녀의 입을 틀어막는다. 그녀는 두렵다. 그리고 아프다. 정말로 아프다. 나무 문 너머에서 다른 아이들의 웃음소리가 들린다. 그녀는 삼촌이 왜 자기한테 그런 짓을 하는지 이해할 수가 없다.

조르주 영감의 물뿌리개를 훔치러 가자고 한 건 사촌 가스통이었다. 그 남자는 그르릉거리는 숨소리를 내면서 그녀를 바닥에 쓰러뜨린다. 그리고 그녀의 다리를 벌리고는 그녀의 몸에 찰싹 달라붙는다. 그는 무겁다. 정말로 무겁다. 그녀는 문 아래쪽으로 스며 들어오는 빛을 통해 그의 얼굴을 볼 수 있다. 그 얼굴은 할머니가 아이들을 재우기 위해 저녁마다 아이들에게 들려주는 이야기 속에 나오는 괴물 같다. 그 괴물은 끔찍할 정도로 얼굴을 일그러뜨리고는 입술을 깨물면서 입을 실룩거린다. 그리고 조슬린은 가랑이 사이에서 살이 찢어지는 통증과 함께 그 속으로 낯선 살덩어리가 들어와 박히는 것을 느낀다. 멀리서, 아이들이 떠들며 노는 소리가 그녀의 고통스러운 비명을 덮어 누른다. 그녀의 어머니가 그녀를 구해주러 올 것이다. 그건 확실하다. 그녀의 어머니는 그 소리를 들을 것이고, 그러면 어머니는 자기 딸을 탐욕스럽게 먹어치우고 있는 그 짐승을 그 커다랗고 새빨간 손톱으로 할퀴어 피를 철철 흘리게 할 것이다.

공포에 사로잡힌 비명이 침묵에 잠겨 있던 베고니아의 복도를 뒤흔들었다. 문이 열리고 빛이 터져나온다. 이자벨이 바르비에 부인에게로 황급히 뛰어간다. 조슬린 바르비에는 얼마나 오랫동안 비명을 질러댔을까? 침대에서 몸을 일으킨 조슬린은 굵은 눈물방울이 자신의 뺨을 따라 흐르는 걸 느낀다. 그녀의 어머니는 오지 않았다.

한구석에 등받이가 망가진 휠체어가 접힌 상태로 놓여 있다. 파란색과 초록색이 섞여 있는 진공청소기 한 대. 바닥에 놓여 있는 박스 안에는 오렌지색 끈으로 입구를 묶어놓은 검은 비닐봉지가 들어 있고, 구름무늬가 있는 흰색 박스에는 걸레가 가득 들어 있다. 그리고 반짝이는 금속 선반 두 개. 첫번째 선반에는 '성인 체형에 맞춘 안심 기저귀' 다섯 상자, 간편하게 사용할 수 있는 일회용 위생 마스크 백 개들이 한 상자, 라텍스 재질의 의료용 장갑 백 켤레들이 두 상자, 그리고 잘 다려서 곱게 접어놓은, 노란색과 흰색이 섞여 있는 깨끗한 침대시트들이 놓여 있다. 두번째 선반에는 베이지색 가죽 여행가방 하나, 초록색 물방울무늬가 있는 커다란 밤색 박스 두 개와 플라스틱 물망초 화분 하나가 놓여 있다. 어떤 꽃에는 꽃잎들이 떨어져나가고 없다. 다양한 크기와 다양한 색깔의 쓰레기봉투 꾸러미들 위에는 파란 행주 열 개들이 세 상자, 벌써 개봉해서 몇 개 비어 있는 빨간 행주 한 상자, 흰색 수세미 일곱 개가 있다. 그 아래쪽에는 유리창을 청소할 때 사용하는 슈퍼글래스 스프레이 세제 500밀리리터, 손을 소독할 때 사용하는 청록색 젤 300밀리리터, 재떨이 하나, 열대 지방의 빨갛고 노란 꽃들이 그려진 꽃향기 나는 탈취제 750밀리리터 하나, 바퀴벌레, 개미, 거미 같이 기어다니는 벌레 퇴치용 초록색 바이곤 100센티리터 한 병, 화장실 곰팡이 제거제 750밀리리터 한 병, 세정 및 살균 소독제 750밀리리터 스프레이 하나, 자루가 부러진 빨간 빗자루. 바닥에는 두루마리 화장지가 빼곡하게 들어 있는 박스 하나. 그리고 방 한가운데에는 바퀴 달린 청소 도구함이 있고, 그 안에는 쓰레기통 한 개, 물통 두 개, 긴 막대 세 자루, 걸레 하나와 양동이, 뚜껑 달린 쓰레받기가 들어 있다. 세 개의 막대 중 하나는 대걸레용 막대이고, 다른 하나는 오물을 긁어낼 때 사용하는 고무 막대, 나머지 하나는 걸레용 막대이다. 그 위의 통 속에는 탈취제 하나, 살균 소독제 하나, 그리고 유리 청소 세제 세 개, 축축한 스펀지, 검정색 비닐 쓰레기봉투 묶음 하나, 그리고 쓰레기봉투의 입구를 묶기 위한 고무줄이 들어 있다. 아래쪽 통 속에는 걸레들, 사각형으로 작게 잘라놓은 타월과 낡은 시트 들이 들어 있다. 벽에는 플라스틱 쓰레기통 네 개를 나란히 올려놓은 운반 수레가 놓여 있다. 회색 뚜껑이 달려 있는 첫번째 통에는 '타월-목욕 수건'이라는 이름표가 붙어 있다. 빨간 뚜껑이 달려 있는 두번째 통에는 '입주자들의 내의류-턱받이'라는 이름표가, 그리고 마지막 통에는 노란색 뚜껑이 달려 있고 '더스트슈트*로 내려 보낼 쓰레기'라는 이름표가 붙어 있다.

벽에 붙어 있는 작은 게시물에는 욕실과 가구를 청소, 관리할 때 지켜야 할 절차가 적혀 있다.

요양원 시설 관리 및 유지에 관한 매뉴얼
병실 안의 가구와 욕실의 일간, 주간 점검 사항

· 노크를 하고 입주자에게 인사를 한다. 일회용 장갑을 낀다. 입주자에게 창을 열어도 좋은지 물어본 다음, 허락하면 창을 연다.

〈욕실〉-준비사항
· 세면대, 수도꼭지, 세면대 위의 선반, 샤워기, 안전 손잡이, 변기, 변기 청소용 솔 받침대 등에 맥시클린을 분무기로 뿌린다. 이때, 문에서 가장 먼 곳에 서부터 시작하여 가장 가까운 곳까지 순서대로 골고루 분사한다. 약품이 효력을 나타내도록 오 분 동안 욕실 문을 닫아둔다.
· 금요일 : 변기의 물을 내린다. 변기 속에 변기 세정제를 넣는다. 약품이 효력을 나타내도록 오 분 동안 그대로 둔다. 변기 청소용 솔로 문지른다. 물을 내린다.
· 매일 아르보네 사용. 단, 금요일에는 아르보데름 사용.

〈실내 가구류〉
· 파란색 수세미를 4분의 1로 접는다. 거기에 약품을 뿌린다. 수세미를 돌려 가면서 방 안의 가구를 닦는다. 손길이 자주 닿는 곳은 특별히 신경을 쓴다.

---

* 건물 전체를 통과하는 원통 모양으로 생긴 쓰레기 처리 시설로, 각 층마다 투입구를 두어 쓰레기를 버릴 수 있다. 이곳에 버린 쓰레기는 곧장 지상의 집적구로 떨어져 한데 모인다.

· 생리 작용으로 인한 오염(대변, 소변, 피)의 경우 : 두루마리 휴지나 걸레로
  더러워진 부분을 닦아내고, 살균 스프레이를 뿌린다.
· 면역 능력이 현저하게 저하된 입주자의 경우, 아르보데름이나 아르보네 대
  신 스프레이형 살균소독 세제를 이용한다.
· 열어놓았던 창문을 닫는다.

〈욕실〉-본격적인 청소
· 분홍색 걸레를 깨끗한 물에 빨아 헹군다. 세면대 위의 선반, 세면대, 수도꼭
  지, 안전 손잡이, 샤워기, 변기 등을 닦는다. 오염이 심할 경우, 일회용 흰색
  탐폰을 이용한다. 빨간 양동이에 그 걸레를 넣는다.
· 쓰레기봉투를 새로 끼운다.
· 거울에 슈퍼글래스를 약간 뿌린다. 티슈로 닦아낸다.

드레퓌스 선장의 방, 3
22시 45분

선장의 방은 비어 있다. 침대 위에는 크리스티안과 필리프가 누워 뒹굴었던 자국이 아직 그대로 남아 있다. 선장은 먼 곳에 있다. 그는 오랫동안 걸었다. 똑바로 앞만 보고. 그가 탈출을 시도하는 건 이번이 처음은 아니다. 베고니아에 들어와 살게 된 이후 선장은 오로지 탈출만을 꿈꾸었다. 처음에 그는 방문자들이 이중 보안문을 부주의하게 열어놓은 틈을 이용해 달아났다. 그날, 그는 현관문을 통과한 다음의 일에 대해서는 미리 계획해놓지 않았기 때문에 막상 밖으로 나가자 뭘 어떻게 해야 할지 알 수가 없었다. 결국 그는 주차장도 벗어나지 못하고 붙잡히고 말았다. 그후 그는 매일같이 로비에 죽치고 앉아 새로운 기회를 엿보았다. 하지만 마호가니 무늬목 안내 데스크에 앉아 있는 그 여자가 그의 일거수일투족을 지켜보고는 뭔가 수상쩍다고 판단해 그 사실을 원장에게 알렸다.

그래서 그후 그는 탈출이 가능한 다른 출구를 연구하기 시작했다. 그러던 어느 날 그는 그 구멍을 찾아냈다. 아니, 그건 구멍이라기보다는 안뜰을 둘러싸고 있는 철책과 흰 건물 벽 사이의 틈이라고 해야 할 것이다. 폭이 삼십 센티미터 정도밖에 안 되는 데다 협죽도 덤불에 가려져 있어서, 사람이 그곳을 통해 달아나리라고는 아무도 생각할 수 없을 터였다. 하지만 선장은 몸무게가 사십 킬로그램밖에 나가지 않았기 때문에 쉽게 그곳을 빠져나갈 수 있었다. 두번째로 탈출을 시도한 그를 사람들이 발견해 베고니아로 다시 데려왔을 때, 원장은 이중 보안문의 암호를 가르쳐준 게 누구냐고 오랫동안 선장에게 캐물었다. 선장은 정신이 나간 척했다. 그는 실제보다 훨씬 더 노망이 난 것처럼 보이게 하는 재주가 있다. 전두측두엽성 치매의 초기 상태이기 때문에 아직은 몇 가지 계략을 꾸밀 정도는 된다. 그래서 선장은 이제까지의 실패를 거울 삼아 작전을 바꾸기로 했다. 밤을 이용해 대탈출을 시도해야 한다는 건 확실했다. 그는 배들이 멀리 있지 않다는 걸 알고 있었다. 실제로 베고니아는 센 항구에서 몇 구역 떨어져 있지 않다. 문제는 아무도 모르게 배에 올라탄 후 배가 바다 한가운데로 나간 뒤에야 모습을 드러내야 한다는 거였다. 그래서 그는 점심식사 때마다 몰래 주머니 속에 빵을 감췄다. 뱃사람들의 식탁에 올라올 맛있는 라구*를 맛보지 못하고 선실 밑바닥에서 버텨야 할 기나긴 시간을 위해. 삼 개월 전부터 매일, 저녁만 되면 그는 오늘이 마지막 결전의 밤이라고 생

* 고기와 야채를 넣고 약한 불에 푹 익힌 스튜.

각했다. 하지만 저녁식사가 끝난 후 그는 약물 때문에 몸이 축 늘어졌고, 그래서 계획을 포기해야 했다. 그러나 10월 1일 오늘 밤, 그는 드디어 결행을 했다. 그는 간호사의 눈길 아래 말 잘 듣는 착한 아이처럼 침대에 누웠다. 그리고 가슴을 두근거리며 기다렸다. 그는 침묵에 귀를 기울이면서 다시 옷을 입고, 부적이나 다름없는 선원용 모자를 잊지 않고 챙겨 썼다. 그리고 행운의 여신이 그에게 미소를 보내는 듯, 그가 자기 방에서 나온 그 시각에 이자벨은 양호실에 틀어박혀 데지레와 자신의 미래를 골똘히 생각하고 있었고, 르뵈프 씨는 아직 르뒤크 부인을 만나러 가지 않고 있었다. 복도의 타원형 야등이 벽을 따라 은은하게 빛을 발하며 반짝이고 있었다. 그래서 그는 마치 프랑스 호*의 뱃전에 있는 것 같았다. 그는 몸을 떨면서 식당을 가로질러 갔다. 그는 침묵을 지키고 있는 의자들의 수를 소리 내지 않고 세었고, 그 의자들은 그의 비밀을 지켜주었다. 휴게실에 들어서서 그는 왼쪽으로 돌았다. 너무 흥분한 상태여서 하마터면 안뜰을 향해 나 있는 유리문을 이마로 들이받을 뻔했다. 그는 주름살이 쪼글거리는 두 손으로 조심스럽게 그 문을 열었다. 그리고 또다시 조심스럽게 유리문을 닫고 나서 달빛 속에서 여우처럼 잔디 위로 미끄러져 시커먼 덤불을 헤치고 나갔다. 그는 월계수 둥치 밑에 감춰두었던 마른 빵 조각들을 찾아냈다. 한 발 한 발, 그는 자유로웠다. 그는 막연한 두려움을 느끼면서 빠른 걸음으로, 고개를 앞으로 내민 채, 베고니아 뒤쪽으로 나 있는 철

* 대서양 왕복 여객선.

로를 따라갔다.

　그는 오랫동안 걸었다. 그리고 지금, 그는 춥다. 게다가 자기가 한밤중에 인적 없는 그 거리에서 무엇을 하고 있는 건지 이제 그것도 잘 모르겠다. 그의 머릿속이 혼탁해진다. 그는 차도에 오렌지색 불빛을 쏟아붓고 있는 가로등의 수를 센다. 철책이 쳐진 외곽의 작은 별장들과 그 별장들 안에 깔끔하게 단장된 정원들이 계속 이어진다. 그는 너무 오래 걸었다. 어떤 골목길은 어둡고 인적도 없다. 불안이 그를 사로잡는다. 어둠 속에서 길을 잃을 것 같다. 그는 상품 진열대가 텅 비어 있는 빵집, 카페, 미용실 앞을 지나간다. 어느 세탁소의 유리창 안에 걸려 있는 하얀 실크 드레스는 어둠 때문에 마치 목을 매단 신부처럼 보인다. 그의 발소리가 점점 빨라진다. 그는 돌진한다. 그는 달아난다. 그의 관자놀이에서 피가 요동을 친다. 주위에 있는 모든 게 낯설고 위협적이다.

　그러다가 갑자기, 그가 멈춘다. 그의 얼굴이 환해진다. 커다란 거룻배들이 정박해 있는 항구가 그의 눈앞에 모습을 드러낸다. 그는 도착했다. 그제야 모든 기억을 되찾는다. 그는 성공했다. 건너편 둑 위의 나무들이 반짝거리는 센 강 위로 어른거리며 긴 가지들을 떨고 있다. 그 나무들의 기분 좋은 미미한 속삭임에 선장도 몸을 떤다. 수십 척, 수백 척의 거룻배가 서로 다닥다닥 붙어 선 채로 잠을 자고 있다. 뒤쪽에 묶여 있는 소형 보트들의 찰랑거림은 귀를 바짝 기울여야 겨우 들을 수 있다. '코르네트 II' '노트르담 데 주아' '빅토린' '네크 메르기투르'. 그 노인은 희열에 사로잡혀 몸을 굽힌다. 그 소형 보트들의 이름, 그에게 미래를 약속하며 왈츠를 추고 있는 그 작은 글씨들을 읽기 위해. 깃발들, 불꽃들, 그리고 뱃전에 꽂아놓은 깃발들이 서로 얽히고설킨 위성 안테나와 밧줄들 사이에 그림자를 드리우고 있다. 그는 이처럼 아름다운 광경은 한 번도 본 적이 없다. 하역을 위해 설치한 부교 위로, 예인선의 기중기가 그에게 윙크를 한다. 그는 다시 걷기 시작한다. 그는 방파제를 따라 걷는다. '로잘리 III' '물망초 VII' '애팔래치아' '수갑' '리슐리외'. 거룻배는 납작하게 생긴 거대하고 신비로운 물고기 같다. 그는 행복하다. 그는 더이상 수를 세지 않는다. 평온을 되찾았다. 그는 바지 주머니 깊숙이 들어 있는 빵을 더듬는다. 그는 걷는다. 그는 자유롭다. 서인도제도, 뉴질랜드, 바하마, 남극을 향해, 코코넛 나무와 펭귄이 있는 곳으로. 그는 이제 다시는 갇히지 않을 것이다. 그는 마침내 자기가 평생토록 꿈꿔왔던 삶을 살게 될 것이다.

그는 보지 않는다.

좌현으로, 우현으로! 대모험, 광활하고 푸른 바다.

그는 불빛에 잠긴다. 그는 이제 아무것도 보지 않는다.

그의 마음은 기뻐서 어쩔 줄을 모른다. 그는 떠날 것이다.

그는 보지 않는다.

그는 위대한 드레퓌스 선장이다.

경찰차의 헤드라이트가 그를 향해 다가온다. 그는 요양원에서 달아난 미친 늙은이다.

로베르는 테레즈의 생일을 축하해준다는 걸 깜빡했다. 그들은 사랑을 했다. 그리고 서로 뺨에 뺨을 맞대고 눈꺼풀을 감기 직전에, 그들은 이제부터 이걸 자주 하게 될 거라고 미소를 지으며 생각했다. 그들은 시든 육체에 류머티즘을 앓고 있는 늙은이들처럼 사랑을 했다. 그들은 사춘기 아이들처럼 사랑을 했다. 두려움과 흥분에 몸을 떨면서. 그들은 망가져 덜그럭거리는 뼈들을 금속으로 이어 붙인 팔과 다리, 그리고 틀니로 사랑을 했다. 관절염 때문에 굳어진 손으로, 그들은 연인들처럼 서로를 어루만졌다. 아주 간단히 말해서, 그들은 육체관계를 맺었다. 빠르지도, 느리지도 않게. 로베르는 자기가 한 여인을 이토록 갈망해본 건 처음이라고 생각했고, 테레즈는 자기가 평생토록 이런 사랑을 기다려왔다고 생각했다. 일흔여덟 살에 "르뒤크 부인, 오늘 밤 열시에 제가 당신 방으로 가겠어요. 할 말이 있습니다"라는 말을 듣기에는 감정적으로나 육체적으로나 너무도 불행했던 인생. 그녀의 연인은 벌새처럼 열정적인 입맞춤으로 그녀의 손을 뒤덮었다. 모든 건 아직도 가능했다. 그들은 사랑을 했다, 아주, 아주 오랜만에. 십자낱말풀이 종잇장은 로베르의 윗옷 주머니 안에 접힌 채 그대로 있다. 하지만 그런 건 더이상 필요 없었다. 욕망이 모든 걸 대체했다. 욕망은 모든 걸 실현시켜주었다. 그들은 세상에서 가장 간단한 방식으로 사랑을 했다. 그리고 그후에, 그들은 인생, 나이, 시간이란 아름다운 것이라고 생각했다. 그들은 행복한 결혼을 약속했고, 더 늙어서도 계속 사랑하자고 약속했다. 로베르는 알제리 사막, 카스바*의 쩍쩍 갈라진 벽과 키 작은 베두인 여자에 대해 이야기해주었다. 테레즈는 에밀이 어떤 사람이었는지 들려주었고 그의 전나무 숲과 장미나무에 대해 말해주었다. 그녀는 그에게 반말을 했고, 그는 웃었다. 그는 그녀에게서 향긋한 봄 향기가 난다고 말했다. 그녀는 그를 "늙은 바람둥이"라고 놀려대면서 그에게 바짝 다가가 안겼다. 복숭아처럼 보드라우면서도 시든 그들의 살결, 물렁거리는 허벅지, 작은 병아리처럼 툭툭 불거져 나온 뼈들. 로베르는 자기 방으로 돌아가는 건 생각도 하지 않았다. 사랑하는 사람의 품에 안겨 잠드는 것, 그거야말로 이 세상에서 맛볼 수 있는 최고의 행복이다. 진정한 연인 사이가 된 그들은 한 침대에 누워 있는 걸 결코 두려워하지 않는다.

---

* 알제리 북부의 원주민 거주 지역.

테레즈는 사랑하는 사람의 쇄골에 머리를 갖다댄 채 감미로운 잠의 세계로 빠져들었다. 로베르는 그녀의 가늘고 힘없는 은빛 머리칼 속에 손가락을 넣어 부드럽게 쓸어넘긴다. 그의 눈길이 어두운 방 안으로 미끄러진다. 구석의 작은 옷장, 침대 머리맡 탁자 위에 있는 세 개의 선반. 그는 졸음이 자기를 휘감는 것을 느낀다. 그의 머리가 무거워진다. 그는 커튼 옆 바닥에 니스 칠을 한 것처럼 반짝이는 회색 플랫슈즈 한 켤레가 놓여 있는 걸 본다. 그는 테레즈가 잠에서 깨어날 때 그녀의 작은 두 발에 입을 맞추리라 생각한다.

"자?"

그녀는 대답 대신 기분 좋은 표정으로 뭐라고 웅얼거린다. 그러자 그가 아주 부드럽게 속삭인다. "사랑해, 테레즈."

어둠 때문에 그녀의 얼굴이 보이지 않는다. 하지만 그는 그녀가 미소 짓고 있다는 걸 안다.

58

주방, 2
23시 15분

바르비에 부인의 방에서 나올 때 허기가 다시 그녀를 사로잡았
다. 이자벨은 무의식적으로 주방의 벽장을 다시 한번 하나하나 열
어본다. 사발, 유리잔, 찻잔, 접시, 산타클로스와 눈에 덮인 전나무
그림이 새겨진 종이냅킨 천 장짜리 묶음, 빨간 물방울무늬의 주방
용 휴지. 그녀는 푸짐한 슈크루트*와 딸기 파이가 먹고 싶다. 겨자
소스를 듬뿍 뿌린 프랑크푸르트 소시지도 함께. 바르비에 부인은
다시 잠이 들었다. 가엾은 노파. 매일 밤 이자벨은 그녀가 우는 소
리를 듣는다. 그 소리를 들으면 이자벨은 가슴이 찢어지는 것 같
다. 어느 날 저녁, 조슬린은 여전히 두려움에 사로잡힌 눈으로 이
자벨에게 자기가 꾼 악몽을 들려주었다. 그 이후로 그녀는 악몽을

---

* 잘게 썰어서 절인 양배추 요리. 주로 소시지에 곁들어 먹는다.

꿀 때면 꿈 내용은 들려주지 않고 이자벨의 품에 안겨 울기만 한다. 피가 밖으로 스며나오는 삼출성 질환처럼 처절한, 온갖 종류의 상처와 고통. 바로 그런 순간에, 이자벨은 자기가 완전히 쓸모없지는 않다고, 자기가 꽤 멋진 직업을 갖고 있다고 생각한다. "친절한 이자벨, 당신은 마음이 따뜻한 사람이에요. 당신은 친절해, 적어도 당신은." 그녀는 그 파리한 노부인의 땀에 젖은 이마를 부드럽게 쓰다듬는다. "주무세요. 바르비에 부인, 자, 착하지, 주무세요. 당신의 드래곤들은 떠났어요. 그것들은 이제 돌아오지 않을 거예요. 내가 약속할게요." 조슬린은 이자벨이 애착을 느낀 유일한 입주자였다. 이곳에서의 실습이 끝나고 나면 이자벨은 그녀가 그리울 것이다. 학교에서는 환자들에게 사사로운 정을 느껴서는 안 되며 환자 개개인에게 너무 깊이 관여해서도 안 된다고 가르친다. 노련한 간호사들이 환자와 거리를 유지하는 것을 볼 때마다 이자벨은 깜짝 깜짝 놀란다. "거시기 부인이 신발을 잃어버렸어요." 그래서? "그 부인이 넘어졌어요." 별일 아니니까 호들갑 떨지 마. "모 씨가 고함을 질러요." 툭하면 그러는데 뭐. "아무개 부인이 죽었어요." 인생이란 원래 그런 거야.

잉태된 생명. 그녀는 부모에게 그 얘기를 하지 않을 것이다. 그녀는 그들에게 끝까지 숨길 것이다. 그녀는 평소에도 체중이 늘었다 줄었다 하기 때문에 늘 품이 넉넉한 옷을 입는다. 그러니까 그들은 아무것도 알아채지 못할 것이다. 그녀에게는 선택의 여지가 없다. 그녀는 아기가 태어날 때에야 비로소 그들에게 알릴 것이다. 그러면 그들도 어쩔 수 없이 받아들일 것이다. 그 아이를 보면. 하지만 본다고 해서 금방 모든 사태를 다 알 수 있는 건 아닐 것이다. 그 아이가 사내아이라면 남들보다 훨씬 짙은 색의 고환이 달려 있을 테니까 금방 알 수 있겠지만. 하지만 발가벗은 아기를 그들에게 보여줄 필요는 없을 것이다. 어쩌면 그 아기는 이자벨을 닮았을지도 모른다. 그런 건 아무래도 상관없다. 만약 그들이 아기를 즉시 본다면 그나마 다행이다. 자기 딸이 미혼모가 아닐까 불안해하고 있다 아이 아빠가 그곳에 함께 와 있다는 것을 알게 되면 그녀의 부모는 마음이 놓여 무척이나 기뻐할 것이다. 이자벨과 그는 결혼해야 한다. 이자벨은 진주 반지, 다이아몬드로 빙 둘러싼 사파이어 반지를 꿈꾼다. 그녀의 부모는 안도할 것이다. 비록 그 아기가 검은색이긴 해도. 검은색. 검은색. 검은 아이. 흑인과 함께 있는 그들의 딸. 검둥이 손자. 이자벨은 가슴이 조여든다. 그들은 그걸 받아들이지 않을 것이다. 그들은 이해하지 못할 것이다. 그들은 결코 아무것도 이해하지 못한다. 정말 끔찍할 것이다. 그녀는 울 것이다. 이제 아무것도 돌이킬 수 없게 된 여자는 울 것이다. 그녀는 준비가 되어 있다. 그녀는 아무것도 상관하지 않는다. 그녀는 그렇게 하고 말 것이다. 그녀는 데지레를 사랑하고, 데지레는 그녀를 사랑한다. 그리고 그들의 아기는 세상에서 가장 아름다울 것이다. 그녀는 하루빨리 자신의 뱃속에서 아기가 움직이는 걸 느끼고 싶다. 그녀는 데지레의 피와 살로 만들어진 아이의 작은 입이 자신의 하얀 젖가슴을 빠는 걸 어서 느끼고 싶다. 하얀. 그녀의 휴대폰이 어둠 속에서 울린다. 그다.

　"여보세요?"

"안녕, 나의 귀여운 무당벌레."

"데지레, 나의 데지레."

"그래."

"데지레, 있지…… 저…… 저…… 너한테 말할 게 있어…… 아
냐! 아무 말도 하지 마, 말을 해야 할 사람은 나야…… 이건 중요
한 일이야…… 데지레?"

"여보세요? 지금 거기 어디야? 소리가 잘 안 들려."

"여긴 주방이야. 내 말이 잘 안 들려? 잠깐 기다려, 다른 데로 갈
테니까……"

59

식당, 6
23시 30분

"여보세요? 이제 좀 괜찮아졌어?"

"응, 이제 아주 잘 들려. 거기 그대로 있어, 나의 착한 잠자리."

"그래, 오늘 저녁, 오늘 저녁은 아주 중요한 저녁이야."

"무슨 문제라도 있는 거야?"

"아니, 아무 문제도 없어. 넌 괜찮아? 오늘 하루는 잘 보냈어?"

"그저 그렇게 보냈지 뭐."

"아……"

"로제 브랭디예가 아페리티프를 마시자고 어제 집으로 찾아왔어. 그래서 결국 새벽 두시까지 술을 퍼마셨지. 그 친구가 행주를 네 개나 태워먹었어. 게다가 우리 카펫에 담뱃불로 구멍까지 내고……"

"네가 '우리' 카펫이라고 말하니까 기분 좋은데?"

"한마디로 말해서, 오늘 아침은 완전히 엉망이었어. 일어나니까 머리가 깨질 듯 아프더라고. 그래서 출근해서도 하루 종일 일을 하는 둥 마는 둥 했어."

"가엾은 내 사랑."

"그리고 내 파란색 카디건도 잃어버렸어."

"어디서?"

"몰라, 그걸 잃어버렸다고 지금 너한테 말하고 있잖아. 그러니까 당연히 모르지."

"데지레, 사랑해."

"나도 널 사랑해. 그런데 목소리가 왜 그래? 이상하게 들려."

"날 사랑해?"

"물론이지, 넌 나의 사랑스런 무당벌레야."

"널 미치도록 사랑해. 나하고 결혼하고 싶어?"

"하하하!"

"웃지 마, 데지레. 데지레, 나 임신했어."

"농담하는 거지?"

"뭐?"

"그럼 진담이란 말이야?"

"난 네 아이를 임신했어."

"흠……"

"기뻐?"

"모르겠어. 약간 충격 먹었어."

"전화로 이런 말을 하는 게 아니었는데."

"그래."

"뭐가 그래?"

"그래, 난…… 왜, 어쨌든, 어떻게 그런 일이 일어났지? 네가 그걸 원했던 거야?"

"오늘 저녁에 너한테 그 말을 하고 싶었어. 이건 나 혼자 간직하기에는 너무 멋진 비밀이니까."

"너 의도적으로 그런 거야?"

"아니, 하지만 이건 정말 굉장한 일이야. 너무 경이롭고 멋져서 가슴이 마구 설레."

"어떻게 할 거야?"

"낳을 거야."

"낳을 거라고? 그럼 네 부모님은?"

"우리 부모님은 아주 기뻐하실 거야."

"너, 제정신이야?"

"그럼 넌? 네 부모님은?"

"우리 부모님? 그야 네 부모님이나 마찬가지겠지."

"상관없어, 우린 서로 사랑하니까. 사랑의 결실, 경이로움. 우리 아기는 이 세상에서 가장 착하고 똑똑할 거야. 전화로 이런 소식을 알려서 미안해. 하지만 더는 참고 있을 수가 없었어. 내가 일부러 임신한 건 절대로 아니야. 나도 전혀 몰랐으니까. 이건 분명히 우연한 사고야. 하지만 난 지금 나의 모든 행복이 이 아이한테 달려 있다는 걸 알아. 내가 사랑하는 너의 아이."

"우린 아직 어려."

"난 준비가 되었어."

"정말로 그렇게 생각해? 아기를 낳아 기르는 건 그렇게 간단한 게 아니야. 다락방에서 하는 뽀뽀 같은 게 아니라고. 그건 우리의 인생을 완전히 뒤바꿔놓을 거야."

"난 준비가 되었어. 널 사랑해."

"나도 널 사랑해, 하지만 이 문젠 신중하게 생각해봐야 해."

"난 벌써 신중하게 생각해봤어. 삼 개월 전부터 줄곧 이것만 생각했으니까."

"삼 개월? 석 달이나 되었다고! 그럼 이미 늦었잖아. 빼도 박도 못하게 되고 나서야 나한테 통고하는 거로군."

"그래."

"그것도 전화로 이렇게, 모든 게 다 결정되었다고, 나에게 곧 아기가 생길 거라고 알리는 거란 말이지."

"응, 나와 함께."

"네 아이지."

"사랑은 기적이야."

"사랑은 둘이서 함께 사는 거야, 두 사람이 모든 걸 공유하는 거라고, 이자벨."

"그래, 그리고 내가 널 사랑한다는 건 다시 말해 너도 날 사랑한다는 뜻이지. 혼자서는 사랑할 수 없는 거니까."

"난 잘 모르겠어. 생각을 좀 해봐야겠어."

"날 원망하는 거야?"

"모르겠어. 내일 내가 다시 전화할게."

"데지레, 내가 싫은 거야?"

"잘 자."

"데지레?"

"응."

"말해줘."

"잘 자. 이자벨. 나의 미친 거미."

서양벚나무에 꽃이 피었다. 서로 얽혀 있는 짙은 색 가지들 사이로 우아한 하얀 꽃잎들. 잠을 자고 있는 바르비에 부인의 숨결이 점점 더 빨라진다. 그때, 아이들의 즐거운 함성, 밝은 색 원피스를 입은 여자아이들과 조르주 영감의 텃밭에서 훔쳐온 물뿌리개를 들고 여자애들 꽁무니를 쫓아 달리는 사내아이들. 너무 무거운 물뿌리개. "너희들……은 우릴…… 절-대-로- 잡지…… 못……" 똑같은 노랫가락이 점점 흐려지면서 그녀의 귓속으로 들어와 사라진다. 서양벚나무가 꽃을 피웠다. 그리고 그 꽃잎들은 무수한 솜뭉치 같다. 그 속에서 조슬린이 빙글빙글 돈다. 마치 구름들 사이에서 춤을 추고 있는 것처럼 가볍게. 개 한 마리가 멀리서 짖는다. 포도주 잔이 서로 부딪치는 소리는 마치 지구 반대편 끝에 있는 종이 땡그랑거리며 울리는 소리 같다. 천진난만한 아이들의 방울 같은 웃음소리는 아주 작게 들린다. 마치 각각의 소리가 보이지 않는 마법의 거품에 흡수되어 약해진 것처럼. 그녀는 자기가 기분 좋게 흔들리고 있는 것 같은 느낌이 든다. "좀 조용히 해, 애들아." 조슬린의 어머니는 바다 속의 물고기처럼 뻐끔거리며 말한다. 그녀는 커다란 잉어를 닮았다. 빨갛고 매끄러운 그녀가 새빨간 지느러미를 흔든다. 손 하나가 조슬린의 귓불을 붙잡는다. "요 말괄량이." 커다란 흰색 바지를 입은 그녀의 삼촌이다. "요 말괄량이야, 어딜 그렇게 달려가는 거니?" 그녀는 고개를 숙이고 중얼거린다. "죄송해요." "괜찮아. 자, 나랑 함께 가자. 오렌지 주스를 다시 만들어 와야 해. 네 사촌들이 주스를 다 마셔버렸어." 삼촌의 커다란 손아귀에 잡힌 그녀의 작은 손. 그는 가문의 문장이 새겨진 금반지를 끼고 있다. 뜨겁게 달궈진 금속이 닿자 그녀의 피가 얼어붙는다. 그녀는 끌려간다. 하지만 그녀는 알고 있다. 그녀는 약간 겁이 난다, 아주 약간만. 왜냐하면 지금 바로 그 순간이 왔다는 걸 알고 있으니까. 그녀가 죄송하다고 말한 건 삼촌의 계획을 방해하지 않기 위해서였다. 아! 그녀는 남자들을 알고 있다. 면 치마를 입은 그토록 어린 그녀가. 그녀는 약간 겁이 난다. 이번에는 성공해야 하기 때문이다. 그녀는 어머니의 눈을 찾는다. 어머니에게 자기가 얼마나 용감한지 보여주려고. 그녀의 어머니는 그녀를 도와주러 오지 않을 것이다. 그녀는 그것 역시 이미 알고 있다. 그녀는 이다음에 커서 엄마가 되면 꼭 자식들을 보호해줄 거다. 조슬린은 어른이 되고 싶다. 솜 같은 침묵이 자리를 잡는다. 그녀는 멀리서 물에 흠뻑 젖은 이웃집 여자아이와 마치 무성영화에서처럼 말없이 손뼉을 치고 있

는 사촌 가스통을 본다. "자, 가자. 뭘 그렇게 보는 거니?" 모든 게
하얗다. 너무 하얘서 눈이 부신다. 토끼장과 닭장이 사라졌다. 할
머니가 참소리쟁이와 파슬리와 은방울꽃을 심어놓은 작은 뜰이 사
라졌다. 잔디밭은 물결 하나 움직이지 않는 우윳빛 호수로 변했다.
그들은 햇살이 가득한 집 안으로 들어간다. 부엌은 아주 비좁다.
조슬린은 설거지거리들이 잔뜩 쌓여 있는 개수대를 믿을 수 없다
는 듯이 쳐다본다. 꼭 그녀의 소꿉놀이 접시들을 쌓아놓은 것 같
다. 그리고 그녀가 손을 뻗어야 겨우 닿을 수 있는 수도꼭지들, 그
것들은 이제 그녀의 눈 아래, 저만치 낮은 곳에 있다. 할머니가 사
촌들을 재우려고 저녁마다 들려주던 거인 이야기 속에서처럼, 모
든 게 균형이 맞지 않는다. 그녀는 삼촌을 향해 돌아선다. 난쟁이
괴물. 그도 조슬린이 커졌다는 걸 알아차렸다. 길게 땋은 머리와
어린 여자아이처럼 발랄한 옷차림을 한 조슬린은 그보다 적어도
머리 하나는 더 크다. 그가 소리를 지르려고 입을 벌린다. 하지만
아무런 소리도 나오지 않는다. 새하얀 타일 바닥이 강렬한 불빛처
럼 그들을 감싼다. 모든 게 하얗다. 마치 조슬린의 치마처럼, 유리
창 너머의 하늘처럼, 얼이 빠진 채 그녀를 쳐다보는 삼촌 눈의 흰
자위처럼. 갑자기, 반짝이는 어떤 물건 하나가 그녀의 주의를 끈
다. 나무 도마 위, 털을 벗겨낸 닭의 몸통에 칼이 반쯤 박혀 있다.
"자, 넌 오렌지를 자르기만 하면 돼." 그녀는 그 날카로운 물건 쪽
으로 손을 뻗어, 아무 소리도 내지 않고 그걸 닭의 몸통에서 빼내
어 잡아든다. 그 칼은 지나치게 긴 그녀의 팔을 더욱 길게 만들며
마치 그녀의 손처럼 팔 끝에 달려 있다. "오렌지요?" 오렌지는 없

다. 그 남자가 눈을 크게 뜬다. 그는 그 거인 계집아이가 뭘 할 건지 안다. 그가 그녀의 원피스에 매달린다. 그는 겨우 그녀의 무릎까지 온다. 그래서, 아주 천천히, 그녀는 그를 들어올려 기름기가 끈적거리는 도마 위에 올려놓는다. 그녀는 그의 옷을 벗긴다. 그 남자 인형은 털을 완전히 벗겨낸 닭의 몸뚱이로 변해 발버둥을 친다. 조슬린은 그를 단단히 붙잡는다. 그러고는 엄지로 그의 배를 짓누른다. 이제 그녀는 그의 뼈를 차례차례 발라낼 것이다. 우선 두 발, 그다음에 무릎. 그녀가 커다란 칼날을 가금류로 변한 그 남자의 다리에 박아넣자 우지끈하면서 뼈 부러지는 소리가 난다. 조슬린은 연골은 절대로 먹지 않는다. 그녀가 닭의 부위 중에서 좋아하는 건 하얀 가슴살이다. 짐승으로 변한 삼촌의 얼굴이 고통으로 일그러진다. "조용, 조용." 그녀의 머리가 천장에 닿는다. 그녀는 허리를 굽히고 그의 한쪽 팔을 잘라내면서 그의 귀에 대고 이렇게 속삭인다. "얌전하게 있을 거지, 응?" 또다른 팔. 그러고 나서 그녀는 그의 가랑이를 벌린다. 그의 성기는 이제 강낭콩만 하다. 할머니는 저장식품의 여왕이다. 그녀는 피가 낭자한 남자의 물건을 칼로 찍어 천천히 들어올린다. 그는 아직 죽지 않았다. 조슬린은 웃는다. 잔인하면서도 태평한 어린아이의 해맑은 웃음. 그는 그녀에게 다시는 해코지를 하지 못할 것이다. 그녀의 어머니가 뭐라고 하든 상관없다. 어머니가 이번에는 그녀의 말을 믿어줄까? 난도질당한 삼촌을 보면 그저 그녀를 꾸짖기만 할까? 그녀는 평생 동안 매일 밤 자기를 괴롭혔던, 조그맣게 쪼그라든 그 강낭콩을 가지고 칼 장난을 하면서 논다. 이건 마지막 악몽이다. 삼촌이 벌을 받는 악몽. 이제 그녀는 삼촌의 음경을 단칼에 잘라 걸쭉한 죽이 될 때까지 칼로 짓이긴다. 금속 쓰레기통은 야채 껍질로 넘쳐난다. 조슬린은 푹 삶아서 흐물흐물해진 남자 고기를 건져낸다. 그녀는 그것을 감자 껍질, 점심식사에서 남은 음식 찌꺼기, 샐러드 찌꺼기, 과자 부스러기, 오렌지 껍질로 덮는다. 쓰레기의 바다가 그를 집어삼킨다. 그는 사라졌다.

　작은 부엌 창으로, 그녀는 꽃이 흐드러지게 핀 서양벚나무들을 본다. 서로 얽혀 있는 짙은 색 가지들 사이로 우아한 하얀 꽃잎들. 화창한 초봄의 넓은 정원.

61

니니의 방, 2
00시 00분

니니는 자기 방을 난장판으로 만들어놓았다. 자신의 마지막 거
주지가 될 곳으로 뭘 가져가야 할지 결정하는 건 쉬운 일이 아니
다. 니니에게 있어서 그건 '그중에서 그래도 가장 쓸 만한 것'을 결
정하는 일이었다. 오래전에 이미 읽을 수 없게 되었지만 그래도 책
들은 챙겨야 할 것이다. 그리고 반쯤 비어 있는 우표 수집 앨범들,
음반들과 사용 방법을 몰라 처박아두었던 오디오. 그녀의 우표들
을 훔쳐간 건 그녀의 가정부였다. 그리고 카미유는 그녀에게서 책
들을 훔쳐갔다. 텔레비전, 남아 있는 나폴레옹 3세 시대의 복제 가
구류와 그다지 어울리지 않는 그녀의 커다란 텔레비전. 그림들. 작
은 짐수레를 끄는 당나귀가 그려져 있는 그림, 줄무늬가 그어져 있
는 산 위에 세 명의 판사들이 앉아 있는 그림, 양식화된 수탉이 거
대한 알을 낳고 있는 그림, 소름 끼치는 칼에다 얼룩덜룩하게 색깔

을 칠한 그림, 다족류를 그린 수채화, 콕토식으로 어떤 사람의 옆 모습을 빨간색 콩테로 스케치한 그림, 그리고 세 명의 나부를 실물 크기로 그린 그림…… 아니, 그 그림은 걸어둘 만한 공간이 없었 다. 그녀는 그 그림을 그대로 두고 가야만 했다. 유리문이 달린 장 식장 안에는 낡은 흑백사진들이 있다. 야회복을 입은 니니가 담배 를 피우는 뚱뚱한 남편과 함께 있다. 메마르고 차가운 눈으로 정면 을 응시하고 있는 그녀 어머니의 사진 한 장, 그리고 굵은 뿔테 안 경을 쓰고 파이프를 문 그녀 아버지의 사진, 바캉스 때 휴가지에서 찍은 딸의 사진들, 지나치게 헐렁한 노란 스웨터를 입은 카미유의 사진. 조그만 원탁 위에는 지나치게 목이 긴 불투명한 꽃병에 수국 이 꽂혀 있다. 포장이 뜯겨진 싸구려 초콜릿 상자 하나, 말보로 라 이트 한 보루. 니니는 카펫을 가져가고 싶었다. 하지만 요양원 원 장은 그걸 한사코 만류했다. 망가질지도 모른단다. 니니는 자신의 보석들, 마르키즈* 식으로 세공한 다이아몬드, 타히티의 진주들을 가져가고 싶었다. 하지만 원장은 그것도 허락하지 않았다. 잃어버 릴 위험이 있단다.

그녀는 마침내 잠이 들었다. 춤에 관한 추억과 자신의 애완견들 이 짖어대는 소리에 대한 추억 사이에서. 니니는 흥분한 상태에서 잠이 들었다. 그녀는 낮 동안 너무 지겨운 시간을 보내기 때문에 밤에 쉽게 잠이 들지도, 깊은 잠을 자지도 못한다. 덧문은 닫혀 있 다. 그녀는 소스라쳐 놀란다. 아주 고약한 밤이다. 니니는 칠흑 같

---

* 보석을 기다란 모양으로 세공하는 방식.

은 어둠 속에서 잠을 깬다. 그림, 가구, 그리고 심지어 커다란 텔레비전까지도 어둠의 일부분이 되어 그녀를 위협한다.

거짓말로 "늑대가 나타났다!"라고 너무 자주 외치면 정말 늑대가 나타났을 때 아무도 믿어주지 않습니다.

니니는 안경을 쓰지 않으면 아무것도 보이지 않는다. 그녀는 어렸을 때부터 근시였다.

양 떼를 돌보고 있던 아이는 심심해서 계속 하품을 했습니다. 그러다가 문득 그 아이는 뭔가 재미있는 장난을 쳐야겠다는 생각이 들었습니다.

니니는 불면증 환자다. 그녀는 자신에게 남은 추억을 처음부터 끝까지 돌아보았다. 그녀는 지쳤다. 누군가가 자기를 찾아와줬으면 좋겠다. 밤이 새도록 함께 이야기를 나누고 싶다. 그녀는 벨을 누르려고 팔을 뻗는다. 약을 달라고 할 것이다. 아니면 뭐든 간에.

"늑대다!" 그 아이가 소리쳤습니다. "늑대가 나타났다! 양들이 위험해요!" 그 아이는 목이 쉴 정도로 고함을 질러댔습니다.

니니는 평생을 죽어라 고함을 질러대며 살아왔다. 그녀는 전화통을 붙잡고 살았다. 재미있으려고, 사람들이 자기를 사랑하게 만들려고. 니니는 도움을 청하는 고함도 수없이 질렀지만 기쁨의 고함도 수없이 질렀다.

마을 사람들은 그 괘씸하고 얄미운 짐승을 쫓아내기 위해 급히 달려왔습니다. 하지만 양들은 아무 탈 없이 얌전하게 있었습니다. 늑대라니, 맙소사, 거짓말……

베고니아에 처음 왔을 때, 니니는 시도 때도 없이 벨을 눌러댔다. 그녀는 심장이 멈춘 것 같다고, 다리가 마비되었다고, 머리가 아프다고, 물을 마셔야겠다고, 카디건이 필요하다고 말했다. 니니의 불면증 때문에 직원들은 피곤하다.

이튿날, 아이는 어제와 똑같이 늑대가 나타났다고 고함을 질렀습니다. 마을 사람들은 또다시 그 말을 믿었습니다.

한번은, 기저귀를 차고 있으면서도 오줌을 누러 가겠다고 야간 당직자를 성가시게 한 적도 있다. 그리고 자리에서 일어나자마자, 담배를 피우고 싶다고 말했다. 간호사는 화를 냈다. 하지만 니니가 욕실 쓰레기통에 불을 낼 뻔했을 때만큼 화를 내지는 않았다. 니니는 라이터를 숨긴다. 체구가 작은 이자벨은 나이도 어리고 경험도 별로 없다. 니니는 궁리했다, 이번에는 어떤 식으로 들볶아 그 간호사를 안절부절못하게 만들까?

세번째 날, 진짜로 늑대가 나타났습니다. 그 늑대는 꾀 많고 잔인한 육식동물이었습니다.

불안이 그녀의 가슴을 짓누른다. 수면제가 없으면 결코 잠들 수 없을 것이다. 그녀는 질식할 것 같다.

"늑대다!" 그 아이는 소리쳤습니다. "늑대가 나타나 양들을 덮치려 해요!"

"아! 저 거짓말쟁이 녀석! 우리를 바보로 아는군!" 마을 사람들이 소리쳤습니다.

그녀의 벨은 전원이 끊겨 있다.

늑대는 왕처럼 진수성찬을 즐겼습니다.

62

알마 부인의 방, 3
00시 15분

마치 기둥 위에 올라가 있는 것 같다. 하늘 높이 떠 있는 콘크리트 포석 위에서 균형을 잡고 서 있는 것 같다. 루이즈는 하늘의 구름을 쳐다본다. 곧 비가 쏟아질 것 같다. 무슨 일이 일어날 것이다. 그건 일종의 게임 같은 것이리라. 루이즈는 기다린다. 기포 하나가 어디선가 떨어져 내려온다. 무지갯빛 비눗방울 하나. 천천히. 루이즈는 그게 바닥에 닿기 전에 터뜨릴 시간이 있다. 하지만 이미 두번째 방울이 뒤따라 내려오고 있다. 그리고 이어서 세번째 방울. 루이즈는 달려야 한다. 네번째, 리듬은 점점 빨라진다, 기포들이 비처럼 쏟아진다. 루이즈는 그것들이 바닥에 닿기 전에 빨리 터뜨려야 한다. 그것들은 수백 개나 된다. 기포들은 터지면서 콘크리트 바닥에 진회색 자국을 남긴다. 루이즈는 바닥의 색깔이 조금씩 변하는 걸 본다. 그녀는 이리저리 달린다. 모든 게 그 어두운 거품으로 뒤덮이기 전에 그것들을 없애려고 두 팔을 커다랗게 휘젓는다. 그녀는 수많은 기포들을 휘저어 섞는다. 그녀는 겁이 난다.

중국 화병들이 가득한 곳에서 큰 축제가 열린다. 아빠가 통킹*에서 가져온 대형 도자기들. 거실 천장의 샹들리에에는 수정 구슬로 만든 서른여섯 개의 장식들이 매달려 반짝이고 있다. 그녀가 제대로 보기만 한다면, 만 2천 개의 크리스털 구슬이 내뿜는 강렬한 빛 속에서 검붉은 원피스를 입은 어린 루이즈를 볼 수 있을 것이다. 어머니가 만일의 경우를 위해 그녀에게 입힌, 레이스 칼라가 달린 벨벳 원피스. 남자들은 연미복을 입었다. 축제 장면은 촬영이 되고 있다. 사람들은 헤아릴 수 없을 정도로 많다. 그녀는 그들의 허리에 겨우 닿을까 말까 한다. 그들 중 한 사람이 다가와 그녀를 품에 끌어안는다. 그녀의 보라색 치맛자락은 아래로 갈수록 넓게 퍼지면서 마치 이국적인 꽃의 거대한 꽃부리처럼 보인다. 루이즈는 스무 살이다. 그녀는 이미 결혼했다. 르네가 그녀의 손을 꼭 쥔다. 그녀는 배를 싫어한다. 바람이 세차게 분다. 바다는 짙은 푸른색이다. 바람이 불어와 그녀의 레인코트가 몸에 들러붙는다. 그녀는 여행을 위해 머리를 잘랐다. 그녀의 아들이 그녀를 향해 나무로 만든 장난감을 내밀면서 다가온다. 그녀는 그게 뭔지 알아보지 못한다. 그녀 어머니가 죽음을 맞이한 침상. 밤샘을 위한 촛불들. 그녀는 담배를 피우고 싶다. 그녀의 아들은 다 자랐다. 아파트는 비어 있다. 그녀는 가구를 옮기기로 결심한다. 오래된 물건들을 정리하기

---

* 베트남 북부 송코이강의 삼각주를 중심으로 하는 지역. 수도인 하노이도 이 지역에 있다.

로. 그녀는 지하실로 내려간다. 천장까지 빼곡하게 들어차 있는 박스 더미들. 그녀는 생각하고 싶지 않다. 그녀는 그 장난감을 찾는다. 드래곤, 병정들, 자동차. 잃어버린 게 확실하다. 사지가 잘려나간 채로. 지하실은 너무 어둡다. 갑자기 강렬한 햇빛이 그녀의 눈을 부시게 한다. 그들은 피크닉을 가고 있다. 파란 하늘에 나뭇가지들이 창살처럼 드리워져 있다. 여름. 커다란 나무 밑에서 자라는 작은 초목들이 내뿜는 풀 향기. 르네는 그곳에 있다. 그는 병따개를 사용할 줄 모른다. 그가 익살을 부리자 그녀가 웃음을 터뜨린다. 그들은 그 놀라운 포도주를 잔에 따른다. 그 경이로운 포도주. 기분이 아주 좋다. 계란 껍질을 깨는 소리. 산산조각 난 계란. 아스파라거스, 차가운 닭고기, 그리고 하녀 에디트의 마요네즈. 르네가 그녀에게 미소를 짓는다. 그녀는 눈가로 흘러내리는 머리카락을 쓸어올린다. 그들은 사랑에 빠져 있다. 랄로의 〈스페인 교향곡〉. 르네는 죽었다. 그녀는 혼자서 떨며 우는 바이올린 소리에 귀를 기울이러 갔다. 그녀는 생각하고 싶지 않다. 바이올린과 오케스트라를 위한 교향곡 작품번호 21. 런던, 배, 바다, 그들의 사랑, 고독, 노화, 베고니아, 죽음. 그들의 아들, 손에 든 나무 장난감을 그녀에게 내미는 아주 조그만 아들. 그녀는 모자가 날아갈까 불안하다. 플레옐 회관*의 어둠 속에 앉아 있는 루이즈. 상복을 입고서.

"자러 갈 시간이야, 루이종." "아, 아빠, 일 분만 더, 제발." 샹들리에는 그녀의 고막을 터뜨릴 정도로 밝게 빛난다. 연미복을 입은

---

* 파리에 있는 콘서트홀.

신사들이 지팡이의 둥그스름한 끝을 돌리고, 숙녀들이 입은 실크 드레스는 새가 날갯짓하는 소리를 내며 구겨진다. 여자들은 자신들의 올림머리, 장갑, 그리고 그 모든 팔찌들을 끝없이 흔들어댄다. 맙소사, 루이즈는 그걸 정말로 갖고 싶다. 다갈색 머리의 부인들이 손목에 차고 있는 루비가 박힌 팔찌. 하지만 그녀의 아버지가 이미 그녀의 작은 손을 낚아채 중국 화병들과 페르시아 양탄자들로부터 멀리 떨어진 곳으로 그녀를 데려간다. 한구석에서, 그녀는 문득 작은 소년을 발견한다. 그 소년은 줄무늬 선원복을 입고 있다. 마치 긴 여행을 떠날 준비를 갖추고 있는 것 같다. 그 소년은 어떤 신비로운 물건을 두 손에 쥐고 있다. 장난감, 아마도 인형, 아니면 꼭두각시. 루이즈는 그게 뭔지 정확하게 알아볼 수가 없다. 그 소년이 그녀를 보았다. 그 소년이 그녀를 향해 달려와 두 팔을 내민다. "엄마, 엄마, 아빠가 나한테 이렇게 멋진 비행기를 선물로 줬어, 이것 좀 봐!" 루이즈의 모자가 바람에 날아간다. 샹들리에가 바이올린의 신음 소리 속에서 어지럽게 소용돌이친다. 그 조그만 소년은 자신의 비행기를 허공으로 날린다. 오케스트라가 흥분한다. 나무 장난감이 수평을 유지한 채 루이즈를 향해 날아온다. 그녀는 겁을 집어먹는다. 그녀는 날개가 부러지기 전에 그걸 붙잡아야 한다. 그녀는 아버지의 손을 놓았다. 그녀는 달린다. 하지만 비행기의 속도가 느려진다. 그리고 이제, 비행기들이 수백 대로 늘어났다. 비행기들이 비처럼 내린다. 루이즈는 서둘러야 한다. 그 비행기들이 바닥에 떨어져 산산조각 나기 전에 그것들을 붙잡아야 한다. 비행기들은 헤아릴 수 없이 많다. 그녀는 이리로 저리로 정신없이 달린다. 비행기를 붙잡으려고 두 팔을 마구 휘젓는다. 그녀는 두렵다. 비행기를 구해내야 한다. 아파트는 축제 분위기에 젖어 있다. 소란 속에서, 루이즈는 계란 껍질이 깨지는 소리를 아주 또렷하게 듣는다. 모든 게 줄줄 흘러내린다. 그녀는 그걸 두 손 가득 받아 든다. 깨진 알의 노른자위가 그녀의 아름다운 검붉은 드레스에 얼룩을 남겼다. 그 소년은 사라졌다.

그렇다, 이 이야기는 이렇게 끝날 수도 있을 것이다. 복도 끝에서, 모퉁이에서, 2층으로 올라가는 엘리베이터 맞은편, 오른쪽 모퉁이를 돌기 직전에. 쉰 목소리가 쏟아내는 길고 단조로운 탄식 속에서. 한밤중에 베고니아 복도를 울려대는 처절한 비명, 데트루아메종 부인의 비명. 그 환자는 늘 선잠을 자다 깨곤 한다. 그녀가 소리를 지른다면, 그건 목이 마르다는 뜻이다. 하지만 그녀 자신은 그걸 모른다. 알퐁스는 떠났다. 그녀는 인간성을 완전히 상실해버렸다. 그녀의 인생은 그녀의 기억력을 유지시켜주는 작은 세포들이 생존 싸움에서 패배한 이후로 허구가 되어버렸다. 그녀의 뇌 속에 폐허로 남겨진 광대한 들판.

시간은 산패한 버터 냄새 속에서, 길 잃은 개미들이 빠르게 기어가고 있는 베고니아 복도의 밤 속에서 그렇게 흘러갈 것이다. 그리고 바르비에 부인의 코 고는 소리도 들린다. 노망이 나버린 마르트와 조슬린이 세상에서 가장 절친한 친구가 될지 누가 알겠는가? 복도의 소리는 침묵 속으로 사라진다. 하지만 귀를 기울이면, 멀리서 테레즈와 로베르, 사랑에 빠진 그 늙은 천사들의 평화로운 숨소리를 들을 수 있다. 그들은 내일, 자신들이 불행하지 않을 내일 죽을 수도 있을 것이다. 사랑, 젊거나 쪼글쪼글 주름이 잡히거나 간에, 사랑은 삶을 지탱해주는 유일한 끈이다. 기쁨의 눈물을 흘리면서 자기 배를 부드럽게 어루만지는 이자벨은 그걸 알고 있다. 알마 부인은 자기가 살아온 시대의 그 모든 전쟁과 싸움을 잊었다. 그녀 역시 어린 시절의 축제들, 크리스마스 전나무와 자신의 사랑들로 되돌아갔다. 내일, 해가 뜨자마자 사람들은 드레퓌스 선장의 방이 왜 비어 있는지 궁금해할 것이다. 그리고 다행스럽게도, 그 구역의 경찰서에서 그의 인상착의와 일치하는 어떤 정신 나간 늙은이를 찾아가라고 연락을 해올 것이다.

이 이야기는 베고니아의 복도에서 아주 멀리 떨어진, 서로 화해한 알린과 장 프랑수아의 아파트 안에서 끝날 수도 있을 것이다. 그는 결국 아내의 의사에 굴복했다. 그래서 내일 자기 어머니를 그곳에 입주시키기 위해 드루앵 씨에게 전화를 걸 것이다. 필리프는 잠이 오지 않는다. 그는 자신의 두 손이 한 여자의 몸을 어루만지던 그 황홀한 순간을 회상하며 극도로 흥분한 상태에서 열두 개의 우표 시리즈를 분류한다. 크리스티안은 자기 집으로 돌아왔다. 그녀의 아들은 방금 전에 완성한 작문 숙제를 그녀에게 읽어주었다. 그리고 그녀는 빅토르 위고와 에밀 졸라의 어머니도 바로 이런 기분을 느꼈을 거라는 생각에 동지애 비슷한 감정을 느끼면서 감격에 젖었다. 장 피에르 피카르는 수심에 잠겨 자기 아내를 힘없이 안으려 했다. 하지만 그녀는 피곤하다면서 물에 아스피린을 넣어 한 잔 갖다달라고 했다. 마르틴과 미셸은 오디베르티 씨 집에서 열린 저녁 만찬에 참석했다 돌아오는 중이다. 그들은 너무 많이 먹었다. 그래서 마르틴은 다음 날 아침에는 수프만 조금 마시고 다른 음식은 일절 입에 대지 않겠다고 다짐한다. 세바스티앙 바르비에는 인터넷에서 포르노 영화를 다운받는다. 그의 아내는 잘나가는 작가가 최근에 발표한 소녀 취향의 감상적인 소설책에 코를 박은 채 잠이 들었다. 데지레는 자기 친구 로제에게 전화를 걸어 그 소식을 알렸다. 그 두 사람은 전날 밤새도록 퍼마셔 목구멍이 따갑고 입안이 바싹바싹 마르는 데다 머리가 지끈거렸지만, 행복한 아기의 미래를 위해 또다시 건배를 했다. 라디오 앞에 앉아 있는 조시는 묵주를 돌리면서 지구 전체를 위해 기도한다. 카미유는 전화기에 매달려 자기 연인에게 감동적인 말을 해달라고 조르고 있다. 알퐁스 데트루아메종은 잠을 자려 애쓰면서 수면제를 다시 먹을까 말까 망설이고 있다. 내일, 그는 자기 아내 곁으로 돌아갈 것이다. 내일, 그는 그녀의 옷을 갈아입히고 머리를 손질해주고 목에 실크 스카프를 매어줄 것이다. 그러고 나서 그들은 복도로 나가 몇 걸음 걸어볼 것이다.

모두에게 속해 있으면서 아무에게도 속해 있지 않은 이 공간. 리본으로 장식한 오랑제트* 상자를 팔 아래 낀 가족들이 뭘 어떻게 해야 할지 몰라 당황한 표정으로 지나가는 이곳, 알약 제조기를 손에 든 간호사들과 의사들의 구두 발소리가 분주하게 들리는 곳. 온 갖 소문이 뱀처럼 구불거리며 돌아다니고, 전화기를 붙잡고 상대 방이 전화를 끊을까봐 겁을 내면서 비굴하게 하소연을 늘어놓고, 슬픔들이 쏟아져 나오고, 악착스러운 치료 덕분에 더할 수 없는 기 쁨이 태어나는. 살아온 날들에 대한 기억들. 오, 얼마나 많은 서로 다른 이들이 이곳에서 모두 같은 방식으로 끝을 맺는가.

그렇다, 이 이야기는 이런 식으로, 복도 끝에서, 모퉁이에서, 오 른쪽으로 돌기 직전에 끝날 수도 있을 것이다. 다른 층으로 올라가 는 엘리베이터 맞은편에서. 서로 다른 노파들과 노인들이 자신들 의 옷장 깊숙이 넣어 이중으로 잠가놓은 빛바랜 사진들과 함께 잠 드는 이곳. 아직 죽지 않은 그 모든 이들이 내는, 중간 중간 끊어지 는 가쁜 숨소리의 메아리 속에서. 자기 방의 어둠 속에서 꺼져가는 소리로 울고 있는 니니처럼. 하지만 복도는 텅 비어 있고, 그 누구 도 그녀의 울음소리에 귀를 기울이지 않는다.

---

* 설탕에 절인 오렌지 껍질을 초콜릿으로 싼 당과.

64
니니의 방, 3
00시 45분

    그녀의 두 손이 떨리고 있다. 여느 때보다 심하게 떨린다. 그녀는 힘의 한계에 다다랐다. 그래서, 그런데도, 그녀는 큰 소리로 외친다. 늑대가 나타났다! 늑대! 이번에는 정말로 애가 탄다. 그녀는 사람들이 오기를 바란다. 침대 머리맡 탁자 위에 놓인 그녀의 안경은 너무 멀다. 그녀는 아무것도 보이지 않는다. 방문 아래 틈으로 스며 들어오는 가느다란 불빛만 간신히 보일락 말락 한다. 그녀는 악마같이 가증스러운 그놈의 벨을 향해 손을 뻗는다. 수면제의 약기운 속에서, 그녀는 몸을 비틀어 꼬며 매달린다. 그녀는 미끄러진다. 그녀는 떨어진다. 벨은 전원이 꺼져 있다. 니니는 벨을 너무 자주 눌렀다. 그녀는 혼자다. 그녀는 레지옹 도뇌르 훈장을 받지도 못했다. 그녀는 피의 늪 속에서 홀로 죽어간다.

작업노트

조르주 페렉은 『인생 사용법』에서 1975년 6월 23일 저녁 여덟시 경이라는 한정된 시간에 한 건물 내에서 벌어지는 상황을 묘사한다. 마치 전면이 떨어져 나간 건물을 들여다보는 것처럼, 화자는 우리에게 그 집의 장식과 거주자들, 그리고 그들의 직업과 내력을 이야기한다. 건물은 각 층마다 열 개의 방이 있는 10층 건물로, 각 층은 가로 세로가 각각 열 칸인 체스판과 유사한 정사각형 모양이다.* 각 칸은 방 또는 공동 공간 중 한 부분에 해당한다. 『인생 사용법』의 구성은 특히 다음의 세 가지 형식에 근거를 두고 있다.

　　1) 행마법**을 이용하여 방들의 묘사 순서를 결정하는 것.

　　2) 목록들과 요소들을 형식상 규칙적인 방식으로 각 장들에 배

---

* 체스판은 가로 세로가 각각 여덟 칸씩, 전체 예순네 개의 칸으로 이루어져 있다.

** 체스판 위에서 '기사'가 각각의 칸을 단 한 번만 지나가는 것.

분하기 위해 10행 정사형 라틴 사각형 이론을 이용하는 것.

3) 목록과 각 목록의 요소들을 정하는 것.

『우리는 함께 늙어갈 것이다』에서는 이 제약들을 계속 활용했으며, 이 제약들의 순서를 다음과 같은 식으로 바꾸었다.

1) 행마법

베고니아의 1층은 가로 세로가 각각 여덟 칸인 체스판과 유사하다. 체스 기사가 X칸에서 출발하여, 나머지 예순세 개의 칸들을 다시 지나가지도 빼먹지도 않으면서 거쳐 가게 한다. 이런 식으로 이 소설의 예순네 개 장들의 순서가 정해진다. 그리고 각 장은 하나의 방에 해당한다.

그림 1. 행마법에 따른 장들의 순서

47	56	43	38	45	54	61	64
42	39	46	55	60	63	36	53
57	48	41	44	37	34	31	62
40	27	50	59	32	29	52	35
49	58	25	28	51	22	33	30
26	9	12	15	24	5	18	21
11	14	7	2	19	16	23	4
8	1	10	13	6	3	20	17

2) 정사형 라틴 사각형

그림 2. 라틴 사각형의 칸들에 번호 매기기

57	58	59	60	61	62	63	64
49	50	51	52	53	54	55	56
41	42	43	44	45	46	47	48
33	34	35	36	37	38	39	40
25	26	27	28	29	30	31	32
17	18	19	20	21	22	23	24
9	10	11	12	13	14	15	16
1	2	3	4	5	6	7	8

라틴 사각형*은 '대문자-소문자' 쌍으로 이루어진 마술적인 사각형이다. 이 쌍들 중에서 중복된 쌍은 하나도 없고, 동일한 가로줄이나 세로줄 내에서 같은 알파벳이 두 번 나타나는 경우도 없다.

---

* 스위스의 수학자 레온하르트 오일러가 창안한 사각형으로 본래 명칭은 '그레코-라틴 사각형'이다.

❖ 라틴 사각형의 예

Aa	Bb	Cc
Bc	Ca	Ab
Cb	Ac	Ba

그림 3. 『우리는 함께 늙어갈 것이다』의 라틴 사각형

1 1	2 2	3 3	4 4	5 5	6 6	7 7	8 8
2 5	1 6	4 7	3 8	6 1	5 2	8 3	7 4
3 2	4 1	1 4	2 3	7 6	8 5	5 8	6 7
4 6	3 5	2 8	1 7	8 2	7 1	6 4	5 3
5 7	6 8	7 5	8 6	1 3	2 4	3 1	4 2
6 3	5 4	8 1	7 2	2 7	1 8	4 5	3 6
7 8	8 7	5 6	6 5	3 4	4 3	1 2	2 1
8 4	7 3	6 3	5 1	4 8	3 7	2 6	1 5

3) 목록과 각 목록의 요소들

우리는 열 개의 목록을 설정하고, 각 목록에는 여덟 개의 요소들
이 포함되도록 했다. 그리고 각각의 라틴 사각형에 목록을 두 개씩
배치하면서, 세로줄들의 치환을 이용해 여든 개의 요소들을 위한

다섯 개의 라틴 사각형들을 확정했다.

❖ 목록

1. 결핍   6. 식물

2. 직물   7. 음식

3. 색깔   8. 가구

4. 옷   9. 보석

5. 숫자   10. 동물

❖ 라틴 사각형을 위한 목록의 쌍

BCL*1= 목록1 + 목록2

BCL2= 목록3 + 목록4

BCL3= 목록5 + 목록6

BCL4= 목록7 + 목록8

BCL5= 목록9 + 목록10

---

* BCL은 라틴 사각형의 약자.

❖ 목록의 요소들

BCL1

	목록 1. 결핍	목록 2. 직물
1	결핍 직물	면직
2	결핍 색깔	실크
3	결핍 음식	벨벳
4	결핍 동물	모직
5	결핍 액세서리	나일론
6	결핍 가구	체크무늬
7	결핍 숫자	줄무늬
8	결핍 식물	물방울무늬

BCL2

	목록 3. 색깔	목록 4. 옷
1	흰색	원피스
2	회색	치마
3	파란색	외투
4	오렌지색	셔츠
5	빨간색	카디건
6	노란색	스타킹
7	검정색	신발
8	초록색	실내화

BCL3

	목록 5. 숫자	목록 6. 식물
1	7	장미
2	36	은방울꽃
3	4	베고니아
4	12	풀
5	1000	잔가지
6	3	화분 식물
7	100	전나무
8	78	자작나무

BCL4

	목록 7. 음식	목록 8. 가구
1	고기	테이블
2	채소	의자
3	알코올	벤치
4	유제품	보행기
5	후식	카펫
6	음료	휠체어
7	소스	옷장
8	과일	침대

BCL5	목록 9. 액세서리	목록 10. 동물
1	팔찌	가축
2	지팡이	개-고양이
3	안경	새
4	손목시계	물고기
5	반지	곤충(벌레)
6	브로치	야생동물
7	가방	파충류
8	목걸이	말-당나귀

❖ 제1장과 2장에서 라틴 사각형이 어떤 식으로 기능하는지 보여주는 예

『우리는 함께 늙어갈 것이다』의 라틴 사각형(그림 3)에서, 제1장에 해당하는 칸(그림 1의 칸1, 그림 2의 칸 2)은 7/3 쌍이 있는 칸이다.

BCL1에서는 목록 1과 2를 배치하기 때문에 목록 1의 요소 7인 〈결핍 숫자〉, 그리고 목록 2의 요소 3인 〈벨벳〉을 취한다. 이것은 다시 말해, 제1장에 숫자가 결핍되어 있다는 것과 벨벳이라는 단어가 나온다는 것을 의미한다.

제2장의 경우(그림 1의 칸 2, 그림 2의 칸 12), 그림 3에서 6/5 쌍에 해당한다. 그러므로 BCL1의 목록 1의 요소 6인 〈결핍 가구〉와 목록 2의 요소 5인 〈나일론〉을 취한다.

이런 식으로 계속해나가면, 8행 라틴 사각형의 제약에 따라 각
장에 반드시 있어야 할 단어들을 나타내는 다음과 같은 최종 도표
를 얻을 수 있다.

최종 도표

	BCL1	BCL2	BCL3	BCL4	BCL5
제1장	결핍 숫자 벨벳	초록색 서츠	78 풀	파일 보행기	목걸이 물고기
제2장	결핍 가구 나일론	초록색 신발	78 전나무	파일 장롱	목걸이 파충류
제3장	결핍 음식 줄무늬	노란색 외투	3 베고니아	음료 벤치	브로치 새
제4장	결핍 색깔 면직	노란색 카디건	3 전기가지	음료 카펫	브로치 곤충(벌레)
제5장	결핍 직물 물방울무늬	초록색 원피스	78 장미	파일 테이블	목걸이 가축
제6장	결핍 동물 물방울무늬	파란색 신발	4 전나무	알코올 웃장	안경 파충류
제7장	결핍 액세서리 체크무늬	하얀색 치마	7 은방울꽃	고기 의자	팔찌 개-고양이

제 8 장	결핍 식물 모직	하얀색 카디건	7 전가지	고기 카펫	팔찌 곤충(벌레)
제 9 장	결핍 액세서리 모직	노란색 외투	3 베고니아	음료 벤치	브로치 새
제 10 장	결핍 가구 벨벳	회색 스타킹	36 화분 식물	채소 휠체어	지팡이 야생동물
제 11 장	결핍 숫자 물방울무늬	회색 원피스	36 장미	채소 테이블	지팡이 가죽
제 12 장	결핍 식물 면직	오렌지색 카디건	12 전가지	유제품 카펫	손목시계 곤충(벌레)
제 13 장	결핍 액세서리 면직	검정색 외투	100 베고니아	소스 벤치	가방 새
제 14 장	결핍 식물 줄무늬	검정색 실내화	100 자작나무	소스 침대	가방 말-당나귀
제 15 장	결핍 숫자 실크	빨간색 셔츠	1000 풀	디저트 보행기	반지 물고기

제 16 장	결말 동물 벨벳	빨간색 스타킹	1000 화분의 식물	디저트 활새어	반지 야생동물
제 17 장	결말 직물 나일론	빨간색 원피스	1000 장미	디저트 테이블	반지 가족
제 18 장	결말 동물 나일론	회색 신발	36 전나무	채소 옷장	지팡이 파충류
제 19 장	결말 음식 모자	오렌지색 외투	12 베고니아	유제품 벤치	손목시계 새
제 20 장	결말 색깔 체크무늬	오렌지색 실내화	12 자작나무	유제품 침대	손목시계 말-당나귀
제 21 장	결말 음식 체크무늬	검정색 치마	100 은방울꽃	소 의자	가방 개-고양이
제 22 장	결말 색깔 모자	검정색 조끼	100 잔가지	소 카펫	가방 곤충
제 23 장	결말 직물 실크	파란색 셔츠	4 풀	알코올 보행기	안경 물고기

제 24 장	결핍 색깔 줄무늬	하얀색 실내화	7 자작나무	고기 침대	팔찌 말-당나귀
제 25 장	결핍 숫자 나일론	파란색 원피스	4 장미	알코올 테이블	안경 가죽
제 26 장	결핍 가구 벨벳	파란색 스타킹	4 화분 식물	알코올 휠체어	안경 야생동물
제 27 장	결핍 음식 나일론	오렌지색 스타킹	12 화분 식물	유제품 휠체어	손목시계 야생동물
제 28 장	결핍 식물 체크무늬	노란색 실내화	3 자작나무	음료 침대	브로치 말-당나귀
제 29 장	결핍 숫자 면직	회색 실내화	36 자작나무	채소 침대	지팡이 말-당나귀
제 30 장	결핍 동물 실크	초록색 스타킹	78 화분 식물	과일 휠체어	목걸이 야생동물
제 31 장	결핍 액세서리 물방울무늬	검정색 스타킹	100 화분 식물	소 휠체어	가방 야생동물

제 32 장	결핍 식물 실크	검정색 원피스	100 장미	소 테이블	가방 가축
제 33 장	결핍 음식 면직	하얀색 외투	7 베고니아	고기 벤치	팔찌 새
제 34 장	결핍 식물 나일론	하얀색 셔츠	7 풀	고기 보행기	팔찌 물고기
제 35 장	결핍 액세서리 벨벳	하얀색 신발	7 전나무	고기 옷장	팔찌 파충류
제 36 장	결핍 식물 벨벳	노란색 원피스	3 장미	음료 테이블	브로치 가축
제 37 장	결핍 숫자 체크무늬	초록색 카디건	78 잔가지	파일 카펫	목걸이 곤충
제 38 장	결핍 동물 모직	회색 치마	36 은방울꽃	채소 의자	지팡이 개-고양이
제 39 장	결핍 식물 체크무늬	회색 조끼	36 잔가지	채소 카펫	지팡이 곤충

장										
제 40 장	결핍 동물	체크무늬	빨간색	외투	1000	베고니아	디저트	벤치	반지	새
제 41 장	결핍 직물	모직	빨간색	실내화	1000	자작나무	디저트	침대	반지	말-당나귀
제 42 장	결핍 색깔	나일론	검정색	셔츠	100	풀	소스	보행기	가방	물고기
제 43 장	결핍 음식	벨벳	검정색	신발	100	전나무	소스	옷장	가방	패물류
제 44 장	결핍 색깔	벨벳	오렌지색	원피스	12	장미	유제품	테이블	손목시계	가축
제 45 장	결핍 액세서리	나일론	노란색	스타킹	3	화분 식물	음료	휠체어	브로치	야생동물
제 46 장	결핍 동물	줄무늬	초록색	외투	78	베고니아	파일	벤치	목걸이	새
제 47 장	결핍 직물	면직	초록색	실내화	78	자작나무	파일	침대	목걸이	말-당나귀

제 48 장	결핍 동물 면직	파란색 치마	4 은방울꽃	얼굴용 의자	안경 개-고양이
제 49 장	결핍 액세서리 줄무늬	오렌지색 치마	12 은방울꽃	유제품 의자	손목시계 개-고양이
제 50 장	결핍 색깔 물방울무늬	노란색 셔츠	3 풀	음료 보행기	보트치 물고기
제 51 장	결핍 직물 벨벳	회색 셔츠	36 풀	채소 보행기	지팡이 물고기
제 52 장	결핍 가구 모직	초록색 치마	78 은방울꽃	과일 의자	목걸이 개-고양이
제 53 장	결핍 숫자 모직	파란색 실내화	4 자작나무	얼굴용 침대	안경 말-당나귀
제 54 장	결핍 가구 체크무늬	파란색 외투	4 베고니아	얼굴용 벤치	안경 새
제 55 장	결핍 음식 물방울무늬	하얀색 스타킹	7 화분 식물	고기 휠체어	팔찌 야생동물

제 56 장	결핍 색깔 / 실크	하얀색 / 원피스	7 / 장미	고기 / 테이블	팔찌 / 가죽
제 57 장	결핍 음식 / 실크	노란색 / 신발	3 / 전나무	음료 / 웃장	브로치 / 파충류
제 58 장	결핍 가구 / 물방울무늬	빨간색 / 신발	1000 / 전나무	디저트 / 웃장	반지 / 파충류
제 59 장	결핍 직물 / 줄무늬	파란색 / 카디건	4 / 전가지	알코올 / 카펫	안경 / 곤충
제 60 장	결핍 가구 / 면직	빨간색 / 치마	1000 / 은방울꽃	디저트 / 의자	반지 / 개-고양이
제 61 장	결핍 숫자 / 줄무늬	빨간색 / 카디건	1000 / 전가지	디저트 / 카펫	반지 / 곤충
제 62 장	결핍 가구 / 줄무늬	회색 / 외투	36 / 베고니아	채소 / 벤치	지팡이 / 새
제 63 장	결핍 액세서리 / 실크	오렌지색 / 신발	12 / 전나무	유제품 / 웃장	손목시계 / 파충류
제 64 장	결핍 식물 / 물방울무늬	오렌지색 / 셔츠	12 / 풀	유제품 / 보행기	손목시계 / 물고기

리디 알베르 보르들레, 클로데트 부아지즈, 안 마리 카치놀로, 샤펠 부인, 샤를 부인, 필리프 드폴랭 박사, 엘렌 뒤노, 아녜스 프라니아트, 앙드레 프라니에, 케부시 박사, 클로딘 라상, 레옹 부인, 엄마, 마르데송 부인, 알베르트 마르티뇽, 메야르 부인, 에마뉘엘 드 페레티 드 라 로카, 도미니크 쉬마.

나의 작은 천사 마들렌 레니에 할머니에게.
이 책과 나머지 모든 것을 위해 너무도 소중한 도움을 주신 새아버지 제라르에게.
그리고 사비에르에게. 그가 아니었더라면 이 책은 결코 나올 수 없었을 것이다.

그들의 노년, 우리들의 미래

　베고니아. 이곳은 죽음이 예정되어 있는 공간, 죽지 않고서는 빠져나갈 수 없는 닫힌 공간이다. 니니의 대녀이자 작가의 화신이기도 한 카미유의 말을 빌리자면 '죽음의 그림자와 고독, 노망난 노인네들, 이빨 빠진 괴물들이 우글대는 곳'이다. 여기서는 시간이 아주 천천히 흘러가며, 이곳 사람들의 일과는 단조롭기 그지없다. 때를 맞춘 식사와 약 복용, 텔레비전 시청과 잡지책 읽기, 머리 손질과 휴식, 그리고 때때로 가족들의 면회…… 그럼에도 바깥세상에서와 마찬가지로 이 작은 사회 내에서도 질투와 갈등, 악의와 배신, 사랑과 우정, 환멸과 증오, 추억과 망각, 고독과 고통, 그리고 자잘한 웃음들, 그 모든 감정들이 생생하게 살아 꿈틀거린다. 그래서 이곳은 삶의 공간이다. 그럼에도 삶의 공간. 종말이 닥치기 전에 살아 숨 쉬는 삶들이 북적거리는.

이 소설은 4막 64장으로 이루어진 연극을 보는 듯한 느낌을 준다. 한 장이 시작되고 끝날 때마다 실제로 조명이 켜졌다 꺼지는 것 같은 연극적 장치와 더불어, 작가는 한 요양원의 평범한 하루를 제시하면서 그날 하루를 십오 분 단위로 나누어 예순네 개의 장들을 만들고, 죽음의 너울이 드리워져 있는 한정된 세계에서 살아가는 사람들의 축소된 삶을 함께 들여다보자고 우리에게 제안한다. 그래서 어느 일요일 아침 아홉 시에 시작되어 정확히 다음날 밤 열두시 사십오분에 막을 내리는 이 소설에서 우리는 각각의 방들을 차례로 지나면서 거주자들, 그리고 그들의 현재와 과거, 그들의 드라마를 만나게 된다. 바로 이곳에서 에로스가 테레즈와 로베르의 문을 다시 두드리고, 드레퓌스 선장은 우렁찬 목소리로 "돌격!"을 외치며 끊임없이 탈출을 꿈꾼다. 그런가 하면 과거의 악몽에 시달리는 조슬린, 그녀와 앙숙지간인 마르트, 시력을 잃어가고 있는 알마 부인, 우표 수집에 열을 올리는 원장, 사랑의 딜레마에 빠진 간호사, 면회 온 가족들, 알츠하이머병을 앓고 있는 아름다운 주느비에브와 그녀의 가련한 남편도 있다. 그리고 누구보다도 니니를 언급하지 않을 수 없다. 애정과 관심에 굶주려 변덕과 불평을 일삼던 그녀의 종말은 쓸쓸하기 그지없다. 작가는 인물들 하나하나에 애틋한 애정을 쏟으면서, 죽음을 기다리는 음울한 장소에서 살아가는 사람들의 일상을 대단히 사실적으로 옮겨놓고 있다. 그래서 우리는 베고니아의 사람들을 하나씩 하나씩 알아가면서 그들과 함께 또는 그들을 통해서 그 평범하고 하잘것없는 하루를 살게 된다. 어떤 이들에게는 지옥 같고 또 어떤 이들에게는 천국 같은 하루. 우리들의 하루와 마찬가지로. 그러므로 이곳은 다른 많은 곳들을 닮은 공간이며, 이곳의 모든 인물들은 지금 우리들의 모습과 크게 다르지 않다.

『우리는 함께 늙어갈 것이다』의 작가 카미유 드 페레티는 프랑스 문단에 새롭게 떠오른 신세대 작가이다. 이십 대의 발랄하고 아름다운 여성 작가가 들려주는 노년의 삶이라니, 그런데 노년을 직접 체험한 것 같은 구체적이고 사실적인 묘사는 놀랍지 않을 수 없다.

카미유 드 페레티는 아직 젊은 나이임에도 불구하고 매우 다채로운 인생을 살았다. 프랑스 명문 경영대학원인 에섹에 들어간 후 학비를 벌기 위해 은행에서 수습 애널리스트로 일했고 그후 한 일본 방송사의 프랑스 요리 강좌 프로그램에 요리사로 고정 출연하기도 했다. 하지만 회계와 경영 관리 분야에 흥미를 느끼지 못한 그녀는 졸업하자마자 프랑스에서 가장 권위 있는 연기 학교인 쿠르 플로랑에서 삼 년 동안 연기 수업을 받고 이벤트 회사를 차려 운영했다. 그리고 2005년에 첫번째 소설 『토르니토링크스』를 발표하고 이어서 두 편의 단편영화에 배우로 출연했으며, 2006년에는 런던으로 날아가 『우리는 잔인하다』를 발표했다. 이처럼 다양한 분야를 두루 섭렵하며 숨 가쁘게 살아온 그녀는 글쓰기에 있어서도 다양한 시도를 한다. 그래서 그녀가 지금까지 발표한 세 편의 소설들은 저마다 전혀 다른 주제와 색채를 지니고 있다. 경계를 종횡무진 넘나들며 펼쳐지는 그녀의 삶과 문학, 여기에는 울리포의 대부 조르주 페렉의 커다란 그늘이 느껴진다. 페렉 또한 그 짧은 생애 동안 정말로 다양한 직업을 전전했을 뿐만 아니라, 작가로서

'두 번 다시 같은 방식으로 작품을 쓰지 않는 것'을 목표로 삼아 그대로 실천한 사람이 아니던가.

더욱이 카미유 드 페레티는 소설 첫머리에 '나는 완전히 자유로워지기 위해 나 자신에게 규칙을 부여한다'는 조르주 페렉의 말을 인용하면서 페렉의 소설 『인생 사용법』에서 이행된 제약들을 이 소설에서 그대로 따르고자 한다는 것을 당당하게 밝히고 있다. 그래서 그녀는 『우리는 함께 늙어갈 것이다』의 도입 부분을 『인생 사용법』의 첫머리와 같은 구조의 문장으로 시작할 뿐만 아니라, 페렉처럼 행마법과 라틴 사각형 이론에 따라 우리를 체스판의 말처럼 이 칸에서 저 칸으로 끌고 다니며, 자신이 정한 규칙에 따라 각 장에 들어갈 단어들을 미리 정해놓고 그 단어들을 사용하여 내용을 전개해나가는가 하면, 소설 말미에는 페렉처럼 작업 노트까지 제시하고 있다. 그녀의 이러한 수학적 글쓰기는 그 시도만으로도 대단한 용기가 아닐 수 없다. 하지만 이 소설을 음미하기 위해 그런 감춰진 구조를 반드시 참조할 필요는 없을 것이다. 『우리는 함께 늙어갈 것이다』는 이야기 그 자체로 속도감 있게 읽힐 수 있으며, 평범한 독서법을 통해서도 얼마든지 이 소설의 미덕을 발견할 수 있기 때문이다. 카미유 드 페레티는 노년의 삶과 죽음이라는 무거운 주제를 경쾌하고 유머러스한 필치로 그려냄으로써 우리로 하여금 금기의 장소, 약간은 두렵게 느껴지는 공간 속으로 들어가볼 수 있게 해준다. 이 소설은 그것만으로도 의미심장한 가치를 지닌다.

카미유 드 페레티는 아직 젊다. 이 젊은 작가가 앞으로 또 어떤 새로운 시도를 할지 기대를 갖고 주목해볼 필요가 있을 듯하다. 그리고 그녀가 지금까지 살고 쓰면서 진화해온 이력에 비추어볼 때, 우리의 기대는 분명히 충족될 것이다.

2009년 11월

윤미연

옮긴이 **윤미연**
부산대학교 불어불문학과 및 동 대학원을 졸업하고 프랑스 캉 대학에서 공부했다. 현재 전문
번역가로 활동 중이며, 옮긴 책으로는 『마지막 숨결』 『사랑을 막을 수는 없다』 『구해줘』 『첫번
째 부인』 『홍당무』 『나의 라디오 아들』 『피카소』 『뒤피』 『오소독시』 『초록숲 정원에서 온 편
지』 등이 있다.

문학동네 세계문학
우리는 함께 늙어갈 것이다

초판 인쇄 2009년 11월 13일 | 초판 발행 2009년 11월 27일

지은이 카미유 드 페레티 | 옮긴이 윤미연 | 펴낸이 강병선
책임편집 허주미 오영나 | 저작권 김미정 한문숙
마케팅 장으뜸 정민호 한민아 정소영 정윤희 | 제작 안정숙 서동관 김애진

펴낸곳 (주)문학동네
출판등록 1993년 10월 22일 제406-2003-000045호
주소 413-756 경기도 파주시 교하읍 문발리 파주출판도시 513-8
전자우편 editor@munhak.com | 대표전화 031) 955-8888 | 팩스 031) 955-8855
문의전화 031) 955-8890(마케팅) 031) 955-2657(편집)
문학동네카페 http://cafe.naver.com/mhdn

ISBN 978-89-546-0942-5 03860

www.munhak.com